근세영문학 전통과 휴머니즘

초서, 스펜서, 셰익스피어, 밀턴을 중심으로

이 책은 학술연구재단의 2015년 저술출판지원 사업(2015S1A6A4A01009208)의
지원으로 출판되었음.

근세영문학 전통과 휴머니즘
초서, 스펜서, 셰익스피어, 밀턴을 중심으로

임성균 지음

도서출판 동인

머리말

미대를 가려다가 어쩔 수 없는 상황에 밀려 영문과에 입학한 것으로 시작된 나의 이십 대는 분노와 방황, 그리고 좌절의 시절이었다. 오랜 방황 끝에 학업에 뜻을 두게 되었을 때, 나는 벌써 아내와 딸아이를 책임져야 하는 어른이 되어 있었다. 그렇게 시작된 나의 삼십 대는 자신의 무능함을 뼈저리게 겪으며 영문학이라는 거인과 씨름을 하면서 흘러갔다. 내게 석사와 박사의 학위과정은 생존을 위한 투쟁이었고, 이루지 못하면 내가 죽어야 하는 치열한 전투와 다름없었다. 학위를 마치면 한국에 돌아가서 포장마차를 하더라도 행복하겠다고—그 이름은 반드시 '임박사 포장마차'로 하자면서—아내와 하염없이 서로 위로하곤 했다. 그러는 사이에 나는 르네상스 시대 영문학에 빠져들었다. 햄릿을 사랑했지만 나는 끝내 그와 원수가 되었고, 바보 같던 레드크로스의 모습에서 나 자신을 발견했으며, 멋지게 보이던 사탄의 치졸하고 궁색한 행동을 보고 그를 비웃고 있었다. 나의 사십 대는 가르치는 일에 대한 열정과 사명감에 혼자서 들뜨던 시절이었다. 근무하던 대학을 떠나 숙명여대에 자리를 잡은 것이 내게는 그야말로 숙명처럼 다가온 기회였다. 정신없이 공부하고 일하다보니 어느덧 오십 대에 이르렀고, 이 또한 순식간에 지나가버렸다. 그리고 육십 대에 와서야 천천히 지난날을 되돌아보게 된 것이다.

이런 넋두리로 책머리를 채우는 것은 아마도 내가 이제 정년에 이르렀다는 새삼스러운 감회 때문일 것이다. 학교를 떠나기 전에 그동안 공부했던 내용으로 한 권의 책을 꾸미고 싶었고, 마침 한국연구재단의 저술지원에 힘입어 이 책을 내게 되었다. 이 책은 굳이 말하자면 상호텍스트 연구(inter-textual study)라고 할 수 있다. 내가 그동안 공부했던 초서, 스펜서, 셰익스피어, 밀턴을 서로 비교하고 앞선 시인이 후대 시인에게 끼쳤던 영향을 분석해보고 싶었다. 이들 시인들이 근세영문학의 전통을 만들었고 그 전통의 근저에 '인간은 위대한 존재'라는 휴머니즘의 사고가 배어있다는 것이 내 확신이다.

나는 스스로 학자라고 생각해본 적이 없다. 학회에 참석해서 좋은 발표를 들을 때마다 스스로 부족함을 통감하며 다시 공부하자고 마음을 다지곤 했다. 부러우면 지는 것이라던데, 나는 어쩌면 훌륭한 학자들을 부러워하다가 여기까지 온 듯하다. 다만 나는 좋은 선생이 될 자질이 충분하다고 믿었다. 돌이켜보면 과연 내가 좋은 선생이었는지조차도 확신이 없기는 하지만 그래도 평생을 선생으로 살았다는 사실이 내게는 커다란 위로가 된다. 내가 가르친 학생들이 어디서 무얼 하는지 나로서는 알 수 없는 노릇이지만, 그들이 어디선가 내가 가르친 영시 한 편, 또는 작품 하나를 기억하고 있을 것이라는 희망 섞인 기대가 내게 있다. 그렇다면 영문학 교수가 된 것이야말로 내게는 더할 나위 없는 축복일 것이기 때문이다. 자신이 좋아하는 일을 직업으로 가졌던 나는 매우 행복한 사람이다.

자신이 열심히 쓴 글을 읽어줄 독자가 많지 않을 것이라는 사실을 염두에 두면 이처럼 책을 쓰는 작업이 부질없다는 생각을 안 해본 것은 아니지만, 후대에 나와 같은 분야에 관심이 있을지도 모르는 누군가에게 말해주고 싶다는 생각으로 글을 썼다. 글의 일부는 이미 발표했던 논문을 다시 꾸미기도 했지만 대부분은 지난 3년 동안 쓴 글이다. 저술을 마치고 다시 읽어

보니 역시 부족하기만 하다. 호레이스는 글을 쓴 후 20년을 두고 본 후에라야 그것을 발표하라고 충고했지만 나는 그렇게 멋진 인내심이나 신중함이 없다.

책이 팔리지 않을 것을 잘 알면서도 흔쾌히 책을 출간해주신 도서출판 동인 이성모 사장께 감사드린다. 편집을 맡은 민계연 선생께도 고마움을 전한다. 한국연구재단 및 저술지원 심사에 참여하신 교수들께도 이 자리를 빌려 감사드린다. 내게 자극과 위로를 주었던 학회 동료 교수들과 내게는 가족과도 같았던 숙명여대 영문학부 교수들은 오늘의 내가 있게 해준 고마운 분들이다. 하지만 무엇보다도 거의 한평생을 나와 함께 울고, 웃고, 싸우면서 내 든든한 버팀목이 되어준 정인주에게 그동안 애썼다는, 그래서 고맙다는 마음의 표시로 이 책을 바친다.

2018년 가을 초입에 청파언덕에서
임성균

차 례

I

근세영문학 전통과 휴머니즘

휴머니즘과 르네상스 영문학

20세기 영문학을 대표하는 시인이자 비평가인 티 에스 엘리엇(T. S. Eliot)은 「전통과 개인의 재능」("Tradition and the Individual Talent")에서 이렇게 주장하고 있다.

> 어떤 시인, 어떤 예술가도 혼자서는 완전한 의미를 가질 수는 없다. 그의 특성이나 예술성은 이미 죽은 시인들과 예술가들과의 관계에서 나오는 것이다. 우리는 특정 시인을 홀로 떼어내서 평가해서는 안 된다. 그를 죽은 시인들과 함께 세워두고 비교, 대조해야 한다. 나는 이것이 단순히 역사나 비평의 원칙이라기보다는 모든 미학에 적용되는 원리라고 생각한다. 시인이 기존의 전통에 부합하고 부응해야 한다는 것은 일방적인 요구가 아니다. 새로운 예술작품이 창조되면 그와 동시에 그보다 앞선 모든 예술작품에 영향을 미치게 되기 때문이다. 기존의 업적들은 이미 그 자체로 이상적인 질서를 이루고 있지만 새로운 (진정으로 새로운) 예술작품이 그 안에 들어서면 변화될 수밖에 없는 것이다. (15)

이러한 엘리엇의 주장은 비록 맥락은 다르지만 17세기에 존 던(John Donne)이 설파한 내용, 즉 "어느 누구도 그 자체로 완전한 섬은 아니다"(No man is an island)라는 주장과 궤를 같이한다. 다시 말하면 우리가 접하는 문학 작품은 그 자체로 홀로 서는 것이라기보다는 그보다 앞선 기존의 작품들에 부응하는 것이고 또한 문학이라는 영역은 새로운 작품의 출현으로 인하여 또 다시 새롭게 변화하기 마련이라는 것이다. 이러한 상호작용을 통하여 결국 전통이 만들어지고 그러한 전통은 새로운 예술작품을 통하여 또 다시 새로운 변화를 겪는다.

영문학의 전통도 예외가 아닐 것이다. 우리가 아는 근세영문학(Early Modern English Literature)은 '영시의 아버지'라 불리는 제프리 초서(Geoffrey Chaucer)에서 출발하여 '시인들의 시인'이라는 별칭을 가진 에드먼드 스펜서(Edmund Spenser)와 '모든 시대의 시인' 윌리엄 셰익스피어(William Shakespeare)를 거쳐 '르네상스 최후의 위대한 시인' 존 밀턴(John Milton)으로 이어지는 흐름을 가지고 있다. 물론 근세영문학 전통을 이야기하면서 이 네 명의 시인들만이 그 중심에 있다는 말은 결코 아니다. 중세 이후 이루 다 언급할 수 없을 정도로 수많은 시인들이 전통을 이루는 데 크건 작건 나름대로 기여하고 있는 것이 사실이다. 필자는 다만 이 네 명의 위대한 시인들을 대표주자로 내세워 이들이 어떤 상호관계를 이루고 있으며, 이들이 선대의 위대한 문학적 업적을 어떻게 이어가고 변화시키는지 살펴봄으로써 근세영문학 전통의 주요한 한 축을 이해하고자 하는 것이다.

그런데 이러한 흐름의 중심에는 휴머니즘(Humanism)이 있다. 영문학을 포함한 문학의 궁극적인 의미가 '인간이 누구인가'라는 질문에 대한 답변이라고 본다면, (물론 이 질문에는 인간 사이의 관계를 포함하는 사회가 무엇이며, 인간을 넘어서는 초월적 존재란 누구인가 등의 논제를 포함한다) 휴머니즘은 이들 위대한 작가들의 작품세계를 이해하는 데 있어서 필수적인 요소이다. 왜냐하면 이들은 모두 인간 정신의 위대한 가능성을 보고 이러한 정신을 자신들의 작품에 투영시키고 있기 때문이다. 오늘날 우리가 휴머니즘을 지극히 당연한 문학적 요소로 여기는 배경에는 이들 초기 작가들의 투철한 인간 탐구가 있었던 것이다. 필자가 휴머니즘을 인문주의나 인본주의로 번역하지 않고 그대로 사용하는 것도 휴머니즘의 정의를 넓은 의미에서 인간의 위대한 가능성으로 규정하고 싶기 때문이다.

이른바 휴머니즘은 인간 중심의 거대한 지적 문화운동이지만 구체적으로는 15세기 이탈리아를 중심으로 일어난 '인문학'(*Studia Humanitatis*), 즉 문학과 예술 교육을 가리킨다. 휴머니즘이라는 용어는 19세기 초 독일에서 처음 사용되었고 고대 그리스와 라틴의 세계관과 그 가치를 일컫는 말이었지만, 그 내용을 이루는 인문학은 이미 15세기 이탈리아에서 문학과 예술을 가르치는 교육 프로그램으로 자리 잡고 있었다(Mann 1). 영국의 경우 에라스무스(Desiderius Erasumus), 토마스 엘리엇(Thomas Elyot), 토마스 모어(Thomas More), 존 콜렛(Dean John Colet) 같은 대부분의 초기 르네상스 휴머니스트들이 근본적으로 교육자들이었으며, 그들이 하나같이 정치적이거나 종교적으로 사회를 개혁하려고 애썼다는 사실은 그리 놀라운 것이 아니다. 이들은 교육이 경험의 뒷받침을 받아 인간을 지혜롭게 하고 급기야는 도덕심을 양육한다고 믿었으며, 진정한 르네상스적 인간, 즉 광범위한 고전적 지식을 공공의 선을 위하여 사용하는 지성인을 양성하는 데 힘을 쏟았다. 이들은 기원 후 1세기 경 로마의 수사학자이자 웅변가였던 퀸틸리아누스(Marcus Fabius Quintilianus)의 주장을 수용하여 심지어 도덕심조차도 가르치고 훈련할 수 있는 대상으로 보았다. 존 메이저(John M. Major)는 다음과 같이 설명한다.

르네상스 시대에 도덕심을 훈육할 수 있다는 믿음은 개인이 자신의 노력으로 자신의 지위를 향상할 수 있는 능력에 대한 강조와 맞물려 있다. . . . 당시 문학작품에서 우리는 진정한 고귀함이 부유함이나 위대한 혈통에서 오는 것이 아니고 도덕심의 소유에서 오는 것이라는 주장을 반복해서 만나게 된다. (253)

문학의 목표가 즐거움을 통해 무엇인가를 가르치는 것이라는 고전적인 명제는 문학이 인간을 가르치는 효과적인 도구라고 믿었던 르네상스 (Renaissance) 작가들에게 특히 친근하게 다가온 것이 사실이다. 앞서 인용한 메이저의 설명은 초서의 『바스의 여장부의 이야기』(*The Wife of Bath's Tale*)에 등장하는 노파가 젊은 기사에게 하는 설교에서 여실히 드러난다.

> 과거의 부유함으로부터 세습되는 것이
> 귀족신분이며, 이로 인해 당연하게
> 귀족이 된다고 당신은 말하고 있는데,
> 그러한 오만은 아무런 가치가 없는 것입니다.
> 찾아보세요, 항상 덕성을 지니고 있고,
> 공적으로나 사적으로나 자신이 할 수 있는 한
> 항상 귀족적인 행동을 하는 사람이 있다면
> 이런 사람이 가장 훌륭한 귀족입니다.

> But, for ye speken of swich gentillesse
> As is descended our of old richesse,
> That therefore sholden ye be gentil men,
> Swich arrogance is nat worth an hen.
> Looke who that is moost vertuous always,
> Pryvee and apert, and moost entendeth ay
> To do the gentil dedes that he kan;
> Taak hym for the grettest gentil man. (1109-16)[1]

인간의 위대함이 가문이나 신분, 또는 타고난 성품에 의해 이루어지는 것이 아니라 교육과 훈련을 통해서 성취된다는 생각은 정도의 차이가 있을망정 모든 르네상스 작가들이 공유하고 있는 사고였으며, 이러한 휴머니즘의 전통이 영문학의 전통으로 자리 잡는 데 크게 기여한 것이 사실이다. 근세 영문학 전통은 휴머니즘을 빼고 이야기할 수 없다는 뜻이다.

이제 초서, 스펜서, 셰익스피어, 밀턴을 각각 개괄적으로 살펴볼 필요가 있겠다. 물론 이들의 작품은 이미 영문학에서 정전으로 자리매김한 지 오래이기 때문에, 이들에 대한 새삼스러운 소개는 필요 없을 것이다. 그런데도 네 작가들을 별도로 소개하는 것은 이들의 상호관계를 조명하기 위함이다.

영문학에서 초서가 차지하는 문학적 업적에 대해서는 논쟁의 여지가 없다. 그는 라틴어가 식자들의 언어로 자리매김하고 있던 시대에 영어가 아름답고 효과적인 언어라는 것을 세상에 알린 시인이며, 『캔터베리 이야기』(Canterbury Tales)를 비롯한 많은 작품을 통해 인간이란 과연 무엇이며 운명, 또는 세상의 이치가 무엇인지 밝히려 했던 작가이다. 『캔터베리 이야기』는 「서시」("General Prologue")에 드러나 있듯이 성지로 향하는 세속적인 인간들의 이야기라고 할 수 있겠다. 다시 말하면 태어나자마자 죽음, 또는 그 이후의 세계로 나아가는 인생 여정을 그린 작품이다.

따라서 작품을 관통하는 화두는 『기사의 이야기』(The Knight's Tale)에서 죽어가는 아시테(Arcite)의 울부짖음처럼 "이 세상은 무엇인가? 인간이 해야할 것은 무엇인가?"(What is this world? What asketh men to have?)(I. 2777)라는 질문이며, 이어지는 이야기들은 예외 없이 이러한 질문에 대한 시인의 다양한 관점이 어우러진 것이다. 물론 작품은 이에 대한 궁극적인 해답을

---

1) 초서의 텍스트는 래리 벤슨(Larry D. Benson)이 편집한 1987년 판 『리버사이드 초서』(Riverside Chaucer)이다. 우리말 번역은 일부 이동일과 이동춘의 번역을 따랐지만 필요에 따라 필자가 수정하거나 필자의 번역으로 대체하기도 하였다.

제시하지 않는다. 그러나 초서가 제시하는 다양한 인간의 모습에서 우리는 운명 앞에서는 비록 어리석고 무모하지만 자신의 문제를 치열하게 해결하고자 노력하는 위대한 인간의 단면들을 보게 된다. 『캔터베리 이야기』는 철학적이지만 통속적이며, 종교적이지만 해학적이다. 또한 운문과 산문, 아름다운 언어의 유희와 저속한 성적 묘사가 끊임없는 흥미를 불러일으킨다.

영문학의 선구자로서 초서의 위대함은 물론 그의 문학세계가 다양하게 드러내는 인간의 모습과 휴머니즘에 기인하지만, 동시에 그의 문학적 위대함을 발견하고 이를 자신의 작품세계에 반영하려는 후대 작가들의 노력에 힘입은 것이기도 하다. '엘리자베스 시대의 가장 위대한 비 극 시인(non-dramatic poet)'으로 불리는 스펜서가 초서를 흠모하고 그의 문학세계를 자신의 작품에 구현하려 했던 것은 이미 잘 알려진 사실이다. 그가 의도적으로 자신의 작품에 고답적인 표현을 사용한 것은 초서에 의해 증명된 문학적 언어로서의 영어에 대한 자부심 때문이었다. 스펜서는 자신이 죽으면 초서의 무덤 곁에 묻히기를 원했으며, 결국 이로 인해 웨스트민스터 사원(Westminster Abbey)에 '시인들의 묘역'(Poets' Corner)이 생길 수 있는 토대를 마련하게 되었다(Payne 20).

또한 그는 『선녀여왕』(The Faerie Queene) 4권, 칸토 2에서 초서를 가리켜 "순수한 영어의 샘물"(well of English undefyled), 또는 "가장 성스럽고 복된 영혼"(most sacred happie spirit)이라고 부르고 있는데(34),[2] 선대 시인에 대한 그의 존경심을 엿볼 수 있다. 사실상 『선녀여왕』 4권의 전반부는 초서의 『캔터베리 이야기』 중 미완성으로 남은 『수습기사의 이야기』(The Squire's Tale)를 완성하겠다는 스펜서의 의도가 구현된 것이다. 초서의 후계자임을 자처하는 스펜서의 자부심이 드러나는 대목이다.

---

2) 스펜서의 『선녀여왕』 텍스트는 해밀튼(A. C. Hamilton)이 편집한 1977년 판 *The Faerie Queene*이며 우리말 번역은 필자의 것이다.

공교롭게도 초서의 대표작 『캔터베리 이야기』가 미완성이듯이 스펜서의 대표작 『선녀여왕』도 미완성으로 끝난 작품이다. 그럼에도 불구하고 아직까지 『선녀여왕』은 영문학 사상 가장 긴 시 작품으로 남아있다. 스스로 초서를 계승하는 위대한 시인이고자 했던 스펜서는 영문학을 대표하는 서사시를 쓰겠다는 의지를 가지고 모두 열두 권으로 이루어진 작품을 구상했다. 하지만 결국 여섯 권과 두 개의 칸토를 남겼는데, 이야기 구성의 웅대함과 등장인물의 다양함, 그리고 작품에 드러나는 다양한 알레고리와 비유들은 위대한 시인으로서 스펜서의 위상을 확고히 하는 데 부족함이 없다고 하겠다.

월터 롤리 경(Sir Walter Raleigh)에게 보낸 편지에서 스펜서는 『선녀여왕』을 알레고리라고 규정하고, 자신은 작품을 통해서 "도덕성이 높고 신사적 훈련을 받은 상류사회 인사나 귀족"(737)을 함양하려는 의도를 가지고 있다고 밝히고 있다. 따라서 작품에 담긴 사상들은 시인이 생각하고 있던 르네상스 시대의 총체적 인간 교육의 핵심적인 요소들을 포함하고 있다고 보아야 할 것이다. 같은 편지에서 스펜서는 도덕 교육을 하는 데 있어서 어떤 이유로 문학이 다른 학문적 훈련보다 좋은 방법인지 설명하고 있다.

어떤 이들에게는 이러한 방법이 불만스러울 것이라는 점은 저도 알고 있습니다. 그들에게는 이렇게 아리송하게 알레고리라는 방법으로 치장하지 않고, 그들이 보통 하는 대로 단도직입적 훈시나 전체적 설교를 통해서 훈련하는 방법이 더 좋았을 것입니다. 그러나 제가 보기에는 그러한 이들도 모든 것을 겉모습으로만 판단하며 자신의 평범한 감각에 즐겁거나 달콤하지 않은 것은 무엇이든지 무가치한 것으로 보아 넘기는 요즈음의 세태를 받아들여야 할 것 같습니다. . . . 그러므로 실례를 들어 가르치는 것이 규율을 통하는 것보다 훨씬 더 효과적이고 고상한 방법입니다. (738)

하여 그는 독자들이 가장 즐겁게 읽을 수 있는 작품, 즉 자신의 말대로 "역사 이야기로 채색되어 있는 그럴듯하고 재미있는 이야기"를 쓴 것이다. 해리 버거(Harry Berger Jr.)가 지적한 대로 스펜서의 작품이 갖는 일반적인 장점은 "작품의 문학성, 비세속적이고 무엇인가 색다른 멋과 작품의 광활함과 느긋한 공간, 그리고 고전적이며 중세적이고 르네상스적인 가장 다양한 문화들을 한꺼번에 흡수 통합하고 있다는 점"에 있을 것이다(2). 하지만 또한 많은 학자들과 비평가들이 작품의 언어가 너무 길고 지루하며, 이야기 전개에 두서가 없고, 알레고리가 불분명하다고 비난하고 있는 것도 사실이다.3) 평자들 사이에 가장 크게 논란이 되고 있는 문제는 작품이 과연 예술적인 통일성과 일관성을 유지하고 있는가 하는 점인데, 작품은 그에 대한 명확한 해답을 제공하지 않고 있다.

그러나 우리는 작품이 광대하고 느슨하기는 하지만, 스펜서가 편지에서 공개하고 있듯이, 치밀하게 조직된 이야기를 전달하는 것이 목적이 아니라 궁극적으로 알레고리적 메시지를 전달하고자 하고 있다는 점을 잊지 말아야 할 것이다. 그러므로 일부 평자들처럼 아무런 모순이 없는 매끄러운 이야기에서 작품의 통일성을 찾을 것이 아니라, 작품이 작가의 세계관을 얼마나 일관성 있게 투영하고 있는가 하는 데서 찾아야 할 것이다. 비록 작품의 세부적인 요소들이 서로 모순되고 상치될지는 모르지만 (사실상 이러한 모순들은 대부분 시인이 의도한 것들이다) 작품 전체가 드러내는 작가의 인간관과 세계관은 결코 애매하거나 모순되지 않다. 『선녀여왕』은 스펜서의 비전을 일관성 있게 투영하고 있으며 예술적인 통일성을 갖춘 작품이다.

---

3) 이에 대한 자세한 논의는 Harold Bloom "Introduction," *Edmund Spenser.* Ed. Harold Bloom (New York: Chelsea, 1986) 1-7과 Elizabeth Heale, *The Faerie Queene: A Reader's Guide* (London: Cambridge UP, 1987) 2-5를 참조할 것.

스펜서가 '시저'(sizar), 즉 오늘날 '근로 장학생'에 준하는 조건으로 케임브리지를 졸업하고 일생을 엘리자베스 여왕과 그 측근의 귀족들에게 인정받기 위하여 애썼다면, 셰익스피어는 그와는 전혀 다른 길을 걸었던 시인이다. 출신과 학력이 불분명한 셰익스피어는 궁정보다는 오히려 대중에게 다가선 시인이자 극작가이다. 극작가로서 그의 인기는 대단한 것이었으며, 배우로서의 수입과 글로브(Globe) 극장의 주주로서의 수입이 있었다고 하더라도 영문학 사상 최초로 문학을 통해 자수성가한 작가라고 할 수 있다. 당대의 극작가였던 로버트 그린(Robert Greene)이 셰익스피어를 질투하여 그를 "동료들을 뒤흔들고"(shakes-peer) 있는 "갑자기 나타난 까마귀"(upstart crow)라고 폄하한 것을 보면 역설적으로 그가 당대에 얼마나 큰 인기를 얻고 있었는지 짐작하게 한다. 그의 경쟁자이자 동료였던 벤 존슨(Ben Jonson)은 셰익스피어가 죽은 후에 그를 가리켜 "특정한 시대가 아닌 모든 시대의 시인"(not of an age, but for all time)이라고 칭했고, 18세기에 토마스 칼라일(Thomas Carlyle)이 셰익스피어의 작품을 인도와도 바꾸지 않겠다고 선언한 것은 이미 너무 잘 알려진 사실이다.

극작 시인으로서 셰익스피어가 영문학 사상 초서와 가장 많이 닮은 작가일 것이라고 제안하는 마체 슈츠(Marchette Chute)는 두 작가가 예술가로서도 비슷하지만 그들의 삶도 유사점이 많다고 설명하고 있다(15). 셰익스피어는 초서의 작품을 잘 알고 있었으며 초서의 문학을 계승한 시인임이 틀림없다. 존 플레처(John Fletcher)와 합작한 『두 귀족 친척』(The Two Noble Kinsmen)의 서문에서 그는 초서를 "모두에게 칭송받는"(all admired) 시인이라고 부르며 그의 문학은 "영원하고" "고귀하다"고 선언하고 있다(Prologue 27-30). 물론 이것은 자신의 작품이 초서의 『캔터베리 이야기』 중 첫 번째 이야기인 『기사의 이야기』를 각색한 것이기 때문에 단순히 초서에 대한 칭송이라기보다는 자신의 작품이 초서의 그것에 비해 손색없음을 내비치는 몸짓이기도 하다. 셰익스피어는 초서를 궁극적인 경쟁상대로 여기고 있는 듯하다.

대중의 취향을 최우선으로 하는 극작가로서 셰익스피어는 초서의 서사 정신을 계승하고 있다. 셰익스피어는 초서의 위대함을 인지하고 있었으며 초서의 문학이 갖는 매력이 무엇인지 이해한 작가이다. 아마도 셰익스피어가 이해한 초서의 매력은 무한한 대중성일 것이다. 셰익스피어의 극작품에는 『캔터베리 이야기』에 흐르는 휴머니즘, 즉 다양한 인간의 모습과 인간 정신의 위대함이 그대로 드러나고 있다. 두 시인은 시인의 사명이 문학적 교훈을 통해서 세상을 더 나은 곳으로 만들도록 선도하는 역할이라는 생각이 당연하게 여겨진 시대를 살았지만 아무도 (최소한 노골적으로) 가르치려 하지 않은 작가들이다. 자신의 특정한 도덕적, 종교적 관점을 작품에 드러내지 않으면서 자유롭게 인간과 세상을 바라보고 비판하며 문학의 위대함을 성취한 시인으로서 초서와 셰익스피어는 서로 많이 닮았다.

셰익스피어와 스펜서가 서로의 작품을 이해하고 있었던 것은 분명한 듯하다. 셰익스피어가 런던 극장가에서 활동하던 시절, 스펜서는 아일랜드에서 『선녀여왕』의 두 번째 출판을 위해 준비하고 있었을 것이며, 스펜서가 서사시의 출판을 위해 런던에 왔을 때 두 시인은 서로 만났을 가능성도 있다. 또한 두 시인은 엘리자베스 1세 외에도 스트레인지 부인(Lady Strange)이라는 공통의 후원자가 있었다. 스펜서가 1599년에 48세의 나이로 런던에서 사망했을 때 30대 중반의 셰익스피어는 희극시대의 절정을 맞고 있었다. 스펜서가 '시인들의 시인'이라는 별칭을 가지고 있을 만큼 시작법(versification)에 유난히 관심을 기울였던 시인인 것은 이미 잘 알려진 사실이다. 셰익스피어도 시작법에 특히 관심이 많았던 것으로 보인다. 그는 물론 무운시(blank verse)로 모든 극작품을 썼지만 그가 출판한 서정시에서는 여러 가지 시작법을 시험하고 개발했다. 그가 사용한 『소네트』(Sonnets)의 시작법이 오늘날 이탈리아식, 또는 페트라르크식(Petrarchan) 소네트와 대비되는 영국식 소네트의 대명사가 된 사실도 이를 반증하는 것이다.

그런데 휴머니즘이라는 화두로 두 시인을 조명하면 문학을 통한 두 시인의 관계가 더욱 뚜렷이 드러난다. 예컨대 셰익스피어의 시 작품인 『비너스와 아도니스』(*Venus and Adonis*)는 오비드(Ovid)의 『변신』(*Metamorphosis*)을 원전으로 하고 있지만 섬세하고 관능적인 묘사는 일부 비평가들이 지적하고 있듯이 스펜서의 『선녀여왕』 곳곳에 묘사되는 비너스와 아도니스의 모습과 닮아있다. 셰익스피어의 작품에 스펜서가 실질적으로 얼마만큼 영향을 끼쳤는지 가늠하기는 쉽지 않지만 최소한 고전 신화를 대하는 작가의 태도와 시적 묘사에 있어서만큼은 스펜서의 영향력을 과소평가할 수 없을 것이다.

스펜서와 셰익스피어를 묶어주는 또 하나의 장르는 소네트이다. 스펜서의 소네트 모음집인 『아모레티』(*Amoretti*)는 결혼축가 『에피탈라미언』(*Ephitalamion*)과 함께 출판되었는데, 일반적으로 시인의 두 번째 부인인 엘리자베스 보일(Elizabeth Boyle)과의 연애와 결혼을 묘사한 것으로 알려져있다. 하지만 작품을 자세히 살펴보면 시인이 흠모하는 여인은 세 명인 것을 알게 된다. 스펜서 자신이 밝히고 있지만 공교롭게도 그 세 명의 여인은 모두 엘리자베스라는 이름을 가지고 있는데, 부인이 된 여성과 군주인 여왕, 그리고 시인의 어머니이다.

따라서 『아모레티』에 드러나는 감정들, 즉 사랑과 좌절, 두려움과 존경심, 그리고 희망과 배신감 등은 다양한 층위로 해석될 수 있다. 셰익스피어의 『소네트』에서도 화자가 노래하는 상대가 미모의 젊은 남성, 유색의 여인 등으로 일정하지 않으며 스펜서의 경우처럼 다양한 감정들이 드러난다. 보통 소네트 연작집(sonnet sequence)은-필립 시드니(Philip Sidney)의 『아스트로펠과 스텔라』(*Astrophel and Stella*)의 경우처럼-그 안에 일정한 줄거리가 있게 마련인데 스펜서와 셰익스피어의 소네트에서는 그 안에서 일관된 줄거리를 찾기가 어렵다. 그만큼 감정의 표현이 다층적이라는 것이다.

초서의 문학적 성취는 스펜서와 셰익스피어로 이어지지만, 이는 또 다시 밀턴에 의해 계승된다. 초기 작품인 「일펜서로소」("Il Penseroso")에서 젊은 밀턴은 독서의 즐거움을 이야기하면서 초서의 『수습기사의 이야기』의 내용을 소개하고 있다.

> 아니면 그를 깨워서 절반만 서술된
> 용맹한 캠버스칸 이야기를 들려주어라.
> 캠벨에 대해서, 그리고 위대한 반지와
> 거울을 가지고 있었던 카나세를
> 아내로 맞은 알가시프에 대해서.
> 또한 타타르 왕이 타고 달렸던
> 놀라운 청동의 말에 대해서도.

> Or call up him that left half told
> The story of Cambuscan bold,
> Of Camball and of Algarsife,
> And who had Canacee to wife,
> that owned the virtuous ring and glass,
> And of the wondrous horse of brass,
> On which the Tartar king did ride. (109-15)[4]

정작 초서의 『수습기사의 이야기』는 도입부만 소개되었을 뿐 전체적인 줄거리는 존재하지 않는 작품이다. 하지만 젊은 시절의 밀턴에게 초서의 『캔터베리 이야기』가 깊은 인상을 주었을 것이라는 추측은 가능할 것이다. 또

---

4) 밀턴의 텍스트는 별다른 언급이 없는 한 모두 메릿 휴즈(Merritt Y. Hughes)가 편집한 1957년 판 *Complete Poems and Major Prose*이며 우리말 번역은 필자의 것이다.

다른 추측은 스펜서를 탐독한 밀턴이 『선녀여왕』 4권에서 스펜서가 완성한 (?) 초서의 이야기를 염두에 두고 유독 『수습기사의 이야기』의 내용을 언급한 것이 아닐까 하는 점이다. 결론을 내릴 수는 없겠지만 초서-스펜서-밀턴으로 이어지는 영시의 전통을 엿볼 수 있는 대목이다.

밀턴과 스펜서의 연관성은 새삼 언급할 필요가 없을 만큼 긴밀하다. 언론의 자유를 옹호한 유명한 산문 『아레오파기티카』(Areopagitica)에서 밀턴은 스펜서를 가리켜 "우리들의 현자이며 심오한 시인"이라면서 스콜라 학파 (scholasticism)인 "스코터스(Scotus)나 아퀴나스(Aquinas)보다 훌륭한 스승"이라고 칭했다(728). 또한 18세기를 대표하는 시인이자 비평가인 드라이든 (John Dryden)은 밀턴을 "스펜서의 시적 아들"(the Poetical Son of Spenser)이라고 부르며 다음과 같이 설명하고 있다. "우리에게는 각기 가족 외에도 가계와 혈통이 있는데, 스펜서는 초서의 영혼이 자신의 몸속에 깃들어 있다고 종종 암시한 바 있고 밀턴은 스펜서가 자신의 근원이라고 내게 직접 말했다"(1445). 밀턴의 후기 대작에 등장하는 주인공들─아담(Adam), 이브(Eve), 사탄(Satan), 예수(Jesus), 삼손(Samson), 하라파(Harapha) 등─은 모두 그 원형의 일부를 스펜서의 『선녀여왕』에서 찾을 수 있다.

밀턴과 셰익스피어의 연관성을 증명하기란 쉬운 일이 아니다. 다만 밀턴이 셰익스피어와 그의 작품을 잘 알고 있었으며, 그를 위대한 극작가로 인정하고 있었다는 사실은 분명하다. 앞서 인용한 「일펜서로소」와 짝을 이루는 「랄레그로」("L'Allegro")에서 밀턴은 흥겨움의 요소 중 하나로 셰익스피어의 연극을 언급하면서, 그를 "가장 달콤한 셰익스피어, 상상력의 자식" (sweetest Shakespeare, fancy's child)(133)이라고 부르고 있다. 셰익스피어가 뮤즈의 자식이라는 것이다. 밀턴의 작품 중 최초로 출판된 것으로 알려진 "셰익스피어에 대하여"(On Shakespeare)에서도 밀턴은 선대 극작가를 "기억의 사랑스러운 자식, 명성의 위대한 상속자"(Dear son of memory, great heir of fame)(5)라고 부르면서 셰익스피어를 추모하고 있다.

> 우리의 놀라움과 경이로움 속에서
> 그대는 영원한 기념비를 이뤘으니,
> 느리게 애쓰는 예술가들이 부끄럽게
> 그대의 편한 글이 흐르고, 우리 마음은
> 그대의 고귀한 책, 델피 신전 같은 시구가
> 담긴 책에서 깊은 감동을 받습니다.

> Thou in our wonder and astonishment
> Hast built thyself a livelong monument,
> For which to th' shame of slow-endeavoring art
> Thy easy numbers flow, and that each heart
> Hath from the leaves of they unvalued book
> Those Delphic line with deep impression took. (7-12)

"셰익스피어에 대하여"는 1632년에 출간된 셰익스피어의 두 번째 이절 판 (Second Folio)에 수록된 작품인데 케임브리지 학부를 졸업할 무렵인 22세 의 밀턴이 셰익스피어의 사후 작품집에 어떻게 추모시를 수록하게 되었는 지에 대해서는 흥미로운 주장이 있다.

고든 캠벨(Gordon Campbell)은 밀턴의 아버지인 존 밀턴(시인과 같은 이름을 가졌다)이 블랙프라이어즈(Blackfriars) 극장의 주주였으며 당시 극 단과 친근한 관계를 유지했기 때문에 아들인 밀턴에게 추모시를 쓰도록 배려했다고 제시하고 있다(103-104). 당대 극단의 주주이자 기획가였던 리 처드 버비지(Richard Burbage)가 1619년에 죽으면서 극단의 존망이 위협을 받자, 주주들은 밀턴의 아버지를 주주 중 한 명으로 초대하였고, 청년 밀 턴은 자연스럽게 자코비언(Jacobean) 시대의 극단과 접할 수 있게 되었다

는 것이다. 캠벨과 토마스 콘즈(Thomas Corns)는 밀턴이 친구인 찰스 디오
다티(Charles Diodati)에게 라틴어로 쓴 운문편지 "애가 1"(Elegy I)에서 자신
이 지붕이 있는 극장에 갔었다는 사실을 언급하고 있다고 제시한다(12).
밀턴의 집안과 당대 극단과의 관계를 고려하면, 밀턴이 셰익스피어를 (직
접적으로 만났다는 증거는 없으나) 깊이 알고 있다는 것은 부인하기 어려
울 것이다.

기독교와 휴머니즘

수십 년 전 젊은 시절 이야기다. 우연히 조지 허버트(George Hurbert)의 「목
줄」("The Collar")을 접하고 작품의 극적 효과에 충격을 받았다. 사제가 평생
토록 신을 섬기고 고통을 겪었건만 아무런 소득과 보람도 없다고 신에게
불만을 토로하는 작품이다. 신의 침묵에 점점 더 화가 난 사제는 결국 자신
의 목줄(사제가 목에 두르는 칼라를 가리킨다)을 떼고 떠나겠다고 선언한
다. 하지만 마지막 4행은 극적 반전을 이룬다.

> 그러나 내가 말하면 할수록 분노가 더 격해지고
> > 거칠어지는데,
> 누군가가 부르는 소리를 들은 것 같았다, *애야!*
> > 나는 답했다, *주님.*

> But as I raved and grew more fierce and wild
> > At every word,
> Methoughts I heard one calling, *Child!*
> > And I replied, *My Lord.*

기독교인이 아니면 아무런 감정을 느낄 수 없는 작품일지 모르겠으나, 소위 모태신앙을 가진 필자에게는 커다란 감동으로 다가왔다. 필자가 르네상스 영문학을 전공 분야로 선택한 이유 중 하나도 어쩌면 기독교적 배경 때문이 아닐까 싶다. 영문학을 전공하기 위해서는 헤브라이즘(Hebraism)의 근간인 기독교를 이해하는 것이 필수적이겠지만, 특히 르네상스 시대를 전공하기 위해서는 기독교 신자든 아니든 간에 이 종교의 강령과 역사를 숙지하는 것이 선결 조건이라고 생각한다.

기독교는 적어도 종교개혁(Reformation) 이전에는 휴머니즘 정신에 특별한 위협이 되지 않았다. 유일신 중심의 세계관을 가진 기독교 사상은 엄격히 말해서 모든 가치의 중심이 신의 섭리에 있다고 믿는 비타협적인 가치 체계이다. 따라서 다른 종교나 인간중심의 사고를 이단이거나 세속화로 규정하고 배제한다. 한편 그리스 문명을 기원으로 하는 헬레니즘(Hellenism)은 인간을 모든 가치의 척도로 보고 인간중심의 사상을 추구하는 사고체계를 가지고 있다. 이처럼 확연히 다른 두 세계관이 하나의 조화로운 체계를 이룰 수 있었던 것은 물론 중세 유럽을 지배했던 헤브라이즘 사상이 헬레니즘 문화를 수용하면서 종교적 진리 체계와 미학적 문화 체계를 각각 다른 것으로 인정하고 헬레니즘 사고를 하위 체계로 흡수하였기 때문이다.

그러나 14세기 이탈리아에서 출발한 르네상스 운동은 그동안 하위 체계로만 인식되어 왔던 인간중심의 사고를 부활시켰으며, 그리스 로마의 고전에 대한 탐구와 더불어 인간의 무한한 가능성에 대한 긍정적 인식을 불러 일으켰다. 이는 자본주의의 발달과 함께 세속적인 재화의 축적이 교회를 포함한 모든 사회 구성원의 관심거리가 된 때문이기도 하거니와, 안정적인 질서를 유지해 왔던 신 중심의 중세적 세계관이 더 이상 설득력을 가질 수 없었기 때문이기도 하였다. 이를 해결하기 위하여 초기 르네상스 시대의 가톨릭 사상가들은 인간이 신의 특별한 창조물이며 신으로부터 부여받은 이성의 개발을 통하여 우주적 질서 안에서 위엄을 갖춘 존재가 될 수 있다고 설파하면서 무지와 교만, 그리고 비뚤어진 의지를 배제하기 위한 노력의 중요성을 강조하였다(Brown 1). 결국 초기 르네상스 휴머니즘은 인간이 교육과 자기 개발을 통하여 절대자인 신의 뜻을 자신 안에서 구현할 수 있다는 긍정적인 인간관이라고 정의할 수 있겠다.

가톨릭교회는 비록 신의 은총이 구원에 절대적으로 필요한 요소이기는 하지만 인간의 선행도 또한 그러한 은총을 받는 데 반드시 필요한 것이라고 가르침으로써, 서로 상치되는 신 중심적 교리와 인간 중심적 사고 사이에 조화로운 균형을 유지하려 하였다. 초기 르네상스 휴머니스트들은 고전적 지식, 특히 도덕 철학에 대한 지식이 기독교적 신사를 양성하는 데 핵심적인 도구라는 인식을 공유하고 있었다. 예컨대 에라스무스는 고전적인 지식의 가치와 유용성에 대한 굳건한 믿음을 가지고 있었으며, 모든 기독교도들은 그러한 고전적 지식을 통하여 훈육을 받음으로써 자신의 종교적 신념에 합리적이고 자기 충족적인 도덕심을 더해야 한다고 주장하였다(Sinfield 21). 많은 가톨릭의 성인들과 휴머니스트들은 특히 로마의 철학자 시세로(Cicero)의 글에서 이상적인 기독교도의 모습을 찾았다.

르네상스 휴머니즘의 아버지라고 불리는 페트라르크(Petrarch)는 시세로를 존경한 나머지 "내가 아는 한 시세로는 예수가 선포한 원칙에 위배되는 말은 단 한마디도 쓴 적이 없다"고 주장할 정도였다(재인용 Major 14). 플라톤(Plato)이나 시세로 같은 철학자들뿐만 아니라 그리스 로마의 역사가들과 극작가들도 종종 휴머니즘 교육 프로그램에 포함되곤 하였다. 에라스무스의 『기독교 왕의 교육』(*Education of a Christian Prince*)이나, 엘리엇의 『통치자』(*Governor*), 그리고 모어의 『유토피아』(*Utopia*)에 등장하는 교육과정에는 거의 예외 없이 아리스토파네스(Aristophanes), 루시안(Luscian), 헤로도투스(Herodotus), 퀸틸리아누스 등의 많은 그리스 로마의 작가들이 포함되어 있다(Major 82). 르네상스 초기 휴머니스트들은 이러한 고전 학습을 이방적인 것으로 배척하지 않았으며, 오히려 이상적인 기독교도를 훈련하는 핵심 과정으로 받아들였던 것이다.

하지만 종교개혁이라는 신학적 대사건을 계기로 그동안 자연스러운 조화를 이루던 신 중심의 사고와 휴머니즘은 또 다시 새로운 균형을 찾아 갈등하게 된다. 언뜻 보면 가톨릭의 정체성과 권위를 타파하려 했던 프로테스탄트(protestant) 정신과 중세의 종교적 도그마에서 벗어나려 했던 문예부흥 정신은 기존의 가치와 갈등하는 새로운 사고로서 동반자적 위치를 가지는 것처럼 보일는지도 모른다. 그러나 인간은 필연적으로 죄인이기에 인간의 구원은 오로지 신의 은총에만 달려있다고 주장하는 루터(Luther)와 캘빈(Calvin)의 강령은 인간의 선행이나 도덕심을 구원을 이루기 위한 요소로 전혀 인정하지 않았기에 기독교적 도덕규범과 이교도적 규범의 조화를 결코 용납하지 않았다. 결과적으로 이러한 성령주의 운동에 휴머니즘이 끼어들 여지가 없어진 것이다. 더글러스 부시(Douglas Bush)는 이를 다음과 같이 설명한다.

> 개신교, 혹은 개신교적인 개혁은 모두 휴머니즘을 반대하였다. 관용이나 타협을 거부하고 종종 폭력적이었던 수많은 종파와 집단들은 인문적 귀족들이 가지고 있던 이상을 공유하지도 않았으며 빛과 온유함이라는 국제적인 정설도 받아들이지 않았다. 루터교와 캘빈교의 강령은 자신을 스스로 통제하는 이성과 인간의 존엄성을 강조하는 휴머니즘적 원리와는 서로 상치되는 것이다. (83)

에라스무스는 1528년에 지인에게 쓴 편지에서 "루터교도들이 득세하는 곳에서는 어디든지 학문이 사라져버린다"고 불평하기도 했다(재인용 Sinfield 21). 만일 케임브리지 대학 등에서 휴머니즘 교육을 받고 영국 교회의 개혁을 주도한 사상가들과 작가들이 없었더라면 이처럼 엄격한 프로테스탄트 강령 안에서 휴머니즘은 설 곳이 없었을 것이다.

그렇다면 종교개혁의 결과로 출현한 프로테스탄티즘(Protestantism)이란 과연 무엇이며 근세영문학 전통과는 어떤 연관이 있는가? 프로테스탄티즘은 루터에 의해서 시작되었다고 보는 것이 일반적인 견해이기는 하지만, 1517년에 35세의 젊은 신학자였던 그가 위텐베르그(Wittenburg) 성당 문에 95개 항의 선언문을 못 박기 이전에 이미 그러한 개혁을 요구하는 종교적, 정치적, 사회적 여건이 성숙되어 있었다는 사실에 주목할 필요가 있다. 중세 봉건주의가 붕괴되면서 발현한 자본주의와 휴머니즘적 르네상스 정신은 세속적인 부와 권력의 추구로 이어진다. 중농주의적 봉건사회와는 달리 중상주의적인 부의 추구가 권력을 획득하는 지름길이 되면서, 교회도 적극적으로 물질주의적 성향을 띠게 되었고 이처럼 세속적인 부와 권력의 추구는 필연적으로 타락과 부패를 노정하게 된다. 이것은 물론 가톨릭교회가 그 이전에는 타락하지 않았다는 말이 아니다. 오히려 정치, 사회적 여건이 교회의 물질주의적 성향을 드러내어 비난할 수 있을 만큼 성숙했다고 보는 것이 타당할 것이다.

자본주의의 성장으로 유럽 사회의 정치와 국가주의가 변화하면서 로마 교황청은 더 이상 그동안 누려왔던 정치적인 권위를 유지할 수 없었으며, 노골적으로 부를 추구했던 가톨릭교회와 교황의 탐욕에 대한 공격과 비판이 유럽 각지에서 나타나고 있었다. 특히 북부 유럽의 제후들은 교황청의 탐욕과 절대 권력에 대해서 회의적이고 비판적인 시각을 가지고 있었으며 이러한 제후들의 정치적 배려가 없었더라면 루터의 종교개혁에 대한 주장은 어쩌면 한 지식인 성직자의 외로운 항의에 그치고 말았을지도 모른다.

루터 자신도 처음부터 자신의 행동이 정치적인 차원으로 확대될 것으로 기대한 것은 아니었으며, 로마의 교황청에 도전하고 가톨릭교회의 부패와 타락을 비난한 것이 루터뿐만도 아니었다. 이미 에라스무스 같은 기독교적 휴머니스트들은 성서의 원전 연구를 통하여 순수한 성서적 경건함을 옹호하면서 교황제도나, 신부와 수도사의 부패, 가톨릭적인 미신 등에 대한 풍자적 비판을 하고 있었으며, 가톨릭교회 내부에서도 루터의 종교개혁에 대항하여 예수회(Jesuits) 등의 자체적인 개혁운동이 일어났다. 그러나 그 어느 것도 북유럽 제후들의 정치적인 후원을 등에 업은 루터의 종교개혁처럼 급속도로 커다란 반향을 일으키지는 못했던 것이다.

가톨릭교회의 어떤 점이 그처럼 거센 비판과 도전에 자신을 내맡기게 되었는가? 중세 가톨릭의 스콜라(Scholastic) 철학은 세상적인 것과 내세적인 것을 엄격히 구분하고, 인간은 세속적인 것을 경원하고 내세적인 것에 소망을 두어야 한다고 가르쳤다. 현실적으로 세상에 살 수밖에 없는 인간은 죄에서 벗어나기 어렵지만, 그러한 죄는 교회를 통한 고해와 사면을 통해서 사해질 수 있다고 하였다. 물론 그러한 사면에는 조건이 따른다. 즉 개인은 선행을 통해서 끊임없이 자신의 죄과를 보상하여야 한다는 것이다.

구원은 최선을 다하여 선하게 살려고 애쓰는 인간의 노력에 대한 신의 은총, 즉 선물이며, 그렇기 때문에 모든 인간은 선행에 힘써야 하고 자신의 악행에 대해서는 고해와 사면을 통해서 사함을 받아야 한다. 신의 은총을 입은 인간의 선행은 자신을 구원에 이르게 하지만, 또한 동시에 스스로 구원에 성취하기에는 부족한 다른 인간을 도와줄 수도 있으며, 이처럼 구원에 이르는 효험을 나누어 받는 사람은 그러한 은사에 대한 감사의 표시로 교회에 기부를 하는 것이 당연한 것이다. 그러나 문제는 정신적인 구원과 물질적인 감사를 주고받는 행위가 자연스럽게 교회의 타락으로 이어졌다는 데에 있다. 더구나 자본주의의 발달과 함께 세속적인 부의 추구가 지상의 명제로 떠오르면서, 세상적인 것(secular)과 내세적인 것(sacred)을 구분하는 중세적인 종교관은 설득력을 잃을 수밖에 없었다.

루터가 공격한 것이 궁극적으로 교회의 부패였다면 로마의 교황청은 오히려 응대하기 쉬웠을 것이다. 그러나 루터의 주장은 신학적으로 중세 스콜라적 사고체계에 반기를 든 것이었으며 그것은 즉 가톨릭 신앙 체제에 정면으로 도전하는 행위였다. 다시 말해서 부패와 타락에 대한 비판은 새삼스러울 것이 없었으나, 신학체계 자체를 거부하고 재정립하려는 시도는 그동안 유지해 온 교회의 체제를 뒤집는 것이었기 때문에 교황청으로서는 아무리 관대하게 보아도 루터의 주장을 수용할 수는 없었을 터였다.

　　루터의 주장은 자본주의의 발달과 북부 유럽의 국가주의에 힘입어 자신이 처음 기대했던 것 이상의 영향력을 발휘하였으며, 급기야 로마 교황청의 권위를 위협하고 프로테스탄트 신앙의 시발점이 되었다. 교황청은 루터가 처음 개혁을 주장한 지 9년 후인 1526년에 스페이어 공회(Diet of Speyer)를 개최하고 공회의 결정으로 로마제국에 속한 모든 영주들은 (당대의 유럽 국가는 모두 종교적으로 로마제국에 속해 있었다) 자신의 영지에서 믿는 종교를 자유롭게 결정하라는 칙령을 내렸다. 물론 종교를 자유롭게 결정하라는 것이 기독교가 아닌 종교를 받아들여도 좋다는 뜻은 아니며, 기독교의 다양한 신학적 주장과 이론 중에서 자신의 영지에 맞는 적절한 형태의 신학체계를 선택하라는 것이었다. 이는 한편으로 북부 유럽의 여러 제후들의 항거를 달래면서, 로마 교황청을 중심으로 한 교회의 통일을 유지하기 위한 방편이기도 하였다.

　　그러나 복음주의(evangelism) 신앙의 확산을 종교적 분열 위협으로 받아들였던 로마 교황청은 다시 3년 후인 1529년에 두 번째 공회를 개최하고 다수결에 의해서 기존에 발표한 칙령을 취소하는 결정을 내린다. 당시 공회에서 수적으로 열세였던 영주 여섯 명은 이러한 결정에 대하여 항의하는 공식 선언문을 채택하게 되는데 이 공식 항의서, 즉 프로테스테이션(Protestation)이 오늘날 프로테스탄트의 시작이다. 이들은 구원과 영생에 관한 한, 모든 인간이 스스로 신 앞에 서서 자신을 증명해야 한다고 주장하면서, 개신교의 확장을 막으려 했던 교황청의 결정에 항의하였다. 이후로 로마 교황청의 강령에 반대하는 모든 기독교 교파, 즉 개혁적인 성향의 모든 종파에 프로테스탄트라는 이름이 붙여졌으며, 개신교도들 자신도 스스로 프로테스탄트라고 부르게 되었다. 개신교의 입장에서 보면 프로테스탄티즘은 수세기에 걸쳐서 내려온 교회의 부패와 미신을 추방하고 원래의 순수한 초기 기독교로의 회귀를 의미하는 것이었으나, 가톨릭의 입장에서 보면 그것은 신과 교회의 권위에 반항하고 분열을 일삼는, 저주받아 마땅한 이단이었던 것이다.

1546년 63세의 나이로 루터가 죽자 루터교(Lutheran Church)는 루터의 강령에 따라 모든 개신교의 분파를 통합하려는 움직임을 벌였지만 실패하였다. 그러나 영국에서 루터교는 런던의 지식층과 상류층에 제법 영향을 끼친 것으로 보인다. 헨리 8세(Henry VIII)의 두 번째 왕비이자 엘리자베스 여왕(Elizabeth I)의 어머니인 앤 불린(Anne Boleyn)도 루터교의 신자였다고 알려져 있으며, 그녀와 왕실의 주위사람들을 통하여 루터교는 영국의 왕실에도 어느 정도의 세력을 가지고 있었다. 그러나 하나의 종파로서 루터교는 더 이상 세력을 확장시키지 못하고, 오늘날까지 북부 유럽과 영국에 소수종파로서 남아 있다.

정작 루터의 종교개혁을 계승한 장본인은 캘빈(John Calvin)이었다. 그는 프랑스에서 개혁을 주도하다가 가톨릭 성향의 왕조에 의하여 프랑스에서 추방된 후에 스위스의 제네바로 건너가서 츠빙글리(Zwingli)를 계승하여 큰 영향력을 발휘하였다. 츠빙글리는 남부독일과 스위스 등지에서 철저한 성경주의 노선의 종교개혁을 주장하다가 전사하였는데, 캘빈은 츠빙글리의 성경주의 노선을 지지하는 한편, 루터의 주장을 수용하여 인간이 자신의 선행으로는 구원에 이를 수 없다고 설파하였다. 또한 그는 인간의 구원이 이미 신에 의하여 결정되어 있다는 이른바 예정설(predestination)을 제시하였는데, 신은 이미 어떤 인간이 구원을 받을 것이고 누가 저주를 받을 것인지 예정하고 있으나 인간은 신의 예정을 알 수 없기 때문에, 다만 세속적인 직업에 충실하고 성서가 가르치는 뜻에 맞는 금욕과 절제의 생활을 함으로써 자신에게 주어진 신의 은총을 증명하여야 한다는 것이다. 언뜻 생각하면 이치에 맞지 않는 것 같은 캘빈의 예정설은 그러나 그 도덕성과 현실성 (모든 인간은 주어진 직업에 충실하고 절제된 생활을 함으로써 열심히 부를 축적하고, 스스로 선택된 자임을 증명한다는 자본주의적 논리) 때문에 당대 유럽 중산층의 윤리규범이 되었으며 현대 자본주의 사회를 형성하는 가장 중요한 사상의 하나가 되었다.

　캘빈의 강령을 중심으로 스위스에서 조직된 장로교(Presbyterianism)는 영국으로 건너가 스코틀랜드를 중심으로 세력을 확장하였으며, 청교도(Puritans) 혁명이 발발했던 1640년대에는 이미 영국의 국회(Parliament)를 장악하고 있을 만큼 대표적인 개신교 종파로 자리를 잡았다. 루터가 죽은 16세기 중엽에 유럽의 각 지역에는 이미 종교개혁을 표방하는 여러 종파가 형성되어 있었는데, 이들은 하나같이 로마 교황청과 가톨릭에 반대하였기 때문에 프로테스탄트, 즉 개신교라는 통합된 이름으로 지칭되었을 뿐, 각기 주장하는 교리와 신앙고백의 성격은 서로 달랐다. 따지고 보면 모든 신도가 각자 자신의 양심에 비추어 성서를 해석할 권한을 가지고 있으며 교회나 다른 권위로부터 신앙의 형태를 강요받을 수 없다는 루터의 주장으로 시작된 프로테스탄티즘은 그 근본적인 성격상 하나의 통일된 강령을 가질 수 없는 것이 오히려 당연하다. 오늘날 개신교로 불리는 수많은 기독교 종파가 존재하는 것도 바로 이런 이유로 이해하여야 할 것이다.

　이제 영국의 프로테스탄티즘을 살펴보자. 영국의 경우에는 종교가 정치적인 이슈와 결부되어 더욱 복잡한 양상을 띠게 된다. 이미 14세기에 위클리프(John Wycliffe)와 그를 추종하는 롤라드 파(The Lollard movement)가 가톨릭교회의 일부 강령과 규범에 도전하였고, 그러한 개혁정신은 16세기에 이르기까지 지속되었지만, 헨리 8세가 1534년에 영국정교회(Anglican church)를 설립하고 자신을 스스로 영국교회의 수장으로 선포하기 전까지 영국은 엄연한 가톨릭 국가였다. 루터의 종교개혁이 유럽에 퍼지고 있을 무렵 영국의 절대군주인 헨리 8세는 루터의 주장에 반대하는 책을 집필하여 당시의 교황, 레오 10세(Leo X)로부터 '신앙의 수호자'(Defender of the Faith)라는 칭호를 하사 받기도 하였는데, 바로 그가 얼마 후에 가톨릭 교회 체제를 부인하고 영국정교회를 설립한 것은 아이러니컬한 사건이다.

헨리는 그의 첫 왕비인 캐서린(Catherine of Aragon)과 이혼하고 앤 불린과 결혼하려고 하였으나, 교황청이 이혼을 허락하지 않자 영국교회를 설립하고 자신이 그 수장이 된 것이다. 사실상 헨리 8세는 로마의 교황청에 왕비인 캐서린과의 이혼을 허락할 것을 요구한 것이 아니었다. 캐서린은 헨리의 형인 아서(Arthur, Prince of Wales)의 아내였는데 아서가 1502년에 죽자, 아버지인 헨리 7세는 스페인과의 결합을 유지하기 위해 캐서린을 영국에 머물게 할 필요가 있었기에 둘째 아들인 헨리와 결혼시킨 것이었다. 물론 형수와의 결혼은 가톨릭교회에서 금하고 있는 사항이기는 하나, 당시 교황이었던 율리우스 2세(Julius II)가 이를 특별히 묵인해준 것이었다. 따라서 헨리가 앤 불린과의 결혼을 위해서 캐서린과의 결혼이 무효임을 선포해주기를 교황청에 요구했을 때, 교황청으로서는 이를 받아들일 수가 없었다. 그렇게 되면 스스로 잘못을 인정하는 것이었기 때문이다.[5] 헨리의 여성 편력은 우리가 보통 '1000일의 앤'이라고 부르는 앤 불린 이후에도 계속되었으며, 헨리의 사후에 영국의 정치와 종교사에 복잡한 흔적을 남긴다.

---

5) 이에 대한 상세한 배경은 리처드 렉스(Richard Rex) 6-37을 참조할 것.

영국교회를 설립하기 이전에 헨리는 개혁파 교도들을 무자비하게 탄압하였고 심지어는 영국교회를 설립한 직후인 1536년에는 성서를 영어로 번역한 윌리엄 틴데일(William Tyndale)을 처형하기도 하였지만, 결국 그는 영어성경을 공식적으로 인정함으로써 누구나 영어로 성경을 읽을 수 있도록 하였다. 당시 헨리 왕정의 수상(Lord Chancellor)이었던 『유토피아』의 저자 모어는 헨리의 영국교회 설립을 반대하여 사직하였고, 결국 영국교회를 지지하지 않는다는 이유 때문에 뇌물수수의 모함에 걸려 처형당했다. 그러나 당시 영국인들은 이미 교황청의 통제에 대한 불만이 고조되어 있었고, 교회 내부의 타락과 부패, 특히 성직자들의 타락에 분노하고 있었기 때문에, 영국교회의 설립에 대하여 크게 반발하지 않았을 뿐만 아니라 개신교도들은 오히려 이를 크게 환영하였다. 헨리는 교회와 수도원을 해체하고 토지를 몰수하여 자신의 가신들에게 분배하는 한편, 영국 전역에 광범위한 토지시장을 개설하여 중산층의 지지를 확보하게 된다.

1534년에 일어난 헨리 8세의 종교개혁으로 촉발된 영국의 프로테스탄트 개혁은 급기야 국가의 종교 문화를 바꾸어 놓기에 이른다. 하지만 이러한 교회의 개혁은 (만일 우리가 1640년에 일어난 청교도 혁명을 개혁의 완성 시기로 본다면) 100년이 넘도록 개혁과 반개혁의 굴절을 거치면서 서서히 이루어진다. 헨리 8세부터 엘리자베스 1세에 이르는 기간 동안 영국 교회를 순수한 프로테스탄트로 개화시키고자 하는 개신교도들의 열렬하고도 지속적인 노력에도 불구하고 대부분의 영국인들은 자신들에게 친숙한 가톨릭 의식과 상징물들을 마음에서 완전히 지우지 못했다(Duffy 591). 따라서 영국의 종교개혁은 교회의 외형과 신앙고백의 방식을 바꾸는 데는 성공했을지 몰라도 이교적이거나 휴머니즘적 사고를 모두 제거하는 데까지 이르지는 못했던 것이다.

영국교회는 비록 로마가톨릭에 반대하여 설립된 것이기는 하지만, 교회의 구조나 예배의 형식에 있어서는 가톨릭과 크게 다르지 않았다. 교회의 우두머리만 국왕이었을 뿐, 대주교·주교·사제로 이어지는 교회의 서열은 가톨릭의 체제를 그대로 유지하였으며, 예배의 형식도 유럽의 프로테스탄트보다는 오히려 가톨릭에 가까운 것이었다. 교황청을 반대한다는 점에서 영국교회는 분명한 프로테스탄트였으나, 헨리는 영국교회의 강령을 받아들이지 않았던 루터 파와 가톨릭을 모두 핍박하였다. 가톨릭의 입장에서 보면 영국교회는 분명한 프로테스탄트였으나, 핍박을 받았던 다른 개신교도의 입장에서 영국교회는 로마의 교황청에 버금가는 또 다른 권위에 다름이 아니었다. 이처럼 가톨릭과 개신교 사이에서 어정쩡하게 존재하였던 영국교회는 헨리의 사후 100년이 넘도록 영국의 역사를 가톨릭과 개신교도의 피나는 정치적 투쟁의 역사로 만들게 된다.

헨리가 죽고 세 번째 부인의 아들인 에드워드 6세(Edward Ⅵ)가 즉위하자 영국의 종교개혁은 급박하게 이루어진다. 허약한 에드워드 치하에서 권력을 쥐고 있었던 프로테스탄트들은 유럽의 개신교를 경쟁적으로 유입하였으며, 봉건주의적 성향이 강했던 루터주의에 비해 도시세력에 기반을 두고 있던 캘빈주의가 우세를 점하게 되면서 영국교회는 그 내용과 규범에 있어서 명실 공히 프로테스탄트로서 자리를 잡게 된다(하지만 의회를 장악하고 있었던 영국귀족들에 의해서 영국교회의 법은 그대로 유지되었다).

그러나 에드워드의 7년 통치 다음에 영국의 여왕이 된 메리 튜더(Mary Tudor)는 헨리의 첫 번째 왕비 캐서린의 딸이었으며 철저한 가톨릭 옹호자였다. 그녀는 수많은 영국교회를 가톨릭으로 되돌려 놓으려고 무자비하게 개신교도를 핍박하였다. 유럽으로 피신하지 못한 프로테스탄트 지도자들은 화형에 처해졌으며, 당시 메리 여왕의 잔혹함은 오늘날까지 "블러디 메리"(Bloody Mary)라는 칵테일의 이름으로 남아있다. 그러나 그러한 메리조차도 영국을 다시 가톨릭 국가로 되돌려 놓을 수는 없었으며, 그녀에게 핍박을 받았던 개신교도들은 1558년 엘리자베스의 즉위를 성사시키고 다시 영국에서 영향력 있는 위치를 가지게 된다.

시인과 종교적 환경

엘리자베스와 자코비언(Jacobean) 시대에는 고전적 지식―최소한 인간의 가능성에 대한 인식―이 영국 사회와 문화에 다양하게 자리 잡고 있었다. 예컨대 케임브리지와 옥스퍼드 대학, 그리고 머천트 테일러(Merchant Taylor's School)나 세인트 폴(St. Paul's School) 등은 휴머니즘 교육을 강조하는 교과 과정을 가지고 있었다. 이들 학교를 각각 졸업하고 케임브리지 대학에서 수학한 스펜서와 밀턴이 프로테스탄트이면서 동시에 휴머니즘의 신봉자였던 것은 우연이 아니다.

또한 극장을 비롯한 대중문화도 인간의 위대함이라는 고전적 가치, 즉 인간은 위대한 업적을 이루거나 자신에게 주어진 운명을 거부함으로써 자신을 형성해갈 수 있다는 생각을 고취시키는 데 한몫을 했다. 당대의 주요 극작가들의 작품 중심에는 대체로 휴머니즘이 자리 잡고 있다. 클레어 캐롤(Clare Carroll)에 의하면 세네카의 비극은 당시 교육기관의 휴머니즘 교과 과정에 포함되어 있었다(254). 인간의 조건에 대한 세네카(Seneca)의 관점에 영향을 받은 비극들은 자신의 비극적 약점을 지닌 채 주어진 운명과 싸우는 주인공들의 모습을 그려냈다. 크리스토퍼 말로우(Christopher Marlowe)의 주인공들은 한결같이―탬벌레인(Tamburlaine)은 정치적으로, 파우스투스(Faustus)는 지적으로, 바라바스(Barabas)의 경우는 경제적으로―인간의 극한점에 도달하고자 애를 쓴다. 이들의 시도는 모두 궁극적으로 실패하지만 그들의 실패가 인간의 성취 가능성에 대한 가치나 매력을 감소시키는 것은 아니다. 햄릿(Hamlet)이 정의한 인간의 모습도 휴머니즘 정신을 반영하는 것이다.

> 인간이란 얼마나 멋진 작품인가! 이성은 얼마나 고귀하고, 기능은 얼마나 무한하며, 형태와 움직임은 얼마나 멋지고 존경스러우며, 행동은 얼마나 천사 같고, 이해력은 얼마나 신과 같은가—세상의 아름다움이요, 동물들의 귀감이라네!

> What a piece of work is a man! How noble in reason, how infinite in faculty, in form and moving how express and admirable, in action how like an angel, in apprehension how like a god—the beauty of the world, the paragon of animals! (2.2.303-307)

존 웹스터(John Webster)의 말피 공작부인(Duchess of Malfi)이나 비토리아(Vittoria), 그리고 심지어 악당 플라미네오(Flamineo)조차도 절망의 심연에서 인간의 정신이 얼마나 고귀해질 수 있는지 보여주고 있다. 세네카는 『윤리론』(*Moral Essays*)에서 인간이 비록 운명의 가혹한 힘을 물리적으로 피하지는 못한다 하더라도 인간 정신은 금욕적인 자기 통제를 통해서 그 영향력으로부터 자유로울 수 있다고 주장한다(재인용 Sinfield 85). 그러므로 맥베스(Macbeth)나 리처드 3세(Richard III) 같은 마키아벨리적 악당(Machiavellian villain)조차도 때로는 상식적인 윤리규범이나 운명의 압제로부터 해방되는 위대한 인간정신을 보여주기도 하는 것이다.

　한편 당대의 희극들은 루시아누스(Lucianus)의 작품에서 흔히 발견되는 풍자와 아이러니를 작품의 핵심으로 삼았다. 고전주의자인 벤 존슨(Ben Jonson)은 자신의 작품을 통하여 자본주의 사회가 드러내는 인간의 탐욕을 자유롭게 풍자했으며, 중산층의 윤리관에 대한 토마스 미들턴(Thomas Middleton)의 묘사는 대부분 조롱과 아이러니로 가득하다. 캘빈주의 세계관을 가지고 있던 존 마스턴(John Marston)조차도 『불평주의자』(*The Malcontent*)에서 자기 자신을 아는 것이 가장 큰 지혜라는 고전적 명제로 작품을 끝맺고 있다. 엘리자베스와 자코비언 시대의 연극에서 휴머니즘과 프로테스탄트 강령 사이의 노골적인 갈등을 찾기란 쉬운 일이 아니다. 이는 아마도 반드시 교훈을 줄 필요 없이 관객을 즐겁게 하면서 사회의 단면을 드러내 보이는 연극의 특성 때문일 것이다. 크롬웰(Oliver Cromwell)과 청교도가 집권하던 시기에 극장이 문을 닫은 것도 (물론 대부분이 중산층이었던 청교도들이 연극을 혐오했던 것이 더 큰 이유이기는 하지만) 이러한 맥락에서 이해할 수 있겠다.

프로테스탄트 운동은 엘리자베스와 자코비언 시대의 영국에 캘빈주의의 형태로 정착한 것이 사실이지만 궁극적으로 고전적 학습과 인간의 위대한 가능성이 갖는 가치를 지우지는 못했다. 신이 은총으로 부여하는 구원을 인간이 자신의 자유의지로 수용하거나 거부할 수도 있다고 믿었던 영국의 아미니어니즘(Arminianism)은 프로테스탄트 체제 안에 있었던 휴머니즘 의식을 반영한다. 제임스 1세(James I) 시절에 정치와 사회에 미치는 영향력이 최고조에 달했던 캘빈주의와 찰스 1세 시절에 왕의 후원을 받았던 아미니어니즘 사이의 갈등도 또한 독단적으로 신이 주관하는 예정론과 좀 더 관대한 휴머니즘의 충돌로 볼 수 있다. 캘빈주의자들은 아미니어니즘을 가톨릭과 동일한 뜻으로 여겼으며 아미니어니즘의 신봉자들은 캘빈주의자들을 청교도라고 비난했다. 특이하게도 16-17세기 영국사회에서 청교도는 위선과 부패의 상징으로 인식되었기 때문이다.

1630년에 트리니티 칼리지(Trinity College)의 학장이었던 사무엘 브룩(Samuel Brooke)은 청교도들이 "의회 등에서 일어나는 모든 완고한 불복종과 역모, 그리고 교회와 교구에서 발생하는 모든 분파적 행동과 뻔뻔스러움의 근원"이라고 비난했다(재인용 Tyacke 57). 청교도에 대한 이러한 태도는 당대의 극작품에 흔히 등장하는 관점이다. 만일 일부 비평가들이 주장하듯 스펜서를 캘빈주의자로, 밀턴을 아미니어니즘의 신봉자로 본다면 신과 인간, 그리고 사회에 대한 관점에서 드러나는 두 시인의 차이점이 더욱 부각될 것이다. 스펜서가 믿었던 하나님이 선택한 자들의 구원을 예정하고 있다면 밀턴의 신은 '일어서든' '넘어지든' 간에 인간의 자유의지를 허락하는 존재라고 할 수 있겠다. 스펜서의 레드크로스(Redcross)와 가이언(Guyon)이 자신들의 선행과 상관없이 신의 은총을 받는다면 밀턴의 아담이나 예수는 어떻게 해야 자기 자신과 세상의 구원을 성취하는지 배워야 한다(물론 이러한 배움도 역시 신의 섭리에 속한 것이기는 하지만). 스펜서가 특별한 의심이나 저항 없이 자신이 속한 시대의 종교적 강령과 사회 구조를 옹호했다면, 밀턴은 잘못되었다고 느낄 때마다 당대의 지배적인 종교관과 사회 구조를 반박했다.

스펜서와 밀턴이 전투적인 프로테스탄트로서 자신들의 종교적 신념을 여과 없이 작품에 드러낸 시인들이었다면, 초서와 셰익스피어는 자신들의 종교적 관점을 숨기거나 절묘하게 희석하여 드러내기를 회피한 작가들이다. 초서가 살았던 14세기는 구교와 신교의 갈등이 존재하지 않았고 기독교가 당연시되었던 시절이지만, 그의 대표작 『캔터베리 이야기』에서 화자가 가장 극명하게 비난하고 있는 인물들은 거의 예외 없이 성직자들이다. 하지만 그렇다고 해서 초서가 종교를 그 자체로 풍자하거나 비난했다는 증거는 어디에도 없다. 특히 『캔터베리 이야기』는 액자형 구조와 다층적 화자를 가지고 있어서 그 속에서 작가 자신의 종교관이나 세계관을 찾지 못하도록 구성되어 있다. 다시 말하면 이야기 속에 이야기가 있으며 작가의 아바타(avatar)인 화자가 작품에 등장하여 다른 등장인물들의 이야기를 듣고 이를 그대로 서술하는 형태를 가지고 있다는 말이다. 작품의 서두에서 시인 초서의 아바타라고 할 수 있는 화자 초서는 다음과 같은 변명으로 자신에게 가해질지도 모를 비난을 미리 피하고 있다.

> 하지만 먼저 부탁드릴 것은 그들의 모습과
> 그들이 말한 내용을 전할 때, 제가 사용하는
> 언어가 범상하거나, 그들이 사용하는 용어를
> 있는 그대로 사용한다고 하더라도 이것을
> 저의 천박함 탓으로 돌리지 않기를 바랍니다.

> But first I pray yow, of youre curteisye,
> That ye n'arette it nat my vileynye,
> Thogh that I pleynly speke in this mateere,
> To telle yow hir wordes and hir cheere,
> Ne thogh I speke hir wordes proprely. (I,725-29)

자신의 정치적 종교적 성향을 드러내지 않으면서 흥미롭게 이야기를 끌고 나가는 초서의 스토리텔링 기법은 아마도 중산층 출신으로 궁정에서 귀족들의 사랑을 받으며 자라, 결국 외교 및 세관의 직책을 맡았던 시인의 출신 배경 때문이기도 할 것이다.

초서가 누구와도 원한을 맺지 않고 누구도 가르치려고 하지 않는 순수한 이야기꾼이라면 셰익스피어도 그러하다. 셰익스피어가 활동했던 엘리자베스 시대에는 신교와 구교가 날카롭게 대립하던 시절이었음에도 불구하고 그는 자신의 종교적 취향이나 신념을 작품에 드러내지 않음으로써 당시 권력의 제재나 비난을 교묘하게 피하고 있다. 그렇다고 해서 그를 교활하다고 할 수는 없을 것이다. 작품을 통해 인간의 진정한 모습을 드러내고자 하는 시인이 정치, 종교적 환경 때문에 작품 활동에 지장을 받는 것은 오히려 어리석음일 것이기 때문이다. 대중성과 흥미를 포함하여 이러한 지혜까지도 셰익스피어는 초서를 닮았다. 어쩌면 셰익스피어는 초서의 진정한 후계자라고 할 수 있을지도 모르겠다. 셰익스피어의 극작품에는 그 어디에도 시인이 가톨릭을 포함한 특정한 종파의 강령을 지지한다는 증거가 없다. 일부 비평가들은 『햄릿』(Hamlet)에서 주인공이 5막에서 갑자기 죽음과 복수에 대한 자신의 태도를 바꾸는 장면을 보고 이를 개인의 복수를 금하고 신에게 맡기는 기독교적인 태도라고 주장하고 있다.[6]

메이나드 맥(Maynard Mack)의 주장을 들어보자. "문제는 햄릿이 갑자기 종교적이 되었다는 것이 아니다. 그는 극 전체를 통해 일관되게 종교적이었다. 중요한 점은 그가 이제 인간의 행동과 인간의 판단이 제한적이라는 한계를 배우고 이를 받아들였다는 것이다"(260). 햄릿의 생각이 때때로 기독교적인 관점을 내비치는 경우가 있다는 것은 사실이다. 하지만 그는 반드시 기독교 강령에 따라 행동하지도 않을뿐더러 더구나 특정 종파의 관점을 대변하지도 않는다. 『햄릿』에서 기독교적인 특성을 읽는다면 연옥에 대해 언급하는 아버지의 유령과 자살한 오필리어(Ophelia)를 매장하는 무덤지기들의 대화 정도에서 찾을 수 있겠다. 하지만 그 어느 장면도 특정 종파의 강령을 대변하고 있지 않다. 셰익스피어가 가톨릭에 동정적이라든가 프로테스탄트적 신앙을 가지고 있다는 주장은 그 어느 것도 신빙성이 없으며, 오히려 시인의 특성을 왜곡하는 것으로 보인다.

이에 반해 스펜서와 밀턴은 둘 다 적극적으로 당대의 정치에 참여하고 자신들의 종교적 신념을 노골적으로 드러낸 시인들이다. 스펜서는 자신의 작품을 통하여 궁극적으로 엘리자베스 1세의 호감을 얻어 궁정인(courtier), 즉 여왕의 정치적 참모가 되고자 했다. 결국 그의 정치적 시도는 좌절되었고 여왕에 대한 그의 실망과 배반감은 『선녀여왕』의 5권과 6권에 고스란히 드러나 있다. 또한 전체적인 작품에 드러나는 시인의 신앙은 노골적으로

---

6) 이에 대한 자세한 논의는 Walter N. King. *Hamlet's Search for Meaning* (Athens: U of Georgia P, 1982)을 참조할 것.

프로테스탄트적이다. 작품의 곳곳에서 주인공 기사들을 괴롭히는 아키마고(Archimago)와 두엣사(Duessa)는 로마가톨릭을 대변하는 존재들이며, 시인은 종종 화자의 목소리를 통해서 가톨릭의 위선과 허영을 고발하고 있다.

밀턴이 크롬웰의 공화정에서 오늘날 외교부장관(secretary of foreign tongue)에 준하는 직책을 맡았고 일생동안 공화정을 지지한 것은 잘 알려진 사실이다. 또한 그가 기독교 신앙에 대한 투철한 연구자이며, 때때로 과격할 정도로 혁신적인 종교적 주장으로 인해 당대 주류를 이루고 있던 신학자들 사이에 이단으로 공격을 받았던 것도 새삼스러운 사실이 아니다. 밀턴의 종교적인 분파가 정확히 어디에 소속되어 있는지 가늠하기란 쉽지 않다. 하지만 분명한 것은 기독교, 특히 프로테스탄티즘이 밀턴의 후기 대작, 즉 『실낙원』(*Paradise Lost*), 『복낙원』(*Paradise Regained*), 『투사 삼손』(*Samson Agonistes*)을 관통하고 있는 핵심적인 주제라는 점이다.

'해 아래 새것이 없다'는 말이 있다. 오늘날 우리가 즐기는 서사와 문학세계는 이전 세대의 누군가가 생각하고 고민한 흔적들이며, 그것들의 원형은 또 그 이전에 누군가에 의해 만들어졌던 이야기일 것이다. 근세영문학의 전통을 휴머니즘에서 찾고 그러한 전통을 확립한 주요 작가들, 즉 초서, 스펜서, 셰익스피어, 그리고 밀턴이 어떻게 선대의 시인들이 다룬 주제와 관점을 수정 보완하면서 자신만의 문학세계를 가꾸어 왔는지 살펴보는 것은 오늘날 현대영문학의 원류가 어디에서 출발했으며 어떻게 형성되었는지 알 수 있는 중요한 작업임이 틀림없다.

II 초서와 스펜서

Geoffrey Chaucer & Edmund Spenser

모방과 경쟁: 『양치기 달력』

수십여 년 전 필자가 교수 초년생이던 시절 이야기다. 처음 에드먼드 스펜서의 『선녀여왕』(*The Faerie Queene*)을 번역하겠다고 마음먹었을 때 필자에게는 은사라고 할 수 있는 중세학자 한 분께 의도를 밝힌 적이 있다. 그분은 매우 미묘한 미소를 띠며 이야기의 첫 행을 어떻게 번역할지 궁금하다고 했다. 말하자면 그것이 과연 우리말로 번역이 가능하냐는 뜻이었다. "A Gentle Knight was pricking on the plaine," 이것이 첫 행의 원문이다. 당시 그분이 왜 그런 말을 했는지 이해하지 못했다. 단지 별것도 아닌 내용을 가지고 유난히 까다롭게 구는 것으로만 생각했다. 필자는 "한 숭고한 기사가 들판에서 말을 달려가고 있었다"로 번역했다. 내가 신경을 쓴 부분은 'Gentle'이라는 형용사였고, 이를 단순히 '멋진' 또는 '점잖은'으로 번역하면 영웅적인 모험을 떠나는 로망스의 주인공 기사를 묘사하는 표현으로는 다소 부족하다는 생각이었다. 동사인 'pricking'은 '찌르다,' '자극하다,' 또는 '말에 박차를 가하다'라는 뜻이므로 달리 생각할 여지가 없었다.

그런데 최근에 접하게 된 주디스 앤더슨(Judith H. Anderson)의 저술에서 필자는 'prick'이라는 동사가 제프리 초서의 『캔터베리 이야기』(*Canterbury Tales*)에 자주 등장하는 어휘이며 주목할만한 함의를 품고 있다는 것을 알게 되었다. 앤더슨의 말에 의하면 'prick'은 초서의 작품에서 성적인 욕구를 자극하다는 뜻을 포함하여 열정으로 부추기다는 의미를 가지고 있으며, 스펜서는 이 어휘를 그러한 의미로 사용하고 있다는 것이다(*Reading* 55). 즉 주인공 기사인 레드크로스(Redcross)가 성취욕과 성욕에 충만하여 들뜬 기대로 자신의 여행을 시작하지만 이어지는 방황의 숲과 에러(Error)의 동굴, 그리고 아키마고(Archimago)의 집에서 실패를 거듭함으로써 진실한 기독교 기사의 책무를 다하지 못한다는 것을 암시하는 장치로서 첫 행에 'pricking'이라는 어휘를 사용했다는 것이다. 필자가 만난 중세학자는 바로 이 'pricking'을 어떻게 번역할 수 있겠느냐고 질문한 것이었다. 이제 와서 다시 그분을 만날 수도 없고 그분이 그 일을 기억할 리도 없으니, 다만 중세를 전공한 학자라면 상식에 속하는 문제를 뒤늦게 깨달은 자신의 무지를 탓할 수밖에 없다. 『캔터베리 이야기』 서문에 등장하는 세 번째 사행시는 다음과 같다.

> 또한 밤새 한 눈을 뜨고 잠들었던
> 작은 새들은 곡조를 만들어 내니,
> 자연이 그들을 들뜨게 **자극한** 것이다.
> 그러자 사람들은 순례를 고대한다. (필자 강조)

> And smale foweles maken melodye,
> That slepen al the nyght with open ye
> So **priketh** hem nature in hir corages,
> Thanne longen folk to goon on pilgrimages. (I.9-12)

여기서 "밤새 한 눈을 뜨고 잠들었던 / 작은 새들"이 만들어내는 곡조는 열정에 찬 젊은이들이 부르는 사랑의 노래임이 분명하다. 봄이 수많은 젊은이들(혹은 마음이 젊은 사람들)을 부추겨 마음이 들뜨게 한다는 것이다. 초서에게 4월로 상징되는 봄은 단비가 대지를 적셔 만물을 꽃피우게 하는 생육의 계절이며 따뜻한 서풍이 불어 지상에 활력을 불어넣어주는 계절이다. 그리고 봄을 이런 계절로 만드는 것은 바로 자연이며, 이 자연이 모두를 자극하여 욕망을 꽃피우게 하는 것이다. 20세기의 대표적 시인인 엘리엇이 『황무지』(The Waste Land)의 첫 행에서 잔인한 달이라고 묘사한 4월이 바로 14세기에 초서가 묘사한 4월임은 재론할 필요가 없다. 만물을 생동시키고 모든 생명체를 부추겨 활력을 일깨우는 초서의 4월이 무기력하고 나태한 상태에 머물고 싶어 하는 현대인들에게는 잔인한 달이라는 것이다.

제프리 초서를 흔히 영시의 아버지(Father of English Poetry)라고 부른다. 아름다운 시어로서 영어의 가능성을 처음으로 확인해준 시인이라는 뜻이다. 물론 이러한 초서의 명성은 스펜서, 셰익스피어, 존 릴리(John Lyly) 등 다음 세대의 시인과 극작가들이 초서의 문학적 가치를 칭송하고 이를 자신들의 작품에서 확대, 재생산했기 때문에 가능한 것이었다. 하지만 엘리자베스 시대의 시인들이 모두 초서를 우러러본 것은 결코 아니다. 일부 시인들은 초서를 허황되고 애매하며 고답적인 시인으로 평가절하했다. 로저 애스첨(Roger Ascham)은 초서보다는 시세로(Cicero)와 개신교적 도덕규범을 우선시했고, 필립 시드니(Philip Sidney)는 대륙적인 정치와 문화에 탐닉하여 초서를 도외시했으며, 조지 푸튼햄(George Puttenham) 같은 이는 초서를 당대의 기준과 취향에 부합하지 못하는 구세대 시인으로 여겼다(Steinberg "Shepheardes" 36).

하지만 게이브리얼 하비(Gabriel Harvey)를 중심으로 존 윗기프트(John Whitgift)나 크로스토퍼 칼릴(Christopher Carlile) 등 케임브리지 대학 출신의 작가들은 초서를 열렬히 옹호했으며 공공연히 초서를 자신들의 문학적 아버지로 불렀다(Steinberg "Shepheardes" 39). 스펜서가 초서의 업적을 칭송하고 그의 시문학을 계승하고자 한 배경에는 자신의 친구이자 후원자였던 하비의 영향이 있었을 것이다(아니면 거꾸로 하비가 스펜서의 영향으로 초서의 추종자가 된 것으로 추정할 수도 있겠다).

윌리엄 웰즈(William Wells)가 편집한 『16, 17세기의 스펜서에 대한 암시』(*Spenser Allusions in the Sixteenth and Seventeenth Centuries*)에 의하면 존 드라이든(John Dryden)은 스펜서가 초서가 죽은 지 200년 만에 자신을 통해서 다시 태어났으며 초서의 영혼이 자신에게 접목되어 있다는 암시를 여러 번 했다고 주장하고 있다(311). 드라이든의 주장은 스펜서가 『선녀여왕』 4권, 칸토 2에서 언급한 초서에 대한 칭송을 염두에 둔 것으로 보인다.

> 용서해주오, 오 성스럽고 복된 영혼이여,
> 내가 사라진 그대의 노고를 이처럼 되살려
> 그대의 마땅한 업적의 열매를 훔치려 하니,
> 그대 생전에는 아무도 감히 하지 못하다가
> 죽은 후에야 많은 이가 헛되이 노력하네.
> 내 감히 견주지 못하나, 내 안에 살아있는
> 그대의 영혼과의 달콤한 접목을 통해서
> 나는 여기서 그대의 발자취를 따라가리니
> 내가 그대의 의도에 부응할 수 있기만을 바랄 뿐이오.

> Then pardon, O most sacred happie spirit,
> That I thy labours lost may thus revive,
> And steale from thee the meede of thy due merit,
> That none durst ever whilest thou wast alive,
> And being dead in vaine yet many strive;

Ne dare I like, but through infusion sweete

Of thine owne spirit, which doth in me survive,

I follow here the footing of thy feete.

That with thy meaning so I may the rather meete. (34.1-9)

사실상 스펜서는 『선녀여왕』 4권의 주요 내용이 초서의 『수습기사의 이야기』(*The Squire's Tale*)를 각색하고 완성한 것이라고 공언하고 있다. 하지만 이에 대한 구체적인 내용은 이후에 따로 이야기하기로 한다. 중요한 것은 스펜서가 초서를 흠모하고 스스로 초서의 후계자가 되기를 원했다는 점이다.

스펜서의 명성을 널리 알린 최초의 작품인 『양치기 달력』(*The Shepheardes Calender*)에서 시인은 노골적으로 초서의 시적 업적을 칭송한다. 게이브리엘 하비에게 보내는 편지에서 스펜서는 존 리드게이트(John Lidgate)를 인용하면서 초서가 "영어의 북극성"(the Loadestarre of our language)이며, 자신의 작품에서는 그를 "양치기들의 신"(The God of shepheards)인 티티루스(Tityrus), 즉 영국의 버질(Virgil)이라고 부르겠다고 선언한다(13).[7] 물론 여기서 편지의 저자인 E. K.가 스펜서인지는 확실치 않다. 하지만 최소한 그가 작품을 깊이 이해하고 있고 스스로 작품에 세심한 주석을 단 점으로 미루어보아 스스로 자신의 작품을 설명하기보다는 가상의 인물을 내세워 작품을 추천하려는 의도를 가진 것으로 보인다. (후에 스펜서는 『선녀여왕』을 출판할 때 월터 롤리 경(Sir Walter Raleigh)에게 직접 자신의 이름으로 작품을 설명하는 편지를 쓰게 되지만 그때는 이미 『양치기 달력』을 통해서 스펜서의 이름이 널리 알려진 후이다)

---

7) 『선녀여왕』을 제외한 스펜서의 작품에 대한 인용은 윌리엄 오람(William A. Oram) 등이 편집한 *The Yale Edition of the Shorter Poems of Edmund Spenser* (New Haven: Yale UP, 1989)에 의한다. 『양치기 달력』의 우리말 번역은 이진아의 번역을 따른다.

「2월」("February")에서 스펜서는 작품에 언급되는 티티루스가 "초서를 의미하는데, 그의 이름에 대한 기억이 살아있고 시라는 이름이 살아있는 동안 초서의 재미있는 이야기들에 대한 찬사는 죽지 않을 것이다"(he meane Chaucer, whose prayse for pleasaunt tales cannot sye, so long as the memorie of hys name shal live, and the name of Poetrie shal endure)(50 note) 라고 설명하고 있다.

작품에서 스펜서가 초서를 인용하지 않고 모방한 부분, 즉 서시의 시작 부분-"가라, 작은 책아, / 귀한 신분과 기사도의 으뜸 모범이신 그분께, / 이름 없는 아비의 자식으로 / 너를 바치어라"(Goe little booke: thy selfe present, / As child whose parent is unkent: / To him that is the president / Of noblesse and of chevalree)(1-4)-은 초서의 『트로일러스와 크리세이드』 (*Troilus and Criseyde*)에서 따온 표현이다. "가라, 작은 책이여, 가라, 나의 작은 비극이여, / 하느님이 너의 저자에게 능력을 하사하여, / 죽기 전에 희극을 쓰도록 하였으면!"(Go, litel bok, go, litel myn tragedye, / Ther God thi makere yet, er that he dye, / So sende myght to make in some comedye!) (5.1786-88).[8] 오늘날의 기준으로 평가하면 표현의 출처가 초서라는 것을 밝히지 않고 "가라, 작은 책아"를 사용한 스펜서는 비난받아 마땅할 것이다. 하지만 초서를 존경하고 그의 문학적 발자취를 따라가고 싶다는 스펜서의 태도를 고려하면 그가 자신의 첫 대작에서 초서를 모방하는 것은 부끄러운 일이라기보다는 오히려 자신을 드러내는 방법이라고 이해해야 할 것으로 보인다. 작품의 마지막 「에필로그」("Epilogue")에서도 스펜서는 같은 표현을 반복하고 있다.

---

8) 초서의 『트로일러스와 크리세이드』에 대한 인용은 모두 *Riverside Chaucer*에 의하며, 우리 말 번역은 김재환의 번역을 따른다.

가라 작은 달력아, 통행 허가증을 가졌으니,

아주 누추한 무리 가운데 낮은 문에만 들어가거라.

네 피리를 티티루스의 풍류와 감히 겨루지 말고,

농부가를 잠시 노래한 순례자와도 감히 겨루지 말라.

하나 멀찍이 떨어져 뒤따르며, 그들의 높은 발걸음을 우러러 보아라.

Goe lyttle Calender, thou hast a free passeporte,

Goe but a lowly gate emonste the meaner sorte.

Dare not to match thy pype with Tityrus hys style,

Nor with the Pilgrim that the Ploughman playde a shyle:

But followe them farre off, and their high steppes adore. (7-11)

초서를 모방하되 시인 자신은 초서와 경쟁할만한 자격이 없다는 이러한 자기 겸양의 표현은 스펜서가 무명이었던 자신을 감히 초서―"티티루스"―나 존 가우어(John Gower)―"농부가를 잠시 노래한 순례자"―의 명성에 견주는 무례함을 피하고자 하는 시도로 보인다. 하지만 작품 안에서 스펜서는 시인의 분신인 콜린 클라우트(Colin Clout)를 통하여 초서가 자신의 스승이라는 점을 노골적으로 드러내고 있다. 예컨대 「12월」("December")에서 화자는 "피리 잘 불고 노래 잘하는 콜린"이 "티티루스에게 노래를 배웠기 때문"(For he of Tityrus his songs did lere)(4)이라고 말하고 있다.

그렇다면 초서의 후계자를 자처하는 스펜서가 왜 에필로그에서는 그토록 겸손한 태도를 취하는 것인가? 앤소니 이솔른(Anthony M. Esolen)에 의하면 이는 작가로서 스펜서의 전략이다.

스펜서에게 있어서 겸손한 모양새를 취하면서 위대한 시를 쓴다는 것은 정치적인 이득을 계산한 것이다. 그는 엘리자베스를 거의 여신처럼 흠모하면서 동시에 그녀에게 충고를 아끼지 않는―예컨대 알렌콘과는 결혼하지 말고, 벌리를 너무 신뢰하지 말 것이며, 아일랜드의 반역을 진압하는 데주저하지 말라는 등-가신의 모습으로 자신을 포장하고 있기 때문이다. (293)

시인으로서 초서의 명성을 빌려서 자신의 정치적 태도를 감추거나 미화하려는 시도는 어쩌면 중산계급 출신의 스펜서로서는 당연한 일일 수도 있을 것이다. 위대한 시인이 되고자 하는 시인의 야망과 초라한 자신의 현실 사이의 간극을 메울 방도로서 스펜서는 초서를 영국의 버칠이라고 칭송하면서 동시에 자신이 그의 후계자임을 드러내는 것이다. 자신처럼 중산층 출신으로서 영어가 훌륭한 시어라는 것을 증명한 초서야말로 스펜서가 따라가야 할 선구자임이 틀림없었을 것이다.

초서를 대하는 스펜서의 태도는 다분히 이중적이다. 한편으로 그는 자신이 스승인 초서에는 미치지 못하는 무명의 작가임을 인정하면서, 동시에자신을 초서와 동급의 시인이라고 선언하고 있기 때문이다. 스펜서는 이미『양치기 달력』에서부터 자신을 초서나 버칠과 동급으로 취급하고 있다. 작품에서 그는 자신을 스스로 비하하는 태도를 취하면서 동시에 자신을 로마의 티티루스(버칠)나 영국의 티티루스(초서)와 같은 위대한 시인의 반열에서 있다는 자부심을 드러내 보인다. 「6월」("June")에서 스펜서는 콜린 클라우트를 통해서 시인으로서 자신의 포부를 내비치고 있다.

> 누가 내 노래를 찬양하든 나무라든 조금도 개의치 않고
> 명성을 얻거나 다른 사람들보다 뛰어나려 애쓰지도 않네.
> 날아가듯 없어지는 명성을 쫓는 건, 양치기에게 어울리지 않고,
> 단지 양들에게 가장 좋은 들에서 양치는 게 제격이야.
> 내 운(韻)이 거칠고 촌스러운 차림새라는 걸 알아.

Nought weigh I, who my song doth prayse or blame,
Ne strive to winne renowne, or passe the rest:
With shepheard sittes not, followe flying fame:
But feede his flocke in fields, where falls hem best.
I wote my rymes bene rough, and rudely drest. (73-77)

이진아에 의하면 스펜서가 이처럼 겸허한 태도를 취하는 것은 "사회적으로 낮은 계층의 양치기의 신분에 이제 출발한 시인으로서의 그의 경력이나 능력을 겸손하게 빗대기에 매우 적절한 시적 장치"이다(112 note). 하지만 스펜서의 자부심은 초서를 위대한 시인으로 내세우며 자신이 그의 후계자라는 점을 강조하는 데서 여실히 드러난다. 바로 이어서 스펜서는 초서의 죽음을 장황하게 애도한다.

> 양치기들의 신 티티루스는 돌아가셨네.
> 그분은 내게 소박한 작시법을 가르치셨어.
> 생전에 그분은 모든 양치기들이 사랑한,
> 양치기들의 우두머리셨네.
> 슬픔을 잘 풀어내고, 사랑이 마음속에 불붙인
> 불꽃들을 가볍게 누그러뜨릴 줄 아신 분이셨지.
> 양들이 주위에서 안전하게 풀을 뜯는 동안,
> 우리가 깨어 있게 재밌는 이야기를 할 줄 아셨네.
>
> 이제 그분은 돌아가시어 납관에 누워계시고,
> (오 죽음이 그분께 왜 그리 잔혹해야 했는지?)
> 그 모든 탁월한 재능은 그분과 함께 달아나 버렸으니,
> 그분의 명성은 나날이 커가고 있네.
> 한데 그분의 박식한 머릿속 샘에서,
> 단지 몇 방울만 내게 흘러내리면,

나는 곧 이 숲에게 내 슬픔을 소리 내어 울라 가르치고,
나무들에게 뚝뚝 떨어지는 눈물을 흩뿌리라 가르치겠네.

The God of shepheards *Tityrus* is dead,
Who taught me homely, as I can, to make.
He, whilst he lived, was the soveraigne head
Of shepheards all, that bene with love ytake:
Well couth he wayle hys Woes, and lightly slake
The flames, which love within his heart had bredd,
And tell us mery tales, to keepe us wake,
The while our sheepe about us safely fedde.

Nowe dead he is, and lyeth wrapt in lead,
(O why should death on hym such outrage shower?)
And all hys passing skil with him is fledde,
The fame whereof doth dayly greater growe.
But if on me some little drops would flowe,
Of that the spring was in his learned hadde,
I soone would learne these woods, to wayle my woe,
And teache the trees, their trickling teares to shedde. (81-96)

이제 위대한 시인 초서는 죽었고, 이제 그를 승계할 시인은 자신이라는 것을 공표하는 것이다.

　시인의 위력과 역할을 노래하는 「10월」("October")에서 이미 스펜서는 피어스(Piers)를 통해서 자신이 후에 서사시를 쓰게 될 것임을 암시하고 있다. 소박한 목가로 자신의 시적 경력을 시작하지만 서사시를 통해서 명성을 꽃피우겠다는 스펜서의 의지가 잘 나타나는 대목이다.

그러면 천하고 보잘것없는 시골뜨기 행세를 벗어버리고,
비천한 먼지에서 자네를 일으켜 세우게.
그래서 피비린내 나는 전쟁, 전투, 마상 창시합을 노래하며,
경외 받을 왕관을 쓴 저분들께로 향하게,
존경받을 기사들께로, 그분들의 갑옷은 상한 구석 없이 녹슬어가고,
투구들은 패인 자국 없이 매일 갈색이 되어가네.

Lyft up thy selfe out of the lowly dust:
And sing of bloody Mars, of wars, of giusts.
Turne thee to those, that weld the awful crowne,
To doubted Knights, whose woundlesse armour rusts,
And helmes unbruzed wexen dayly browne. (37-42)

실제로 스펜서는 『선녀여왕』에서 "시골뜨기 행세"(lowly dust)를 벗고 "피비
린내 나는 전쟁, 전투, 마상 창시합을 노래"(sing of bloody Mars, of wars, of
giusts)한다. 초서가 서사시를 쓴 적이 없다는 사실을 고려하면 여기서 시인
이 말하는 목가에서 서사시로 이어가는 행로는 로마의 티티루스, 즉 버질
의 문학적 경력을 염두에 두고 있는 듯하다. 스펜서는 피어스의 말을 빌려
영국에서 서사시의 부재로 기사들의 갑옷과 투구가 아무런 상처 없이 녹슬
어가는 상황을 지적하고 자신이 위대한 서사시를 써서 이를 바로 잡겠다는
포부를 내비친다. 「10월」의 요지(Argument)에서 E. K.가 주장하는 시인의
역할―"시는 신성한 재능이요 하늘의 영감이며, 노력과 학식으로 얻어지는
것이 아니라 그 둘로 꾸며지는 것이며, 어떤 열정과 천상의 영감이 지성 속
에 쏟아 부어지는 것"(a divine gift and heavenly instinct not to bee gotten by
laboure and learning, but dorned with both: and poured into the witte by a
certain [enthusiasmos], and celestiall inspiration)(170)―에서 우리는 이를 수행
할 적임자가 바로 자신이라는 스펜서의 자부심을 읽을 수 있다.

그러므로 『양치기 달력』으로 시인의 명성을 얻은 스펜서가 10여 년 후에 『선녀여왕』을 출판한 것은 필연적인 과정이라 하겠다. 『선녀여왕』의 서시 첫 대목에는 이러한 시인의 자부심이 조심스럽게 드러난다.

> 보라, 얼마 전 적절한 시기가 되어 뮤즈가
> 천한 목동의 옷을 입혀주었던 바로 그 사람이 내가
> 이젠 더더욱 분에 넘치는 일을 맡게 되었으니,
> 나의 풀피리들은 준열한 트럼펫으로 변하여
> 기사들과 여인들의 고매한 업적을 노래하노라.

> Lo I the man, whose Muse whilome did maske,
> As time her taught, in lowly Shepheards weeds,
> Am now enforst a far unfitter taske,
> For trumpets sterne to chaunge mine Oaten reeds,
> And sing of Knights and Ladies gentle deeds. (Proem 1.1-5)

스펜서를 "초서의 작품에 대한 놀랍도록 철저한 탐구자"라고 평가한 앤더슨은 두 작가 사이의 유사성을 작품의 화자에서 찾고 있다(*Reading* 37). 스펜서가 초서의 작품에서 배운 특별한 기술은 화자의 태도, 또는 줄거리를 엮어가면서 화자가 취하는 태도라고 할 수 있는데, 화자는 자신을 시인이라고 표현하면서도 알레고리라는 방법을 통해서 이중, 삼중으로 자신을 감추고 드러내기를 반복하는 아이러니컬한 에두름(indirection)의 기교를 사용하는 있다는 것이다(Anderson *Reading* 30-31). 글렌 스타인버그(Glenn A. Steinberg)도 역시 스펜서가 초서로부터 배운 것이 겸손한 화자라고 지적하고 있는데(50-51), 결국 스펜서는 초서의 겸손한 화자라는 가면을 이해하고 그것을 자신의 작품에 차용한 작가라고 할 수 있을 것이다. 그렇다면 스펜서가 차용한 초서의 겸손한 화자는 과연 누구인가?

초서의 화자와 스펜서의 화자

『캔터베리 이야기』에 드러난 화자로서의 초서는 매우 특이한 태도를 취하고 있다. 「서시」("General Prologue")에서 화자는 자신이 이야기 속 등장인물의 한 사람이라고 소개하면서 자신의 이야기는 모두 자신이 보고 들은 것을 보고하는 것일 뿐 자신의 창작이 아니라고 전제하고 이야기를 시작한다.

> 다른 사람이 한 이야기를 전하는 것이 임무라면
> 아무리 그의 언어가 거칠고 적합하지 않을지라도
> 단어 하나하나를 최대한 그대로 반복해야 합니다.
> 그렇지 않으면 이야기 도중 그의 이야기를 왜곡하거나,
> 거짓말을 하거나 혹은 새로운 단어들을 찾게 될 것입니다.

> Whoso shal tell a tale after a man,
> He moot reherce as ny as evere he kan
> Everich a word, if it be in his charge,
> Al speke he never so rudeliche and large,
> Or feyne thyng, or fynde wordes newe. (I.731-35)

더구나 그는 자신이 시적 능력이 없음을 공언한다. "여러분이 아시다시피 나는 기지가 부족합니다"(My wit is short, ye may wel understonde)(I.746). 작품에 등장하는 그는 수줍음이 많고 순진하며 작고 어눌한 존재이다. 사회자인 해리 베일리(Harry Bailey)에 의하면 초서는 "마치 산토끼를 찾는 사람처럼 / 땅만 뚫어지게 쳐다보는"(Thou lookest as thou woldest fynde an hare, / For evere upon the ground I se thee stare)(VII.696-97) 존재이며, 작고 귀여우나 수줍은 순례자이다.

그 허리가 나만큼이나 잘 빠졌소이다.
작고 아름다운 얼굴을 가진 여자들에게
인형처럼 안기기에 딱 좋게 보이는구려.
얼굴을 보니 마치 요정처럼 생겼는데,
누구와도 잘 사귀지 못하는 듯하구려.

He in the waast is shape as wel as I;
This were a popet in an arm t'enbrace
For any womman, smal and fair of face.
He semeth elvyssh by his contenaunce,
For unto no wight dooth he daliaunce. (VII.710-14)

하지만 「서시」의 첫 열여덟 행이 드러내는 언어의 아름다움과 탄탄한 구성, 그리고 풍부한 암시를 경험한 독자라면 시적 능력이 부족하다고 밝히는 수줍은 화자의 말을 그대로 믿을 수는 없을 것이다. 더구나 작품의 전체적인 구조와 배치, 그리고 순례자들 사이의 갈등과 이해관계를 드러내는 시인의 능력은 작품에 등장하는 화자의 한계를 넘어선다. 새삼스러운 이야기도 아니지만 『캔터베리 이야기』에서 시인 초서는 같은 이름의 또 다른 화자를 창조하고 그를 통해서 작품의 줄거리를 이끌어가고 있다. 또한 각 이야기들에는 개별적인 화자가 존재하여 그들의 이야기를 초서가 옮기는 형태를 취하고 있다.

작품의 화자이며 순례자인 초서는 자신이 공언하고 있는 것처럼 모든 것을 순진하게 있는 그대로 그리는 것은 아니다. 그는 자신이 좋아하는 인물과 싫어하는 인물을 노골적으로 구분하고 있다. 예컨대 「서시」에 등장하는 기사(Knyght)는 그에 대한 묘사만 보아도 화자인 초서가 그를 존경하고 있다는 것을 알 수 있다.

그리고 그의 명성이 소중하고
아무리 뛰어날지라도, 그는 신중하고 현명했으며,
그리고 그의 행동 또한 아가씨처럼 유순했다.
사는 동안 그는 그 어느 누구에게도
나쁜 말을 해본 적이 없었으며, 실제로 그는
진실하고 완벽한 기사의 표본 그 자체였다.

And evereemoore he hadde a sovereyn prys.
And though that he were worthy, he was wys,
And of his port as meeke as is a mayde,
He nevere yet no vileynye ne sayde
In al his lyf unto no maner wight.
He was a verray, parfit gentil knyght. (I.67-72)

화자는 기사를 도덕적으로 완벽한 인물로 기사를 묘사하고 있지만, 사실상 순례자인 초서로서는 기사가 평생 동안 누구에게도 욕을 해본 적이 없다는 사실을 알 길이 없다. 또한 그가 현명하다는 것도 검증될 수 없는 표현이다. 막상 기사는 자신의 이야기를 풀어가면서 비논리적인 모습을 보임과 동시에 이야기를 제대로 마무리를 짓지 못해 방앗간 주인(Miller)을 비롯한 많은 동료 순례자들을 지루하게 만드는 장본인이다. 하지만 화자인 초서는 그를 좋아하기에 그에 대해 칭송을 아끼지 않는다. 반면에 초서는 자신이 싫어하는 인물에 대해서는 지극한 혐오감을 감추지 않는다. 소환리(Somonour)에 대한 묘사를 보면 초서가 그를 얼마나 심하게 혐오하는지 알 수 있다.

그는 색욕적인 인물이고 참새처럼 음탕했다.
눈썹 위에 더덕더덕 붙은 딱지며, 듬성듬성 솟아 있는 수염이
어린아이들을 놀라게 하는 것도 이상한 일이 아니었다.

수은, 일산화연, 유황, 봉사, 백연, 주석 외에
피부를 깨끗하게 세정 혹은 태우는 어떤 연고도
그의 얼굴의 흰 부스럼과 뺨에 난 종기에는
아무런 소용이 없었다.

As hoot he was and lecherous as a sparwe,
With scalled browes black and piled berd.
Of his visage children were aferd.
Ther nas quyk-silver, lytarge, ne brymstoon,
Boras, ceruce, ne oille of tarre noon,
Ny oynement that wolde clense and byte,
That hym myghte helpen of his whelkes white,
Ne of the knobbes sittynge on his checkes. (I.626-33)

초서에 의하면 소환리는 교만하고 위선적인 성직자로서, 아마도 방탕한 생활 때문에 매독에 걸린 존재이며(수은, 일산화연, 유황, 봉사, 백연, 주석 등은 당대 매독의 치료제로 알려져 있었다), 그 다음에 소개되는 면죄사(Pardoner)와 동성애 관계를 맺고 있는 인물이다. 하지만 그가 "색욕적인 인물이고 참새처럼 음탕했다"는 설명은 순례자인 초서로서는 쉽게 단정지을 수 없는 성격이다. 초서는 자신의 편견과 취향대로 동료 순례자들을 묘사하고 있으며, 시인 / 작가의 위치가 아니라 등장인물의 하나로 이야기하고 있다.

사실상 화자인 초서는 작품의 내용을 이끌어가는 존재가 아니라, 오히려 작품에 끌려 다니는 존재이다. 기사의 이야기를 들은 방앗간 주인이 그 내용을 반박하는 이야기를 한다거나, 방앗간 주인이 자신을 모욕했다고 생각한 청지기(Reeve)가 자신의 이야기로 방앗간 주인을 공격하는 것도 화자인 초서의 의도와는 상관없는 것이다. 심지어 초서 자신의 이야기조차도

그에게 이야기를 청한 해리 베일리에게 내용과 형식이 형편없다는 면박을
받으며 중지 당한다.

> "제발 그만 하시오," 여관주인이 말했다,
> "내가 당신의 바로 그 어리석음에 지쳐
> 하느님께 진정으로 내 영혼을 축복해달라고
> 빌고 싶을 정도요, 당신의 형편없는
> 이야기 때문에 내 귀가 아프다오,
> 그런 운문일랑 악마에게나 주시오!
> 이건 정말 조잡한 운문이군," 그가 말했다.

> "Namoore of this, for Goddes dignitee,"
> Quod oure Hooste, "for thou makest me
> So werey of thy verray lewdnesse
> That, also wisly God my soule blesse,
> Myne eres aken of thy drasty speche.
> Now swich a rym the devel I biteche!
> This may wel be rym doggerel," quod he. (VII.919-25)

순례자인 초서는 화자의 역할을 맡고 있기는 하지만, 정작 전체적인 이야
기를 구성하고 등장인물들 사이에 갈등을 만들어가는 존재는 그 뒤에 숨어
있는 예술가 초서인 것이다. 『캔터베리 이야기』에 소개되는 대부분의 이야
기는 시인 초서가 자신의 아바타인 순례자 초서를 내세워 이야기를 전달하
게 하고, 각 순례자들이 다시 화자가 되어 자신의 이야기를 하는 구조를 가
지고 있다. 또한 각 순례자들이 자신의 이야기를 풀어가는 방식은 화자인
초서 개인의 호불호와는 전혀 상관이 없다.

   그 예로 『기사의 이야기』(*The Knight's Tale*)를 살펴보자. 화자인 기사는
순례자 초서의 묘사에 따르면 일생 동안 "기사도, 진리, 명예, 관용, 그리고

예절"(chivaalrie, / Trouthe and honour, fredom and curtesie)(I.45-46)을 갖춘 인물이며, 용맹스러운 군인이지만 겸손하고 완벽한 인물이다. 하지만 시인 초서는 그를 훌륭한 이야기꾼으로 만들지는 않는다. 순례자들 중에서 가장 신분이 높은 기사가 "흥미와 가르침을 동시에 갖춘"(of best sentence and moost solaas)(I.798) 이야기를 전하지 못한다는 설정은 시인 초서의 예술적 선택이며, 작품의 첫 이야기가 질서와 조화를 상실하고, 문제의 해결보다는 더 큰 문제를 제기하도록 한 시인의 의도가 구현된 것이다. 이야기를 시작하면서 화자로서 기사는 자신의 이야기가 거창하고 길겠지만 청중들을 지루하게 만들지 않겠다고 선언한다. "앞으로 할 이야기가 길어 마지않으니 / 이야기를 길게 끌어 일행 중 누구에게도 방해가 되고 싶지 않소"(The remenant of the tale is long ynough. / I wol nat letten eek noon of this route)(I.888-89).

하지만 그의 의도에도 불구하고 그가 하는 이야기는 길고, 지루하며, 통일성과 유기성이 부족하다. 그는 '오큐파시오'(occupatio), 즉 시간이 더 있었더라면 더 자세히 이야기할 수 있었을 것이라는 변명을 자주한다. 작품의 1부에서만 하더라도 4번이나 신속한 진행을 위해 서술을 생략하겠다고 선언한다. 테베(Thebes)로 진격하는 테세우스(Theseus)를 묘사하면서 "더 이상 할 말이 없다"(ther is namoore to telle)(I.974)고 하는가 하면, 테베에서의 전투 장면에서는 "간략하게 언급하려는 것이 나의 의도"(But shortly for to telle is myn entente)(I.1000)라면서 설명을 줄인다. 에밀리(Emilie)를 본 후 팔라몬(Palamon)과 아시테(Arcite)가 논쟁하는 장면에서도 기사는 "내가 시간만 있었더라면 서술했겠지만 요점만 간추리겠다"(If that I hadde leyser for to seye; / But to th'effect)(I.1188-89)고 말한다. 테세우스와 페로테우스(Perotheus)가 어떤 사이였는지에 대해서도 "서술을 생략하겠다"(But of that storie list me nat to write)(I.1201)면서 이야기의 진행을 서두르고 있다.

기사의 전략을 고려하면 그의 이야기는 당연히 요점이 정리된, 통일된 이야기여야 할 것이다. 하지만 실제로 그의 이야기는 산만하며, 질서나 조화와는 거리가 멀다.

　　자신의 이야기에 흥미를 부여하고자 하는 기사의 자의식은 작품의 2부에 이르러 이야기의 진행과 서술의 속도를 높이는 결과를 낳는다. 하지만 3부에서는 그러한 자의식을 전혀 찾아볼 수가 없다. 테세우스가 건설하는 경기장에 대한 서술을 시작하면서 그는 청중에 대한 배려를 잊고 다시 자신의 이야기에 빠져든다.

> 내가 그렇게 성대하고 위엄 있는 시합장 건설을 위해
> 분주히 일을 지시하며 경비를 아끼지 않았던
> 테세우스의 후한 마음에 대해 언급하지 않는다면
> 세상 사람들은 나를 무책임하다고 말할 것이오.

> I trowe men wolde deme it necligence
> If I foryete to tellen the dispence
> Of Theseus, that gooth so bisily
> To maken up the lystes roially. (I.1881-84)

그러나 사실상 경기장에 대한 서술은 전체 이야기의 사분의 일을 차지하는 분량이고 아무리 양보하더라도 이야기의 진행과는 전혀 상관없는 내용이다. 심지어 경기장에 대한 서술을 마친 그는 경기장의 세 곳에 세워진 신전에 대한 구체적인 묘사를 잊을 뻔했다면서 다시 긴 서술을 이어간다. 자신의 청중들이 대부분 성직자이거나 중산층 평민인 것을 염두에 두고 있다면 경기장이나 신전, 또는 신전의 장식물들에 관한 묘사가 그들의 흥미를 끌지 않으리라는 사실은 쉽게 이해할 수 있겠지만 기사는 자신의 이야기에 심취하여 처음에는 예민하게 의식하던 청중의 흥미에 대한 관심을 잊고 있다.

힐브링크(Lucian Hilbrink)는 화자로서의 기사를 이렇게 설명한다.

> 일단 시작된 그의 이야기는 쉽사리 진행되지 않는다. 자신의 소재를 먼저
> 선택한 기사는 예술가와 비평가 사이에 존재하는 영원한 싸움에 말려들면
> 서 이야기꾼과 청중 사이의 갈등으로 번민하는 자신을 발견하게 되는 것이
> 다. 청중들에게 흥미를 주고 싶고 (또한 그렇게 하여 상을 받고자 하는) 세
> 속적인 순례자들 사이에서 가장 높은 자신의 지위에 걸맞은 이야기를 하고
> 자 하면서도, 전장에서와 마찬가지로 "권위"(auctoritee)와 수사학, 그리고
> 세심함과 "고귀함"(gentilesse)이 지배하는 세계에서 자신이 이룩한 것을 드
> 러내고 싶어 하는 그의 욕망은 창작보다는 실제 일을 보고하고 허구보다는
> 자전적인 이야기를 하고 싶어 하는 자신의 욕망과 갈등하게 되는 것이다.
> (39)

기사는 결과적으로 청중들에게 흥미를 줌과 동시에 교훈을 주어야 한다는
의도를 둘 다 실패한 셈이고, 그의 실패는 화자로서 그가 갖는 한계를 여실
히 보여준다.

　그가 생략하겠다고 하거나 자세히 서술하겠다고 하는 내용들은 사실상
그의 청중들에게 별로 중요한 내용이 아니다. 더구나 '최초 동인 연설'
(Prime Mover Speech)로 알려진 테세우스의 마지막 연설을 통해서 그가 말
하고자 하는 '주어진 것을 받아들임'의 지혜가 그다지 설득력이 있는 것도
아니다. 많은 학자들은 그의 연설이 2세기 경 로마의 철학자였던 보에티우
스(Boethius)의『철학의 위안』(*The Consolation of Philosophy*)을 극화한 것이
라고 주장하고 있다.[9] 그러나 메리 파이필드(Merie Fifield) 같은 비평가는

---

9) 이에 대한 자세한 설명은 Kolve, V. A. *Chaucer and the Imagery of Narrative: The First Five
　Canterbury Tales* (Stanford: Stanford UP, 1984): 141; Finalyson, John. "*The Night's Tale*: The
　Dialogue of Romance, Epic, and Philosophy." *The Chaucer Review* 27.2 (1992): 144를 참조
　할 것.

테세우스의 연설 내용이 보에티우스의 철학과는 다르다고 지적하면서 다음과 같이 설명하고 있다. "테세우스는 질서 안에서 구원을 찾으라고 주장하는 것이 아니라, 오히려 영원한 무질서를 신의 작품으로 받아들이라고 설파하고 있다"(95-96). 엘리자베스 살터(Elizabeth Salter)도 역시 테세우스의 연설은 "문제의 해결이 아니라 문제로부터의 도피"라고 주장하고 있다 (34). 테세우스의 긴 연설 끝에 팔라몬과 에밀리가 결혼하는 것이 화자인 기사의 입장에서 나름대로 작품에 질서를 부여하려는 시도임을 부인하기는 어렵겠지만, 그렇다고 해서 그러한 해결방식이 전체적인 이야기에 질서와 조화를 부여하는 것이라고 한다면 너무 억지스럽다. 따라서 버나드 하더(Bernhard D. Harder)의 다음과 같은 주장은 꽤 설득력이 있다.

> 테세우스는 자신의 주장이 급기야는 보에티우스의 철학과 상치될 정도로 결론을 왜곡하고 있다. . . . 그는 팔라몬을 설득하여 에밀리와 결혼하도록 하려는 자신의 목적에 맞도록 일부러 보에티우스적인 결론을 뒤집고 있는지도 모른다. 그의 사이비 보에티우스적인 연설(moc-Boethian speech)은 『철학의 위안』에 드러난 심오한 철학적 시각에 비해 대단히 부족하다. (47)

보에티우스의 철학이 초서의 작품 전체에 큰 영향을 준 것은 사실이다. 하지만 『기사의 이야기』의 화자인 기사나 등장인물 테세우스가 보에티우스의 철학을 설파하고 있는 것은 아니다.

결국 기사나 테세우스는 아시테를 통해서 제시된 인생의 문제, 즉 '이 세상은 무엇이며, 인간이 해야 할 것은 무엇인가' 하는 문제에 대해 아무런 해결책도 제시하지 못하고 있다. 엘리자베스 로우(Elizabeth Ashman Rowe)의 주장대로 『기사의 이야기』는 기사의 사이비 보에티우스적 세계관에 대한 풍자이며, 군사적 귀족주의의 이상이나 귀족적 도덕주의를 전달하는 대신, 반대로 그러한 기사도적인 이상주의가 어떻게 무질서한 자연에 의해 유린당하는지 보여주고 있다(182).

테세우스의 긴 연설 후에 팔라몬과 에밀리의 결혼으로 이야기를 마무리하는 기사는 자신의 이야기를 통제하는 데 실패하고 성급한 결말을 맺는 인상을 보인다. 이야기가 끝난 후 청중들이 그의 이야기가 "고상하고, / 그 영광스러움을 기억할 만하다"(a noble storie / And worthy for to drawen to memorie)(I.3111-12)고 평가했다는 순례자 초서의 증언에는 그의 이야기가 재미있었다거나 교훈적이었다는 서술이 빠져 있다. 더구나 이어지는 방앗간 주인의 술주정에는 비현실적이고 지루한 기사의 이야기에 대한 서민의 분노가 서려있는 것으로 보인다. 하지만 이야기꾼으로서 기사의 실패가 작가인 초서의 실패를 의미하는 것은 아니다. 오히려 시인 초서는『기사의 이야기』가 통일성 있는 작품이 되지 못하도록 의도한 장본인이다.『캔터베리 이야기』의 첫 이야기인 작품이 질서와 조화의 성취에 실패하면 할수록 그 다음 이야기들이 더욱 빛을 발하기 때문이며, 바로 다음에 등장하는 방앗간 주인의 이야기는 그렇기 때문에 기사의 이야기에 대한 훌륭한 패러디(parody)가 되는 것이다.

초서는 왜 이처럼 복잡한 다중구조의 화자를 설정한 것인가? 그 첫 번째 이유는 앞 장의 마지막 부분에서 언급된 앤더슨이나 스타인버그가 주장했듯이 시인의 자신을 낮추고 겸손한 태도를 취함으로써 다가올지도 모르는 비난에서 자유롭고자 함일 것이다. 중산층 출신인 초서로서는『캔터베리 이야기』에 포함된 다양한 이야기들-음담패설, 풍자, 성직자에 대한 비난과 조롱 등-에 대해 직접적인 책임을 회피하려 한 것으로 보인다. 두 번째 이유는 좀 더 중요한데, 시인 초서는 이러한 장치를 통해서 화자의 드러내기와 감추기를 반복함으로써 작품의 주제를 부각시키고 작품의 예술성을 높이고 있다는 것이다. 다시 말하면 화자인 초서를 순례자로 등장시켜

각 이야기의 화자인 다른 순례자들을 평가하게 함으로써 그들의 이야기가 서술자의 성격이나 의도를 통해 굴절되도록 하고, 동시에 화자인 초서를 등장인물 중 하나로 설정함으로써 시인 자신의 의도나 모습을 감추거나 필요에 따라서 드러내는 전략을 사용하고 있다.

그렇다면 스펜서의 화자는 어떤가? 얼핏 보면 스펜서는 『선녀여왕』에서 초서의 '겸손한 화자' 전략을 차용하고 있는 듯 보인다. 1권의 서시에서 그는 자신이 『양치기 달력』의 저자이며 이제 서사시에 도전하겠다는 의도를 전하고, 자신의 이야기는 군주인 엘리자베스 1세를 위한 것임을 분명히 하면서 자신을 최대한 낮추고 있다.

> 당신의 어여쁜 광채를 내 연약한 눈에 쪼이시고,
> **나의 너무도 천박하고 사악한 생각**을 순화해 주시어
> 당신의 진실로 영광스러운 모습만을 생각하게 하소서,
> **제 비천한 문장**의 주제가 되시는 모습이시옵니다. (필자 강조)

> Shed thy faire beames into my feeble eyne,
> And raise **my thoughts too humble and too vile**,
> To thinke of that true glorious type of thine,
> The argument of **mine afflicted stile.** (proem 4.5-8)

크레이그 베리(Craig A. Berry)는 중산층 출신의 스펜서가 서사시를 쓰겠다고 선언하는 이면에는 가난한 런던의 양복쟁이의 아들이라는 자신의 미천한 출생신분에 대한 인식과 영어로 시를 쓰는 대표적 시인이고자 하는 욕망 사이에 갈등이 존재한다고 주장한다(137). 이처럼 자신을 낮추고 겸손한 태도를 유지하는 화자의 모습은 시인인 스펜서와 구분되지 않는 듯하다. 2권의 서두에서도 화자는 여왕에게 청원하는 신하의 모습으로 등장한다. "오 용서하시고 인내심이 많으신 귀를 허락하시어, / 이 선녀의 기사, 훌륭

한 가이언 경이 겪게 되는 / 용감한 모험의 이야기들을 친히 들어주시옵소서"(O pardon, and vouchsafe with patient eare / The brave adventures of this Faery knight / The good Sir Guyon gratiously to heare)(Proem 5.6-8). 이러한 화자의 태도는 3권의 서두에서도 변하지 않으며, 1796년에 출간된 4-6권에서도 그대로 유지되는 듯하다.

그러나 정작 이야기를 이끌어가는 화자가 과연 서시에 등장한 시인 스펜서인지는 확실치 않다. 예컨대 화자는 1권 칸토 3에서 레드크로스에게 버림받은 우나(Una)를 묘사하면서 그녀와의 감정적 유대감을 내비친다. "그리고 이제 내 마음은 그토록 깊이 움직이나니, / 내가 노래하려 하는 가장 아리따운 우나 때문에, / 연약한 내 두 눈은 눈물로 이 글줄들을 적신다"(And now it is empassioned so deepe, / For fairest Unaes sake, of whom I sing, / That my fraile eyes these lines with teares do steepe)(3.2.1-3). 여기서 화자는 시인 / 창작자의 위치에서 내려와 작품의 줄거리에 반응하는 독자의 태도를 취하고 있다. 화자가 우나에게 닥칠 불행을 미리 예견하고 그녀에 대한 깊은 동정심을 표현하는 것은 어쩌면 그가 독자의 편에 서서 다가오는 줄거리에 관심을 집중시키기 위한 것일는지 모른다. 그러나 분명한 것은 그가 더 이상 전지적(omnipotent) 화자의 모습을 취하지 않고 있다는 점이다. 우나가 산스로이(Sansloy)에게 겁탈을 당할 위기에 처하자 그는 또다시 한 사람의 동정적인 독자로 변신한다.

> 아, 하늘이여, 이처럼 잔혹무도한 행위를 바라보고,
> 천상의 처녀가 이렇게 폭행을 당하는 것을 보면서도
> 어찌하여 당신은 그리도 오랫동안 앙갚음도 하지 않고
> 저 뻔뻔스러운 이교도를 번쩍이는 불길로 덮치지도 않으시나이까?

Ah heavens, that do this hideous act behold,

And heavenly virgin thus outraged see,

How can ye vengeance just so long withhold,

And hurle not flashing flames upon that Paynim bold? (6.5.6-9)

화자가 자신의 이야기 속에서 독자가 되어 자신이 묘사하는 줄거리에 감정
적으로 반응하여 독자들의 공감을 얻어내는 전략은 『선녀여왕』 전체에 드
러나고 있다. 2권에서는 마몬(Mammon)의 동굴을 빠져나온 가이언(Guyon)
이 혼절하자, 화자는 묻는다. "그렇다면 과연 하늘의 보살핌은 있는가? 천
상의 / 영령들이 과연 이런 천한 피조물들을 사랑하여, / 그들의 불행에 대
해 연민을 품을 수 있겠는가?"(And is there care in heaven? and is there love
/ In heavenly spirits to these creatures bace, / That may compassion of their
evils move?)(8.1.1-3). 3권 칸토 5에서 벨피비(Belphoebe)는 우연히 아서의
시종 티미아스(Timias)가 부상을 입고 쓰러져 있는 광경을 목격하는데, 여
기서도 화자의 감정이입이 드러난다. "그보다 더 슬픈 광경을 본 자는 결코
없다. / 그 장면은 돌로 된 바위도 동정하게 만들고 / 강물도 갈라지게 하
리"(Saw never living eye more heavy sight, / That could have made a rocke
of stone to rew, / Or rive in twaine)(30.1-3). 4권에서도 아모렛(Amoret)이 러
스트(Lust)에게 납치되는 장면을 묘사하기에 앞서 화자는 동정심으로 미리
독자들을 준비시킨다.

그녀는 곰과 호랑이들이 누비고 다니는
야생의 숲속에서, 그리고 드넓은 황야에서
안내자도 없고 아무런 위안도 받지 못하니,
그녀가 겪은 재난에 대해 듣는 것은 애처로운 일이다.

In salvage forrests, and in deserts wide,
With Beares and Tygers taking heavie part,
Withouten comfort, and withouten guide,
That pittie is to heare the perils, which she tride. (7.2.6-9)

이처럼 화자가 자기 이야기 속의 사건이나 특정 인물에 감정이입을 하는 것은 초서의『캔터베리 이야기』에서 기사가 테세우스에게, 바스의 여장부가 자신의 이야기에 등장하는 노파에게, 또는 상인(Merchant)이 애정의 문제를 상업적 거래로 치환시키는 메이(May)에 대해서 갖는 동정적인 태도와 매우 흡사하다. 스펜서의 화자는 초서의 작품에서 각기 화자가 되는 순례자들의 모습을 상기시킨다.

그러나『선녀여왕』에는 이야기꾼으로서 줄거리를 이끌어가는 또 하나의 화자가 있다. 그는 전능한 화자이며, 주도권을 가지고 독자들의 시선을 자신이 원하는 곳으로 데려간다. 그는 작가이자 서술자이며 창조자이다. 1권의 마지막에서 이야기를 마무리 지으며 자신의 작품에게 말하고 있는 화자가 취하는 태도는 다분히 객관적이다.

이제 그대의 돛을 내려라, 즐거운 항해자들이여,
우리는 이제 어느 조용한 항구에 이르게 되었으니,
여기서 우리는 손님들 중 몇 분을 내리게 해드리고
피곤에 지친 이 배의 무게를 조금 덜어주도록 하자.

Now strike your sailes ye jolly Mariners,
For we be come unto a quiet rode,
Where we must land some of our passengers,
And light this wearie vessell of her lode. (12.42.1-4)

여기서 화자가 언급하는 "항해자들"이란 자신의 시행을 가리키는 것이고, 배에서 내려줄 "손님들 중 몇 분"은 더 이상 작품에 등장하지 않을 등장인물들을 뜻하는 것임은 자명하다. 이 화자는 등장인물들의 과거나 성장배경을 알고 있으며 자신이 원하면 언제든지 줄거리를 멈추거나 다른 이야기로 돌리는 특권을 가진 존재이다. 5권의 주인공인 아테걸(Artegall)이 플로리멜(Florimell)의 혼인에 참석하여 갈등을 해소한 후에 화자는 자신이 아테걸을 "앞으로 내보내 첫 번째 모험을 겪게 하리라"(We on his first adventure may him forward send)(3.40.9)고 선언하면서 칸토 3을 끝맺는다. 이어지는 칸토에서는 아테걸이 정의의 기사임을 설명하고 그가 "현명한 정의의 판결을" 수행하는 이야기를 하겠다고 공언한다.

> 이에 대해 긴 시간의 흐름과 거친 망각의
> 부식 속에서 오늘까지 보존되어 이 땅에
> 남아 있는 예로서 아테걸만큼 용감한 이가
> 일찍이 없었으니, 그것을 여기서 이야기해야겠다.
>
> Whereof no braver president this day
> Remaines on earth, preserv'd from yron rust
> Of rude oblivion, and long times decay,
> Then this of Artegall, which here we have to say. (4.2.6-9)

아테걸이 라디건드(Radigund)에게 포로로 잡혔다가 브리토마트(Britomart)에 의해 구출된 사건을 종결짓고 그가 새로운 여정을 떠나는 것을 묘사하는 화자는 이야기를 통제하는 전지적인 이야기꾼의 모습을 취한다. "그 이야기는 또 다른 칸토에 더 잘 어울릴 것이다"(That for another Canto will more fitly fall)(7.45.9). 화자의 시선은 한 주인공에서 다른 주인공에게로,

한 사건에서 다른 사건으로 자유롭게 움직이며, 그럴 때마다 친절하게 독자를 안내한다.

> 이제 우리는 고귀한 왕자에게 시선을 돌려
> 최근에 그가 잔혹무도한 술단을 쳐부수고
> 무시무시한 판결로 그자의 부정한 국가를
> 완전히 뒤엎어버린 이후의 장면으로 가보도록 하자.
>
> And turne we to the noble Prince, where late
> We did him leave, after that he had foyled
> The cruell Souldan, and with dreadfull fate
> Had utterly subverted his unrighteous state. (9.2.6-9)

5권의 마지막 부분에서도 화자는 엔비(Envy)와 디트랙션(Detraction)에게 비방을 받으며 떠나는 아테걸의 모습을 묘사하면서 자신의 주도권을 행사한다. "무엇에도 그가 가던 바른 / 길을 돌이키지 않고 선녀의 궁정을 향해 / 계속 갔는데 거기서 그가 겪은 일은 다른 데서 말하리"(yet he for nought would swerve / From his right course, but still the way did hold / To faery Court, where what him fell shall else be told)(12.43.7-9). 그러나 이 경우를 포함해서 "다른 데서 말하리"라는 화자의 약속은 대부분 지켜지지 않는다. 이는 작품이 미완성인 것에서도 이유가 있겠지만, 화자 자신이 수미상관한 서술에 그다지 관심이 없기 때문이기도 할 것이다.

사실상 『선녀여왕』의 화자는 매우 자의적이며 비논리적인 존재이다. 많은 비평가들이 동의하고 있듯이 작품의 곳곳에는 논리적으로 이해하기 어려운 장면들이 존재한다(Anderson *Reading* 57-58). 예컨대 1권의 서두에서 말을 달리는 레드크로스와 느린 나귀를 타고 가는 우나, 그리고 우나의 짐을 들고 걸어가는 난쟁이(Dwalf)가 함께 길을 가고 있다는 서술이 그러하고, 우나의 사자에 의해 갈라지고 부서진 코세카(Corceca)의 집 문이 커크라파인(Kirkrapine)이 도착하자 다시 잠겨있었다는 묘사도 그렇다. 그는 등장인물의 이름을 착각하는가 하면 - 6권의 칸토 5 서두에 등장하는 마틸다(Matilda)는 명백히 프리실라(Priscilla)의 오류이다 - 줄거리의 서술에도 일관성이 없다.

예컨대 3권에서 브리토마트는 플로리멜이 포스터(Forster)에게 쫓겨 도망치는 것을 목격한 후에 마리넬(Marinell)과 마주쳐 그에게 상처를 입히는데, 칸토 5에서 아서(Arthur)를 만난 난쟁이는 마리넬이 살해된 것은 닷새 전이며, 플로리멜이 그를 찾아 궁정에서 나간 것은 나흘이 되었다고 설명한다. 난쟁이가 잘못 알고 있는 것이 아니라면, 이는 논리적으로는 불가능한 순서이다. 또한 1, 2권에서 주인공 기사들을 괴롭히는 마녀 두엣사(Duessa)가 5권에서 갑자기 스코틀랜드의 매리(Mary) 여왕을 상징하는 존재로 탈바꿈하는 것도 작품의 성격에 비추어 설득력이 없는 대목이다.[10]

---

10) 사실상 5권의 칸토 9, 38연부터 50연까지의 묘사는 1586년에 있었던 스코틀랜드의 메리 여왕에 대한 반역 재판을 나타낸 것이다. 여기서 스펜서가 메리여왕을 마녀 두엣사로 등장시키고 있다는 사실 때문에, 그녀의 아들이며 엘리자베스 여왕이 죽은 후 영국의 제임스 1세가 되었던 당시의 제임스 6세는 스펜서가 자신과 자신의 어머니를 모욕하고 있다는 불만을 터뜨린 적이 있었다. 메리 여왕은 헨리 8세(Henry VIII)의 누나였던 마가렛 튜더(Margaret Tudor)의 손녀딸이었으며 생후 1주일 만인 1542년에 아버지의 죽음으로 인해 스코틀랜드의 여왕이 되었다. 그녀의 아버지 제임스 5세는 로레인의 메리(Mary of Lorraine)와 결혼해서 그녀를 낳았는데, 로레인의 메리는 프랑스의 명문가인 기즈(Guise) 가문 출신이었다. 1558년에 16세의 나이로 프랑스의 왕 프랑수아(Francois)와 결혼하여 프랑스의 여왕이 되었고, 2년 후 남편이 죽자 스코틀랜드로 돌아와서 1565년에 헨리 스튜어트(Henry Stewart)와 결혼하여 제임스 6세를 낳았다. 그녀는 바람을 피웠다는 소문과 남편을 살해했다는 소문을 피해 1568년에 스코틀랜드를 떠났고 이때부터 엘리자베스 여왕에 의해 감금생활을 하게 된다. 그녀는 종종 정당한 영국 왕권의 후계자로 지목받았으며, 기회가 되는 대로 자신의 왕권을 되찾으려고 노력했다. 결국 권력을 잡고 있던 엘리자베스 여왕은 1587년에 반역죄로 그녀를 재판하고 그녀를 처형한다.

스펜서의 화자는 겸손한 청원자로, 등장인물과 사건에 감정적으로 개입하는 동조자로, 그리고 주도권을 쥐고 사건을 서술하는 서술자로 등장하는 등, 다중적인 것이 사실이다. 하지만 가장 뚜렷하게 드러나는 모습은 도덕적 교사, 혹은 의미의 해설자로서의 역할일 것이다. 특히 악당을 묘사하거나 주인공의 실패를 묘사할 때 화자는 노골적으로 도덕적 해설자의 모습을 취한다. 2권에서 브라가도키오(Braggadocchio)와 트롬파트(Trompart)를 묘사하면서 화자는 자신의 도덕관을 설파한다.

> 고상한 행동과 고귀한 성품을 가지고 이루어낸
> 아무 공적도 없이 높이 오르기를 바라는 것은
> 진정한 기사도와 기사의 정신에 대한 경멸이다.
> 그런 명성은 수치일 뿐. 하나 덕의 결과인 영예는
> 명예로운 씨앗에서부터 가장 아름다운 꽃을 피우기 마련이다.

> The scorne of knighthood and trew chevalrye,
> To thinke without desert of gentle deed,
> And noble worth to be advaunced hye:
> Such prayse is shame; but honour vertues meed
> Dothe beare the fairest flowre in honorable seed. (3.10.5-9)

화자의 설명에 의하면 고귀함은 타고나는 것이며 명예는 고귀한 행위에 대한 보상으로 주어지는 것이다. 그런데 화자의 논지를 따라가다 보면 혈통의 중요성을 강조하고 있는 것 같은 모습이 보인다. 예컨대, 6권의 칸토 3에서 화자는 초서의 『바스의 여장부의 이야기』(*The Wife of Bath's Tale*)에서 노파가 젊은 기사에게 하는 말을 언급하면서 사실은 그와 정반대의 논지를 펼친다.

옛적에 훌륭한 시인이 귀한 품성은 귀한
행동으로 알게 된다고 한 말은 사실이다.
사람에게 있어 자기 지위와 출신 성분을
모두 낱낱이 밝혀주는 예절보다 자신을
더 잘 드러내주는 것은 없기 때문이다.
발 빠른 준마가 느린 망아지를 자식으로
낳은 것을 보기는 드문 일이기 때문이며,
천민 출신이 예절 바른 태도를 갖추고서
고귀한 용기를 보이는 것도 보기 드문 일이기에.

True is, that whilome that good Poet sayd,
The gentle minde by gentle deeds is knowne,
For a man by nothing is so well bewrayd,
As by his manners, in which plaine is showne
Of what degree and what race he is growne.
For seldome seene, a trotting Stalion get
And ambling Colt, that is his proper owne;
So seldome seene, that one in basenesse set
Doth noble courage shew, with curteous manners met. (1,1-9)

여기서 "훌륭한 시인"은 초서를 가리키는 것이다. 그런데 사실상 초서가 바
스의 여장부를 통해 정의한 고귀함은 출생보다는 고귀한 행동을 강조하는
것이었다. 하지만 스펜서의 화자는 오히려 혈통의 중요성을 강조하는 듯
보인다. 6권에서 그가 기사의 자질로 요구하는 예절은 궁극적으로 귀족을
향한 것이다. 예절은 자연스럽게 우러나야 하며 훈련을 통해서 얻어지는
것이 아니라는 것이다. 물론 그는 후천적인 노력을 통하여 발현되는 예절
도 칭송받을만한 것이라고 인정하고 있기는 하다. 하지만 6권의 주인공 컬
리도어(Calidore)가 대변하는 예절이 노력이나 경험을 통한 것이 아닌 것처

럼 이상적인 예절은 타고나야 한다는 것이 화자의 생각임은 분명하다. 화자는 그렇지 않은 경우가 있다고 양보하면서도 결국 "귀한 혈통이 고귀한 예절을 낳는 법"(That gentle bloud will gentle manners breed)(6.3.2.2)이라고 단정하고 있다.

또 다른 예는 5권에서 찾을 수 있겠다. 아테걸이 전투에서 승리하고도 라디건드의 미모에 빠져, 그녀의 포로가 되자 화자는 기사가 "자신의 뜻에 따라"(his owne accord) 그녀에게 굴복하고 그녀의 노예가 되었다고 평가하면서 "정당한 저주를 받은 것"(was he justly damned)이라고 설명하고 있다 (5.17.2&6). 그럼에도 불구하고 바로 다음 칸토에서 화자는 아테걸의 오점을 나쁘게 말하는 독자를 경계하면서 (사실 아테걸을 나쁘게 말한 장본인은 화자였음에도) 다음과 같이 설명하고 있다.

> 하지만 감히 그런 말과 행동을 하는 자는
> 그가 아직 굳게 선 것을 알아야 하리라.
> 왜냐하면 처음부터 끝까지 여성의 덫에
> 걸리지 않을 만큼 사려 깊은 자는 없기 때문이다.
>
> But he the man, that say or doe so dare,
> Be well adviz'd, that he stand stedfast still:
> For never yet was wight so well aware,
> But he at first or last was trapt in women's snare. (6.1.6-9)

초서의 경우에서처럼 스펜서의 화자도 (물론 초서의 화자와는 전혀 다른 방식으로) 다중적이다.

스펜서의 화자는 시인 자신이면서, 독자이며, 작품의 해설자이면서 교육자다. 이솔른은 스펜서가 초서에게 이러한 전략을 배웠다고 주장한다. "스펜서는 자신을 너무 대담하지는 않지만 (여전히 대담하게) 국가적 시인으로 내세우기 위하여, 다양한 종류와 층위의 자기선전과 자기 비하를 사용하면서 자신의 목소리를 조절하는 방식을 초서로부터 배웠다"(287). 초서의 화자와 스펜서의 화자는 둘 다 다중적이기는 하지만 서로 큰 차이가 있다. 앤더슨은 지적한다.

> 초서와 스펜서의 주요 화자들은 자신들이 출현하는 텍스트에 대한 책임을 인정하고 있다. 그러나 초서의 조심스러운 화자는 자신의 예술적 능력을 부인하면서 자신의 역할을 사실에 대한 단순한 보고에 한정시키는 반면, 스펜서의 화자는 종종 자기 자신을 작품을 노래하는 가수라고 칭함으로써 좀 더 시적인 재능을 가진 존재로 부각시킨다. (*Reading* 32)

스펜서의 화자는 초서의 화자보다 좀 더 직접적이고 목소리가 크다는 뜻이다. 또한 스펜서의 화자는 자신의 이야기에 간섭하고 해설하는 데 상대적으로 더 적극적이다.

'늙은 연인'과 파블리오

통상 '음담패설'로 번역하는 파블리오(Fabliaux)를 수업에서 텍스트로 사용할 때마다 은근히 걱정이 되곤 했다. 특히 여자대학에 근무하는 필자로서는 음란하고 해학적인 내용을 학생들에게 강의하기가 곤혹스러운 것이 사실이다. 하지만 파블리오는 중세 르네상스 영문학에서 매우 중요한 장르 중 하나이다. 특히 초서를 강의할 때에는 파블리오를 빼놓을 수 없다. 현존하는 중세 파블리오 5편 중 4편을 그가 썼으며, 『캔터베리 이야기』를 이해하기 위해서는 반드시 거쳐 가야 하는 작품들이기 때문이다. 보통 첫 이야기인 『기사의 이야기』를 읽고 나면 이어지는 『방앗간 주인의 이야기』(*The*

Miller's Tale)를 다루게 된다. 『방앗간 주인의 이야기』는 앞선 이야기의 패러디이기도 하려니와 대조적인 두 이야기가 주는 세계관—귀족과 기사들의 로망스와 서민들의 음담패설이 드러내는 세계관—이 매우 흥미롭기 때문이다. 이제는 의뭉스레 아무렇지도 않게 가장 음란한 이야기로 알려진 『상인의 이야기』(*The Merchant's Tale*)를 강의하고 있는 자신의 모습을 본다. 나이가 들어 그만큼 얼굴이 두꺼워진 것인지 아니면 요즈음의 세태가 세태니만큼 그 정도는 별것 아니라는 대담한(?) 생각 때문인지 모르겠다.

『선녀여왕』 3권 칸토 9와 10에 등장하는 말베코(Malbecco)의 이야기는 아마도 작품에 유일하게 포함된 파블리오일 것이다. 수전노인 그는 전형적인 '늙은 연인'(Senex Amans)이며, 젊은 여인과 결혼하여 아내에 대한 질투심에 전전긍긍하는 대표적인 희극적 인물이다. 중세 이후의 희극에 등장하는 이들 '늙은 연인'들은 거의 예외 없이 돈과 아내를 잃는 희생자로 등장한다. 앤더슨은 말베코와 그의 젊은 아내 헬레노어(Helenore)의 이야기가 초서의 『상인의 이야기』에 등장하는 야뉴어리(January)와 메이의 관계를 원형으로 하고 있다고 주장한다(*Reading* 70). 일리가 있는 주장이지만, 동시에 스펜서의 이야기는 초서의 『방앗간 주인의 이야기』에 등장하는 늙은 목수 존(John)과 그의 젊은 아내 알리슨(Alison)의 이야기를 닮았다.

『상인의 이야기』의 여주인공인 메이가 치밀한 상업적 거래를 통해 적극적으로 자신의 욕망을 충족시키고 늙은 야뉴어리를 오쟁이 진 남편으로 만듦으로써 성적 욕구의 희생자에서 가해자로 자신의 신분을 변화시키는 적극적인 여성이라면, 『방앗간 주인의 이야기』에 등장하는 알리슨은 다분히 자신의 성적 욕구를 충족시키는 데에만 골몰하는 수동적이며 낙천적인 여성이다. 야뉴어리와 메이의 관계는 처음에는 정복자와 포로의 관계로 시작한다. 젊은 부인과 첫날밤을 보낼 생각에 빠진 늙은 기사는 자신에게 성적으로 폭행을 당할 여린 부인 생각에 가학적 즐거움을 느낀다.

그러나 그날 밤 그녀의 처녀성을 범한다고
생각하니 그는 가엾은 생각이 들었죠.
그가 생각하길, "아! 젊은 처자여!
날카롭고 강한 나의 모든 욕망을
자네가 잘 견뎌낼 수 있기를 바라네."

But nathelees yet hadde he greet pitee
That thike nyght offenden hire moste he,
And thoughte, "Allas! O tendre creature,
Now wolde God ye myghte wel endure
Al my corage, it is so sharp and keene!" (IV.1755-59)

하지만 메이의 생각은 다르다. "신부는 마치 돌멩이처럼 굳은 채 침실로 옮겨졌죠"(The bryde was broght abedde as stille as stoon)(IV.1818). 그녀는 동이 틀 때까지 성적 유희에 탐닉한 야뉴어리의 성적 행위에 대해서도 전혀 관심을 갖지 않는다. "그녀는 그의 유희가 한 푼의 값어치도 없다고 생각했어요"(She preyseth nat his pleyyng worth a bene)(IV.1854). 메이는 누구보다도 현실적인 여성이다. 그녀는 젊은 시종 다미안(Damian)의 구애를 적극적으로 받아들이지만, 그렇다고 낭만적인 궁정식 사랑의 유희에 빠지지도 않는다. 그녀가 생각하는 다미안과의 관계는 성적 행위 그 자체다. 그렇기 때문에 야뉴어리의 정원에서 늙은 기사를 밟고 배나무에 올라간 메이는 이미 나무 위에 올라가 있던 다미안과 (눈먼 야뉴어리가 나무 아래 서 있는데도 불구하고) 곧바로 성적 행위에 돌입한다. "다미안은 즉시 그녀의 치마를 걷어 올리고 그녀 속으로 들어갔죠"(And sodeynly anon this Damyan / Gan pullen up the smok, and in he throng)(IV.2352-53).

메이는 포로에서 정복자로, 희생자에서 가해자로 자신의 신분을 전복시킨다. 물론 그녀에게는 다미안도 성적 만족 제공자 이외에 다른 의미를 갖지 않는 듯 보인다. 상인인 화자는 이 이야기의 희생자인 야뉴어리와 공감대를 형성하며 메이의 흉계를 비난하고 있다. 하지만 메이의 전략과 거래가 바로 상인 자신이 가장 잘하는 행동이라는 것은 아이러니컬하다.

스펜서의 말베코는 분명히 초서의 야뉴어리가 가진 특성을 공유하고 있다. 하지만 그의 젊은 아내 헬레노어는 메이와 같지 않다. 오히려 그녀는 자신의 성적 쾌락에만 충실하다는 점에서 『방앗간 주인의 이야기』의 여주인공 알리슨을 원형으로 하고 있는 듯하다. 늙고 돈 많은 목수 존의 아내인 알리슨은 젊고 멋진 니콜라스(Nicholas)의 적극적인 구애에 금방 자신을 맡기기로 결정한다. 니콜라스는 사랑을 고백함과 동시에 손을 뻗는 현실적이고 육체적인 연인이다. "그녀의 음부 두덩을 강하고 단단하게 잡으며, / '애인이여, 즉시 날 사랑해주시오, / 아니면 내가 죽소, 제발 부탁이오!'라고 외쳤다"(And heeld hire harde by the haunchebones, / And seyde, "Lemman, love me al atones, / Or I wol dyen, also God me save!")(I.3279-81). 남편을 속이고 니콜라스와 불륜의 밤을 지내는 알리슨에게 압살론(Absolon)이라는 방해꾼이 등장하여 그녀에 대한 연정을 고백한다. 결국 이야기는 사건에 가담한 모든 인물들이 자신의 행위에 마땅한 처벌을 받고 '시적 정의'(poetic justice)가 성취됨으로써 마무리 된다.

> 그리하여 목수의 아내는 그가 의심하고
> 가두었어도 불구하고 농락을 당했고,
> 압살론은 그녀의 아래에 입맞춤을 했고,
> 니콜라스는 엉덩이 살점이 떨어져나갔죠.
> 이야기는 끝났고, 신께서 모두를 구원하시길!
>
> Thus swyved was the carpenteris wyf
> For al his kepying and his jalousye,

And Absolon hath kist hir nether ye,
And Nicholas is scalded in the towte:
This tale is doon, and God save al the rowte! (I.3850-54)

그런데 흥미로운 것은 모든 남성들이 처벌을 받는 반면, 정작 당사자인 알리슨은 아무런 해를 입지 않는다는 것이다. 늙은 남편에게 팔려왔음이 분명한 이 젊은 여성은 어디까지나 희생자이기에 그녀의 불륜은 잘못이 아니라는 시인의 생각이 반영된 것일까? 아니면 그녀를 단지 성적 욕망의 대상으로만 간주하고 하나의 인격체로 대접하지 않는 남성위주의 환경이 반영된 것일까? 이야기의 마지막 장면에서 보이는 알리슨의 모습은 스펜서의 헬레노어가 별다른 처벌을 받지 않고 자신의 호색적 욕망에 탐닉하는 모습과 크게 다르지 않다.

『방앗간 주인의 이야기』가 제시하는 또 다른 문제는 목수, 존에 대한 처벌이다. 젊은 연인들이 꾸미는 계략의 희생자인 존은 어리석으며 아내를 사랑한다는 사실 외에는 다른 잘못이 없다. 화자인 방앗간 주인도 어디에서도 존을 비난하지 않는다. 존은 다만 '늙은 연인'이라는 자신의 처지 때문에 이야기의 희생자가 되는 것처럼 보인다. 만일 마지막 부분에서 화자가 설명하듯이 그가 항상 아내를 의심하고 감시하는 존재라면 그가 마을 사람들로부터 비웃음을 받는 것은 당연할 듯하다. 하지만 적어도 텍스트 안에서 우리는 그의 질투심이나 감시의 흔적을 찾을 수 없다. 오히려 그는 아내를 아끼고 사랑하는 인물인 듯 보인다.

두 번째 대홍수로 인해서 세상의 모든 인간이 죽게 될 것이라는 니콜라스의 다소 엉뚱한 말에 그의 첫 반응은 자기 아내에 대한 염려이다. "어쩌나, 내 아내! / 그녀가 익사하게 된다니? 어쩌나, 내 알리슨!"(Allas, my wif! / And shal she drenche? Allas, myn Alisoun!)(I.3522-23). 물론 존의 태도는 자신의 소중한 자신의 소유물에 대한 애착이라고 해석할 수도 있겠다. 그런데 어떻게 해석하든 그가 어리석은 인물이라는 것은 반박할 수 없는 사실이다. 어쩌면 그에 대한 처벌은 그의 어리석음에 대한 것인 듯하다. 스펜서의 화자가 말베코를 소개하면서 처음부터 그의 가장 큰 잘못을 어리석음이라고 규정하는 것은 이런 맥락에서 설득력이 있다. "어리석음이란 치유책이 없는 두려움이다"(Fond is the feare, that findes no remedie)(10.3.3).

『선녀여왕』 3권의 주인공인 브리토마트가 추구하는 정결과 극대칭에 속하는 "방종한 여인"(a wanton Lady)과 "부정절한 기사"(a faithlesse knight)에 대한 이야기를 시작하면서 스펜서는 자신의 의도가 정반대의 예를 통하여 정결의 미덕을 부각시키기 위함이라고 설명하고 있다. "선함은 악함과 / 대비되어 더욱 선명히 드러나는 것이라고, / 검정과 대비될 때 흰색이 더욱 흰 것처럼"(for good by paragone / Of evill, may more notably be rad, / As white seemes fayrer, macht with blacke attone)(9.2.3-5).

여기서 시인이 제시한 "방종한 여인"과 "부정절한 기사"는 물론 헬레노어와 패리델(Paridell)을 가리키는 것이다. 이들은 트로이 전쟁(Trojan war)의 원인이 된 헬렌(Helen)과 패리스(Paris)에 대한 극단적인 패러디이다. 신화 속의 연인들이 브리토마트의 조상인 옛 트로이를 불태우고 파멸시켰다면 이들은 말베코의 세계를 불태우고 파괴한다. 패리델과 브리토마트는 다같이 트로이의 후손이지만, 패리델에게 트로이는 "단지 공허한 이름"(but an idle name)이며 "재 속에 깊숙이 묻혀"(ashes buried low) 있는 존재인 반면, 브리토마트에게 트로이는 역사적 혈통을 다시 세우기 위하여 찾아가야 할 고향이다.

엘리자베스 힐(Elizabeth Heale)의 지적처럼 패리델은 도시를 파괴한 패리스의 후손이고, 브리토마트는 도시를 건설한 부르트(Brute)의 후손이다(91). 그러한 배경을 반증하듯 작품에서도 패리델은 말베코의 집을 불태우지만, 브리토마트는 영국이라는 집을 세운다.

하지만 이들의 이야기 중에서 가장 흥미로운 인물은 말베코라고 할 수 있다. 자기 아내에 대한 질투와 의심, 그리고 돈에 대한 과도한 욕심 때문에 처절하게 파괴되는 전형적인 예가 그이기 때문이다. 사실상 패리델과 헬레노어는 사랑-세속적이고 육체적인 사랑-의 전문가들이다. 리 데니프 (Leigh A. Deneef)의 지적처럼 이들은 아이러니컬하게도 작품에 등장하는 다른 어떤 연인들보다 사랑의 언어를 더 잘 이해한다. "이 일화가 드러내는 해학은 많은 부분 스펜서의 다른 연인들이 사랑의 상처를 운명적으로 또는 치명적으로 심각하게 받아들이는 데 반해서 이들은 큐피드가 주는 상처를 장난스러운 관점으로 바라보는 데에 있다"(166). 이들이 벌이는 사랑의 유희는 그 내용이 초서의 알리슨과 니콜라스의 그것과 매우 흡사하다. 즉 육체적인 사랑의 유희, 성적 사랑의 쾌락 그 이상도 이하도 아니라는 뜻이다.

이야기의 구조로만 보자면 패리델과 헬레노어는 늙은 말베코를 배반하고 파멸시킨 장본인들이다. 하지만 이들은 시인으로부터 별다른 처벌을 받지 않는다. 이들에 대한 '시적정의'는 어디에 있는가? 초서의 『방앗간 주인의 이야기』에서 (물론 알리슨은 아무런 처벌을 받지 않지만) 니콜라스는 엉덩이를 불에 데는 처벌을 받는다. 패리델은 헬레노어를 유혹하고 그녀와 함께 말베코의 재물을 훔쳐 달아나는 데 성공하지만, 곧 그녀를 버린다. "그녀의 방울을 낚아챈 후 그녀를 드넓은 / 세상에 내던져 홀로 날도록 버린 것이었다"(For having filcht her bells, her up he cast / To the wide world, and let her fly alone)(10.35.7-8). 그것이 그의 습관인데도 스펜서는 비록 그를 비웃고 조롱할망정 특별히 그런 악행에 대한 처벌을 가하지 않는다. 헬레노어의 경우도 크게 다르지 않다. 그녀는 홀로 들판을 방황하다가 우연히 새터(Satyrs)들을 만나 그들의 공동 소유가 되지만 자신의 현실을 즐기며 과거를 잊는다. "그래서 그녀는 금방 말베코를 잊어버렸고, / 비록 소중하기는 했지만, 또 다른 횡재를 / 찾아서 그녀를 떠난 패리델 경도 잊었다"
(That shortly she Malbecco has forgott, / And eke Sir Paridell, all were he
deare; / Who from her went to seeke another lott)(10.37.1-3). 그녀는 새터들
과 성적 방종의 극치를 보이며 만족스럽게 살지만, 시인은 후회나 자기반
성이 없는 그녀를 당연하게 받아들이는 듯하다.

　　스펜서의 혹독한 형벌은 오히려 이들의 희생양인 말베코에게 가해진
다. 그는 아내를 도둑맞고 전 재산을 잃은 채 온갖 모욕과 수모를 당한
후, 자살하려는 생각으로 절벽 위에서 몸을 던진다. 하지만 그는 "본질이
전부 없어질 정도로 소모되어 / 아무것도 남지 않은 공허한 영혼"(That all
his substance was consum'd to nought, / And nothing left, but like an aery
Spright)(3.10.57.2-3)이 되어 죽지도 못하고, 어느 동굴에 기어들어가 "질투"
(Gelosy)라는 하나의 상징으로만 남게 된다. 루이스 프리만(Louise Gilbert
Freeman)은 말베코를 다루는 스펜서의 방식이 "가학성 음란증"(sadistic)에
가까울 정도로 과도하다고 지적하면서도, 수동적인 늙은 바보에게 알레고
리의 극심한 에너지를 집중하면서 시인이 사랑의 희생물이 갖는 "비논리
성"(illogic)을 날카롭게 제시하고 있다고 주장한다(318). 패리델과 헬레노어
는 알레고리와 패러디를 위한 도구일 뿐이며, 스펜서의 초점은 말베코에
게 맞추어져 있다는 말이다. 맞는 말이다. 그렇다면 과연 말베코의 잘못
은 어디에 있는가?

　　윌리엄 넬슨(William Nelson)은 이들의 이야기를 "가장 조악한 형태의 파
블리오"라고 정의하면서 말베코의 문제를 두려움이라고 설명한다. "그는 황
금도 여인도 차지할 수 없고, 어느 하나도 사용하지 못하며, 둘 다 가두어둔
채 그것들을 잃을까 끝없이 두려워한다"(188). 오쟁이 진 남편(cuckhold)으
로서 말베코의 두려움은 질투에서 출발한다. 그는 "늙었고 마른 풀처럼 시
들어서"(old, and withered like hay) 남편 역할을 수행하지 못하기에 항상 그

녀가 자신을 "진심으로 대하는지 의심하고"(alway suspect her truth) 그녀를
"아무도 못 보게 / 밀폐된 침실에 숨겨둔다"(keepe continuall spy / Upon her)
(9.5.1-5). 그는 자신의 아내가 불륜을 저지르리라는 의구심에 그녀를 철저
히 감시하지만, 아이러니컬하게도 한쪽 눈이 보이지 않기 때문에 바로 곁
에서 벌어지는 패리델과 헬레노어의 희롱은 보지 못한다. 말베코의 의심은
현실이 되지만, 그는 불타는 재산과 아름다운 아내 사이에서 망설이다가
결국 어느 것도 지키지 못한다.

> 그녀가 소리를 지르면, 그녀에게로 가면서
> 불을 버려두었다. 사랑이 돈을 이긴 것이다.
> 하지만 막상 제 돈이 타는 것을 보게 되자
> 부인을 떠났다. 돈이 사랑을 저버리게 했다.
> 그는 제 사랑하는 부인을 잃기도 싫었지만
> 가장 아끼는 재물을 버리기도 역시 싫었다.

> Ay when to him she cryde, to her he turned,
> And left the fire; love money overcame:
> But when he marked, how his money burnd,
> He left his wife; money did love disclame:
> Both was he loth to loose his loved Dame,
> And loth to leave his liefest pelfe behinde. (10.15.1-6)

불을 끈 후 말베코는 "어떻게 그녀를 구출할지 궁리하기 시작"(gan devise,
how her he reskew mought)(10.18.8)한다. 결코 아내를 믿지 않았던 말베코
가 이제는 그녀를 "구출"(reskew)할 방도를 찾는다는 시인의 서술에서 우리
는 말베코의 자기기만과 어리석음을 본다.

"순례자"(Pilgrim)의 모습으로 헬레노어를 찾아나서는 말베코의 행동이

초서의 순례자들을 상기시켜주는 것도 사실이다. 하지만 질투와 탐욕으로 모든 것을 잃은 말베코는 오히려 의심해야 하는 상황이 닥쳐오자 거꾸로 모든 의심을 버린다. 브라가도키오와 트롬파트의 사기행각은 말베코가 감당하기에는 너무 교묘하다. 하지만 "제 사랑스러운 아내"(his lovely wife)가 "어떤 거칠고 험한 새터"(a Satyre rough and rude)와 "밤새도록 즐거운 놀이에 열중하는"(all the night did minde his joyous play)(10.48.2-4) 것을 바로 눈앞에서 보고나서도 그녀를 되찾으려고 밤새도록 설득하는 그의 모습은 그가 과연 이제껏 아내의 불륜을 의심해온 남편인가 하는 의구심을 갖게 한다. 그는 막상 자신의 의심이 눈앞에서 실현되자 그러한 현실 자체에 의심을 품고 이를 거부하는 것이다. 물론 이러한 말베코의 모습은 초서의 야뉴어리를 원형으로 하고 있다. 자신이 보는 앞에서 아내가 외도를 하고 있는 것을 알면서도 애써 이를 부인하고 아내의 억지주장을 믿을 수밖에 없는 불쌍한 남편으로서 야뉴어리와 말베코는 결국 같은 종류의 희생자이다.

결국 말베코가 돈과 아내를 모두 잃고 죽지도 살지도 못하며 젤러시(Jealousy)가 되었다면서 이야기를 마치는 화자는 질투를 "지옥의 뱀"으로 정의하면서 독자들에게 도덕적 교훈을 주려 한다.

오, 지옥의 뱀이여, 어떤 광분이 처음에 널
프로설피나의 끔찍한 집에서 데려왔는가?
거기서 그녀는 널 가슴에 품고 오랫동안
양육하며, 고통의 쓴 젖을 먹여 키웠는데,
신성한 사랑을 끔찍한 두려움으로 바꾸고,
미운 생각으로 사랑하는 마음이 번민하고
수척해지게 만드는 사악한 질투는 자기를
소멸하게 만드는 고통을 자신에게 주나니,
마음속에 있는 모든 감정 중에서 네가 가장 사악하다.

O Hatefull hellish Snake, what furie furst
Brought thee from balefull house of Proserpine,
Where in her bosome she thee long had nurst,
And fostred up with bitter milke of tine,
Fowle Gealosy, that turnest love divine
To joylesse dread, and mak'st the loving hart
With hatefull thoughts to languish and to pine,
And feed it selfe with selfe-consuming smart?
Of all the passions in the mind thou vilest art. (3.11.1.1-9)

말베코, 헬레노어, 패리델이 만드는 이야기는 초서의 『상인의 이야기』와 『방앗간 주인의 이야기』를 원형으로 하여 스펜서가 재구성한 것이라고 결론지을 수 있다. 물론 근세영문학에 등장하는 대부분의 '늙은 연인' 이야기가 이와 유사한 구성을 가지고 있는 것은 사실이다. 예컨대 존슨의 『볼포네』(*Volpone*)에 등장하는 코비노(Corvino)의 경우나 셰익스피어의 『베니스의 상인』(*The Merchant of Venice*)에 나오는 샤일록(Shylock)도 종국에는 돈과 젊은 아내를 모두 잃는 운명을 맞는다. (샤일록의 경우는 젊은 아내 대신에 젊은 딸을 잃는 것이기는 해도 그가 희극의 전형적인 '늙은 연인'에 해당한다는 사실에는 변함이 없다) 그러나 스펜서의 파블리오는 그 모티프나 인물의 성격이 특히 초서의 파블리오와 닮아 있다.

『초서의 토파즈 경 이야기』와 『선녀여왕』

필자는 앞서 이 장의 서두에서 수십여 년 전에 초서와 스펜서의 "prick"이라는 어휘의 함의에 대한 일화를 소개했다. 그런데 '말에 박차를 가하다'의 의미도 있지만 '성적 충동을 자극하다'는 뜻도 가지고 있는 이 어휘가 『초서의 토파즈 경 이야기』(*Chaucer's Tale of Sir Topas*)에는 무려 여덟 번이나 나타난다. 200여 행밖에 안 되는 미완성 작품에서 여덟 번이나 같은 어휘를 사용했다는 것은 작가가 이를 통해 특히 강조하고 싶은 것이 있다는 뜻일 것이다.[11]

『초서의 토파즈 경 이야기』는 매우 독특하다. 작품의 화자인 초서가 직접 하는 이야기라는 점에서도 그렇지만 이야기가 본격적으로 전개되기도 전에 사회자인 여관주인에 의해서 갑자기 중단되기 때문이다. 그런데 더욱 흥미로운 것은 이 미완의 이야기가 유난히 후대 작가들의 관심을 받았다는 사실일 것이다. 초서가 창조한 토파즈 경의 모티프는 200여 년 후에 스펜서를 비롯하여 존 릴리, 그리고 셰익스피어에 이르기까지 많은 작가들의 작품을 통해서 되살아나고 있다. 이 작품이 갖는 의미는 무엇일까? 또한 후대 작가들은 이 작품을 어떻게 각색하고 변화시킨 것일까? 릴리와 셰익스피어의 경우는 후에 다시 논하기로 하고 여기서는 작품 자체와 작품이 스펜서의 『선녀여왕』에 끼친 영향에 국한하여 생각해기로 한다.

『초서의 토파즈 경 이야기』는 사이비 로망스(mock-romance)에 속하는 작품이다. 사회자인 해리 베일리는 순례자들 중 하나인 초서가 조용히 있는 것을 보고 그를 지목하여 무엇인가 "흥겨운 이야기"(a tale of mirth)를 해달라고 청한다. 초서는 자신이 아는 유일한 운문의 형태(rhyme)를 사용하여 이야기를 시작하는데 그것이 토파즈 경의 모험과 사랑을 그린 이야기이다.

이야기는 간단하다. 플랜더스(Flanders) 출신의 멋진 귀족 토파즈 경은 여인에 대한 사랑보다는 사냥과 무예에 탐닉하던 기사인데 모험을 위해 숲으로 갔다가 꿈에서 선녀 여왕을 만난 후 갑자기 그녀를 사랑하게 되어 선녀의 나라로 간다. 거기서 우연히 올리판트(Olifaunt)라는 거인과 마주치고

---

11) 앤더슨에 의하면 'prick'은 초서의 다른 어떤 작품보다도 『초서의 토파즈 경 이야기』에서 더 많이 사용되었다(*Reading* 57).

그곳에 선녀들의 여왕이 있다는 것을 알게 되지만 거인의 위협에 눌려 다음 날을 기약하고 그곳에서 도망친다. 그런데 마을로 돌아온 그는 엉뚱하게 기쁨에 들떠 연회를 열고 멋진 기사의 채비를 한 후 거인과 싸우러 출정한다. 그러나 정작 작품이 본격적으로 시작되기도 전에 여관주인은 초서의 말을 중단시킨다. 줄거리가 형편없고 각운이 듣기 거북하다는 것이다. "당신의 형편없는 이야기 때문에 내 귀가 아프다오, / 그런 운문일랑 악마에게나 주시오! / 이건 정말 조잡한 운문이군"(Myne eres aken of thy drasty speche, / Now swich a rym the devel I biteche! / This may wel be rym dogerel)(VII. 923-25). 이야기는 중단되고 면박을 당한 초서는 이번에는 산문으로 『초서의 멜리비 이야기』(Chaucer's Tale of Melibee)를 시작하게 된다.

초서의 토파즈 경 이야기가 해리 베일리의 마음에 들지 않은 이유는 무엇인가? 그것은 초서의 이야기가 당대 평민들이 즐겨 들었던 로망스, 즉 기사들의 모험과 사랑이야기에 대한 패러디의 성격을 띠고 있는데, 여관주인은 이를 제대로 이해하지 못하기 때문이다. 다시 말하면 여관주인이 기대했음직한 주인공 기사의 전투나 사랑 이야기가 엉뚱하게 희극적으로 흘러간다는 것이다. 또한 초서가 사용한 각운의 형태, 즉 aabaab로 이루어진 6행의 연(stanza)이 단조롭고 희극적이기 때문이다. 그렇다면 시인 초서는 왜 화자 초서를 통해 이런 이야기를 하게하고, 여관 주인이 이를 중단하게 만든 것일까?

토파즈는 『캔터베리 이야기』에서 유일하게 '경'의 칭호를 부여받은 인물이다. 화자인 초서는 자신이 존경하는 기사에게도 경의 칭호를 부여하지 않았다. 해리 베일리만이 기사에게 제비뽑기를 청하면서 "기사님"(Sire Knyght)라는 칭호를 사용했을 뿐이다. 그러나 토파즈에게 화자는 항상 '경'이라는 칭호를 쓰고 있다. 화자 초서에 따르면 토파즈의 아버지는 "자유인"(a man ful free)이며 "그 나라의 귀족"(lord he was of that contree)(720, 21)이었으니

틀린 호칭은 아닐 것이다. 하지만 작품의 내용을 고려하면 굳이 화자가 그를 묘사할 때 '경'이라는 호칭을 고집하는 것은 어색한 것이 사실이다. 작품이 그의 행동과 기사도에 대한 패러디라는 점을 부각시키는 효과를 염두에 둔 시인 초서의 전략이라고 해야 할 것이다.

그는 엄밀히 말해서 기사라고 부르기 어려운 존재다(최소한 첫 이야기를 하는 기사와 같은 등급의 기사라고 할 수는 없다). 베리는 토파즈 경이 최근에 귀족 칭호를 받은 시골 유지이거나 토지 소유주였을 것이라고 제안한다(157). 초서가 당대 로망스의 어리석고 환상적인 면을 싫어했다고 주장하는 에이 씨 스피어링(A. C. Spearing)은 이 작품이 영문학에서 첫 번째 문학적 패러디(literary parody)라고 주장하며 다음과 같이 설명한다. "『토파즈 경』에서 패러디는 내용에 관한 것이기도 하거니와 형식에 관한 것이기도 하다. 작품은 불가능한 초자연적 사건들과 기묘하게 고조된 평이함이 조합되어 먹이를 주는 손을 물고 게다가 손목까지 자르는 효과를 갖는다"(35). 환상적인 내용과 단조로운 형식이 갖는 불일치는 이야기를 듣는 여관주인뿐만 아니라 작품을 대하는 독자들마저도 당황스럽게 만든다는 것이다. 시인 초서가 독자와 해리 베일리를 둘 다 놀리고 있다는 첸시 우드(Chauncey Wood)의 주장도 같은 맥락에서 이해할 수 있다. "하지만 초서는 그가 할 이야기에 대한 우리들과 해리 베일리의 기대를 비껴가고 있으며 그러한 이야기가 작품에 드러난 순례자 초서의 성격과 어울리면서도 동시에 어울리지 않기 때문에 웃음이 나오는 것이다"(397).

그 예로 토파즈 경의 의복과 치장에 대한 과도한 묘사에서 이어지는 그의 순결함에 대한 설명을 보자. "하지만 그는 순결했고 호색한이 아니었다. / 그는 빨간 딸기들이 매달린 / 검은 딸기나무처럼 달콤했다"(But he was chaast and no lechour, / As sweete as is the brembul flour / That bereth the rede hepe)(VII.745-47). 화자는 그가 과연 순결했다고 말하는 것인가, 혹은 그 반대인가? 작품의 문장 구조는 하나의 사실을 적시하고 바로 그 다음에 그러한 사실을 전복시키는 형태를 취하고 있다. 대상을 희화화하는 패러디의 해학적(burlesque) 특성 때문이다. 여기서 "빨간 딸기들이 매달린 검은 딸기나무"라는 묘사에는 분명한 성적 함의가 내포되어 있다.

사실상 작품에는 성적 암시가 넘쳐난다. 앞서 말한 'prick'의 의미는 물론이려니와 "침실에서 빛나는 수많은 여성들이 / 그를 애인으로 삼으려 애태운다"(Ful many a mayde, bright in bour, / They moorne for hym paramour)(VII.742-43)는 표현도 그러하고, 그가 긴 칼과 창으로 무장하고 (긴 칼과 창이 남성성을 암시하는 것은 새삼스러운 것이 아니다) "산토끼와 수사슴"(bukke and hare) 같은 야생의 짐승들을 찾아 숲으로 달려 나간다는 묘사에서도 성적인 암시를 찾을 수 있다. 우드는 문학에서 산토끼를 쫓는 사냥꾼은 호색적인 인물이라고 전제하고 「서시」에 등장하는 호사스럽고 자유로운 수도승(Monk)의 취미도 "산토끼 사냥"(huntying for the hare)(I.191)이라는 점을 강조한다(393). 그런데 흥미로운 것은 해리 베일리가 묘사한 초서도 '산토끼'를 찾는 듯 보인다는 점이다. "'당신은 누구요?' 그가 말했다. / '당신은 마치 산토끼를 찾는 사람처럼 / 땅만 뚫어지게 쳐다보고 있구려'"("What man artow?" quod he; / "Thou lookest as thou woldest fynde an hare, / For evere upon the ground I se thee stare")(VII.695-97). 물론 이것은 화자인 초서가 호색한이라기보다는 해리 베일리의 농담에 호색적 함의가 배어 있다고 하는 것이 옳을 것이다.

숲에 있는 식물들에 대한 묘사에도 성적 암시가 있다. "감초"(lycorys), "생강초"(cetewale), "정향"(clowe-gylofre), 그리고 "술에 넣는 육두구"(notemuge to putte in ale) 등은 모두 당시에 흥분을 일으키는 자극제로 알려진 것들이다. 또한 숲에서 노래하는 새들도 예외 없이 성적 함의를 가진 것들이다. "새매"(sparhauk)는 성적 방종을 상징하는 참새와 관련이 있는 이름을 가지고 있으며, "앵무새"(papejay)나 "수지빠귀"(thrustelcok), "산비둘기"(wodedowve)도 모두 성적 방종, 또는 성적 암시를 품고 있다.

초서는 「서시」에서 소환리를 "그는 색욕적인 인물이고 참새처럼 음탕했다."(As hoot he was and lecherous as a sparwe)(I.626)고 묘사하고 있고, 『상인의 이야기』에서 야뉴어리는 메이와 함께 성적 유희를 위해 정원으로 들어서면서 "앵무새보다도 더 즐겁게 노래한다"(Syngeth ful murier than the papejay)(IV.2322). 또한 산비둘기는 『기사의 이야기』에 등장하는 비너스(Venus) 신전의 묘사에서 비너스의 상징물로 묘사되고 있다. "그녀의 머리 위에는 그녀의 새인 산비둘기가 날아다니고 있었소"(Above hir heed hir dowves flikerynge)(I.1962). 그러므로 토파즈 경이 갑자기 지빠귀의 노래를 듣고 사랑의 욕정에 빠져 미친 듯 '말에 박차를 가하는' 것은 자연스러운 결과다. "지빠귀의 노랫소리를 듣자 / 토파즈 경은 상사병이 나서, / 미친 듯 말에 박차를 가했습니다"(Sire Thopas fil in love-longynge, / Al whan he herde the thrustel synge, / And pryked as he were wood)(VII.778-80).

비평가들은 토파즈 경이 플랜더스 출신이라고 명시한 초서의 설명에 무게를 두고 흔히 작품이 당대에 그렇게 알려졌던 플랜더스 사람들의 성적 방종을 풍자한 것이라고 설명하기도 한다. 토파즈가 황록색 빛을 띠는 보석의 이름인 것은 재론할 필요가 없다. 우드번 로스(Woodburn O. Ross)는 중세 시대에는 그것이 성적 방종의 치료 효과가 있는 것으로 알려진 보석이었다고 설명하며 다음과 같이 작품의 의미를 제시하고 있다.

사실 초서가 플랜더스 사람들에 대한 풍자를 쓰려는 의도였다면 (맨리 교수의 논의에 의하면 초서가 그런 의도를 가진 것으로 보인다), 토파즈가 일반적으로 그것을 지닌 사람들의 순결을 돕는 것으로 알려져 있고, 플랜더스 사람들이 초서의 청중들 사이에는 순결하지 않다는 평을 듣고 있었기 때문에 초서가 자신의 기사 이름을 토파즈 경이라고 했을 때 그는 청중들의 마음속에 자신이 풍자하려는 사람들이 가진 약점을 하나 더 부각시키려 한 것이다. (174)

그러나 존 콘리(John Conley) 같은 평자는 비록 토파즈가 13-14세기 프랑스와 앵글로 노먼(Anglo-Norman) 지역의 보석 세공사들 사이에서 색정을 치유하는 데 효과가 있는 것으로 알려진 사실을 인정한다고 하더라도 초서가 토파즈라는 이름을 정결의 상징으로 사용했다는 것은 근거 없는 주장이라고 일축한다(55). 당시에는 다른 보석들도 정결의 상징으로 알려진 것이 않았던 만큼, 토파즈가 특정한 기사도의 자질을 대변하는 것이 아니라 기사도 자체를 가리키는 것으로 보아야 한다는 것이다(Conley 56). 토파즈 경은 과연 순결을 대변하는 기사인가? 이 티 도날슨(E. T. Donaldson)은 토파즈가 그 이름이 가리키는 대로 순결한 기사라고 주장한다(935).

하지만 앤 히긴즈(Anne Higgins) 같은 학자는 초서가 작품에서 연애 이야기를 다루는 전형적인 로맨스를 전복시키기 위한 장치로 쓰기 위하여 주인공을 순결하다고 말했다고 설명하고 있다(25). 사실상 작품은 토파즈가 순결한 기사인지 아닌지 드러내고 있지 않다. 그는 호색한은 아닌 것이 분명하지만, 그렇다고 순결을 대변하는 기사의 역할도 하고 있지 않은 것이 분명하다. 그가 맡은 역할은 성적 욕망에 자극받은 청년 기사이며 희화화된 로맨스의 주인공이다.

스펜서는 초서의 작품을 잘 이해하고 있었던 것으로 보인다. 그가 『선녀여왕』에서 『초서의 토파즈 경 이야기』를 재생산하고 원용하고 있다는 것은 두말할 나위가 없다. 초서의 작품에 등장하는 "요정여왕"(elf-queene), "선녀들의 여왕"(the queene of Fayerye), 또는 "선녀의 나라"(The contree of Fairye) 같은 명칭만으로도 스펜서의 작품에 초서가 어떤 영향을 주었는지 짐작할 수 있을 것이다.

토파즈 경이 선녀의 나라에서 마주친 거인 올리판트(Ollyphant)는 코끼리를 형상화한 인물이다. 그는 선녀들의 여왕이 살고 있는 그 지역을 떠나라고 그를 협박하고, 주인공은 다음 날 다시 와서 그에게 도전하겠다고 큰소리치면서도 간신히 그에게서 도망친다.

> 토파즈 경은 재빨리 몸을 피했고,
> 그 거인은 투석기를 사용하여
> 그에게 돌을 쏘아댔습니다.
> 토파즈 경은 이를 잘 피했는데,
> 이는 모두가 하느님의 은총이며,
> 그의 용감한 태도 덕분이었습니다.

> Sire Thopas drow abak ful faste;
> This geant at hym stones caste
> Out of a fel staf-slynge.
> But faire escapeth child Thopas,
> And al it was thurgh Goddes gras,
> And thurgh his fair berynge. (VII.827-32)

스펜서는 이 거인을 색욕의 상징으로 자신의 작품에 등장시킨다. 『선녀여왕』 3권의 칸토 7에서 올리판트는 타이탄(Titan)인 타이페우스(Typhoeus)와 대지 텔러스(Tellus) 사이에서 태어난 자식으로 등장한다. 그에 대해 설명하는 귀부인의 시종(Squire of Dames)의 말에 의하면 "올리판트"는 "예로부터 많은 순례기사들을 크게 쳐부쉈고 / 많은 이들을 비참한 곤경에 빠뜨려 온" (Great wreake to many errant knights of yore, / And many hath to foule confusion brought)(48.3-4) 장본인이다.[12]

칸토 11에서는 욕정에 사로잡혀 어느 젊은이를 쫓고 있는 존재로 다시 등장하는데, 시인/화자에 의하면 그의 색욕은 동성애적인 요소가 강하다. "그는 제 남성적 성욕을 내가 이제껏 본 / 누구보다 더 짐승처럼 사용했기 때문이다"(So he surpassed his sex masculine, / In beastly use that I did ever find)(4.3-4). 4권에서 아모렛을 납치하는 러스트의 모습도 또한 올리판트와 흡사하다.

> 그의 아랫입술은 인간이나 짐승과는 달랐고
> 아래로 축 처진 크고 깊은 주머니와 같아서
> . . .
> 그의 엄청나게 큰 코는 끔찍한 자줏빛으로
> 온통 피범벅이 된 채 그 위로 솟아나왔다.
> 또한 넓고 긴 두 귀가 양쪽에 길게 늘어져
> 그가 서 있으면 허리께까지 축 늘어졌기에
> 인더스 강에 사는 코끼리의 귀보다 훨씬 더 거대했다.

> His neather lip was not like man nor beast,
> But like a wide deepe poke, downe hanging low,
> . . .
> And over it his huge great nose did grow,
> Full dreadfully empurpled all with bloud,
> And downe both sides two wide long eares did glow,
> And raught downe to his waste, when up he stood,
> More great then th'eares of Elephants by Indus flood. (7.6.1-9)

---

12) 해밀튼에 의하면 1590년 판에서는 올리판트가 '토파즈 경에 의해 파멸되기 전까지' 많은 순례기사들을 크게 쳐부쉈다는 내용이 있었으나 1596년 판에 토파즈 경에 대한 언급이 삭제되었다.

에이 씨 해밀튼(A. C. Hamilton)에 의하면 "크고 깊은 주머니"는 남성의 음낭을 연상케 하는 표현이며, "엄청나게 큰 코"는 남성의 성기를 암시한다 (474 note). 스펜서가 올리판트를 노골적인 색욕의 상징으로 재생산한 것은 시인이 초서의 작품에 등장한 거인을 색욕과 연관이 있는 것으로 보았기 때문일 것이다.

초서가 자신의 이야기에서 대중적인 로망스의 주인공 중 하나로 언급하고 있는 "플랜다모어"(Pleyndamour)는 스펜서의 작품에서 매우 중요한 등장인물이 된다. 에프 피 매곤(F. P. Magoun Jr.)에 의하면 1532년이나 1561년에 나온 초서의 『캔터베리 이야기』 출판본에는 그 이름이 'Pleyndamour'라는 오늘날 정립된 중세영어의 철자가 아닌 'Blaindamoure,' 또는 'Blayndamoue'로 표기되었으며, 스펜서는 자신이 읽은 초서의 출판본에 따라 등장인물의 이름을 "블랜다모어"(Blandamour)라고 했다는 것이다(130). 블랜다모어는 4권, 칸토 1에 아테(Ate)의 짝으로 등장한다. 아테는 호머(Homer)의 『일리아드』(Iliad)에서 불화의 여신으로 등장하는 이름이며, 불화를 상징하는 존재인데, 블랜다모어는 이름난 기사이기는 하지만 변덕이 심하고 간사한 인간으로 묘사된다.

> 그녀의 짝은 유쾌하고 젊은 기사였는데
> 무력과 기사도로 크게 위용을 떨쳤으며
> 실제로도 막강한 위력의 소유자였다.
> 그의 이름은 블랜다모어였는데, 변덕이
> 가득한 그의 간사한 마음을 보여주었다.

> Her mate he was a jollie youthfull knight,
> That bore great sway in armes and chivalrie,
> And indeed a man of mickle might:

His name was Blandamour, that did descrie
His fickle mind full of inconstancie. (32.1-5)

그는 브리토마트와 대적하여 패배하고 우연히 이방의 기사에게서 가짜 플로리멜(false Florimell)을 빼앗지만 공정한 무력의 승부에서는 대체로 패배하며, 결국 그녀의 선택으로 브라가도키오에게 그녀를 양보하는 기사이다. 그런데 흥미로운 것은 스펜서가 그를 호색의 상징으로 묘사하고 있다는 점이다. 블랜다모어는 "자신의 생각이 언제나 흔들리는 바람처럼 / 눈앞에 나타나는 아름다운 여성들에게만 / 머물러 있는"(whose fancie light / Was alwaies flitting as the wavering wind, / After each beautie, that appeard in sight)(2.5.1-3) 존재이다.

하지만 스펜서가 『초서의 토파즈 경 이야기』를 가장 크게 차용한 부분은 아서의 이야기일 것이다. 아서는 『선녀여왕』 각 권마다 등장하여 매우 중요한 역할을 수행하는 핵심 인물이다. 1권과 2권에서는 주인공 기사를 구원해주고, 4권에서는 에밀리아(Emilia)와 아모렛을 구해주며, 불화를 중재하거나 적을 무찌르고 스쿠다모어(Scumadour)와 아모렛의 결합을 성사시킨다. 5권에서는 아테걸과 함께 적들을 물리치는가 하면, 게리오니오(Geryoneo)를 죽이고 벨지(Belge)를 구원한다. 6권에서는 컬리파인(Calipine)을 구해주고 그를 대신해 복수하며, 디스데인(Disdain)을 무찌르고 미라벨라(Milabella)를 구원하기도 한다. 전설적인 영국의 왕자가 누군가를 구원하거나 적을 무찌르는 데 가담하지 않는 유일한 경우는 사랑과 정결을 주제로 하는 3권에서뿐이다. 자신이 사랑에 빠져 괴로워하고 있는 아서가 누군가를 돕거나 사랑으로 인해 발생한 문제들을 해결하는 것이 불가능하다고 보는 스펜서의 태도가 드러나는 대목이다.

1권, 칸토 9에서 아서는 레드크로스와 우나에게 자신의 사랑 이야기를 해주는데, 그 내용이 『초서의 토파즈 경 이야기』와 거의 동일하다. 아서는 사랑을 "시간의 낭비이며, 또한 도덕의 적"(losse of time, and vertues enimy)(10.2)이라고 여기고 사랑을 멀리했으나, 어느 날 꿈에서 "선녀들의 여왕"(Queene of Faeries)(14.9)을 만나게 되고 그 후로 사랑에 빠져 그녀를 찾아 세상을 유랑하게 되었다는 것이다. 그는 자신의 선녀여왕을 찾겠다는 결심을 토로하며 이야기를 마친다.

> 그 후로부터 나는 성스러운 그녀의 모습을 사랑했소.
> 그 후로부터 나는 마음에 굳게 다짐을 하게 되었소,
> 오랫동안 노력과 수고를 해서라도 그녀를 찾아내고
> 내가 그녀를 찾아내기 전에는 결코 쉬지 않겠다고
>
> From that day forth I lov'd that face divine;
> From that day forth I cast in carefull mind,
> To seeke her out with labour, and long tyne
> And never vow to rest, till her I find. (15.5-8)

초서의 토파즈 경이 어느 날 성적 욕망의 충동을 받아 숲으로 말을 달려가다가 지쳐서 잠이 든 것처럼, 아서도 "열정의 부추김"을 받아 숲으로 말을 달리다가 지쳐 잠이 든다. 숲을 달리는 아서에 대한 스펜서의 묘사는 주목할 만하다.

> 어느 날이었소, 거칠 것 없이 사는 생활의 기쁨과
> 대담한 **열정의 부추김**을 받으며 더욱 박차를 가하여
> 넓은 숲을 가로질러 자유롭게 준마를 달려가는데,
> 들판이나, 강물이나, 하늘이나 모두 한 마음으로
> 내게 미소를 보내며 나의 뜻에 호의를 표시하는 것 같았소. (필자 강조)

For on a day **prickt forth** with jollitie
Of looser life, and heat of hardiment,
Raunging the forest wide on courser free,
The fields, the floods, the heavens with one consent
Did seeme to laugh on me, and favour mine intent. (12.5-9)

초서의 토파즈 경이 겪는 경험도 아서와 같다. 토파즈 경이 "부드러운 들판을 달리다가 지쳐서" 말에서 내려 그곳에 "몸을 눕히고" 잠이 든 후, 전날 밤의 꿈에 나타났던 "선녀 여왕"을 생각하며 "내 선언하건대 선녀 여왕을 찾으련다! / 내 것이 되기에 그만큼 / 아름답고 가치 있는 이는 세상에 없다"("An elf-queene wol I love, ywis, / For in this world no womman is / Worthy to be my make")(VII.790-92)고 선언하는 것도 아서의 경우와 다르지 않다. 그렇다면 스펜서는 왜 『초서의 토파즈 경 이야기』를 자신의 작품에 원용한 것일까?

초서의 작품은 로망스에 대한 패러디로서, 성적 행위가 드러나 있지는 않지만 성적인 암시로 가득하고, 지나치게 과장되거나 엉뚱한 비유를 담고 있는 희극적 이야기이다. 그러나 『선녀여왕』은 로망스이기는 하지만 "월터 롤리 경에게 보낸 스펜서의 편지"(Spenser's letter to Sir Walter Raleigh)에서 시인이 밝히고 있듯이 심각한 도덕적 목적을 담고 있는 훈육서로 기획된 작품이다. 또한 토파즈 경은 갑자기 사랑에 빠지지만 동시에 거인의 위협에 도망치고, 그런 경험을 부끄러워하지도 않은 채 즐거워하는 철없는(?) 주인공이지만, 스펜서의 아서는 훗날 전설적인 영국의 왕이 될 모범적인 젊은이로서 시인의 해설에 의하면 "관대함"(magnanimity)을 상징하는 인물이다.

스펜서는 왜 토파즈 경의 이야기를 아서에게 적용했는가? 물론 그는 초서의 다음 이야기, 즉 『초서의 멜리비 이야기』의 주인공을 차용하여 6권의 등장인물 멜리보(Meliboe)를 만들었다. 하지만 멜리비의 경우는 화자인 초서의 말대로 "고귀한 도덕"(a virtuous moral)을 가지고 있는 이야기이며, 6권의 주인공인 컬리도어를 교육시키는 인물로 손색이 없다.[13] 베리의 지적처럼 스펜서가 『선녀여왕』처럼 심각하고 격조 높은 시 작품의 원초적 비전으로 어찌하여 섬세함이라고는 도저히 찾아볼 수 없는 운율을 가진 해학적 이야기를 선택했는지는 쉽게 이해하기 어렵다(153-54). 하지만 스펜서가 자신의 이야기에서 초서의 작품을 어떻게 재생산했는지 구체적으로 살펴보면 그 해답의 실마리를 찾을 수 있을 것이다.

사실상 스펜서의 아서가 겪은 경험은 토파즈 경의 경험과 차이가 있다. 토파즈의 경우는 꿈속에 나타난 여인이 어떤 행동을 했는지 드러나 있지 않다. 잠이 깬 주인공이 갑자기 선녀여왕을 사랑하게 되었다는 것이 전부다. 그는 외친다. "하나님, 나는 지난 밤새 꿈을 꾸었어, / 선녀여왕은 내 애인이 되어 / 내 외투를 덮고 잠을 잘 거야"(Me dreamed al this nyght, pardee, / And elf-queene shal my lemman be / And slepe under my goore)(VII.787-89). 하지만 아서가 꾼 꿈에서는 하늘 아래 가장 아름다운 여성이 그의 곁에 누워서 사랑스럽게 접근하면서 그와 밤새도록 대화한 것으로 보인다. "살아있는 그 어느 누구도 들은 적이 없었을 것이오, / 그녀가 그날 밤새도록 내게 들려준 것 같은 말들은. / 떠나면서 그녀는 자신이 선녀들의 여왕이라고 말해주었소"(Ne living man like wordes did ever heare, / As she to me delivered all that night; / And at hr parting said, She Queene of Faries hight)(14.7-9). 베리는 스펜서의 아서를 행동하게 하는 동인은 꿈에서 본 모습이나 촉감보다는 그녀가 밤새 들려준 "말"이라고 지적하면서, 토파즈의 꿈과 아서의 꿈이 갖는 차이점을 다음과 같이 설명한다.

---

13) 초서의 멜리비가 인간적인 복수는 옳지 않다는 주제를 가지고 있다면 스펜서의 멜리보도 행복은 궁극적으로 자신의 태도에 달린 것이기에 인간은 욕망을 추구하지 말고 주어진 것에 만족해야 한다는 메시지를 설파한다.

아서가 추구하는 목표는 토파즈 경의 "선녀들의 여왕"(queene of Fayerye) 의 경우보다 훨씬 더 난해하다. 아서는 비록 자신에 대한 선녀 여왕의 사랑을 확신하고 있으며 "옳은 때가 오면 모두 드러날 것"(As when just time expired should appeare)이고 두 사람이 만나게 될 것을 알고 있지만, 자신의 목적이 곧 이루어 질 것이라는 구체적인 희망을 가지고 있지 않다. 그리고 물론 그의 생각은 맞는 것이다. (165)

과연 아서가 시각이나 촉각적 요소들보다 그녀가 해준 말에 더욱 의지하고 있는지는 분명치 않다. 그는 그녀가 자신 곁에 누워 있었다는 사실과 자신에게 사랑스레 접근해온 사실 때문에 "기쁨으로 인해 그처럼 가슴이 뛴 적이 없었을 것"(never hat so ravisht with delight)(14.6)이라고 밝히고 있으며, 깨어나서 "그녀가 누웠던 곳에는 잔디가 눌린 자국만이 남아"(And nought but pressed gras, where she had lyen)(15.2)있는 것을 보고 그녀의 실재를 확인했다. 그가 시각적, 촉각적 요소를 깊이 기억하고 있다는 증거다. 하지만 그의 목표 추구가 토파즈 경의 경우보다 훨씬 더 어렵다는 베리의 지적은 사실로 보인다. 토파즈 경은 바로 그날 아침에 올리판트로부터 선녀들의 여왕이 있는 장소를 확인했으나 거인이 두려워 도망치는 반면, 아서는 작품 안에서 끝내 선녀 여왕이 있는 곳을 찾아가지 못하기 때문이다.

아서가 토파즈와 다른 점은 또 있다. 바로 영국의 왕자는 자신이 예전에 사랑을 경멸했다는 사실에 대한 후회와 반성을 보이고 있다는 점이다 (Higgins 25). 스펜서는 여기서 아서의 입을 빌려 인간의 의지는 무력한 것이고 그렇기 때문에 자신의 힘을 신뢰하지 말라는 개신교도의 논리를 설파하고 있다. "세상에서 자라는 것은 아무것도 확실한 것이 없소"(Nothing is sure, that growes on earthly ground)(11.5). 이미 앞서 언급한 바와 같이 화자로서 초서는 자신의 이야기와 거리를 두고 있으나 스펜서의 화자는 기회가 있을 때마다 자신의 이야기를 통해 교육하려 한다.

세상의 무질서, 또는 부조리를 대하는 태도에서 스펜서는 초서와 차이를 보인다. 초서의 세계관은 다분히 보에티우스적이다. 세상은 그 자체의 원리와 질서를 가지고 있으나 인간은 자신의 욕망과 무지, 그리고 성급함으로 인하여 세상의 질서를 보지 못하고 세상을 원망한다는 것이다. 다시 말하면 세상의 무질서는 궁극적으로 그 안에 내재하는 질서를 보지 못하는 인간의 탓이다. 하지만 스펜서의 경우는 다르다. 세상은 인간의 관점이나 태도와 상관없이 원래 무질서 한 것이고 그 속에서 인간이 할 일이란 자신이나 세상을 믿지 말고 절대자의 은총을 구하는 것, 또는 (장로교의 교리대로) 절대자의 은총이 이미 자신에게 주어졌기를 바라는 것뿐이다.

스타인버그는 두 시인의 다른 세계관을 이렇게 설명하고 있다. "스펜서에게 우주의 무질서는 그 자체가 가진 내재적이고 포괄적인 특성이기에 인간은 이를 이해할 수도, 간섭할 수도 없는 것이지만, 초서에게 무질서란 궁극적으로 인간의 치졸함과 욕망에서 출발하는 현상이다"(29). 이런 세계관의 차이는 궁극적으로 초서가 중세 기독교의 관점을 별다른 비판 없이 수용하고 있는 반면, 여러 교파 사이의 갈등이 난무하던 (특히 가톨릭의 위협에 항상 노출되었던) 시대를 살았던 스펜서가 자신의 작품을 통해서 개신교의 신앙을 열렬히 옹호했기 때문인 것으로 보인다. 스펜서가 염두에 두고 있던 독자는 초서의 경우와는 달리 당시 프로테스탄트(protestant)의 상징이었던 엘리자베스 여왕이었다. 자신이 여왕의 충직한 신하임을 공언하고 여왕의 조언자가 되기를 열망했던 스펜서가 기회 있을 때마다 개신교의 교리를 설파하며 여왕과 그 측근의 신뢰를 얻고자 한 것은 어쩌면 당연한 것인지도 모른다.

스펜서가 『초서의 토파즈 경 이야기』에 담긴 해학과 패러디를 이해하지 못하고 자신의 작품에 원용했다고 보기는 어렵다. 그가 초서의 이야기에서 찾은 가능성은 어쩌면 그것이 미완의 작품이고, 해학적이지만 환상적인 로망스라는 점일지도 모른다. 스펜서의 의도에 대한 히긴스의 설명은 설득력이 있다. "스펜서는 초서가 투박하고 아이러니컬하게 무능한 화자를 통해서 의도적으로 결함을 노출시킨 음유시인의 로망스를 차용하여 자신이 옛 해학극(burlesque)을 국가적 서사시로 변화할 수 있다는 점을 과시하고자 한 것이다"(27). 스펜서가 만일 초서의 권위에 의지하여 자신의 문학적 업적을 높이고자 했다면 초서가 미완성으로 끝낸 작품을 재료로 삼아 완성된 로망스를 쓴다는 사실에 자부심을 느꼈을 것이다. 스펜서로서는 희화화된 토파즈 경의 환상적인 경험을 거대한 서사시의 일부로 확대 재생산하는 것이 어쩌면 시인 / 작가로서 자신이 초서보다 우월할 수도 있다는 것을 증명하는 계기가 되리라고 기대했을 수도 있다. 또한 초서의 경우와는 달리 스펜서의 선녀여왕은 노골적으로 엘리자베스 1세를 가리키고 있다. 스펜서로서는 자신의 주군인 여왕의 배필로 설정한 아서의 꿈과 사랑 이야기를 해학이나 패러디의 대상으로 삼기는 어려웠을 것이다. 스펜서는 초서의 토파즈 경으로부터 모티프를 차용했지만 사실상 전혀 다른 이야기로 재탄생시키고 있는 것이다.

『수습기사의 이야기』와 『선녀여왕』

언젠가 프랑스의 남부 도시에서 개최된 세계밀턴학회에 참가했을 때 이야기다. 필자가 논문을 발표하기 전 사회자가 스펜서의 『선녀여왕』 전권을 한국어로 번역하고 있다고 필자를 소개했다. 학회 참가자들의 일관된 반응은 "대단하다, 읽기도 힘든 작품을 번역하고 있다니"라는 것이었다. 흥미로운 것은 이러한 반응이 어려운 일을 한다는 존중의 표현이 아니고, 쓸데없는 일에 매달리고 있다는 동정심이었다는 사실이다. 어렵기로 말하면 밀턴도 만만치 않을 테지만, 스펜서의 경우는 단지 어렵다는 것뿐만 아니라 그렇게 노력을 기울일만한 작가가 아니라는 통념이 있는 것이 사실이다. 사실 스펜서는 영문학도들 사이에서 특급 기피대상에 오르는 작가이다. 우선 그의 언어가 영어의 문법과 철자가 확고하게 자리 잡지 않은 16세기 언어인데다가, 시인이 초서를 따라서 일부러 고답적인 표현을 사용하고 있기 때문이다. 더구나 미완성으로 남은 그의 대표작 『선녀여왕』은 길이가 방대하여 (현재까지 가장 길이가 긴 영시로 남아 있다) 전체 작품을 통독하기가 무척 어렵다. 그렇다고 해서 내용이 초서나 셰익스피어처럼 흥미로운가 하면 반드시 그렇지도 않다. 작품에 담겨있는 알레고리를 제대로 이해하지 못하는 경우에는 특히 두서없이 서술된 엄청난 분량의 작품을 읽어낸다는 것이 불가능에 가깝다.

스펜서의 세계관 역시 공격에 취약하다. 칼 마르크스(Karl Marx)가 스펜서를 가리켜 "[엘리자베스 여왕의] 엉덩이를 핥는 시인"(ass-licking poet)이라고 폄하한 것은 잘 알려진 사실이거니와, 그의 작품 곳곳에서 여왕에 대한 아부와 여왕의 각료들에 대한 공격, 그리고 아일랜드에 대한 제국주의적 정책에 대한 지지가 드러난다. 그럼에도 불구하고 스펜서의 『선녀여왕』을 읽어야 하는 이유는 무엇인가? 그것은 사명감에 투철한 천재 시인이 필생의 역작으로 집필한 이 작품이 풍부한 시적 영감과 도덕성을 드러내고, 작품에 드러나는 휴머니즘(Humanism)이 영문학의 전통을 이루는 데 크게 기여하고 있기 때문이다. 하여 스펜서의 작품은 인간적이고 아름답다. 편견 때문에 그것을 즐기지 못한다면 그 또한 아쉬운 일이다.

스펜서가 『선녀여왕』 4권의 칸토 2에서 초서를 칭송하고 그의 죽음을 애도하며 미완성으로 남아있는 초서의 『수습기사의 이야기』를 자신이 완성하겠다고 선언한 것은 잘 알려져 있는 사실이다. 해밀튼은 여기서 스펜서가 오직 자신만이 초서의 작품을 완성할 수 있다는 자부심을 보이고 있다고 해석한다(440 note). 스펜서는 스스로 초서의 후계자를 자처하고 있는 듯하다. 이어서 칸토 3까지 그려지는 이야기는 이미 시인이 서두에서 작품의 주제로 소개한 "캠벨과 텔라몬드, 또는 우정의 전설"(The Legend of Cambel and Telamond, or of Friendship)을 직접적으로 다루고 있다.

흥미로운 것은 앞서 논의한 『초서의 토파즈 경 이야기』처럼 『수습기사의 이야기』도 미완성이라는 점이다. 스피어링은 많은 르네상스 시대 작가들이 초서가 완성하지 못한 (혹은 완성하지 않은) 이야기들에 특히 관심을 보인 이유가 이미 완성된 작품의 문학적 업적에 필적하기 어렵다고 생각했기 때문이며, 미완성으로 남겨진 부분을 자신들이 채움으로써 훨씬 쉽게 선대 시인의 명성에 편승할 수 있으리라는 기대를 품었다고 설명하고 있다(66). 그렇다면 스펜서로서는 초서의 작품을 완성할 좋은 기회를 잡은 셈이다.

하지만 문제는 스펜서의 이야기가 초서의 『수습기사의 이야기』를 완성한 것처럼 보이지도 않거니와 캠벨과 텔라몬드의 이야기가 『선녀여왕』 4권의 중심에 있는 것처럼 여겨지지도 않는다는 점이다. 우정을 다루는 4권은 대부분 브리토마트와 아모렛, 스쿠다모어, 아테걸, 그리고 프로리멜의 얽히고설킨 이야기로 채워져 있다. 더더욱 흥미로운 것은 3권까지와는 달리, 4권은 작품의 마지막에 이르도록 주인공이 주어진 과업을 성취하는 구조를 가지고 있지 않다는 것이다. 1권과 2권의 주인공인 레드크로스와 가이언은 어쨌거나 자신들에게 주어진 과업, 즉 용을 무찌르고 우나를 구하거나 아크레시아(Acrasia)를 파괴하는 일을 완수한다. 3권의 주인공인 브리토마트도 마지막에는 버지레인(Busyrane)을 제압하고 아모렛을 구출한다. 또한 5권의 주인공인 정의의 기사 아테걸은 작품의 마지막에 거대한 그란토토(Grantorto)를 무찌르고 정의를 실현하며, 6권에서는 예절의 기사 컬리도어가 끝내 블라탄트 비스트(Blatant Beast)를 사로잡는다. 하지만 4권은 누가 주인공인지 여부도 확실치 않거니와, 의인화된 강들의 결혼(marriage of rivers)을 계기로 마리넬이 플로리멜을 만나는 장면으로 끝이 난다. 그렇다면 시인은 왜 초서를 끌어들여 캠벨과 텔라몬드의 우정을 작품의 주제로 설정한 것인가? 캠벨과 텔라몬드의 이야기는 작품의 다른 에피소드와 어떤 관계를 가지는 것일까?

초서의 『수습기사의 이야기』는 신비한 동양을 배경으로 펼쳐지는 로망스이다. 타타리(Tartarye) 지역의 사라이(Saray)에 사는 캄뷰스칸(Cambyuskan)은 위대한 왕이다. 캄뷰스칸은 칭기즈칸의 다른 이름이며, 그의 용맹성과 업적은 그 이국성과 신비한 특성으로 인하여 많은 영문학 작품의 소재가 된다. 그는 "용감하고, 부귀하며, 현명하고, / 베풀 줄을 알며, 모든 사람들에게 공정했으며, / 자신의 말에 신의가 있고, 자비롭고, 명예를 중요시"(hardy, wys, and riche, / And pitous and just, alwey yliche; / Sooth of his word, benigne, and honurable)(V.19-21) 하는 이상적인 인물이다. 그에게는 두 아들-알가르시프(Algarsyf)와 캄발로(Cambalo)-과 막내딸이 있는데 그녀의 이름은 카나세(Canacee)이다. 그가 왕으로 즉위한지 20년째 생일잔치에 갑자기 한 신비한 기사가 황동의 말을 타고 들어와 네 가지 선물을 증정한다. 이 세상 어디든지 하루 만에 갈 수 있는 황동의 말(steed of bras), 모든 사람들의 비밀을 볼 수 있는 거울(mirour), 새들의 언어와 약초에 대한 지식을 주는 반지(ryng), 그리고 어떤 갑옷도 뚫을 수 있고 상처를 치유할 수도 있는 칼(naked swerd)이 바로 그것이다. 카나세는 자신에게 주어진 반지를 통해 사랑의 상처로 괴로워하는 매(faucon)를 구해주지만 화자인 수습기사는 캄뷰스칸의 정복, 알가르시프의 모험, 캄발로의 전투에 관한 이야기를 하겠다고 공언하고 나서 갑자기 이야기를 멈춘다.

많은 비평가들이 나름대로의 해석을 내놓고 있거니와 『수습기사의 이야기』를 읽으면서 우리는 몇 가지 문제에 주목하게 된다. 첫째는 화자의 문제이며, 둘째는 미완성의 문제이고, 셋째는 근친상간의 문제이다. 처음 두 문제는 서로 밀접하게 연관되어 있다. 비평가들은 초서의 작품이 시인에 의한 의도적인 미완성이라는 데 대체로 의견을 같이하고 있다.[14] 린디 존스(Lindey M. Jones)는 이야기의 화자인 수습기사가 상위계층이기는 하지만 미숙하고, 넘치는 의욕에도 불구하고 아버지인 기사만큼 논리에 능숙하지 못하기 때문에 자신이 화려하게 펼쳐놓은 이야기의 마무리를 짓지 못하는 인물이라고 전제하면서 다음과 같이 설명한다. "『수습기사의 이야기』는 궁극적으로 불만족스러운 이야기를 만들어내는 민감하고도 자의식적인 예술을 대변하고 있다. 하지만 그처럼 불충분한 특성은 초서의 지속적인 통제아래에서 면밀하게 구성된 것이다"(315). 이야기의 대가인 초서가 어리고 경험이 부족한 수습기사를 내세워 계획적으로 이야기를 끝내지 못하도록 했다는 것이다.

윌리엄 카모우스키(William Kamowski)는 한 걸음 더 나아가 수습기사가 수사적 기교들을 과도하게 사용함으로써 자신이 시작한 이야기를 아무것도 매듭짓지 못한다고 지적하고 있다(392). 과연 수습기사가 전하는 이야기란 매가 카나세에게 전하는 사랑이야기의 절반 정도가 전부이다. 패트릭 체니(Patrick Cheney) 같은 비평가는 수습기사의 미숙한 이야기 방식을 통하여 초서가 로망스를 패러디하고 있다고 주장하기도 하는데(139), 레슬리 코데키(Lesley Kordecki)도 초서의 의식 속에서 로망스라는 장르는 이미 구식이었기 때문에 작품이 미완성으로 남겨졌다고 보고 있다(293). 우리가 이들의 주장을 받아들인다면 초서의 작품은 로망스라는 장르에 대한 풍자로 볼 수도 있겠고, 초서가 작품을 통해서 이미 한물간 기사계급과 기사도를 조롱거리로 삼고 있다는 앤 히긴스(Anne Higgins)의 주장도 설득력을 얻을

---

14) 이에 대해서는 크레이그 베리(Craig A. Berry), 스탠리 칼(Stanley J. Kahrl), 조이스 피터슨 (Joyce E. Peterson) 등을 참조할 것.

수 있을 것이다(29). 하지만 조셉 데인(Joseph A. Dane) 같은 비평가는 윌리엄 캑스턴(William Caxton)의 판본 이후 현대에 이르기까지 『수습기사의 이야기』의 텍스트와 인쇄의 역사를 상세히 밝히고 로망스가 초서가 살았던 시기까지 지속적으로 인기 있는 장르였다고 주장하면서, 작품이 패러디라는 주장은 충분한 근거가 없다고 반박하고 있다(309-16).

흥미로운 것은 바로 다음에 이야기를 시작하는 시골유지(Franklin)가 마치 수습기사의 이야기가 완성된 것처럼 젊은이를 칭찬하고 있다는 사실이다. "젊은 기사 양반, 정말이지, 잘하였소, / 고상하게 말이오. 당신의 재주를 칭찬하는 바이오"(In feith, Squire, thow hast hee wel yquit / And gentilly, I precise wel thy wit)(V.673-74). 시골유지의 말은 반어적인 빈정거림일 수도 있고, 어린 수습기사로서 그만하면 잘했다는 칭찬일 수도 있겠다. 하지만 만일 수습기사의 의도대로 이야기가 진행되었다면 우리는 오늘날 『기사의 이야기』보다 더 길고 지루한 이야기와 씨름했어야 했을 것이다. 천재적인 이야기꾼으로서 초서의 능숙함을 엿볼 수 있는 대목이다. 그런데 막상 스펜서는 초서의 작품이 미완성인 이유가 원고의 상실이라고 여기고 있는 듯하다.

> 하지만 좋은 생각을 다 망쳐버리며, 고귀한
> 지혜의 작업들을 다 버려놓는 악한 시간이
> 그 유명한 기념의 업적들을 모두 손상시켜
> 우리 모두가 듣고 풍요로워 질 수 있었던
> 영원히 귀한 보물을 세상에서 강탈해버렸다.
> 오, 저주스러운 시간이여, 글을 먹는 자벌레여.

> But wicked Time that all good thoughts doth waste,
> And workes of noblest wits to nought out weare,

That famous moniment hath quite defaste,
And orbd the world of threasure endlesse deare,
That which mote have enriched all us heare.
O cursed Eld the cankerworme of writs.　(4.2.33.1-6)

그렇다면 초서의 미완성 작품을 자신이 완성하겠다는 스펜서의 선언은 무엇인가 앞뒤가 맞지 않는다. 선대 시인이 이미 완성했으나 원고가 상실된 부분을 자신이 채워 넣겠다는 뜻이라면 스펜서의 이야기는 초서의 수습기사가 이야기하겠다고 공언한 부분, 즉 캄뷰스칸과 알가르시프의 이야기를 마무리 지었어야 했기 때문이다. 스펜서는 다만 캄발로의 이야기만을 진행시키면서 줄거리를 비틀어 이상적인 우정과 사랑에 관한 자신의 이야기를 만들고 있다. 과연 캠벨(Cambel)과 캠비나(Cambina), 트리아몬드(Triamond)와 캐내시(Canacee)에 관한 스펜서의 이야기에서 초서의 『수습기사의 이야기』는 설자리가 없다. 앤더슨은 스펜서가 초서의 권위를 이용하면서 동시에 원작을 패러디하고 있다고 주장한다("A Gentle Knight" 171). 그러나 이야기의 시작 부분에서 초서에 대한 흠모와 존경을 선언한 시인이 실제 이야기에서 옛 시인의 작품을 희화화하고 있다는 말은 설득력이 없다. 사실상 스펜서의 이야기는 그 내용이 전혀 희극적이지도 않을뿐더러 형식도 의도적인 과장이나 비하를 찾아볼 수 없다. 그렇다면 스펜서는 초서의 작품에서 무엇을 보았는가?

　체니는 스펜서가 초서의 미완성 작품에 끌린 가장 큰 이유가 바로 로망스를 구성하는 세 가지 모티프, 즉 사랑, 마법, 그리고 기사도적 영웅주의 때문이라고 주장한다(137). 여기에 동양의 신비함이 더해져 작품은 있는 그대로도 신비하고 흥미로운 요소들로 가득 차 있는 것이 사실이다. 위대한 왕의 잔치에 갑자기 뛰어든 이방의 기사는 흡사 『거웨인 경과 녹색의 기사』

(*Sir Gawain and the Green Knight*)의 첫 장면과도 비슷한 흥미와 기대감을 가지게 하고, 그가 제시하는 네 가지 선물은 모두 신비롭기 때문에 독자들은 그것들이 어떻게 사용될지에 대한 관심을 떨치기 어렵다. 브리튼 하우드(Britton J. Harwood) 같은 비평가는 작품의 선물주기에 주목하면서 결국 초서의『캔터베리 이야기』는 그 자체로 선물을 주고받는 구조를 가지고 있다고 분석한다. "선물주기, 또는 그럴 가능성은 이야기 경연, 즉 미리 합의된 경제적 교환 방식이라는 배경에서도 나타난다. 상거래에서 매수자와 매도자는 어떤 지점에서 해당 상품의 가치에 합의하게 된다"(27).『수습기사의 이야기』는 캔터베리를 향하는 순례자들인 화자와 청자의 관계로 미루어 보면 미완성인 채로 충분히 그 가치를 가지고 있다는 것이다.

스펜서가 자신의 이야기 주제로 삼은 남매ㅡ캄발로와 그의 여동생 카나세ㅡ의 관계는 또 다른 문제를 제기한다. 초서의 작품에서 캄발로는 자신의 여동생을 두고 두 형제와의 마상시합에서 승리하여 그녀를 차지한다. "그런 다음, 캄발로에 대하여 말하려고 하는데, / 카나세를 얻기 전에 / 카나세를 차지하려고 그는 두 형제들과 마상시합을 했답니다"(And after wol I speke of Cambalo, / That faught in lystes with the bretheren two / For Canacee er that he myghte hire wynne)(V.667-69). 캄발로와 카나세는 근친상간의 관계에 있는 듯 보이는 것이 사실이며, 많은 평자들 또한 이를 지적하고 있다. 존 파일러(John M. Fyler)는 전통적으로 "로망스라는 장르에서 가장 흥미로운 것은 끊임없이 근친상간의 관계에 몰두한다는 점"이라고 지적하면서 초서의 작품이 세 가지 형태의 타자를 드러낸다고 설명한다.

[작품에는] 타자를 보는 세 가지 연관된 관점이 드러나 있으며 우리는 그 유사성과 어쩔 수 없는 차이점에 주목하게 된다. 그것은 남성이 보는 여성의 관점과 기독교도인 유럽인이 보는 이교도인 타타르인의 관점, 그리고

인간이 보는 매의 관점인데, 이들은 서로 중첩되어 있으며 그 통합적인 결과에 있어서는 모두가 각각 문제를 제기한다. (12)

켄트 레노프(Kent R. Lehnhof)는 궁극적으로 왕족은 근친상간의 관계로 이루어진 집단이라는 점에 주목하면서 스펜서의 작품에서 브리토마트와 아테걸의 관계도 남매 또는 부녀간의 근친상간의 관계로 조명되고 있다고 주장한다(223; 227-29). 브리토마트와 아테걸은 작품에서 이집트의 신들인 아이시스(Isis)와 오시리스(Osiris)의 관계로, 혹은 그리스 신화에서 자신의 아버지와 관계를 갖고 아도니스(Adonis)를 낳은 머라(Myrrha)나 자신의 쌍둥이 오빠를 사랑했던 비브리스(Biblis) 등에 비유되고 있는 것이 사실이다. 하지만 브리토마트와 아테걸을 영국의 튜더(Tudor) 왕가의 시조로 설정한 스펜서가 둘의 관계가 근친상간적이라는 암시를 하고 있다고 믿기는 어려운 일이다.

엘리자베스 1세의 아버지인 헨리 8세가 첫 아내인 아라곤의 캐서린(Catherine of Aragon)과 이혼하기 위한 사유가 근친상간이었다는 것과 여왕의 어머니인 앤 불린(Anne Boleyn)이 자신의 사촌오빠와의 근친상간을 통해 그녀를 낳았다는 소문은 엘리자베스의 통치에 대단히 거북한 요소로 작용했을 것임이 분명하다. 스펜서로서는 그러한 소문이나 암시를 반박할 필요가 있었을 것이다. 체니는 스펜서가 캠비나를 등장시켜 캠벨과 결혼하게 함으로써 원작이 갖는 근친상간의 위험을 피하고 이상적인 화합을 이룬다고 설명하고 있다. "초서에게 변태적인 사회적 관계가 스펜서에게는 행복한 형이상학적 결합의 기회가 된다. 따라서 초서(또는 수습기사)로 하여금 이야기를 완성하지 못하게 만들었던 요소들은 스펜서에게 이를 완성할 수 있도록 해주는 계기가 되는 것이다"(154).

다시 말하면 초서의 작품에서 근친상간의 관계로 전락할 위험을 내포한 남매의 이야기를 스펜서는 자신의 작품에서 이를 재구성함으로써 해결했다는 것이다. 스펜서가 새로운 남매, 즉 트리아몬드와 캠비나를 등장시켜 주인공 남매와 서로 엇갈린 결혼을 하도록 한 것에 주목하면 스펜서는 원작이 가지는 근친상간의 위험을 피한 것처럼 보인다. 캐롤 헤퍼난(Carol Heffernan)은 성적인 변태성을 서양이 동양을 보는 관점 중 하나라는 에드워드 사이드(Edward Said)의 시각에 공감하면서 스펜서는 자신의 작품에서 이를 제거하려고 노력했다고 주장한다(40). 헤퍼난의 관점에 따르면 스펜서는 선녀의 기사들에게 근친상간이라는 금기를 부여하지 않으려고 애썼다는 것이다.

스펜서의 경우 이는 매우 타당한 주장이다. 그러나 과연 초서는 근친상간을 암시하고 있는 것일까? 초서의 원작에서 근친상간을 암시하고 있는 대목은 캄발로가 카나세를 차지하려고 두 형제들과 마상시합을 했다는 (앞서 인용한) 두 행이 전부이다. 그런데 여기서 "두 형제"(the bretheren two)가 가리키는 대상이 누구인지는 불분명하다. 앞서 등장한 인물 중에 두 형제란 바로 카나세의 두 오빠밖에 없기 때문에 문법적으로 정관사가 붙은 두 형제를 알가르시프와 캄발로라고 본다면 카나세를 원하는 남성이 오빠인 캄발로라고 볼 수는 없는 일이다. 물론 이러한 가설은 다소 엉뚱한 것이 사실이다. 파일러는 스킷과 보우(Skeat and Baugh)가 편집한 초서의 텍스트에서 카나세를 차지한 자가 오빠가 아니라 같은 이름의 다른 남성이라고 제시한 것을 놓고 말이 되지 않는다고 일축하면서 초서가 이야기를 중단한 것도 근친상간의 실현을 막기 위함이라고 주장한다(14). 하지만 펭귄(Penguin) 판의 편집자 네빌 콕힐(Nevill Coghill)도 카나세를 위해 마상시합을 한 자가 "또 다른 캄발로"(another Cambalo)라고 제시하고 있다(407). 결국 중요한 것은 초서의 작품에 과연 근친상간이 암시되어 있는지 여부가 아니고, 스펜서가 어떻게 원작을 변형하여 그러한 문제들을 해결했느냐 하는 것으로 보인다.

스펜서는 비록 자신이 초서의 이야기를 완성하겠노라고 선언하고 있지만 결론부터 말하자면 그는 원작을 완성한 것도 아니고 초서에 의존하고 있지도 않다. 그가 들려주는 이야기는 초서와는 전혀 다른, 개신교도로서 스펜서의 로망스이다. 개신교도로서 스펜서의 로망스라는 규정에는 개신교의 도덕관, 즉 결혼을 전제로 하는 이상적인 남녀관계를 다루는 로망스라는 의미이며, 이는 브리토마트와 아테걸, 아모렛과 스쿠다모어, 그리고 플로리멜과 마리넬의 관계가 모두 결혼의 관점에서 다루어지고 있는 것으로 뒷받침될 수 있을 것이다. 그렇기 때문에 히긴스 같은 비평가는 스펜서가 사실상 『수습기사의 이야기』보다는 오히려 『기사의 이야기』에서 그 구조와 주제를 빌려 오고 있다는 주장을 펼치기도 한다. "사실상 스펜서는 『수습기사의 이야기』의 논리, 혹은 비논리를 계속해서 진행함으로써가 아니라 초서의 『기사의 이야기』의 주제와 구조에 많은 부분을 의존함으로써 이야기를 '완성'한 것이다"(22).

조나단 골드버그(Jonathan Goldberg)는 스펜서가 사실상 초서의 작품이 예고한 결말을 축소하고 있다고 진단하면서, 캠벨 등의 이야기는 『선녀여왕』 4권의 칸토 한 개 반의 분량에 불과한 점과 이들이 바로 다음에 이어지는 새터레인(Satyrane)의 경기에서 여러 기사들 중 일부로 등장하고는 작품에서 완전히 사라진다는 사실을 증거로 내세우며 스펜서에서 캠벨 일행의 이야기는 사소한 에피소드에 불과하다고 주장한다(43). 골드버그에 의하면 결국 초서의 원작은 스펜서에 의해 다루어지기는 하지만 내팽개쳐지고 잊히는 이야기라는 것이다(43). 같은 맥락에서 조세핀 베넷(Josephine Waters Bennett)도 역시 스펜서의 작품에서 주인공은 브리토마트와 플로리멜이며 캠벨 등은 단지 조연에 지나지 않는다고 단정하면서, 이처럼 사소한 에피소드를 작품의 제목으로—"캠벨과 텔라몬드, 또는 우정의 전설"—삼은 것은 아마도 출판업자의 선택이었을 것이라는 다소 엉뚱한 제안을 하고 있다(167).

하지만 누군가가 캠벨 등의 이야기를 (사랑을 포함한) 이상적인 우정을 대변하는 중요한 요소로 보고 있다면 그것은 시인 자신일 수밖에 없을 것이다. 이들의 사랑과 우정 이야기는 4권 전체를 아우르는 모범적인 사례가 되며, 주인공들을 포함한 다른 등장인물들의 관계가 긍정적인 것인지 아닌지를 판단하는 기준이 되기 때문이다. 시인은 4권의 서시에서 자신이 "신성한 성인, 주권자이신 여왕께 . . . 사랑을 노래하노라"(to that sacred Saint my soveraigne Queene . . . I sing of love)(4.2&6)고 선언하면서 사랑의 가치를 다음과 같이 설명하고 있다.

> 사랑은 모든 명예와 모든 도덕의 근원이며
> 진정한 연인들에게 영원한 축복의 왕관을
> 씌워주어 찬란한 영예의 꽃을 피움으로써
> 그들이 그 보상을 사랑하여 방탕하지 않도록 하나니.

> For it of honor and all vertue is
> The roote, and brings forth glorious flowres of fame,
> That crone true lovers with immortall blis,
> The meed of them that love, and do not live amise. (4.proem.2.6-9)

여기서 시인이 "사랑"(love)으로 표현한 것은 고전적 관점에서의 아가페(agape), 필리스(philis), 그리고 에로스(eros)를 모두 포함한 개념임을 주지할 필요가 있다. 다시 말하면 스펜서가 4권에서 노래하고자 하는 사랑은 동성 간의 우정을 포함한 사랑이다.15) 이미 제3권에서 다루어진 정절(chastity)

---

15) 15세기 이탈리아 르네상스를 대표하는 신플라톤주의(Neo-Platonist) 철학자 마르실리오 피치노(Marsilio Ficino)는 사랑(amour)을 그리스어 에로스와 필리스를 동시에 의미하는 것으로 간주하였다(이순아 21).

의 미덕이 진정한 사랑의 다른 이름이듯이 우정도 사랑의 또 다른 형태일 뿐이다.

멜리사 나체즈(Melissa E. Snachez)는 스펜서가 4권의 주제인 우정을 공공의 미덕인 정의를 다루는 5권과 예절을 다루는 6권으로 가는 통로로 설정했다고 진단하면서 캠벨 일행의 우정이 작품의 중심에 있다고 밝히고 있다 (251). 또한 윌리엄 존슨(William C. Johnson)은 이들을 작품의 서두에 소개되는 패리델과 블랜다모어의 거짓 우정과 대조시킨다. "화자가 초서의 작품에 대한 스펜서 자신의 결론을 드러내면서 거짓 친구들은 장면에서 사라진다. 화자의 이야기는 결국 불법적인 매혹을 용납할만한 관계―쌍둥이 관계, 우정, 혈연관계와 결혼―로 전환시킨 사인죄캠벨 일행를 전면으로 드러내는 것이다"(351). 프리아몬드(Priamond), 디아몬드(Diamond), 트리아몬드는 "어느 복된 어머니의 한배에서 태어났고 / 어느 복된 아침에 함께 해산하여 태어난"(Borne of one mother in one happie mold, / Borne at one burden in one happie morne)(4.2.41.3-4) 세쌍둥이며, 서로 지극한 형제애를 보인다.

그런데 흥미로운 것은 이들의 어머니 이름이 아가페(Agaphe)라는 것이다. 안테아 흄(Anthea Hume)의 설명대로 이들 삼형제의 영혼이 각각 다음 형제의 몸에 들어간다는 설정은 "우정의 한 형태로서 형제애(brotherly love)를 가장 분명하게 드러내고" 있으며 이러한 사랑의 뿌리는 아가페이다 (180-81). 작품이 알레고리인 것을 염두에 두면 형들의 영혼을 (또는 사랑을) 한 몸에 받은 트리아몬드는 결국 형제애의 상징에 다름 아니다. 그런데 비평가들은 이 트리아몬드가 작품의 제목에서 텔라몬드(Telamond)로 소개되었다는 사실에 주목한다. 작가의 실수나 착오로 간과하기에는 두 이름의 차이가 너무 분명하다.

1964년에 토마스 로쉬(Thomas P. Roche)가 텔라몬드는 "완벽한 세계" (perfect world)를 의미하며 우주를 이루는 세 세상인 대지(terrestrial), 하늘

(celestial), 그리고 그 위의 세계(supercelestial)가 각각 프리아몬드(prima+mundus), 디아몬드(duo+mundus), 그리고 트리아몬드(tres+mundus)와 서로 부응하기 때문에 제목이 "캠벨과 완벽한 세계의 전설"(Legend of Cambell and the Perfect World)을 뜻하는 것으로 보아야 한다고 주장한 이래(15-17), 많은 평자들이 그의 견해를 받아들이고 있다. 과연 트리아몬드가 삼형제를 상징하는 존재라면 캠벨이 영원한 우정을 약속하는 대상은 트리아몬드 혼자가 아니라 삼형제라고 보아야 할 것이다. 트리아몬드가 두 형의 죽음을 보고도 이에 대한 복수는 언급하지 않고 다만 "영광스러운 승리를 의심치 않았다"(Ne desperate of glorious victorie)(IV.iii.25.2)고 설명하는 시인의 묘사도 프리아몬드와 디아몬드가 죽었다기보다는 트리아몬드 안에 살아있다는 암시가 될 것이다.

스펜서가 초서의 작품에서 빌려온 것이 캠벨과 그의 여동생 캐내시라면, 트리아몬드와 그의 여동생 캠비나는 스펜서가 창작한 존재이다. 또한 캐내시가 오빠에게 반지를 주었다는 설정도 스펜서의 창작이다. 아가페의 세 아들의 경우처럼 형제간의 우애를 드러내는 또 하나의 장치라고 해야 할 것이다. 캠벨이 캐내시의 반지 덕분에 상처를 입지 않고 험한 전투를 치를 수 있다는 설정은 얼핏 보면 초서의 발상처럼 보인다. 하지만 이방인 기사가 카나세에게 선물한 반지는 그 소유자에게 온갖 약초에 대한 지식을 부여하여 상처를 치유할 수 있게 해주는 반면, 캐내시가 캠벨에게 준 반지는 그 자체로 소유자를 천하무적으로 만들어준다.

> 그것은 그가 한 방울의 피도 흘리지 않게
> 해줄 뿐만 아니라 쇠약해진 그의 기력을
> 회복시키고, 반지에 놓인 그 돌의 위력을
> 통하여 침체된 영혼을 북돋아주는 것이다.

The which not onely did not from him let
One drop of bloud to fall, but did restore
His weakned powers, and dulled spirits whet,
Through working of the stone therein yset. (4.3.24.2-5)

스펜서의 초현실적 상상력과 과장(hyperbole)은 캠비나에 이르러 절정에 달한다. 그녀는 "숲에서 데려온 두 험악한 사자"(Of two grim lyons, taken from the wood)가 끄는 "경이로운 모습으로 꾸며진"(decked was in wondrous wize) 마차를 타고 경기장으로 들어오는데 시인은 그녀가 "마법의 학문과 모든 예술을 교육받았고 . . . 누구보다도 탁월했다"(learned was in Magicke leare, / And all the artes . . . farre exceld all other)고 설명하고 있다 (4.3.38-40). 이는 앞서 캐내시가 "이 세상에 존재할 수 있는 모든 과학과 / 자연의 은밀한 조화에 모두 능통했다"(Well seen in everie science that mote bee, / And every secret worke of natures wayes)(4.2.35.3-4)는 묘사와도 매우 유사한 내용이다. 마치 "천사의 혈통을 타고난 듯"(seemed borne of Angels brood)(4.3.39.7) 묘사되는 그녀는 경기장 내의 모든 참석자를 압도하는 여신과도 같은 존재이다.

> 그녀는 오른손에 평화의 지팡이를 들었는데,
> 지팡이에는 두 마리의 독사가 서로 사랑을
> 나누는 모습을 한 채 서로 뒤엉켜 있었고,
> 뱀의 꼬리는 서로 단단히 묶여 있었으며,
> 둘 다 하나의 올리브 화관을 쓰고 있었기에,
> 마치 마이아스의 아들이 그것을 휘둘러서
> 지옥의 악귀들을 당황시킨 지팡이 같았다.
> 또한 그녀는 다른 손에 술잔을 들고 있었고
> 그 잔에는 니펜티가 넘치도록 가득 채워져 있었다.

In her right hand a rod of peace shee bore,
About the which two Serpents weren wound,
Entryled mutually in lovely lore,
And by the tailes together firmely bound,
And both were with one olive garland crownd,
Like to the rod which Maias sonne doth wield,
Wherewith the hellish fiends he doth confound.
And in her other hand a cup she hild,
The which was with Nepenthe to the frim upfild. (4.3.42.1-9)

캐슬린 윌리엄즈(Kathleen Williams)는 캠비나를 화합(concord)의 상징으로 보고 그녀가 들고 있는 머큐리(Mercury)—"마이아스의 아들"—의 지팡이에 대해 다음과 같이 설명하고 있다.

발레리아누스(Valerianus)에 의하면 머큐리는 뱀 두 마리가 서로 싸우고 있는 것을 발견하고 캠비나가 캠벨과 트리아몬드를 말린 것처럼 둘을 갈라놓았으며, 서로 얽혀있는 뱀들은 각각 암수였기에 카듀시어스(caduceus)의 이미지는 사랑과 우정, 그리고 교묘한 화합을 통한 남매들 사이의 이중결혼에 계속해서 나타난다. (124)

등장인물이라기보다는 하나의 상징으로서 캠비나는 사랑과 우정을 다루고 있는 4권의 중심에 있는 인물이다. '카듀시어스'와 '니펜티'로 대변되는 그녀의 초인간적인 능력은 캠벨과 트리아몬드로 하여금 "서로를 가격하는 대신 기쁘게 입 맞추고 / 두려움에서 벗어나 사랑스레 껴안으며 / 손을 잡고 영원한 친구임을 맹세하도록"(Instead of strokes, each other kissed glad, / And lovely haulst from feare of treason free, / And plighted hands for ever friends to be)(4.3.49.3-5)하게 할 뿐만 아니라 서로의 여동생을 아내로 맞도록 한다. 그녀의 등장이 두드러지게 극적인 이유도 그녀의 역할이 작품의 중심에 있다는 것을 뒷받침한다(Evans 186). 토마스 케인(Thomas H. Cain)은 캠비나가 엘리자베스 여왕을 상징한다고 주장하면서 그녀의 카듀시어스가 장미전쟁을 끝낸 튜더 왕조를 의미한다고 설명하고 있다(132). 그렇다면 그녀가 대변하는 여왕은 스펜서가 상상하는 가장 이상적인 여왕의 모습일 터이다.

초서의 수습기사가 자신이 감당할 수 없는 욕심 때문에 캄발로와 카나세를 소개한 채 미완성으로 이야기를 끝냈다면, 스펜서는 수습기사가 소개한 인물을 이용하여 가장 조화로운 사랑과 우정의 이야기를 만든 셈이다. 초서의 캄발로와 카나세가 근친상간의 위험을 내포한 이교도라면, 스펜서의 캠벨과 캐내시는 마법처럼 온 세상을 품으며 화합하는 이상을 실천하는 요정(fairy)이다. 따라서 이들의 모습과 행동은 다른 등장인물들의 사랑과 우정을 가늠하는 잣대가 된다. 캠벨 일행의 모습에 비추어보면 패리델과 블랜다모어의 거짓 우정은 물론이고 일반적으로 선하다고 여겨지는 인물들-예컨대 티미아스, 아모렛, 스쿠다모어, 벨피비 등-의 행동조차도 그 이상적 기준에 미치지 못하는 것으로 보인다.

칸토 5에 등장하는 스쿠다모어는 아테(Ate)의 거짓말 때문에 질투에 사로잡힌다. "그것은 가시처럼 그의 질투심을 자극했고 / 독화살처럼 그의 영혼을 꿰뚫어 버렸다"(The which like thornes did pricke his gealous hart, / And through his soule like poysned arrow perst)(4.5.31.3-4). 케어의 집(House of Care)에서 "그런 불안함과 심장을 씹는 고통으로"(In such disquiet and hartfretting payne)(4.5.45.1) 불면의 밤을 지새우는 그의 모습에서 우리는 삐뚤어진 사랑의 모습을 본다. 나다니엘 스미스(Nathanial B. Smith)도 스쿠다모어를 스펜서의 작품 안에서 "가장 덜 사랑받는 기사"(least-loved knights) 중 하나라고 진단하고 있다(72). 스쿠다모어는 사실상 무력으로 아모렛을 강탈했다. 그는 비너스 사원(Venus Temple)에 들어가 여사제인 아모렛을 강제로 데리고 나오면서 그녀를 자신의 노력으로 획득한 소유물로 여기고 있다.

> 교회당에서 훔치는 것은 신성모독이었지만,
> 내가 그토록이나 힘든 역경을 거쳐 왔는데
> 그대로 놓아두는 것은 어리석은 것이기에,
> 더구나 지체가 높은 남성들에게서 의심과
> 수치에 대한 두려움이 있으면 여성의 사랑을
> 결코 얻지 못한다고 들었기에, 모두 떨치고
> 그녀에게 다가가 백합 같은 손을 잡고 일으켜 세웠다오.

> For sacrilege me seem'd the church to rob,
> And folly seem'd to leave the thing undonne,
> Which with so strong attempt I had begonne,
> Tho shaking off all doubt and shamefast feare,
> Which Ladies love I heard had never wonne
> Mongst men of worth, I to her stepped deare,
> And by the lilly hand her labour'd up to reare. (4.10.53.3-9)

아모렛의 경우도 이상적인 연인이 되기에는 부족하다. 그녀는 자신의 결혼 축제에서 "나쁜 친구들에게 둘러싸였을 때"(ill of friends bestedded)(4.1.3.7) 버지레인에게 납치당했다. 그녀는 비록 악당에게 자신의 순결을 넘겨주지는 않지만 브리토마트에 의해 3권의 마지막에 구출 받은 후에도 계속해서 어려움을 당한다. 칸토 7에서 그녀는 또 다시 방심하여 "아무 두려움 없이"(of nought affeard)(4.1) 숲으로 걸어 들어갔다가 러스트에게 사로잡히고, 아서(Arthur)의 시종인 티미아스에게 상처를 입기에 이른다. 물론 아모렛이

입은 상처는 티미아스가 어쩔 수 없이 입힌 것이기는 하다. 하지만 스티븐 즈에 의하면 알레고리에서는 어느 것도 우연히 일어나지 않으며 티미아스가 원래의 고결한 의도와는 달리 욕망을 이기지 못해서 성적으로 아모렛을 범했다는 것이다(361 note). 어쩌면 스쿠다모어와 아모렛의 재회가 극적인 화합으로 묘사되지 않은 것도 두 연인의 사랑이 무엇인가 부족하다는 시인의 생각이 반영된 것이 아닌가 싶다.

스펜서가 3권의 서시에서 엘리자베스 여왕의 모습이라고 설명했던 벨피비도 4권에서는 이상적인 여성의 모습과는 거리가 멀어 보인다. 그녀의 모습, 특히 티미아스와 아모렛이 함께 있는 것을 보았을 때의 그녀의 행동에 대한 데이비드 윌슨-오카무라(David Scott Wilson-Okamura)의 설명은 매우 설득력이 있다.

> 그녀는 결코 남의 호감을 얻으려 하지 않는다. 그녀는 숲에 동반자들이 있지만 친구는 아무도 없다. 그녀는 성적으로 매력적이며 남성들의 관심을 즐긴다. 하지만 그녀가 비록 남성들과 희롱하거나 그들에게 희망을 주지는 않는다 하도라고 그들이 다른 여성에게 주목하면 질투한다. 이것은 삐뚤어지고 부당한 처사이다. (53)

에이치 에스 존스(H. S. V. Jones)도 벨피비가 "차갑고 매정한"(harsh and ungenerous) 성품을 가졌다고 지적하고 있다(218). 물론 아서의 시종으로서 이상적인 젊은이의 모습을 가지고 있던 티미아스가 벨피비를 향한 전형적인 궁정식 사랑에 빠지는 모습도 이상적인 사랑의 모양새가 아니다. 사체즈는 이들 두 쌍의 관계를 캠벨 일행의 우정과 대비시키며, 이들이 "잠재적으로 캠벨, 캐내시, 트리아몬드, 캠비나가 구현하는 우정을 왜곡하고 있다"고 주장한다(266). 하지만 과연 시인이 이들을 캠벨 일행의 우정을 왜곡할

만큼 부정적인 존재로 보고 있는지의 여부는 확실치 않다. 분명한 것은 4권에서 캠벨 일행의 모습은 다른 모든 관계를 판단하는 기준이 되고 있으며, 스쿠다모어-아모렛과 티미아스-벨피비의 모습은 그러한 기준에 미치지 못한다는 점이다.

한편 베넷은 작품에서 캠벨 일행의 모습보다는 칸토 8과 9에 소개되는 하급시종(Squire of low degree)의 우정이 작품의 주제를 드러내 보인다고 주장하고 있다.

> 만일 스펜서가 우정에 대한 아리스토텔레스의 이론을 구현하는 책을 쓰려고 의도했다면 캠벨과 트리아몬드의 결투는 이를 실현하지 못하고 오히려 플라시다스가 자신의 충실한 친구 에이미아스를 구해주는 것이야말로 책 전체가 추구하는 탁월한 과업이다. (170)

하지만 과연 스펜서가 작품에서 구현하려는 우정이 아리스토텔레스를 토대로 했는지도 의심스럽거니와, 하급시종들의 행동이 작품이 추구하는 이상적인 우정을 드러낸다고 보기도 어려운 것이 사실이다. 사랑하는 이가 따로 있었던 에이미아스(Amyas)는 "자유를 찾기 위하여"(his libertie to get)(4.8.53.6) 페아나(Poeana)의 사랑을 받아들이는데, 그와 똑같이 생긴 플라시다스(Placidas)는 그가 구속되었다는 소식을 듣고 자신의 "영혼만큼이나 그에게 열렬한 열정을 가지고 있던"(the fervent zeale . . . to him as to my soule did beare)(4.8.55.2-3) 친구를 위해 스스로 감옥에 갇힌 후 친구를 대신하여 페아나와 사랑을 나눈다. 결국 아서에 의해 모두 구출된 후 플라시다스는 페아나와 결혼하고, 에이미아스는 자신이 사랑했던 에밀리아(Aemylia)와 맺어진다는 이야기이다.

시인은 칸토 9의 서두에서 "세 가지 형태의 사랑"(three kinds of love) 즉

아가페(agaphe), 에로스(eros), 그리고 필리스(philis)에 대해 언급하고 "이중에서 도덕적 마음의 / 우정의 결속이 고귀한 마음을 가장 확실히 묶어준다"(But of them all the band of vertuous mind / Me seemes the gentle hart should most assured bind)(1.8-9)고 선언한다. 그런 후에 "영혼의 사랑은 육체의 사랑을 넘어서 있다"(love of soule doth love of bodie passe)(2.8)는 증거로서 "이 시종들의 소중한 우정"(these Squires true friendship)을 내세우고 있다 (3.3). 하지만 이들은 우정이 지위의 높고 낮음에 있지 않다는 반증은 될지 몰라도 작품 전체를 아우르는 이상적인 사랑과 우정의 표본이 되기는 어렵다. 우선 플라시다스가 보여주는 우정의 표현—친구를 위해 스스로 여성의 노예가 된 후 홀로 도주하는 행동—은 "도덕적"이기도 어렵거니와 맹목적이다. 또한 스펜서의 작품이 궁극적으로 귀족의 자제를 교육하는 훈육서라는 점과 기사들의 사랑과 모험을 다루는 로망스라는 것을 염두에 둔다면 하급시종들의 우정과 사랑 이야기는 부수적인 에피소드일 수밖에 없을 것이다. 더구나 이들의 우정과 사랑이 아서 왕자의 무력과 조정을 바탕으로 이루어진다는 것을 고려하면 이들의 이야기는 하급 시종들의 아름다운 우정이 기사의 도움으로 행복한 결말을 맞는다는 부수적 에피소드라고 해야 할 것이다.

그렇다면 캠벨 일행이 제시하는 사랑과 우정의 기준에 맞는 인물은 누구인가? 그것은 『선녀여왕』 3권과 4권의 주인공이라고 할 수 있는 브리토마트라고 해야 하겠다. 정절을 대변하는 기사로 등장하는 그녀는 3권의 마지막에서 아모렛을 구출하지만, 거울에서 보고 사랑하게 된 기사를 찾아 나서는 그녀의 과업은 완성되지 않았다. 결국 4권 칸토 6에서 그와 조우하고 자신의 사랑을 확인하기까지 그녀는 아모렛을 수행하면서 수많은 전투를 겪는다. 정결을 대변하는 그녀가 우정과 무슨 관계가 있는가? 트레이시 세딩거(Tracy Sedinger)는 『선녀여왕』에서 우정은 대체로 남성들끼리의 관계라고 규정하면서 17세기에 이르기까지 여성의 우정은 문학작품에 등장하지 않는다고 주장한다.

> 스펜서는 동성애적인 감정으로 넘어갈 가능성 때문에 여성들 간의 / 우정을 억누른다. 스펜서가 가장 오랫동안 지속적으로 추구한 여성적 주체성(feminine subjectivity)에 대한 탐구-정절, 우정, 그리고 정의라는 세 권의 책에 펼쳐져 있는 브리토마트의 이야기-속에 이러한 과정이 여실히 드러나 있다. (92-93)

하지만 브리토마트가 4권의 도입부에서 자신의 실체를 공개한 후 아모렛과 가지는 관계는 노골적인 여성들 사이의 우정에 다름 아니다. 브리토마트와 아모렛은 서로 "솔직한 애정을 표현하고"(franke affection . . . afford), "밤새도록 사랑을 나누었으며"(all that night they of their loves did treat), "상대에게 커다란 열정을 품게 된다"(each the other gan with passion great)(4.1.15-16). 두 여성의 우정에 대한 스펜서의 묘사는 오히려 동성애적인 암시를 내비칠 정도로 노골적이다. 이는 캠벨과 트리아몬드가 캠비나의 잔을 마신 후 "서로 기쁘게 입 맞추고," "사랑스레 껴안으며," "영원한 친구임을" 맹세하는 장면과 크게 다르지 않다. 두 기사를 화해시킨 캠비나도 캐내시를 친구로 받아들인다. 그녀는 "아름다운 캐내시를 자기 곁에 꼭 붙잡고 / 자신의 마차에 오른 후 집을 향해 떠났다"(taking by her side / Faire Canacee . . . Unto her coch remounting, home did ride)(4.3.51.6-8).

로망스에서 전투는 기사의 의무이자 권리이며, 명예를 지키는 방식이다. 캠벨과 트리아몬드가 서로 싸웠다는 사실이 둘 사이의 우정을 방해하는 것은 아니다. 에이치 씨 창(H. C. Chang)은 작품에서 기사도(chivalry)는 단지 "알레고리의 언어"(the language of allegory)라고 지적하면서 캠벨과 트리아몬드는 명예를 위해 목숨을 걸고 서로 싸우지만 결국 화합을 통해 기사도의 사슬에서 자유로워지며, 이것이야말로 "인간의 희망에 대한 환희에 찬 표현"(a jubilant expression of hope in man)이라고 주장한다(150). 사실상 작품에서 전투는 선한 기사들 사이에서도 종종 발생하며 기사들은 그 때문에 더욱 견고한 우정을 다짐하곤 한다. 따지고 보면 브리토마트와 아테걸의 경우도 전투를 통해 서로를 확인하고 사랑을 약속하는 계기를 만든다. 로날드 호튼(Ronald Arthur Horton)의 지적대로, 『선녀여왕』 4권은 이상적인 결혼이 결국 우정이라는 스펜서의 생각을 드러내고 있다.

> 번성하고 유지되기 위해서 결혼은 반드시 우정이어야 한다. 따라서 결혼을 향한 브리토마트의 모험은 제3권에서 이루어지지 않고 4권으로 이어지며, 여기서 그녀의 사랑은 결혼을 통한 성적 사랑의 완성에 필요한 사귐과 우정의 형태를 취하게 된다. (106)

브리토마트와 아테걸은 칸토 6에서 결혼을 약속하지만 이들의 혼인은 정의의 기사 아테걸이 자신의 과업이 정의를 올바로 구현하기까지 미루어져 있다. 사실상 현존하는 『선녀여왕』에서 두 사람의 결혼은 다만 암시되어 있을 뿐, 서술되지는 않는다.

스펜서는 자신을 초서의 후계자라고 여기면서 "내 안에 살아있는 / 그대의 영혼과의 달콤한 접목을 통해서 / 나는 여기서 그대의 발자취를"(but through infusion sweete / Of thine owne spirit . . . I follow here the footing of thy feete)(4.2.34.7-9) 따라가겠노라는 공언을 자신의 작품에서 실현하였다. 하지만 그가 미완성인 초서의 『수습기사의 이야기』를 완성한 것은 아니며, 그는 그런 의도를 가지고 있지도 않았다고 보아야 할 것이다. 그가 창조한 알레고리는 그 자신의 세계이며, 비록 선대 시인의 권위를 인정하기는 하지만 그렇다고 해서 반드시 그의 권위에만 의존하고 있는 것도 아니다. 스펜서는 자신이 초서에 대한 존경의 표시로 초서의 인물들과 자신이 창조한 인물들의 만남과 우정을 작품의 중심주제로 설정하고 있다. 그러나 초서의 주인공들은 스펜서의 작품에서 다만 사랑과 우정을 드러내기 위한 상징적인 장치일 뿐이다. 그렇기 때문에 칸토 4에 묘사된 새터레인의 전투에서 그들은 스펜서의 다른 여러 기사들 중 하나로 머물러 있는 것이며 브리토마트를 위시한 스펜서의 기사들이 다시 작품의 줄거리를 이끌어 가면서 그들은 자연스럽게 무대에서 사라지는 것이다. 하지만 캠벨 일행이 보여주는 화합과 우정의 모습은 다른 기사들이 따라야 할 모범을 제시한다는 점에서, 그리고 수많은 등장인물들의 언어와 행동을 통해서 우정이라는 다소 애매한 도덕적 규범을 구체화시키고 있다는 점에서 우리는 스펜서가 『선녀여왕』 4권을 통해 초서라는 위대한 시인의 '발자취'를 따르고 있다는 결론을 내릴 수 있을 것이다.

셰익스피어
William Shakespeare

릴리와 셰익스피어에 드러나는 초서

필자가 셰익스피어를 처음 만난 것은 대학 2학년 시절이었다. 당시 영문학도라면 누구나 들어야 했던 '셰익스피어' 과목에서 외국인 교수님은 『오셀로』(*Othello*)를 강독하셨는데, 어느 날 녹음기를 들고 들어와 오셀로를 연기하는 배우－그때는 누구인지 몰랐지만 그는 한때 열정적인 연기로 유명했던 리처드 버튼(Richard Burton)이었다－의 목소리를 들려주셨다. 당시에는 동영상이 없던 시절이어서 녹음이 유일하게 효과적인 전달 방식이었을 것이다. 오셀로가 5막 2장에서 사랑하는 데스데모나(Desdemona)를 죽이려고 촛불을 들고 아내의 침실로 들어가면서 독백하는 장면이었다. 아내를 죽이기 전에 그는 그녀에게 입을 맞추고 말한다. "오, 향기로운 숨결이여, 정의의 여신마저도 / 자기 칼을 부러뜨리게 할 만하구나! 한 번 더, 한 번만 더"(O balmy breath, that does almost persuade / Justice to break her sword! One more, one more)(5.2.16-17).

약 20여 행에 달하는 오셀로의 독백을 듣다가 이 대목에 이르러 갑자기 가슴이 미어지고 눈물이 솟아오르는 경험을 한 것이 잊히지 않는다. 물론 버튼의 연기가 격정적이긴 했을 것이다. 하지만 글로 보는 것과 목소리를 듣는 경험의 차이는 엄청난 것이었다. 물론 필자는 아무도 눈치 채지 않게 눈물을 닦고 시치미를 뗐지만, 이후 학사 논문과 석사논문을 셰익스피어로 쓴 것은 어쩌면 당시의 감동 때문이었을 것이다. 이제 셰익스피어를 모르는 사람이 가엾게 느껴지기까지 하는 것은 필자가 르네상스(Renaissance) 분야를 전공해서일지도 모르지만, 최소한 지성인이라면 셰익스피어의 작품 하나 정도는 잘 알고 있어야 할 것이라는 편견 때문이다. 과연 그는 위대한 작가임이 틀림없다.

우리가 통상 엘리자베스와 자코비언 시대(Elizabethan and Jacobean period)라고 부르는 16-17세기 극작가들 사이에서 초서의 명성은 이미 확고한 것이었다. 영문학에서 초서는 후대 작가들에게 있어서 개인적인 전통을 수립한 최초의 시인이었으며, 그를 영문학의 전통으로 만든 것은 바로 르네상스 작가들이었다(Spearing 59). 다시 말하면 초서의 명성은 바로 다음 세대인 토마스 호클리브(Thomas Hoccleve)나 존 리드게이트(John Lydgate) 같은 열렬한 추종 세력이 그의 진가를 칭송하고 자신의 작품을 통하여 그의 주제나 형식을 재생산했기 때문이다. 셰익스피어를 비롯한 르네상스 시대 극작가들 역시 초서의 작품을 인용하거나 선대 시인이 다룬 주제를 즐겨 재구성하였다. 셰익스피어의 『두 귀족 친척』(*Two Noble Kinsmen*)과 『트로일러스와 크레시다』(*Troilus and Cressida*)가 초서의 『기사의 이야기』(*The Knight's Tale*)와 『트로일러스와 크리세이드』(*Troilus and Criseyde*)를 각색한 작품이라는 것은 재론할 여지가 없는 사실이거니와, 그의 다른 작품들에서도 초서의 영향력은 어렵지 않게 확인할 수 있다. 또한 다른 극작가들도 자신들의 작품에서 초서의 작품이나 인물을 반영하거나 재구성하고 있다.

먼저 존 릴리(John Lyly)의 『엔디미언』(*Endymion*)을 살펴보고자 한다. 우아하고 화려한 산문체로 유명한 릴리는 옥스퍼드(Oxford) 출신의 작가로 셰익스피어에게 많은 영향을 끼친 작가다. 『엔디미언』은 '폴의 아이들'(Children of Pauls) 극단이 1588년 성촉절(Candlemas Day) 밤에 그리니치(Greenwich)에서 엘리자베스 여왕이 보는 가운데 처음 공연한 작품이며, 릴리의 희곡 작품 중 맨 먼저 출판되었고(1591) 가장 많이 알려진 작품이다. 릴리는 신화적 인물인 엔디미언의 이야기를 뒤집어서 달의 여신인 여왕 신시아(Cynthia)를 사랑하다가 20여 년을 잠든 젊은이로 그리고 있다. 잠의 모티프 때문에 이 작품은 셰익스피어의 『한여름 밤의 꿈』(*A Midsummer Night's Dream*)에 많은 영향을 준 것으로도 알려져 있다. 그런데 흥미로운 것은 작품에서 해학적 역할을 담당하는 대표적 등장인물이 토파즈 경이라는 점이다. 앞서 스펜서가 『선녀여왕』(*The Faerie Queene*)에서 아서 왕자를 소개하면서 차용한 토파즈 경의 이야기를 릴리는 같은 이름의 희극적 인물로 등장시킨다. 물론 초서의 토파즈 경은 많은 여성들이 흠모하는 젊고 수려한 젊은이인 반면, 릴리의 인물은 늙고 뚱뚱한 인물이라는 차이가 있다. 하지만 여인의 사랑을 경멸하고 사냥과 무공의 성취에만 골몰하다가 어느 날 갑자기 사랑에 빠져 모든 것을 버리고 그 사랑을 추구하는 인물이라는 점에서 릴리의 토파즈 경은 분명히 초서의 토파즈 모티프를 가져온 것이다.

앞서 논의한 것처럼 스펜서는 『초서의 토파즈 경 이야기』(*Chaucer's Tale of Sir Topas*)에서 환상적인 로맨스의 주제를 읽었다. 하지만 릴리는 같은 이야기에서 희화화된 주인공의 모습을 보고 그것을 자신의 작품에서 확대 재생산하고 있다. 『엔디미언』에 등장하는 토파즈 경은 "새 잡는 덫과 낚싯대로 대변되는 걸어 다니는 무기"(Huppé 107)라 할 수 있는 인물이다. 물론 그가 심취한 사냥과 무예에 대한 묘사들은 엉뚱하게 과장되어 있다. 그가 무대에 등장하면서 하는 첫 대사는 사랑에 대한 경멸이다. "나는 사랑이라는 이 게으른 기질을 견딜 수 없구나. 사랑은 내 간을 간질이지 않아"
(I brook not this idle humour of love; it tickleth not my liver)(1.3.9-10).[16) 그
의 희화화된 모습은 어린 시종들, 심지어 그 자신의 시종인 에피톤(Epiton)
에게까지 놀림과 조롱의 대상이 되지만, 정작 그 자신은 자기망상에 빠져
이를 전혀 개의치 않는다.

그런 그가 어느 날 갑자기 사랑에 빠진다. 작품의 3막 3장에서 토파즈
경은 "늘 하던 대로 내 생각에 젖을 주고 내 가슴에서 습관이 된 용맹함의
근원을 사랑이 말려버렸다"(love hath, as it were, milk'd my thoughts and
drained from my heart the very substance of my accustomed courage)(25-27)고
토로한다. 하지만 그가 사랑하게 된 여성은 '선녀들의 여왕'과는 거리가 먼
존재이다. 작품은 그가 늙은 마녀로 등장하는 딥서스(Dipsas)를 사랑하게
된 이유를 설명하지 않는다. 그냥 어느 날 갑자기 사랑에 빠졌다고 자신의
시종에게 토로하는 토파즈 경은 자신이 사랑하는 여인의 아름다움을 이렇
게 묘사한다.

> 오, 딥서스는 얼마나 멋지고 가느다란 머릿결을 가지고 있는지! 얼마나 예
> 쁘고 좁은 이마인가! 얼마나 크고 웅장한 코인가! 얼마나 작고 움푹 팬 눈
> 이던가! 얼마나 거대하고 풍성한 입술인가! 치아가 없는 그녀는 얼마나 무
> 해한 존재인가! 그녀의 손가락은 짧고 뚱뚱한데 해오라기처럼 긴 손톱이
> 있네! 그 얼마나 달콤한 비율로, 그녀의 두 뺨은 젖무덤처럼 가슴까지 늘어
> 지고, 그녀의 젖통은 가방처럼 허리까지 늘어졌으니! 그녀는 얼마나 작은
> 몸집을 가졌는가! 그러면서도 또 얼마나 거대한 발을 가졌는지! 허리가 전
> 혀 없으니 그녀는 얼마나 검소하겠는가! 어떤 남자도 그녀를 탐내지 않을
> 테니 그녀는 얼마나 지조가 있겠는가!

---

16) 『엔디미언』의 텍스트는 브룩(C. F. Tucker Brooke)과 패러다이스(N. B. Paradise)가 편집
한 1933년 판 *English Drama 1580-1641*이며 우리말 번역은 필자의 것이다.

Oh, what a fine, thin hair hath Dipsas! What a pretty low forehead! What a tall and stately nose! What little hollow eyes! What great and goodly lips! How harmless she is, being toothless, —her fingers fat and short, adorned with long nails like a bitter! In how sweet a proportion her cheeks hang down to her breasts like dugs and her paps to her waist like bags! What a low stature she is, and yet what a great foot she carrieth! How thrifty must she be in whom there is no waist! How virtuous is she like to be, over whom no man can be jealous! (3.2.60-74)

늙은 마녀 딥서스를 사랑하게 된 토파즈 경은 에피톤, 다레스(Dares), 새미어스(Samias) 등 어린 시종들에게 항상 비웃음의 대상이 된다. "저런 도요새를 봤나! 딥서스를 사랑한다고! 아무도 차지하려 하지 않는 여인을 노리는 저런 양반을 온 세상은 필히 용맹스럽게 볼 거야"(Who ever saw such a woodcock! Love Dipsas! Without doubt all the world will now account him valiant, that venturedth on her whom none durst undertake)(3.3.86-88). 그렇다면 릴리는 초서의 원작을 패러디(parody)하고 희화화의 대상으로 삼은 것인가?

릴리의 작품은 정치적 알레고리로 알려져 있다. 작품에 등장하는 신시아는 물론 엘리자베스 여왕을 가리킨다고 보는 것이 일반적이다. 그러나 동시에 작품은 낭만적 로맨스, 즉 기사의 사랑 이야기이다. 사랑을 빼면 작품에 남는 것이 없을 정도로 사랑은 작품의 갈등을 조성하고 마침내 그것을 해결하는 역할을 하고 있다. 따라서 릴리가 초서의 인물을 차용하여 원작을 패러디하고 있다고 가정하기는 매우 어렵다. 오히려 새라 디츠(Sara Deats)의 주장처럼 릴리가 재탄생시킨 토파즈 경은 이후 셰익스피어의 폴스타프(Falstaff) 같은 희극적 인물의 원형이라는 해석이 설득력이 있을 것이다(71).

초서의 토파즈 경은 어느 날 꿈에서 '선녀들의 여왕'을 만나고 그녀를 찾아 나서지만, 거인 올리판트와 마주쳐 가까스로 도망치고도 연회를 명하고 그것을 즐기는 인물이다.

그는 즐거운 사람들 무리를 불러
유희와 노래로 자신을 즐겁게 하라 명했다.
왜냐하면 그는 머리가 셋 달린 거인과
싸워야만 하기 때문이라는 것이었다.
찬란하게 빛나는 연인과 함께 할
즐거움과 행복을 위해서.

His myrie men comanded he
To make hym bothe game and glee,
For nedes moste he fighte
With a geaunt with hevedes three,
For paramour and jolitee
Of oon that shoon ful bright. (VII.839-44)

여기서 그가 말하는 "머리가 셋 달린 거인"은 물론 과장된 것이다. 그가 마주친 올리판트에 대한 화자의 서술에는 거대하다는 언급은 있어도 머리가 셋 달렸다는 말은 없었다. 그렇지만 연회를 하고 다음날 모험을 위해 떠나는 기사를 묘사하는 화자의 목소리에서 그가 토파즈 경을 해학적 존재로 보고 있다는 암시를 찾을 수는 없다. 초서의 토파즈 경은 작품이 갖는 패러디를 이끌어가는 순진한 젊은이일 뿐이다. 하지만 릴리는 토파즈 경을 늙고, 뚱뚱하며, 허풍과 과장이 심한 기사로 묘사하여 낭만적인 작품에서 유일하게 웃음을 자아내는 인물로 묘사하고 있는 것이다.

『엔디미언』은 다양한 사랑의 형태를 다루고 있다. 엔디미언은 신시아를 흠모하고, 그를 사랑했던 텔러스(Tellus)는 그에게 배신감을 느끼고 그를 저주에 빠뜨리며, 군인인 코시테스(Corsites)는 텔러스에게 사랑을 고백한다. 엔디미언의 친구 유메니디스(Eumenides)는 엔디미언과의 우정과 시밀리(Simile)에 대한 사랑 사이에서 갈등하고, 노인 게런(Geron)은 아내인 마녀 딥서스에 대한 애정을 버리지 못한다. 광대 역할을 하는 토파즈 경은 결국 딥서스에 대한 사랑을 이루지 못하자 쉽사리 그녀의 하녀와 맺어진다. 작품을 통해 릴리는 사랑의 궁극적인 가치에 대해 회의적인 태도를 취하고 있다. 특히 토파즈 경을 통해 사랑이 얼마나 우스꽝스럽고, 맹목적이며, 부자연스러운 감정인지 보여준다. 작가는 비록 토파즈 경을 희화화하고는 있지만 그에게 따뜻한 시선을 보내고 있다. 그는 엉뚱하지만 결코 악하다거나 위선적인 인물은 아니며, 그렇기 때문에 작품에서 그와 가장 가까운 친구는 어린이들이다. 심각한 유메니디스와는 대조적으로 허세를 대변하는 토파즈 경이 주로 어린이들과 어울린다는 사실은 작품에 선량한 웃음을 제공하는 주된 수단이 된다(Long 182).

작품의 마지막에 엉뚱하게 딥서스의 하녀인 "배고어가 없이는 멀쩡하게 잠을 잘 수 없다"(I cannot handsomely go to bed without Bagoa)(5.3.374)고 불평하는 토파즈 경에게 여왕인 신시아가 보여주는 태도는 관용적이고 자비롭다. "자, 토파즈 경, 어쩌면 내게는 나도 미처 모르는 힘이 있을지도 모르오. 엔디미언을 깨어나게 했고, 내 말에 그가 다시 젊어졌으니까, 이 나무를 다시 그대의 진실한 사랑으로 변신하게 할 수 있을지 한번 해보리다." (Well, sir Tophas, it may be there are more virtues in me than myself knoweth of, for Endymion I awaked, and at my words he waxed young. I will try whether I can turn this tree again to thy true love)(5.3.375-79). 작품에서 여왕 신시아는 도덕적 기준을 제시하는 인물이다. 그녀가 토파즈 경에게 보여주는 태도를 고려하면 우리는 릴리가 초서의 토파즈 경을 희극적이지만 호의적인 태도로 대하고 있다고 말할 수 있겠다.

스펜서가 초서의 토파즈 경에 포함된 환상적 모티프를 국가적인 서사시의 재료로 활용하고 있다면, 릴리는 토파즈 경의 이야기가 갖는 해학과 패러디를 무대에서 확대, 재생산하고 있다고 할 수 있다.

초서의 토파즈 경은 셰익스피어의 작품에도 출연하고 있다. 1599년에 쓰인 것으로 알려진 셰익스피어의 대표적인 희극『십이야』(*Twelfth Night*)에서 토파즈 경은 말볼리오(Malvolio)를 놀리기 위해 광대인 페스티(Feste)가 가장하는 인물이다. 마리아(Maria)는 페스티에게 가운을 입고 가짜 수염을 달고 교구목사인 토파즈 경(Sir Topas the curate) 흉내를 내라고 지시하고, 페스티는 토파즈 경 행색으로 말볼리오가 감금되어 있는 곳으로 간다.

광대.	에헴, 내 말하노니, 이 감방에 평화가 있으라! [그는 말볼리오가 갇힌 방문으로 접근한다]
말볼리오.	(안에서) 거기 누구요?
광대.	교구목사인 토파즈 경이다. 미친 말볼리오를 찾아왔다.
말볼리오.	토파즈 경, 토파즈 경, 선한 토파즈 경, 내 아씨에게 가 주오.
광대.	닥쳐, 엄청나게 과장된 악마야! 이 사람을 혼란시키다니! 여자 이야기밖에 하지 못한다는 말이냐?

Clown.	What, ho, I say! Peace in this prison! [*He appraoches the door behind which Malvolio is confined*]
Malvolio.	(*Within*) Who calls there?
Clown.	Sir Topas the curate, who comes to visit Malvolio the lunatic.
Malvolio.	Sir Topas, Sir Topas, good Sir Topas, go to my lady.
Clown.	Out, hyperbolical fiend! How vexest thou this man! Talkest thou nothing but of ladies? (4.2.20-27)[17]

셰익스피어가 여기서 광대에게 토파즈 경 역할을 하게 한 것은 앞서 릴리가 초서의 인물을 광대 역할로 차용한 것과 일맥상통하는 것이다. 그러나 여기서 더욱 흥미로운 것은 사실상 『십이야』에서 초서의 토파즈 경을 닮은 인물은 페스티가 아니라 말볼리오라는 점이다. 토파즈 경의 이름으로 토파즈 증상에 빠진 말볼리오를 치유한다는 설정은 매우 아이러니컬하다. 셰익스피어는 초서의 위대함을 인정하고 그를 모방하면서도 기회 있을 때마다 초서, 또는 초서의 등장인물들을 한 번 더 비틀어 표현하는 특성이 있다.

말볼리오는 사랑을 경멸하고 유희를 멀리하며 자신의 일에만 충실한 근엄한 집사로서 작품이 표방하는 축제의 분위기에 반대되는 인물이다. 마리아는 그를 가리켜 "때로 그는 일종의 청교도 같아요."(sometimes he is a kind of puritan)(2.3.139)라고 지적한다. 청교도가 대체로 연극과 문학을 경멸하여 르네상스 시대의 연극에서는 흔히 위선자의 대명사로 묘사되었다는 사실을 고려하면, 말볼리오가 실제로 청교도가 아니라 하더라도 그를 대하는 작가의 태도를 엿볼 수 있는 대목이다. 그런데 말볼리오는 마리아의 거짓 편지를 받은 후 초서의 토파즈 경처럼 갑자기 사랑에 빠진 연인이 된다. "이제는 그런 상상을 해도 바보가 되지는 않을 거야. 어느 모로 보나 주인아씨가 날 사랑한다는 것은 분명해"(I do not now fool myself, to let imagination jade me; for every reason excites to this, that my lady loves me)(2.5.160-62).

아담 주커(Adam Zucker)의 지적대로 말볼리오는 언제나 "불합리 속에서 합리성을 찾는" 인물이다(99). 그런 그가 한 장의 편지에 대한 오해로 인해 갑자기 사랑의 몽상에 빠져드는 모습은 릴리의 토파즈 경이 갑자기 딥서스를 사랑하게 되는 것만큼이나 엉뚱하고 비합리적인 것이다.[18] 또한 그

---

17) 셰익스피어의 텍스트는 데이비드 베빙턴(David Bevington)이 편집한 *The Complete Works of Shakespeare*, 1980년 판이며 우리말 번역은 필자의 것이다.

가 편지 내용에 속아 노랑 양말과 십자 대님을 하는 행동도 딥서스의 요구라는 새미어스의 말에 속아 기꺼이 자신의 치아와 손톱을 제거하겠노라는 릴리의 토파즈 경의 태도와 닮았다.

초서에서 셰익스피어에 이르기까지 토파즈 경의 모티프에는 공통된 특징이 있다. 주인공들은 모두 꿈을 통해 자신의 사랑을 인식한다는 점이다. 초서의 토파즈 경과 스펜서의 아서는 꿈에서 사랑하는 여인을 만나며, 릴리의 토파즈 경은 어느 날 갑자기 찾아온 사랑을 깨달은 후 "색욕으로 가득 찬 꿈"을 꾼다(Knapp 358). 한편 말볼리오의 경우는 거짓 편지의 내용을 자의적으로 해석한 후 한낮의 몽상(day-dream)에 빠진다. 네 작가들은 모두 사랑이 비합리적이고 갑작스러우며 꿈처럼 무질서하다는 인식을 공유하고 있는 듯 보인다. 꿈이라는 모티프를 고려하면 셰익스피어의『한여름 밤의 꿈』도 초서의 토파즈를 원용한 매우 중요하고 흥미로운 작품이라는 것을 알게 된다. 이동춘은 셰익스피어가 초서의 작품에서 소재를 선택하고 초서를 차용하면서도 동시에 그의 영향력에서 벗어나 자신의 세계를 구축하고자 했다고 주장하면서『한여름 밤의 꿈』이 초서의『기사의 이야기』의 영향을 가장 많이 받은 작품이라고 소개한다(777). 하지만 작품에 드러난 꿈과 토파즈의 모티프 역시 간과할 수 없을 만큼 중요하다. 이에 대한 좀 더 상세한 논의는 후에 스펜서와 셰익스피어를 함께 조명하는 자리에서 진행하기로 한다.

나탈리아 코멘코(Natalia Khomenko)는 릴리의 토파즈 경에 대해 흥미로운 점을 지적한다. "토파즈 경은 딥서스와 사랑에 빠지고 그녀와 결혼하고자 한다. 그런데 딥서스가 그런 그의 의도를 조금이라도 알고 있다는 표시

---

18) 작품의 2막 5장에 등장하는 말볼리오는 이미 주인아씨인 올리비아가 자신을 좋아한다고 했던 마리아의 말을 되새기면서 자신의 신분 상승에 대한 꿈에 부풀어 있는 것이 사실이다. 하지만 마리아의 거짓 편지는 그러한 말볼리오의 막연한 기대를 현실로 만들어주고 있으며, 편지를 계기로 말볼리오는 사랑에 빠진 바보 역할에 충실하게 되는 것이다.

는 어디에도 없다"(51-52). 사실상 네 작가의 주인공들이 사랑한다고 선언하는 상대방 여인들은 예외 없이 자신이 사랑의 대상이 되었다는 사실을 알지 못한다. 초서의 토파즈 경과 스펜서의 아서가 사랑하는 선녀들의 여왕, 혹은 선녀여왕은 작품에 등장하지도 않는다. 주인공 기사들이 꾼 꿈은 어디까지나 그들만의 것이며, 작품의 어디에도 그녀들이 기사들의 사랑에 호의적이거나 적대적인 반응을 보인다는 암시는 존재하지 않는다. 릴리의 작품에서도 딥서스는 토파즈 경을 알지 못한다. 결국 그녀는 신시아의 명으로 남편인 게론(Geron)에게 돌아가고 토파즈 경은 그녀의 하녀인 배고어(Bagoa)와 맺어지게 된다. 하지만 배고어조차도 자신이 연모의 대상이라는 사실을 알지 못한 채 작품이 종결된다. 배고어가 토파즈 경의 청혼에 어떤 반응을 보이게 될지는 알 수 없다는 뜻이다. 말볼리오가 사랑에 빠진 올리비아(Olivia)도 물론 집사의 마음을 알지 못한다. 모든 것이 마리아의 거짓 편지로 만들어진 해프닝이기 때문이다. 초서, 스펜서, 릴리, 셰익스피어가 그리는 이들 남성들의 사랑은 모두 자기중심적이고 맹목적인 특성을 갖는다. 어쩌면 이들 작가들은 모든 사랑이 그런 것이라고 느끼고 이를 작품에서 표현하고 있는지도 모른다.

『초서의 토파즈 경 이야기』는 중세 로망스에 대한 우스꽝스러운 패러디이기는 하지만 사랑에 대한 꿈과 환상으로 가득한 작품이다. 스펜서는 『선녀여왕』에서 자신의 주군인 엘리자베스 여왕을 전설적인 아서의 짝으로 설정하고 초서의 토파즈 경 모티프를 차용하여 몽환적이고 초현실적인 줄거리를 만들고 있다. 그가 초서의 작품에 내재된 패러디적인 요소를 인지하고 있었다 하더라도 이를 영국의 역사를 다루는 자신의 작품에 드러내기는 어려웠을 것이다. 하지만 릴리의 『엔디미언』은 초서의 작품에서 해학과 패러디에 초점을 맞추고 토파즈 경을 지극히 희극적인 인물의 원형으로 제시하고 있다. 또한 작품에서 엘리자베스 여왕을 대변하는 신시아가 토파즈 경의 엉뚱함을 관대하게 수용하도록 설정함으로써 토파즈 경 모티프가 가지는 패러디적인 요소가 자신의 주군을 겨냥하지 않도록 배려하고 있다.

셰익스피어는『십이야』에서 초서의 토파즈 경 모티프를 차용하고 있지만, 원작이 갖는 환상적인 요소를 모두 배제하고 말볼리오라는 근엄한 집사를 작품의 희극성에 대한 희생양으로 삼는 데 이용한다. 당대의 관객들은 셰익스피어의 작품을 보면서 얼마 전에 보았던 릴리의 토파즈 경을 떠올리며 웃음을 짓거나 초서의 토파즈 경을 생각하며 광대 페스티의 (혹은 마리아의) 지략에 놀라워했을 수도 있을 것이다. 중요한 것은 미완성으로 남은 초서의 작품이 휴머니즘(Humanism)을 화두로 삼았던 르네상스 시인과 극작가들에 의해 계승되고 재생산되고 있다는 사실이며, 토파즈 경으로 대변되는―엉뚱하게 과장되고 즉흥적이지만 악의 없는―희극적 인물형은 오늘날 영문학에도 지속적으로 재탄생하고 있다는 점일 것이다.

셰익스피어는 초서의 위대함을 인정하고 그를 모방하면서도 기회가 있을 때마다 초서, 또는 초서의 등장인물들을 한 번 더 비틀어 표현하는 특성이 있다는 것은 이미 밝혔다. 이제는 방향을 바꿔 이 천재 극작가가 선대 시인의 작품을 얼마나 다양하게 인용하고 재구성하고 있는지 간단하게 살펴보자. 1599년에 초연된『줄리어스 시저』(Julius Caesar)는 대체로 셰익스피어의 대표적인 비극『햄릿』(Hamlet)보다 조금 앞 선 작품이라고 인정되어 왔다. 작품의 줄거리가 플루타크(Plutarch)의『영웅전』(Lives)을 기반으로 한 것은 잘 알려진 사실이지만, 작품에 드러난 초서의 흔적도 지나칠 수 없다.

초서의『수도승의 이야기』(The Monk's Tale)에서 수도승은 줄리어스 시저를 "지혜와 성품, 그리고 위대한 노력을 통해 / 미천한 출생에서 제왕적 통치자로 떠오른 / 정복자 줄리어스"(By wisedom, manhede, and by greet labour, / From humble bed to roial magestree / Up roos he Julius, the conquerour)(VII.2671-73)라고 소개하고, 브루터스 캐시어스(Brutus Cassius)

가 "그의 높은 처지를 질시하여 / 남몰래 미친 역모를 꾸며"(hadde of his hye estaat envye, / Ful prively hath maad conspiracye)(VII.2698-99) "주피터 신전에서"(in the Capitol)(VII.2705) 그를 살해했다고 서술하고 있다. 화자인 수도승의 태도는 시저에 대해서 매우 동정적이다. 하지만 그가 브루터스와 캐시어스를 한 인물로 묘사한 점이나 시저가 원로원(Senate-house)이 아닌 주피터 신전에서 암살되었다는 서술은 명백히 플루타크의 서술에 위배된다(Lerer & Williams 401).

물론 셰익스피어는 자신의 작품에서 수도승에 의해 잘못 적시된 사실들을 바로 잡았다.[19] 하지만 수도승이 표현한 "오 막강하신 시저"(O myghty Caesar)(VII.2679)라는 한탄을 셰익스피어는 시저의 암살자들의 입을 통해 재연하고 있다. 시저를 원로원으로 데려가기 위해 그를 방문한 디시어스 브루터스(Decius Brutus)는 머뭇거리는 시저에게 "가장 막강하신 시저"(Most mighty Caesar)(2.2.69)라고 부른다. 원로원에서 암살자 중 하나인 메텔러스 심버(Metellus Cimber)도 역시 시저를 "가장 높으시고, 가장 막강하시며, 가장 강력한 시저"(Most high, most mighty, and most puissant Caesar)(3.1.33)라고 칭한다.

더욱 흥미로운 것은 『햄릿』에 서술된 줄리어스 시저이다. 극단 배우들이 도착했다는 소식을 접한 햄릿이 폴로니어스(Polonius)에게 그가 대학에서 연극을 했다는데 어떤 역할을 했느냐고 묻자, 늙은 대신은 답한다. "저는 줄리어스 시저를 연기했습니다. 주피터 신전에서 죽었죠. 브루터스가

---

19) 레러와 윌리엄즈는 셰익스피어가 자신의 작품에서 시저가 "주피터 신전"(Capitol)에서 죽는 것으로 묘사하고 있으며, 이는 초서의 『수도승의 이야기』가 셰익스피어가 접할 수 있었던 유일한 세속적 텍스트였기 때문이라고 설명하고 있다(402). 하지만 베빙턴이 편집한 텍스트에 의하면 디시어스는 분명히 시저를 원로원(Senate-house)으로 모시고자 찾아왔음을 밝히고 있다. 베빙턴이 자의적으로 텍스트를 수정한 것이 아니라면 레러와 윌리엄즈가 틀린 것이다.

절 죽였답니다"(I did enact Julius Caesar. I was killed i' th' Capitoal; Brutus kill's me)(3.2.101). 폴로니어스의 말은 초서의 수도승이 설명한 시저와 일치한다. 세스 레러(Seth Lerer)와 딘 윌리엄즈(Deanne Williams)에 의하면 여기서 "셰익스피어는 폴로니어스와 그의 옛 연극을 서술 문화에 자리매김함으로써, 그것이 이미 과거에 한물 간 구조임을 강조하고 햄릿의 기대에 미치지 못하며 햄릿이 그것에 반해서 자신을 규정하는 대상으로 삼고 있다"(402).

초서의 『수도승의 이야기』를 셰익스피어가 차용한 흔적은 더 있다. 햄릿은 기도하는 자세로 앉은 클로디어스(Claudius)를 죽이지 못하고 거투르드(Gertrude)의 침실로 가면서 자신에게 다짐한다.

> 오, 심장이여, 네 본성을 잃지 마라! 절대로
> **네로의 영혼**을 이 굳센 가슴에 들이지 마라.
> 잔인할지언정, 본성을 거스르지는 말거라.
> 단검처럼 말하겠지만 그것을 쓰지는 않으리. (필자 강조)

> O heart, lose not thy nature! Let not ever
> **The soul of Nero** enter this firm bosom.
> Let me be cruel, not unnatural;
> I will speak daggers to her, but use none. (3.2.407-10)

여기서 햄릿이 말하는 네로의 영혼이란 로마의 폭군이 자기 어머니를 살해한 일화를 염두에 둔 것임이 분명하다. 그런데 초서의 수도승도 네로를 같은 방식으로 묘사하고 있다. "그는 자기 어머니를 가여운 모습으로 만들었는데, / 제 손으로 그녀의 자궁을 가른 것이다 / 자기가 있었던 곳을 보기 위하여"(His mooder made he in pitous array, / For he hire wombe slitte to biholde / where he conceyved was)(VII.2483-85). 또한 수도승은 네로를 호사스러운 낚시꾼으로 묘사하기도 한다. "그는 황금실로 만든 그물을 많이 가졌고 / 놀고 싶을 때면 타이버 강에서 낚시를 했습니다"(Nettes of gold threed hadde he greet plentee / To fisshe in Tybre, whan hym liste pleye)(VII.2475-76). 에프 이 버드(F. E. Budd)는 셰익스피어 이전에 네로를 낚시꾼으로, 그리고 동시에 자신의 손으로 어머니를 살해한 인물로 묘사한 작가로는 초서가 유일하다고 주장한다(427). 그 말이 맞는다면 네로에 대한 셰익스피어의 서술은 모두 초서의 작품에서 온 것이라고 해야 할 것이다.

셰익스피어의 또 다른 작품 『존 왕』(*King John*)에서는 바스타드(Bastard)가 반역의 무리를 향해 질타하는 장면이 있는데, 여기서도 네로는 또 다시 어머니의 자궁을 찢은 끔찍한 악한으로 묘사된다. "너희의 친애하는 어머니인 영국의 자궁을 가르는 끔찍한 네로들아"(You bloudy Nero's, ripping up the wombe / Of your deere Mother-England)(5.2.152-53). 『리어왕』(*King Lear*)에서도 네로는 낚시꾼이자 어머니의 살해범으로 등장한다. 톰(Tom of Bedlam)으로 위장한 에드가(Edgar)는 말한다. "프라테레토는 날 불러 네로는 어둠의 호수에 있는 낚시꾼이라고 했지. 청컨대 바보야, 더러운 악마를 경계하거라"(Frateretto calls me, and tells me Nero is an angler in the lake of darkness. Pray, innocent, and beware the foul fiend)(3.6.6-7).

셰익스피어 작품의 편집자인 데이비드 베빙턴(David Bevington)도 이 대사가 초서의 『수도승의 이야기』에서 온 것이라고 밝히고 있다(1197 note). 한편 앤 톰슨(Ann Thompson)은 햄릿에 등장하는 네로에 대한 묘사는 반드시 초서가 아니더라도 셰익스피어가 충분히 인용할 수 있는 일반적인 상식에 속하는 사실이었다고 버드의 주장을 반박하면서, 오히려 『리어왕』(*King Lear*)에 언급된 "어둠의 호수에 있는 낚시꾼"이라는 내용은 『수도승의 이야기』에만 존재하는 표현이라고 설명하고 있다(71). 물론 셰익스피어가 다양하게 차용하는 선대 작품들 사이에서 초서의 작품을 특정하기란 다소 억지스러운 것이 사실이다. 하지만 중요한 것은 이 천재 극작가가 초서의 작품이 드러내는 인상적인 표현과 모티프를 자신의 작품에서 재현하고 있다는 것을 이해하여야 한다는 점이다.

『말괄량이 길들이기』(*The Taming of the Shrew*)의 주인공 캐서리나(Katherina)는 남성우월적인 사회에 편입되지 못하는 이단자로서 『바스 여장부의 이야기』(*The Wife of Bath's Tale*)에 등장하는 늙은 여인을 닮았다. 데이비드 버거론(David M. Bergeron)에 의하면 두 작품은 인간적인 수용이 이단자를 변화시킨다는 주제를 가지고 있으며, 결혼생활에서 역설적으로 복종이 자유와 행복을 가져다준다는 내용을 드러내고 있다는 것이다(84). 과연 캐서리나는 의도적인 말괄량이 기질 때문에, 그리고 초서의 늙은 여인은 늙고 추한 모습 때문에 남성 우월적 사회에서 배척받는 존재라는 공통점을 가지고 있다. 두 사람의 결혼이 모두 정상적인 축하와 축제 속에서 이루어지지 않는 것이나, 이들이 결혼 후에 변화한다는 것도 유사한 점이다. 특히 작품이 교훈적인 설교로 마무리되는 것도 흥미로운 공통점이다. 물론 초서의 작품에서는 여성이 젊은 기사에게 인간의 고귀함에 대해서 설교하고 기사의 순종을 통하여 행복한 결혼생활이 보장되는 반면, 셰익스피어의 작품에서는 캐서리나가 먼저 복종하는 형태를 취함으로써 행복을 얻고, 그것을 주변의 다른 여성들에게 설교하는 것이 대조적이기는 하다.

셰익스피어는 초서의 명성과 경쟁하고자 하는 듯하다. 그렇다고 해서 그가 초서의 작품에서 본 것이 반드시 불만스러워했다는 뜻은 아니다. 오히려 그는 선대 시인이 세운 전통을 자신의 작품에 재구성함으로써 그것을 확대 재생산하고자 한 것으로 보인다. 그가 초서의 작품을 노골적으로 각색한 것으로 알려진 『두 귀족 친척』을 살펴보면 이를 더 잘 이해할 수 있을 것이다.

『두 귀족 친척』과 『기사의 이야기』

『두 귀족 친척』은 대체로 셰익스피어가 은퇴한 후인 1613년에 플레처(John Fletcher)와 공동으로 쓴 작품으로 알려져 있다. 작품의 프롤로그를 통해서 셰익스피어와 플레처는 자신들의 작품이 초서의 원작을 각색한 것이라고 밝히고 있다.

> 이 작품은 진실하며, 학식 있는 고귀한
> 창시자가 있는데, 포 강과 은빛 트렌트 강 사이에서
> 그보다 더 유명한 이가 없는 시인입니다.
> 모두가 존경하는 초서가 이 이야기를 했지요.
> 이후로 이 이야기는 영원히 지속됩니다.
> 만일 우리가 이 작품의 고귀함을 떨군다면
> 이 아이가 듣게 될 첫 소리는 야유일 것이고,
> 그러면 그것이 그 선한 분의 뼈를 뒤흔들 것입니다.

> It has a noble breeder, and a true,
> A learned, and a poet never went
> More famous yet 'twixt Po and silver Trent.
> Chaucer, of all admired, the story gives:
> There constant to eternity it lives.
> If we let fall the nobleness of this
> And the first sound this child hear be a hiss,
> How will it shake the bones of the good man. (Prologue 10-17)[20]

---

20) 『두 귀족 친척』의 텍스트는 루이스 포터(Lois Potter)가 편집한 1997년 Arden 판이며 우리 말 번역은 필자의 것이다.

여기서 두 극작가는 초서를 모두가 존경하는 가장 유명한 시인으로 규정하고 자신들의 작품이 그의 명성에 누가 될까 봐 걱정하는 태도를 취하는 듯 보인다. 하지만 이어지는 프롤로그의 대사를 통해 이들은 자신들의 작품이 초서의 원작이 가진 "영원함"(Eternity)과 "고귀함"(Noblenesse)에 손상을 입히지는 않을 것이라는 자부심을 드러낸다.

> 진실을 말하자면 우리처럼 약한 이들이
> 그의 명성에 닿고자 하는 것은 너무나도
> 큰 야망이며 영원의 시간이 필요하겠지만,
> . . .
> 여러분이 보시게 될 장면은
> 비록 그분의 예술보다는 하위에 있지만
> 두 시간의 가치는 있을 것입니다. 그분이 달콤하게 잠드시도록
> 여러분께 만족을 드리겠습니다.

> For, to say truth, it were an endless thing
> and too ambitious to aspire to him,
> Weak as we are,
> . . .
> You shall hear
> Scenes, though below his art, may yet appear
> Worth two hours' travel. To his bones sweet sleep;
> Content to you. (Prologue 22-30)

여기서 두 작가가 진정으로 말하고자 하는 것은 자신들의 작품이 유명한 초서의 『기사의 이야기』를 각색한 것이지만 원작의 위대함에 전혀 손색이 없는 작품이라는 점이다. 이들은 초서에게 경의를 표하며 조심스러운 태도를 취하고는 있지만 이들의 선언에는 원작이 만족스럽지 않다는 불만의 느

낌과 자신들이 원작을 개선할 수 있다는 자신감이 배어 있다. 200여 년 전에 만들어진 이야기에서 셰익스피어와 플레처는 무엇을 본 것인가? 이들의 작품이 원작과 다른 점은 무엇이며, 이들은 왜 원작의 내용을 바꾼 것인가?

『두 귀족 친척』은 셰익스피어가 플레처와 공동으로 집필한 작품으로 알려져 있으며, 비평가들은 누가 어느 부분을 썼는지 밝히려 해왔다. 예컨대 제라드 레저(Gerard Ledger)와 토마스 메리암(Thomas Merriam)은 작품의 모든 문장들이 지닌 특성을 꼼꼼히 살핀 후, 두 작가의 글을 구분하는 데 성공했다고 선언하고 있다(235-48). 하지만 구체적으로 누가 어느 부분을 썼는지 밝히는 작업이 정말 가능한 것인지도 의문이거니와 그것이 과연 필요한 일인지, 또는 그러한 작업을 통해서 우리가 작품을 더 잘 이해할 수 있을지는 확실치 않다. 르네상스 시대 극작가들 사이에 공동 집필은 흔히 있었던 일이었고, 공연을 전제로 하는 극작품의 특성상 공동 저자들도 서로의 영역을 분명하게 구분하지 않았다. 연습 도중에 대본을 즉석에서 수정하는 일도 잦았으며, 기획자나 후원자, 또는 배우들의 요청으로 대본을 고치기도 했다. 이런 상황을 고려하면 오늘날 각 작가의 글을 구분하는 작업이 어떤 의미가 있는지 납득하기는 쉽지 않다.

두 작가가 초서의 원작을 극작품으로 각색하는 과정에서 극적 효과를 위하여 어느 정도의 변경은 불가피했을 것이다. 예컨대, 초서의 작품에서 팔라몬(Palamon)은 감옥에 갇힌 지 7년 만에 탈출하고, 테세우스(Theseus)는 두 젊은 기사에게 각각 100명의 기사를 대동하고 1년 후에 다시 오라고 명한다. 하지만 극작품에서는 모든 사건이 한 해에 일어나며 두 기사는 각기 세 명의 기사들을 동반하고 경기에 출전한다. 이런 변경은 쉽게 이해할 수 있는 부분이다. 서사 작품을 아무런 수정도 가하지 않고 극작품으로 각색하는 것은 상상할 수 없는 일이기 때문이다. 하지만 두 작가가 원작에 가한 수정은 극작품으로 각색하는 수준을 훨씬 넘어선다. 아마도 두 작품의 가장 큰 차이점은 젠더와 계급의 문제를 바라보는 작가의 시각일 것이다. 또한 이런 차이점은 14세기와 17세기의 사회적 배경이 가지는 차이에 기인하는 것으로 보인다.

　그런 의미에서 여성인물들이 초서의 작품과 극작품에서 각각 어떻게 그려지고 있는지 주목할 필요가 있다. 기사들의 로망스인 『기사의 이야기』는 여성인물들을 남성들인 기사가 싸워서 획득해야 하는 상품, 또는 목표로 설정하고 있다. 작품의 서두에서부터 테세우스는 "옛적에 스키티아라고 불렸던 / 여인국을 모두 정복하고 / 여왕인 히폴리타와 결혼했다"(conquered al the regne of Femenye, / That whilom was ycleped Scithia, / And weddede the queene Ypolita)(I,866-68)고 묘사된다. 여성인물들은 테세우스에게 가족의 죽음에 대해 복수해달라고 간청하거나 두 젊은 기사의 목숨을 구해달라고 청원하는 경우를 예외로 하면 작품에서 자신의 목소리를 갖지 못한다. 에밀리(Emilie)는 아마도 작품에서 가장 중요한 여성인물일 것이다. 그러나 줄리언 와서만(Julian N. Wasserman)은 초서의 원작에서 에밀리가 팔라몬과 아시테(Arcite)의 논쟁 안에서조차 인물이 아니라 모호한 표지 같은 일종의 상징(emblem)으로 간주되고 있다고 지적한다(206). 그녀를 사랑하는 두 기사에게 그녀의 존재는 강력하고 신비롭지만, 그럼에도 불구하고 그녀는 두 기사의 사랑의 대상으로만 기능할 뿐이며 마지막에는 승자에게 주어지는 상품으로 전락하는 것이다.

　하지만 『두 귀족 친척』에서 모든 여성 등장인물들은 분명한 자기 목소리를 가지고 있다. 초서의 원작에서는 한 마디도 직접 말하지 않는 히폴리타조차도 세 명의 왕비가 테세우스에게 탄원할 때 적극적으로 여인들 편에 서서 말하고, 사랑과 우정에 대하여 에밀리아와 토론하기도 한다. 에밀리아도 자신의 생각을 펼치는 적극적인 여성으로 탈바꿈한다. 그녀는 자신이 그 어떤 남성도 플라비나(Flavina)만큼 사랑하지 않을 것이라고 천명하면서 "처녀와 처녀 간의 진정한 사랑이 / 남녀 간의 사랑보다 더 나은 것" (that the true love 'tween maid and miad may be / More than in sex dividual) (1.3.81-82)이라고 말한다. 로리 샤넌(Laurie J. Shannon)은 이 같은 동성사회적(homosocial), 또는 동성애적 요소에 주목하면서, 작품이 "결혼에 대한 부정적 견해"를 담고 있다고 주장한다(661). 에밀리아가 테세우스의 독재에 대한 극적 대치를 이루는 인물이라는 것이다.

> 『두 귀족 친척』의 에밀리아는 개인의 사랑 문제를 조정하고자 하는 절대군주의 위력에 자유의지로 대항하는 개인을 대변하면서 상대적으로 여성들 간의 동성애를 옹호한다. 어느 면에서 보면 작품은 여성들의 동성애를 유토피아에서 정치적 영역으로 바꾸어 놓고 그곳을 이상적인 곳이라고 옹호하고 있는 것이며, 궁극적으로 이성과의 결혼에 의해 동성애가 패배한다고 보면 그녀의 결혼은 축하연을 여는 자리라고 하기보다는 오히려 장례식이라고 보아야 할 것이다. (Shannon 662)

샤넌에 의하면 에밀리아가 작품의 마지막에 테세우스의 희생물로 전락하는 것은 사실이지만, 여성에 대한 남성 주인공들의 확고한 편견에 도전하고 이를 수정하려고 시도하는 그녀는 작품의 진정한 주인공이다(676). 하지만 과연 에밀리아가 진정으로 작품에서 중심적인 역할을 하고 있는지는 의문이며, 샤넌이 작품의 동성애적 코드에 과도하게 집착하고 있는 것처럼 보이는 것도 사실이다. 에밀리아가 극의 마지막 부분에서 팔라몬과 아시테에게 둘 다 호의를 보인다는 점을 고려하면, 그녀가 둘 중 하나와 결혼한다는 것이 정치적인 희생이라고 보기는 어렵다. 경기를 치러 에밀리아의 짝을 결정하겠다는 테세우스의 결심을 정치적인 독재라고 단정하기도 또한 쉽지 않다. 사실상 공작으로서는 두 기사 중 하나를 그녀의 남편으로 정하기보다는 둘다 죽이는 것이 자기 나라의 정치적 평화를 이루는 데 훨씬 더 효과적인 방법이었을 것이기 때문이다. 또한 만일 에밀리아가 두 남성 중 하나를 배우자로 선택했더라면 테세우스는 경기를 치를 이유도 없었을 것이다.

최소한 셰익스피어와 플레처의 에밀리아는 초서의 에밀리에 비해 자신의 사랑에 대해 훨씬 더 적극적이고 자신 있어 하는 것이 사실이다. 그러나이성의 사랑을 거부하는 그녀의 태도는 작품의 종반부로 가면서 점차 두젊은이에 대한 사랑과 존경으로 변해간다. 그녀는 자신이 원하는 것이 무엇인지 알고 있고 자신이 할 일이 무엇인지 말한다. 한편 초서의 에밀리는다이애나(Diana) 신전에서 기도하면서 두 기사의 마음이 자신에게서 멀어지게 해달라고 탄원한다. 자신은 처녀로 남고 싶다는 것이다.

> 그들에게 사랑과 평화를 내려주시고
> 그들의 마음을 돌이켜 그들의
> 불타오르는 사랑의 열정과 욕망, 그리고
> 극도의 고통과 걱정이 가라앉게 해주시거나,
> 그렇지 않으면 다른 이에게 향하도록 해주시옵소서.

> As sende love and pees betwixe hem two,
> And fro me turne awey hir hertes so
> That al hire hoote lov eand hir desir,
> And al hir bisy torment, and hir fir
> Be queynt, or turned in another place. (I.2317-21)

에밀리는 만일 자신이 반드시 둘 중 하나를 선택해야 한다면 자신을 "가장열망하는 자"(that most desireth me)(I.2325)를 선택하게 해달라고 기도한다.배우자를 선택하는 것은 그녀가 마지못해 수행할 마지막 의무처럼 보이는것이다. 하지만 극작품의 에밀리아는 이미 "혼인의상을 입고"(bride-habited)더 나은 기사를 자신의 배우자로 삼아달라고 여신에게 기도한다.

그러니 가장 겸손하신 여왕이시여,
둘 중 저를 가장 사랑할 청혼자이자
그에 가장 걸맞은 사람으로 하여금
제 새하얀 화환을 벗기게 해주시고, 아니면
당신께 경배하고 제사드릴 수 있도록
당신의 일원으로 남도록 해 주소서.

Therefore, most modest Queen,
He of the two pretenders that best loves me
And has the truest title in't, let him
Take off my wheaten garland, or else grant
The fire and quality I hold I may
Continue in thy band. (5.1.157-62)

에밀리아에게는 독신으로 남는 것보다 배우자의 선택이 우선이고, 더욱 중
요한 과제인 것이다. 극작품에 등장하는 에밀리아 역시 전리품이며 대상화
된다는 점에서 초서의 여성과 크게 다르지 않은 것은 사실이다. 그녀는 경
기의 승리자인 아시테가 죽게 되자 그에게서 팔라몬에게로 넘겨지고, 테세
우스는 결혼을 수배하면서 그녀의 의견을 묻지 않는다. 그러나 그녀는 자
신의 감정과 태도를 결코 숨기지 않는다.

  클리포드 리치(Clifford Leech)는 극작품에서 에밀리아나 간수의 딸은 모
두 선택권이 없으며 둘 다 환경을 변화하게 할 힘을 가지지 못한다고 전제
하고, 비록 에밀리아가 중립적인 태도를 유지하며 자신의 고고함을 지키려
애쓰지만 결국 한 기사의 품에서 다른 기사의 품으로 넘겨질 뿐이라고 설
명하고 있다(1619). 리처드 말레트(Richard Mallette)는 한 걸음 더 나아가 작
품에서 어떤 여성도 성적인 만족이나 행복이라고 규정할 수 있는 것을 성
취하지 못한다고 주장한다(32). 처음에 두 기사 모두에게 아무런 관심을 보

이지 않았던 에밀리아는 결국 경기의 패자에게 넘겨지고, 간수의 딸은 속아서 자신이 전혀 사랑하지 않는 사람과 결혼하게 되기 때문이다. 그러나 작품에서 에밀리아가 궁극적으로 자신의 의지에 반하는 결혼을 하는 것인지 여부는 분명치 않다. 사실상 그녀는 팔라몬과 아시테 모두에게 흥미를 보이고 있기 때문이다.

초서의 공작과는 달리 극작품의 테세우스는 사실상 에밀리아에게 둘 중 하나를 고를 선택권을 주었다는 사실을 기억할 필요가 있다. 『기사의 이야기』 2부 마지막에 공작은 에밀리를 사랑하는 두 기사의 문제에 대해 스스로 해결방안을 결정하고 선언한다.

> 다시 말하자면, 에밀리는 그대들이 아무리 화를 내고
> 질투의 불꽃을 튀긴다 해도 둘을 동시에 맞이할 수 없다.
> 이러하니 원만한 해결을 위해 그대들에게 권하니
> 그대들은 정해진 운명을 받아들여야 할 것이니라.
> 나의 해결책에 귀를 기울여 보라. 내 의도는 이러하니
> 그대들의 문제를 끝내기 위한 내 결정을 들어보라.

> This is to seyn, she may nat now han bothe,
> Al be ye never so jaousie no so wrothe.
> And forthy I yow putte in this degree,
> That ech of yow shal have his destynee
> As hum is shape, and herkneth in what wyse;
> Lo, here youre ende of that I shal devyse. (I.1839-44)

초서의 에밀리에게는 선택권이 없다는 말이다. 반면, 셰익스피어의 극작품에서 테세우스는 에밀리아에게 둘 중에 하나를 선택하라고 명한다. 그가 경기의 개최를 결정하는 것은 그녀가 주어진 선택권을 포기한 이후이다.

테세우스.　[에밀리아에게] 그럼 선택을 하거라.

에밀리아.　전 못하겠어요. 모두 너무도 탁월합니다.

　　　　　저로서는 이들 중에서 누구도 택할 수 없어요.

히폴리타.　그럼 이들은 어찌 되는 거지요?

테세우스.　내가 이렇게 명하니

　　　　　내 명예를 걸고 또 다시 이를 시행하겠소.

　　　　　아니면 두 사람은 죽어야 할 것이오.

Theseus.　[*To Emilia*] Make choice, then.

Emilia.　I Cannot, sir; they are both too excellent;

　　　　For me, a hir shall never fall to these men.

Hippolyta.　What will become of 'em?

Theseus.　Thus I ordain it

　　　　And by mine honour, once again, it stands,

　　　　Or both shall die. (3.6.285-90)

선택을 하지 못하는 에밀리아의 이유는 자명하다. 두 기사가 "모두 너무도 탁월"하기 때문이다. 작품의 4막에서 그녀가 혼자 남겨졌을 때 그녀는 자신이 아시테를 연모하고 있다고 고백한다. "이 젊은 왕자는 / 얼마나 불꽃처럼 빛나고 달콤한 눈을 가지고 있는가! / 큐피드가 거기 앉아 웃고 있는 것 같구나"(What an eye, / Of what a fiery sparkle and quick sweetness, / Has this young prince! Here Love himself sits smiling)(2.12-14). 하지만 바로 다음 순간 그녀는 똑같이 열렬하게 팔라몬을 사모한다.

　　팔라몬, 내 무릎을 꿇고
　　용서를 청해요. 그댈 남겨두었군요.
　　그대만이 아름답고 그대의 두 눈은
　　사랑을 명하는 아름다움의 빛나는 보육원이니
　　이를 어느 처자가 감히 거역할 수 있겠어요?

On my knees,

I ask thy pardon, Palamon: thou art alone

And only beautiful, and these thy eyes,

These the bright laps of beauty, that command

And threaten love, and what young maid dare cross 'em? (4.2.36-40)

피에로 보이타니(Piero Boitani)는 다음과 같이 주장한다. "에로스는 그녀도 역시 정복했다. 그녀는 팔라몬과 아시테 사이에서 결정을 못하고 있기는 하지만 그녀의 '상상력'은 두 연인 모두를 향해 외치고 있는 것이다"(190). 에밀리아의 사랑이 두 기사 모두에게 향해 있다는 것은 분명한 듯 보인다. 그녀는 다만 둘 중 하나를 선택하지 못하고 있을 뿐이다.

『두 귀족 친척』에서 셰익스피어와 플레처는 에밀리아에게 목소리와 자기의지를 부여하고 있다. 또한 이들은 한 걸음 더 나아가 전혀 새로운 여성 인물을 작품에 등장시킴으로써 초서의 귀족적 로망스를 서민의 희극으로 바꾸어 놓는다. 바로 간수의 딸이다. 그녀는 초서의 서사에서 모호하게 감추어지거나 우연으로 치장된 사건에 논리적 설명을 제공하는 데 필요한 인물로 보인다. 초서의 작품에서 팔라몬은 투옥된 지 7년 만에 감옥을 탈출한다.

우연에 의해서인지 아니면 정해진

길을 가야만 하는 운명에 의해서인지,

자정이 지나자마자 팔라몬은

한 친구의 도움으로 감옥을 빠져 나와

황급히 아테네를 도망쳐 나왔다.

Were it by aventure or destynee—

As, what a thyng is shapen, it shal be—

That soone after the mydnyght Palamoun,
By helpyng of a freend, brak his prisoun
And fleeth the citee faste as he may go. (I.1465-69)

화자는 여기서 팔라몬이 "한 친구의 도움으로" 탈출한 것이 우연이나 운명의 힘이라고 말하고 있는 것처럼 보인다. 그러므로 현실에서 어떤 친구가 어떻게 그를 도와주었는지는 중요하지 않은 것이다. 하지만 극작품은 간수의 딸을 창조하여 우연한 사건에 설득력 있는 설명을 제공한다. 그녀는 현실에서 팔라몬과의 사랑을 이룰 수 없을 줄 알면서도 자신의 사랑을 성취하려는 강한 의지를 가진 여성이다. 보이타니는 간수의 딸이 작품에서 중심적 역할을 한다고 주장하며 이렇게 설명하고 있다.

> 그녀의 열정은 하위 계급에 속하는 것이고 노골적으로 성적이며 폭력적인 성격의 것으로서 팔라몬과 아시테의 분명한 궁정식 경쟁에 극적 아이러니를 제공한다. 그리하여 궁정적인 것과 본능적인 것, 문화적인 것과 자연적인 것으로 첨예하게 대립된 공간은 하나의 (귀족과 서민의) 사회적 공간으로 대치되며, 그 강도가 증가하면서 사회의 또 다른 영역으로 확장되어 가는 것이다. (192)

여러 면에서 간수의 딸은 에밀리아와 대척점에 서 있는 존재이다. 에밀리아는 두 젊은 기사 중 하나가 죽어서 어쩔 수 없이 다른 하나와 결혼하게 되기 전까지는 둘 사이에서 어떤 선택도 하지 않는다. 하지만 간수의 딸은 처음부터 자신이 사랑하는 대상을 선택하고 그에 따라 적극적으로 행동하는 여성이다. 법과 계급이 팔라몬에 대한 자신의 사랑을 막아선다는 것을 알고, 그녀는 이기적이지만 매우 실질적인 결정을 한다.

그와의 결혼은 불가능해.
그의 창녀가 되는 건 바보짓이지.
· · ·
어떻게 내가 사랑한다는 것을 알려주지?
그와 사랑을 나누고 싶어. 혹시 모험을 해서
그를 풀어줄까? 그러면 법은 뭐라고 할까?
법이나 혈연관계는 생각 말자! 난 할 거야!
오늘 밤이나 내일, 그는 날 사랑하게 될 거야.

>   To marry him is hopeless;
> To be his whore is witless.
> · · ·
> What should I do to make him know I love him?
> For I would fain enjoy him. Say I ventured
> To set him free? What says the law then?
> Thus much for law or kindred! I wil do it!
> And this night, or tomorrow, he shall love me. (2.4.4-33)

그녀는 법과 자신의 행동이 가져올 결과를 모두 무시하고, 팔라몬의 아내가 될 수 없다면 그와 사랑이라도 나누겠다고 결정하는 것이다. 그녀는 그의 사랑을 얻기 위해 그를 탈출시킨다. 팔라몬에 대한 그녀의 사랑은 노골적으로 육체적이고 성적인 것이며 로맨스 정신에 위배되는 것이다. 또한 그것은 에밀리를 향한 팔라몬과 아시테의 연모가 드러내고 있는 불합리성에 대한 교묘한 풍자이기도 하다.

따라서 작품의 후반부에 드러나는 그녀의 정신분열은 용납될 수 없는 서민의 욕망이 맞게 되는 궁극적인 운명이라는 것을 드러내는 장치라 하겠다. 그녀의 정신병은 오필리어(Ophelia)를 상기시킨다. 하지만 비극의 여주인공과는 달리 간수의 딸이 보이는 정신분열은 작품의 희극적 요소를 증가시키는 데 기여하고 있다. 더글라스 브루스터(Douglas Bruster)는 간수의 딸이 "근세 영국 사회의 계급적 특성을 대변"하고 있다고 진단하며 "그녀의 사회적 신분과 개인적 욕망 사이의 괴리는 작품 전체를 통해 압박과 분열의 이미지로 반복해서 드러난다"(302)고 설명한다. 그러나 한편으로 보면 그녀는 정신병을 통해서 자신이 원하는 것을 갖게 된다. 극의 마지막에서 그녀는 자신이 결혼하게 되는 남성을 팔라몬이라고 믿고 있기 때문이다. 말레트 같은 비평가는 그녀가 전혀 사랑하지 않는 사람과 결혼하게 되었기 때문에 결과적으로 성적인 만족을 빼앗겼다고 주장한다(45). 하지만 사회적 신분과 정신병이라는 그녀의 한계, 그리고 그녀의 존재가 희극적 여주인공이라는 사실을 고려하면 그녀가 자신의 배우자와 행복하지 못할 것이라고 보아야 할 아무런 이유가 없다.

간수의 딸은 시골 평민들의 무리와 함께 극중극 장면을 연출하는데 이것 역시 초서의 서사와는 완전히 다른 것이다. 사실상 초서의 『기사의 이야기』에는 그러한 장면이 존재하지 않는다. 노엘 브린코(Noel R. Blincoe)는 극작품이 당대 자코비언 궁정 마스크(Masque)와 구조적으로 유사하다고 밝히고 작품의 중간 부분은 "봄의 축제가 갖는 흥겨움과 방탕함"을 드러내고 있다고 주장한다(168). 다시 말하면 이들이 만들어가는 장면은 "마스크의 공식적인 구성에 대한 위장으로 작용하는 무질서와 혼란"을 표출하는 전형적인 반-마스크(anti-masque)의 역할을 한다는 것이다(169). 만일 그렇다면 서민 대중들은 반-로망스(anti-romance)적 태도를 드러냄으로써 초서의 존경할만한 기사가 말하는 궁정식 로망스의 세계를 전복하고 있는 셈이다.

초서의 화자는 "진실하고 완벽한, 숭고한 기사"(a verray, parfit gentil knyght)(I.72)이며 그의 소개에 의하면 이야기의 주인공인 테세우스도 역시 또 다른 "진실한 기사"(trewe knyght)(I.959)이다. 엘리자베스 로우(Elizabeth Ashman Rowe)에 의하면 이야기를 진행시키고 모든 사건을 지휘하는 정복자 테세우스는 "작품에서 유일하게 여러 가지 역할을 담당하는 인물"이다 (179). 그에 비하면 로맨스의 삼각관계를 담당하는 세 명의 젊은이들은 평면적일 뿐 아니라 개인적 특성이 결여된 인물들이다. 작품의 사랑 이야기가 팔라몬과 아시테를 중심으로 진행되고 있다는 점을 인정하더라도 이들의 사랑에 개입하고, 조정하고, 모든 주요 사건을 극화하는 존재는 테세우스이다. 존 피날리슨(John Finalyson)은 테세우스를 질서부여자로 정의하며 공작의 역할이 가지는 중요성을 설명한다. "테세우스는 여기서, 그리고 작품의 모든 곳에서 사건을 조정하고, 불법을 바로잡으며 질서를 회복시키고, 마지막에는 팔라몬과 에밀리를 맺어줌으로써 작품을 끝맺는다"(31-32). 기사가 이야기를 마치자 귀족들을 포함한 "소위 모든 상위계급 사람들" (namely the gentils everichon)(I.3113)이 그의 이야기를 좋아한 이유가 여기에 있는 것으로 보인다. 하지만 방앗간 주인 같은 평민들에게 『기사의 이야기』는 지루하고 비현실적인 이야기였음이 틀림없다.

셰익스피어와 플레처는 초서의 서사를 드라마로 바꾸면서 남성과 여성 인물들, 늙은 테세우스와 젊은 연인들, 그리고 궁정과 시골마을 같은 새로운 대칭과 균형을 원작에 가미하여 궁정식 로맨스를 희비극으로 만들었다. 씨 엘 바버(C. L. Barber)는 신중한 궁정과 흥겨운 시골마을이 보여주는 대조적인 요소들을 이렇게 설명하고 있다.

셰익스피어가 살았던 시대는 휴일의 전통이 많은 지역에서 쇠퇴하고 있던 때였지만, 영국은 휴일의 관습에 대하여 이전과는 다르게 민감하게 의식했다. 마을이나 도시의 장터에서 농경사회의 일정과 순서에 맞추어져 있었던 축제는 도시인들의 생활 방식과 맞아떨어지지 않았다. 따라서 도시인들의 에너지는 타우니(Tawney)가 청교도의 도덕관이라고 불렀던 것처럼 새로운 표출 방식을 찾기 시작했다. (16)

극작품에 등장하는 흥겨운 시골사람들은 바로 이들을 대변하고 있는 듯하다. 또한 셰익스피어와 플레처가 간수의 딸을 비롯한 시골사람들을 자신들의 작품에 등장시킨 것도 일반 서민의 견해와 기사도적 전통을 병치하고자 했기 때문인 것으로 보인다. 헬렌 쿠퍼(Helen Cooper)는 작품이 "귀족성에서 상업주의로" 변화하는 모습을 반영한다고 보고, "작품은 기사도의 시대에서 자본주의 사회, 즉 자기 이익을 추구하는 도시적 세계로 이행되는 과정을 그리고 있다"고 주장한다(206). 따지고 보면 그러한 사회의 모습은 도시 희극을 주로 공연하던 자코비언 시대 연극이 큰 관심을 보인 분야이기도 하다. 3막에서 학교 선생(Schoolmaster)이 테세우스와 귀족들을 막아서고 마을 사람들이 간수의 딸과 모리스 춤을 출 때, 궁정과 시골사람들 사이의 대립은 노골적으로 드러난다. 또한 독자나 관객들은 여기서 두 그룹의 사람들을 사회적 서열이 아니라 행동의 특성을 통해서 보게 된다. 만일 테세우스가 질서와 전통을 대변하고 있다면, 학교선생은 조화와 자유를 대변한다고 볼 수 있다. 그들이 추는 춤은 또한 정신병에 걸린 여인이 그 가운데 있다는 혼란에도 불구하고 (계급사회의 고착화된 서열과 규범이 아니라) 어떤 새로운 종류의 질서를 암시하고 있다.

시골사람들의 무리가 주요 인물로 등장하면서 신들의 모습이 사라진다는 것도 극작품을 원작과 차별지우는 중요한 요소이다. 초서의 이야기에서는 인간을 초월하는 존재들, 즉 운수(fortune), 우연(accident), 숙명(destiny), 또는 운명(fate) 등이 작품에 만연해 있으며 주인공들의 인생을 결정하는 힘으로 제시된다. 초서의 작품에서 인간의 운명은 신성한 힘에 의해 결정되지만, 이런 신들조차도 궁극적으로 여느 인간 못지않게 변덕스럽고 믿음직하지 않으며, 때로는 부조리하다. 예컨대 마스(Mars)와 비너스(Venus)의 갈등이나 새턴(Saturn)에 의해 마련되는 해결 방안은 결국 신들도 그 생각이나 행동에 있어서 인간과 다르지 않음을 보여주고 있다. 그런데도 신들은 인간의 운명을 통제한다. 초서의 작품에서 팔라몬은 신들에게 "그대들에게 인간이 우리에 갇혀있는 양떼들보다 / 더 나은 존재라고 할 것이 무엇인가?"(What is mankynd moore unto you holde / Than is the sheep that rouketh in the folde?)(I.1307-308)라고 울부짖는다. 아시테는 죽음의 침상에서 "이 세상은 무엇인가? 인간이 해야 할 것은 무엇인가?"(What is this world? What asked men to have?)(I.2777)라고 외친다. 초서가 『기사의 이야기』에서 제시하는 세상은 알 수 없는 부조리로 가득 찬 곳이다. 마지막 연설에서 테세우스는 "필연적인 것을 수용하는 자세"(virtue of necessity)를 가지라고 말하지만 그것은 두 젊은 기사의 질문에 대한 답으로는 턱없이 부족한 것이다.

> 필연적으로 이루어질 일에 순응할 것이며
> 모두에게 정해진 것을 받아들이도록 해라.
> 이에 대해 불평하는 자는 어리석은 자이며
> 만물의 절대자에게 반역하는 것이다.

> And take it weel that we may nat eschue
> And namely that to us alle is due,
> And whoso gruccheth ought, he dooth folye,
> And rebel is to hum that al may gye. (I.3043-46)

엘리자베스 살터(Elizabeth Salter)의 지적대로 테세우스의 말은 문제의 해결이라기보다는 오히려 해결을 방해하는 힘으로 작용한다(34). 윌리엄 프로스트(William Frost)는 테세우스를 "운명의 수행인"이라고 규정하면서 초서의 작품이 암묵적으로 그를 모든 인간적 사건이나 상황의 뒤에 존재하는 운명이나 신성한 예지와 연관 짓고 있다고 주장한다(131). 하지만 작품의 문제는 막강한 조정자인 테세우스 자신이 바로 질서와 화합을 이루는 데 실패하고 있다는 점에 있다. 물론 테세우스와 화자인 기사의 실패는 시인 인 초서의 의도가 반영된 것임이 분명하다.

극작품에서는 단 하나의 힘이 모든 사건을 미리 결정하고 지배하고 있는 듯 보인다. 테세우스는 그것을 운명, 또는 하나의 집합체로서의 신이라고 부르고 있다.

> . . . 운명은 결코
> 이보다 더 교묘한 장난을 친, 즉 승자를 패배시킨 적이 없었다.
> 승자는 승리를 잃었지만 그 과정에서
> 신들은 가장 공평하게 일을 처리했다.

> . . . Never Fortune
> Did play a subtler game, the conquered triumphs;
> The victor has the loss; yet in the passage
> The gods have been most equal. (5.4.112-14)

초서의 원작에 있던 신들의 존재와 역할이 극작품에서 사라진 것에 대하여 쿠퍼는 이렇게 설명한다.

> 초서는 『기사의 이야기』에서 신들을 활동적이지만 음울한 참가자들로 묘사하고 있다. 셰익스피어와 플레처는 그들의 물질적인 존재를 잘라내고 신전의 기도 장면에서 각 탄원자들에 대한 상징적인 반응으로서만 존재하게 한다(5막 2장). 하지만 그들의 동기나 인간적 사건의 뒤에 자리한 그들의 목적은 (만일 그런 것이 있다면) 알 수도 없고 알 수 있다고 하더라도 아마도 무의미한 것이리라. (204)

또한 서사의 공작과는 달리 극작품의 테세우스는 결코 철학적 지휘자의 역할을 담당하지 않는다. 그는 현실적이고 동시에 초서의 작품에 등장하는 테세우스보다 직접적이다. 초서의 공작과는 달리 그는 경기에서 패배자를 처형하라는 자신의 명령을 결코 거두지 않는다. 알란 스튜어트(Alan Stwart)가 지적하고 있는 것처럼 "기사도적인 경기는 이제 패자에게 주는 죽음의 형벌이 되고, 승자의 죽음과 거의 동시에 패자의 결혼이 이루어진다"(70). 이러한 조치는 현실적이고 공정한 것일 수는 있겠지만, 무정하고 잔인한 것임은 부인하기 어렵다. 샤넌의 주장처럼 극작품에 등장하는 테세우스의 결정은 "잘못된 결정의 독재"로 보인다(668). 매들린 리프(Madelon Lief)와 니콜라스 라델(Nicholas F. Radel)은 경기에 대한 테세우스의 결정과 간수의 딸에 대한 의사의 처방을 비교하며 흥미로운 점을 지적하고 있다. "의사는 생명과 분별력을 위해 도덕을 버린다. 그런데 그가 취한 방법은 팔라몬과 아시테의 광기어린 열정을 조절하려는 테세우스의 방법보다 나은 것이다. 테세우스가 지키려는 추상적인 정의는 경기를 통해 둘 중 한 기사를 없애는 것이다"(421).

과연 『두 귀족 친척』에는 두 세계가 서로 충돌하고 있다. 귀족의 세상과 마을 사람들의 세상이, 남성적 철학의 세계와 여성적 축제의 세상이, 신들의 결정 앞에서 궁극적으로 무력한 권위의 세계와 인간의 삶을 행복한 결말로 인도해 줄 수도 있는 화합의 세계가 그것이다. 결국 작품은 초서의 『기사의 이야기』에 대한 또 다른 패러디일지도 모른다. 초서의 세계에서 방앗간 주인이 외설적이지만 좀 더 실질적인 현실을 묘사함으로써 『기사의 이야기』에서 제기된 문제에 대해 부분적으로 답하고 있는 것처럼, 셰익스피어와 플레처는 다양한 모습과 의미를 갖는 현실적인 인물들이 살고 있는 세상을 있는 그대로 드러내는 것이다. 그들은 작품 안에 두 대조적인 가치를 병치시켜 14세기 영국을 그린 전통적인 서사를 역동적인 드라마로 꾸며

17세기 관객들에게 제시했다. 중세 기사도가 궁극적으로 남성적이고 귀족적인 특성을 가지고 있다면, 자코비언 드라마에서는 여성과 평민들이 나름대로의 방식으로 그 정신을 이어받고 있는 셈이다.

셰익스피어와 스펜서

셰익스피어가 초서를 흠모하고 그의 작품을 여러 곳에서 차용하면서도 자신을 드러내는 전략을 취하고 있다면, 자신과 동시대 작가로 여겼던 스펜서와의 관계는 어떠했을까? 둘의 나이는 10년 이상 차이가 나는 것은 사실이지만, 두 시인은 서로 상대방을 알고 있었음이 분명하다. 카밀 파글리아(Camille Anna Paglia)는 셰익스피어의 초기 장시인 『비너스와 아도니스』(*Venus and Adonis*)와 『루크리스의 능욕』(*The Rape of Lucrece*)은 그가 스펜서에게 존경을 표한 작품이라고 전제하면서, 그가 스펜서를 존경했으나 자신의 창조적 과업을 수행하기 위해 스펜서를 극복했어야 했으며, 결국 위대한 극작품을 통하여 스펜서가 따라잡을 수 없는 새로운 영역으로 진입한 것이라고 주장하고 있다(194). 패트릭 체니(Patrick Cheney)는 셰익스피어와 말로우(Christopher Marlowe) 둘 다 "12년 전 쯤 태어난 영국의 새로운 시인인 스펜서라는 문학적 아버지를 발견하면서 문학적으로 성숙했다"고 설명한다(331).

1725년 알렉산더 포프(Alexander Pope)가 편집한 『윌리엄 셰익스피어 씨의 작품집』(*The Works of Mr. William Shakespeare*)에서 조지 시웰(George Sewell)은 "셰익스피어는 존경하는 스펜서의 작품을 열심히 읽었으며 . . . 스펜서의 작품을 좋아했기에, 그의 작품이 갖는 알레고리는 대체로 『선녀여왕』의 영향을 받은 것이 분명하다"고 서술하고 있다(재인용 Cheney 334).

셰익스피어가 스펜서의 문학을 존경하면서도 동시에 그를 경쟁자로 여기고 자신의 작품을 통해서 그를 극복하려고 했던 것은 사실로 보인다. 그렇다면 스펜서는 셰익스피어를 알고 있었을까?

스펜서는 1591년에 단편 시 모음집인 『하소연』(*Complaints*)을 출간했는데 여기에 두 번째로 수록된 작품 「뮤즈의 눈물」("The Tears of the Muses")에서 당대 문화의 타락상을 고발하고 있다. 특히 비극을 관장하는 뮤즈인 멜포미니(Melpomene)와 희극을 담당하는 탈리아(Thalia)를 통해 당시 유행하던 비극 작가들이 "분별력과 본마음을 상실한 채"(depriv'd of sense and mind)(156) 작품을 쓰고 있으며, 희극 작가들은 "사람들의 마음을 마음대로 점령하여 / 아름다운 장면을 저속하고 더러운 모습으로 바꾸어 놓고 있다"(in the mindes of men now tyrannize, / And the faire Scene with rudenes foule disguize)(191-92)고 비난하고 있다.[21] 하지만 스펜서는 예외적으로 희극 부분에서 한 명의 작가를 칭송하고 있다.

> 또한 자연이 자신을 드러내기 위해 창조했으며,
> 모방이라는 가면을 쓰고 친절하게 진실을 대변하며
> 진실의 진정한 모습을 드러내보였던 그이,
> 우리의 흥겨운 윌리, 아, 그가 최근에 죽었으며
> 그와 함께 모든 기쁨과 흥겨운 놀이들이
> 또한 죽어버렸으니, 이제 슬픔만 남았구나.
>
> And he the man, whom Nature selfe had made
> To Mock her selfe, and Truth to imitate,
> With kindly counter under Mimick shade,

---

21) 스펜서의 단편 시의 텍스트는 윌리엄 오람(William A. Oram) 등이 편집한 *The Yale Edition of the Shorter Poems of Edmund Spenser* (New Haven, Yale UP, 1989)이며 우리말 번역은 필자의 것이다.

Our pleasant Willy, ah is dead of late:
With hom all joy and jolly meriment
Is also deaded, and in dolour drent. (205-10)

여기서 "우리의 흥겨운 윌리"가 누구를 지칭하는 것인지는 분명치 않다. 윌리엄 오람(William A. Oram)은 이 인물이 스펜서의 후원자이자 1587년에 사망한 필립 시드니 경(Sir Philip Sidney)이 목가에서 자신을 지칭한 필명일 것이라고 제시하고 있으나(277, note) 사실상 시드니는 극작품을 쓰지 않았기 때문에 그가 "윌리"라고 추론하기는 어렵다. 한편 제임스 버나즈(Bednarz, James P.)는 당대 극작가들 중에서 스펜서가 유일하게 인정하고 좋아했던 존 릴리의 별칭이 "흥겨운 윌리"였다고 설명하면서 그가 후에 극작을 포기한 것을 죽음으로 비유한 것이라고 주장한다(96). 하지만 릴리가 『엔디미언』을 출간한 것이 1591년인 것을 고려하면 같은 해에 출간된 작품에서 스펜서가 릴리의 상징적 죽음을 언급한 것이라는 버나즈의 주장도 설득력이 떨어진다. 중요한 것은 스펜서가 당대 유행하던 드라마의 현황에 대해 나름대로 이해하고 있었으며, 그렇다면 당연히 셰익스피어를 포함한 극작가들의 작품을 인지하고 있었다는 사실이다.

기억해야 할 것은 16세기 영국 문학계는 우리가 생각하는 것보다 훨씬 더 좁은 사회였다는 사실이다. 셰익스피어와 스펜서는 시인으로서 상대보다 자신이 우월해지고자 하는 경쟁뿐만 아니라 후원자를 유치하기 위한 경쟁의 대상자이기도 했을 것으로 보인다. 버나즈에 의하면 두 시인에게는 엘리자베스 1세라는 막강한 후원자 외에도 공통된 후원자가 있었다. 더비 백작 퍼디난도 스탠리(Ferdinando Stanley, the Earl of Derby)의 부인이었던 스트레인지 부인(Lady Strange)이다(95). 셰익스피어는 그녀가 1594년에 죽기 전까지 "스트레인지의 사람들"(Strange's Men)이라는 극단에 속해 있었고,

스펜서는『뮤즈의 눈물』(*The Tears of the Muses*)을 그녀에게 헌정했다―그녀의 처녀 때 이름은 알리스 스펜서(Alice Spencer)였는데 스펜서는 종종 자신이 그녀와 먼 친척 관계라는 것을 드러내곤 했다는 것이다(Bednarz 95). 두 시인은 직접 대면했을 수도 있다. 알렉산더 저슨(Alexander C. Judson)에 의하면 스펜서는 1595/96년 겨울에『선녀여왕』후반부 세 권의 출판을 위해 인쇄업자 리처드 필드(Richard Field)의 가게에 방문했을 때 3판이 인쇄되고 있던『비너스와 아도니스』의 사본을 보았을 수 있으며, 셰익스피어는 자신의 작품 곁에서 새로 인쇄되고 있는 스펜서의 서사시를 보았을 가능성이 충분하다(179). 사실상 필드의 인쇄소는 스펜서의『하소연』을 출판한 윌리엄 폰손비(William Ponsonby)의 가게와 매우 가까운 거리에 있었다.

앞서 필자는 초서가 창조한 토파즈 경의 모티프가 스펜서, 릴리를 거쳐 셰익스피어의 작품에서 어떻게 재현되었는지 논의하였다. 그런데 셰익스피어는『한여름 밤의 꿈』에서도 같은 모티프를 이용하고 있다. 닉 보틈(Nick Bottom)이 숲속에서 겪는 경험이 바로 그것이다. 퍽(Puck)의 장난으로 당나귀가 되어 요정들의 여왕인 티타니아(Titania)와 하룻밤을 지내고 다음날 깨어난 그는 자신의 경험이 환상적인 꿈이었다고 여긴다.

> 정말 기묘한 환상을 보았네. 인간의 머리로는 어떤 꿈이라고 말하기도 어려운 꿈을 꾸었다니까. 이런 꿈을 꾸었다고 말하고 다닌다면 당나귀가 될 뿐이야. 내 생각엔 내가―무엇인지 말할 수 있는 사람은 없을거야. 내 생각엔 내가―내가 겪은 것은―하지만 내가 뭘 겪었는지 말할 수 있는 사람이 있다면 그자는 바보천치일 뿐이지. 내가 꾼 꿈은 사람의 눈으로는 듣지도 못했고, 사람의 귀로는 보지도 못했고, 사람의 손으로는 맛보지도 못했고, 혀로는 상상하지도 못했고, 마음으로는 전하지도 못하는 것이었으니까.

I have a most rare vision. I have had a dream, past the wit of man to say what dream it was. Man is but an ass, if he go about to expound this dream. Methought I was—there is no man can tell what. Methought I was—and methought I had—but man is but a patch'd fool, if he will offer to say what methought I had. The eye of man hath not heard, the ear of man hath not seen, man's hand is not able to taste, his tongue to conceive, nor his heart to report, what my dream was. (5.1.206-12)

그가 반복하는 "꿈을 꾸었다"(I have had a dream)는 표현은 초서의 토파즈가 말한 "나는 지난 밤새 꿈을 꾸었어"(Me dremed al this night)라는 말을 상기시킨다. 또한 보틈의 윗 대사는 꿈을 꾼 후 자신의 경험을 이야기하는 스펜서의 아서가 한 말과 유사하다. "꿈이 나를 속였든지 아니면 그것이 사실이었든지 / 기쁨으로 인해 그처럼 가슴이 뛴 적은 결코 없었고 / 살아있는 그 어느 누구도 들은 적이 없었을 것이오"(But whether dreames delude, or true it were, / Was never hart so ravisht with delight, / Ne living man like words did ever heare)(1.9.14.5-7).

보틈의 경험이 앞 선 작품에서와 다른 점은 크게 두 가지라고 할 수 있다. 첫째, 보틈이 요정의 여왕인 티타니아와 밤을 지낸 것은 무대 위에서 실제로 있었던 일이라는 점이다(물론 엄격히 말하면 무대에서 일어난 일은 연출된 것이며, 실제 일어나는 일은 아니라는 것을 염두에 두어야 할 것이지만). 둘째, 보틈의 경험은 그의 이후 생활에 아무런 영향을 미치지 않는다는 점이다. 특히 스펜서의 아서와 비교하면, 셰익스피어의 작품에서는 실제로 일어났던 경험이 당사자인 보틈에 의해서 무시된다는 것은 매우 아이러니컬하다.

스펜서의 아서에게—그리고 또한 시인이나 독자들에게—선녀여왕은 현실을 넘어서는 가장 이상적인 존재이다. 하지만 그녀에 대한 아서의 묘사는 적극적으로 사랑을 갈구하는 여성의 모습이다. "가장 좋은 즐거움을 주며 그녀는 내게 사랑스레 / 접근해 왔고, 내게로부터 간절한 사랑을 원했소. / 분명코 그녀의 사랑은 내게로 기울어져 있었다오"(Most goodly glee and lovely blandishment / She to me made, and bad me love her deare, / For dearely sure her love was to me bent)(1.9.14.1-3). 셰익스피어의 요정여왕인 티타니아도 역시 당나귀가 된 보틈에게 적극적으로 사랑을 갈구한다. "오, 내가 그대를 얼마나 사랑하는지! 내가 얼마나 그대에게 반했는지 몰라요!"(Oh, how I love thee! How I dote on thee!)(4.1.44). 스펜서의 선녀여왕이 분명히 엘리자베스 여왕을 대변하고 있다면 셰익스피어의 티타니아도 역시 여왕을 암시하고 있음이 분명하다. 『한여름 밤의 꿈』 2막에서 오베론(Oberon)이 티타니아를 가리켜 "서구에서 왕관을 쓰고 있는 아름다운 처녀"(a fair vestal throned by west)(2.1.158)라고 칭하는 대목은 이를 뒷받침한다. 그런데 문제는 여왕이 사랑을 고백하는 대상이 누구냐 하는 것이다. 셰익스피어의 보틈은 스펜서의 아서와는 전혀 다른 인물이기 때문이다.

하지만 과연 보틈과 아서는 전혀 공통점이 없는 인물인가? 스펜서의 아서는 『선녀여왕』의 전편에 등장하여 각 권의 주인공 기사들과 교류하는 유일한 인물이다. 그의 배필이 선녀여왕인 것으로 보나 시인이 그를 "관용"(magnanimity)의 덕목을 대변하는 기사로 내세운 것으로 보나 그는 작품에서 매우 중요한 인물 중 하나임이 틀림없다. 셰익스피어의 보틈도 역시 『한여름 밤의 꿈』에서 가장 중요한 인물이라고 할 수 있다. 그는 작품이 제시하는 서로 다른 네 개의 공간-연인의 세계, 요정의 세계, 서민 직공의 세계, 귀족 세계-를 모두 넘나드는 유일한 인물이다. 그는 직공 극단의 일원으로서 티타니아 때문에 요정의 세계에 합류하며, 또한 연인의 모습을 취하기도 하지만, 작품의 마지막에는 귀족들의 연회에 참석한다. 또한 그는 비록 성급하고 엉뚱한 성격의 소유자이기는 하지만 화합을 유도하는 관용적인 인물이다. 그에 대한 동료 직공들의 평가는 그가 차지하는 역할을 짐작게 해준다.

플루트.	그가 오지 않으면 연극은 망친거야. 진행이 되지 않아, 안 그래?
퀸스.	불가능하지. 온 아테네에서 그 말고는 피라머스를 해낼 사람이 없어.
플루트.	그래, 그는 아테네 직공들 중에서 최고의 재치를 가졌으니까.
퀸스.	맞아, 인간성도 최고지. 그의 달콤한 목소리는 마치 연인 같아.

Flute.	If he come not, then the play is marr'd. It goes not forward, doth it?
Quince.	It is not possible. You have not a man in all Athens able to discharge Pyramus but he.
Flute.	No, he hath simply the best wit of any handicraft man in Athens.
Quince.	Yea, and the best person too; and he is a very paramour for a sweet voice. (4.2.5-10)

보틈에 대한 이들의 평가는 연기자로서뿐만 아니라 그의 성품에 관한 것이 기도 하다. 과연 작품에서 보틈은 가장 다양하게 장면에 등장하는 매우 중요한 인물임이 틀림없다.

셰익스피어는 스펜서의 업적을 흠모했지만 동시에 그를 비판하는 이중 적 태도를 가진 것으로 보인다. 셰익스피어가 전설적인 영국의 왕이며 선녀여왕의 배필인 스펜서의 아서를 그와 정반대의 인물이라 할 수 있는 천박하고 바보스러운 보틈으로 전환한 것은 그가 스펜서의 에피소드를 패러디하고 있다는 것을 보여준다(Bednarz 98). 티타니아와 지낸 보틈의 경험이 스펜서의 아서 에피소드에 대한 암시를 전제로 하고 있다면, 티타니아에 대한 묘사 역시 엘리자베스 여왕, 더 정확히 말한다면 스펜서가 그리고 있는 엘리자베스 여왕에 대한 패러디라고 할 수 있다. 물론『선녀여왕』에서 여왕을 향한 스펜서의 태도 역시 시종일관 아부로만 일관하고 있는 것은 아니다. 작품의 후반부로 가면서 시인은 여왕의 정책에 대한 실망감을 드러내 보이기도 하고, 4권에 묘사되는 벨피비(Belphoebe)와 티미아스(Timias)의 에피소드에서는 범접할 수 없는 여왕의 순결에 대하여 이중적인 태도를 취하고 있는 것이 사실이기 때문이다.[22] 하지만 티타니아의 상대가 직공인 보틈이라는 점을 고려하면 상대적으로 여왕에 대한 셰익스피어의 태도가 훨씬 더 자유롭다고 할 수 있을 것이다.

셰익스피어가『한여름 밤의 꿈』에서 스펜서를 풍자하고 있는 장면은 또 있다. 5막의 서두에서 테세우스는 연회담당관인 필로스트레이트(Philostrate)로부터 네 개의 연극 목록을 제출받는다. 공작은 그 중 처음 세 개가 결혼식 연회에 적당하지 않다고 거절하고, "젊은 피라머스와 그의 연인 티스비의 지겹지만 간단한 장면. 매우 비극적인 여흥"(A tedious brief scene of

---

22) 5권의 마지막에서 정의의 기사 아테걸(Artegall)은 선녀여왕의 부름을 받고 "정의의 실천을 멈출 수밖에 없게" 되는데 스펜서는 이것을 여왕 주변의 "시기의 구름" 때문이라고 설명하고 있다. 이것은 역사적으로 데스몬드의 피츠제럴드(FitzGerald of Desmond)가 이끄는 아일랜드의 반군을 소탕하고자 했던 그레이 경(Lord Gray)이 너무 잔인하게 통치했다는 주변의 불평을 수용한 엘리자베스 여왕에 의하여 다시 영국으로 소환된 사건을 가리키는 것이다. 스펜서는 여왕의 정책이 잘못된 것이라고 여겼다. 또한 4권의 칸토 7-8에 묘사되는 벨피비와 티미아스 사이의 불화와 화해의 이야기는 엘리자베스 1세와 월터 롤리 경(Sir Walter Raleigh) 사이에 있었던 역사적인 사건에 대한 알레고리이다. 여왕의 신임을 한 몸에 받았고, 한때 여왕의 애인으로까지 소문이 났던 롤리 경은 1592년에 여왕의 시녀(maid of honor)였던 엘리자베스 트록몰턴(Elizabeth Throckmorton)을 임신시키고 비밀리에 그녀와 결혼했다. 당대의 모든 귀족들, 특히 여왕과 가까운 귀족들은 결혼할 때 먼저 여왕의 허락을 얻는 것이 관례였기 때문에, 여왕의 시녀였던 귀족의 여식과 혼전 관계를 맺는 것은 그 가문과 여왕에게 큰 모독이었다. 여왕의 분노를 산 롤리 경은 궁정에서 쫓겨나 5년 동안 런던 탑(London Tower)에 수감되었으며, 1597년에야 여왕의 재신임을 받게 된다. 롤리 경과 가까웠던 스펜서가 이 5년 동안에『선녀여왕』의 4권부터 6권까지를 완성했다는 사실에 비추어 보면 벨피비-티미아스 이야기가 여왕-롤리의 알레고리라는 주장은 상당한 설득력이 있다.

young Pyramus / And his love Thisby; very tragical mirth)(5.1.56-57)을 선택한다. 그런데 그가 물리친 작품 중 세 번째는 "셋의 세 배인 뮤즈가 최근 구걸하다가 죽음을 맞은 학식을 애도함"(The thrice three Muses mourning for the death / Of Learning, late deceas'd in beggary)(5.1.52-53)이라는 제목을 가지고 있다. 테세우스는 예리한 비판이 담긴 이러한 풍자물은 자신과 젊은이들의 결혼식에 어울리지 않는다고 선언하는데, 이 작품은 바로 1591년에 출판된 스펜서의『하소연』에 실린『뮤즈의 눈물』을 가리키는 것으로 보인다. 아홉 명의 뮤즈를 "아홉"(nine)으로 쓰지 않고 굳이 "셋의 세 배"(thrice three)라고 표현함으로써 스펜서가 자주 사용하던 고어체의 흉내를 낸 것이나, 스펜서의 작품이 사실상 학식의 죽음을 애도하고 있다는 것을 제목에서 강조하고 있는 것으로 보나 여기서 셰익스피어가 제시하고 있는 작품은 스펜서의『뮤즈의 눈물』임이 틀림없다. 사실상 스펜서는『아모레티』(*Amoretti*) 74번에서 사랑하는 연인을 언급하며 그녀의 이름이 "자신을 셋의 세 배로 행복하게 만든다"(three times thrise happy hath me made)(3)면서 같은 표현을 썼다. 그렇다면 셰익스피어는 여기서 왜 스펜서의 작품을 거론하고 이를 테세우스가 거절하도록 만들었을까?

이 케이 체임버스(E. K. Chambers)에 따르면 셰익스피어가『한여름 밤의 꿈』을 쓰게 된 가장 설득력 있는 계기는 1595년 1월 26일 거행된 더비 백작 윌리엄 스탠리(William Stanley, Earl of Derby)와 엘리자베스 비르(Elizabeth Vere)의 결혼식이다(61). 그녀는 옥스퍼드 백작(Earl of Oxford)의 딸이자 엘리자베스 여왕의 재무대신이었던 윌리엄 버글리(William Burghley)의 손녀였으며, 여왕의 최고위 시녀(maid of honor)의 대녀이기도 했다. 체임버스의 주장을 받아들인다면 셰익스피어로서는 이 결혼식을 축하하기 위한 작품에서 이 연회의 주최자라고 할 수 있는 윌리엄 버글리와 그의 가족들에게 환심을 살 필요가 있었을 것이다. 그런데 왜 그 방법이 하필이면 스펜서의

『뮤즈의 눈물』인가?

　스펜서의 작품은 600행, 60연으로 구성된 짧은 작품인데 주로 문학과
예술의 가치를 모르고 학식을 억누르는 무식한 당대의 지도자들에 대한 비
난으로 채워져 있다. 첫 번째로 등장하는 클리오(Clio)는 역사와 영웅적인
업적에 대한 기록을 관장하는 뮤즈로 알려져 있는데 그녀의 입을 통하여
시인은 당대에 예술가가 어떻게 핍박을 받고 있는지 설명한다.

　　　　보라, 우리의 명예로운 이름을 증오하고
　　　　학식과 모든 우아한 생각에 대한 원수들이
　　　　매일 매일 끊임없이 우리에게 덮어씌우는
　　　　저 지저분한 비난과 공공연한 치욕들을.
　　　　그들은 우리를 경멸하는 것으로는 부족하여
　　　　우리를 세상에서 격리시키려고 애를 쓴다.

　　　　Behold the fowled reproach and open shame,
　　　　The which is day by day unto us wrought
　　　　By such as hate the honour of our name,
　　　　The fores of learning, and each gentle thought;
　　　　They not contented us themselves to scorne,
　　　　Doo seek to make us of the world forlorne. (61-66)

또한 클리오와 짝을 이루는 서사시의 뮤즈 칼리오페(Calliope)는 문학의 적
들에 대한 비난을 이어간다.

　　　　그들은 엄청난 재산을 모두 사치스러운 교만에
　　　　사용하면서 학식에는 전혀 나누어주지 않고,
　　　　시인들이 한때 나누어 갖던 풍요로운 수당을
　　　　이제는 기생충들과 아첨꾼들이 나눠 갖는도다.

Their great revenues all in sumptuous pride
They spend, that nought to learning they may spare;
And the rich fee which Poets wont divide,
Now Parasites and Sycophants doo share. (469-72)

그런데 이러한 무식한 지도자의 대표가 스펜서에게는 당시 엘리자베스 여왕의 재무대신이었던 윌리엄 버글리였던 것이다. 작품이 사실상 버글리에 대한 스펜서의 공격이라고 정의하면서 버나즈는 다음과 같이 당대의 정황을 소개한다(81-82). 스펜서는 일찍이 1579년에 엘리자베스 여왕과 알렝송 공작(Duke of Alençon)의 결혼을 추진하던 버글리의 시도에 공개적으로 반대하다가 아일랜드로 추방되다시피 한 사건을 기점으로 버글리를 싫어했던 것으로 보인다. 그는 1589년에 『선녀여왕』 첫 세 권의 출판을 위해 런던에 오게 되지만, 여왕의 후원을 기대하는 자신의 소망이 버글리에 의해서 지속적으로 차단되고 있다고 느낀다. 1년이 지나도록 여왕으로부터 후원금이나 보상을 받지 못하던 스펜서는 이듬해인 1590년 12월 29일에 출판업자인 윌리엄 폰손비를 통해 『하소연』을 출간하게 되는데 이는 버글리에 대한 공공연한 분노를 표현하기 위한 것이었다(Bednarz 82).

물론 그는 이듬해 『선녀여왕』에 대한 보상으로 여왕으로부터 50파운드의 연금을 받게 된다. 하지만 스펜서는 사실상 연금보다는 여왕의 참모로서 출세를 기대했으며, 그것이 좌절된 데 대한 실망을 자신의 작품에서 표현하고 있다. 조나단 골드버그(Jonathan Goldberg)는 스펜서가 평생 자신이 원하는 것을 얻지 못한 좌절감에 시달렸다면서, 시인은 힘 있는 자들과 부패한 궁정에 대한 날카로운 풍자와 알레고리를 자신의 작품에서 드러냈다고 주장한다(173). 과연 스펜서의 작품 곳곳에서 그가 여왕의 궁정으로부터 제대로 된 대접을 받지 못했다는 섭섭함이 형상화되고 있다. 하지만 여왕을 원망할 수는 없었던 그는 그녀의 신하들을 공격했던 것이다.

『선녀여왕』 2권의 서두에서 스펜서는 자신의 작품이 "거짓으로 꾸며진 것"(painted forgery)이라고 여기는 "머릿속에 아무런 생각이 없는 어떤 사람들"(some th'aboundance of an idle braine)에 대해서 반박하고 있다. "그런데 왜 무지한 이들은 그토록 잘못 생각하여 / 자신이 보지 못한 것은 없는 것이라고 여기는지요?"(Why then should witlesse man so much misweene / That nothing is, but that which he hath seene?)(2. proem.3.4-5). 여기서 "무지한 이들"을 대표하는 인물이 버글리임은 물론이다. 그는 여왕이 스펜서에게 하사한 연금이 너무 많다고 주장했던 재무대신이었던 까닭이다. 시인으로서 스펜서는 레스터(Leicester), 롤리(Raleigh), 에섹스(Essex) 등을 지지했지만 동시에 버글리와는 시종일관 대척점에 서 있었으며, 버글리 역시 언제나 여왕과 스펜서의 중간에 서서 시인에 대한 여왕의 호의를 반대한 것이 사실이다(Bednarz 83).

셰익스피어로서는 결혼식을 축하하는 공연에서 버글리를 잘난 척하면서도 문화에 대해서는 야만적일 정도로 무식하다고 공공연히 비난한 스펜서의 『뮤즈의 눈물』을 비하하여 웃음거리로 삼을 필요가 있었을 것으로 보인다. 『한여름 밤의 꿈』은 선대 시인인 초서의 『기사의 이야기』를 각색한 작품이기도 하지만, 당대의 경쟁자인 스펜서의 작품에 대한 패러디이기도 한 것이다.

셰익스피어가 자신의 작품에서 종종 스펜서의 『선녀여왕』을 차용하고 있다는 것은 많은 비평가들이 동의하고 있는 사실이다.[23] 1598-1600년 경 쓰인 작품으로 알려진 『헛소동』(Much Ado about Nothing)에서 최대의 위기는 클로디오(Claudio)가 자신의 정혼녀인 히로(Hero)의 정절을 의심하는 대목이라고 할 수 있다. 클로디오의 의심은 무대 밖의 에피소드로 인해서 확

---

23) 해리슨(Thomas P. Harrison Jr.) 812, 하이앗트(Kent A. Hieatt) 801, 브래들리(A. C. Bradley) 216-17을 참조할 것.

신으로 전환되는데 그 내용은 거짓 연극의 당사자인 보라키오(Borachio)의 대사를 통해 관객에게 전달된다.

> 하지만 알아두어야 할 것은 내가 오늘 밤에 히로 아가씨의 하녀인 마가렛에게 히로라는 이름을 부르며 구애했다는 것이야. 그녀는 주인아씨의 방 창문에게 내게로 몸을 기울이며 천 번이나 내게 작별을 고했거든ㅡ이거 이야기를 형편없이 하는군. 먼저 어떻게 영주님과 클로디오와 내 주인께서 내 주인이신 돈 존의 계략에 빠져 그분이 지정해준 장소에 서서 정원의 먼 발치에서 이 사랑스러운 장면을 보았다는 말을 했어야 했는데.

> But know that I have tonight woo'd Margaret, the Lady Hero's gentlewoman, by the name of Hero. She leans me out at her mistress' chamber-window, bids me a thousand times good night ㅡI tell this tale vilely; I should first tell thee how the Prince, Claudio, and my master, planted and plac'd and possess'd by my master Don John, saw afar off in the orchard this amiable encounter. (3.3.141-49)

보라키오의 연극을 본 클로디오는 그와 사랑을 나누는 여성이 히로라고 확신하게 되고, 자신의 결혼식장에서 히로를 탕녀라고 욕하면서 그녀를 버린다.

> 오, 히로, 그대의 외적인 우아함의 반만이라도
> 그대의 생각과 마음의 움직임에 담겨졌더라면
> 그대는 과연 전설적인 순결한 히로였을 것이오!
> 하지만 잘 가시오, 가장 더럽고 아름다운 이여! 안녕,
> 그대는 사악함이며 사악하게 순결하다오!
> 그대 때문에 나는 사랑으로 향한 문을 다 잠그고,
> 나의 두 눈꺼풀에는 의심을 걸어둠으로써
> 모든 미인에게 악의가 있을 것이라고 여기며
> 그들이 더더욱 우아하지 않을 것으로 여기겠소.

O Hero, what a Hero hadst thou been,
If half thy outward graces had been plac'd
About thy thoughts and counsels of they heart!
But fare thee well, most foul, most fair! Farewell,
Thou are impiety and impious purity!
For thee I'll lock up all the gates of love,
And on my eyelids shall conjecture hang,
To turn all beauty into thoughts of harm,
And never shall it more be gracious. (4.1.99-107)

심지어 그녀가 얼굴을 붉히는 것도 불륜을 증명하는 증거로 여기는 클로디오의 태도는 히로에게 사형선고나 다름없다. 히로는 바로 기절하고 만다. 베빙턴은 크로디오-히로의 에피소드가 감각적이고, 멜로드라마적이며, 비극적 가능성을 내포하고 있다고 진단하면서 이들이 작품의 주인공인 베네딕(Benedick)과 베아트리스(Beatrice)에 대한 "거울"(foil) 역할을 한다고 설명한다(292-93). 그런데 이 에피소드는 스펜서의 『선녀여왕』에서 차용된 것이다.

　『선녀여왕』 2권 칸토 4에서 오케이즌(Occasion)과 퓨러(Furor)를 사로잡은 절제(temperance)의 기사 가이언(Guyon)이 퓨러에게 붙잡혀 있던 페돈(Phedon)을 구출하고 그의 이야기를 듣게 되는데, 17연부터 36연까지 진행되는 페돈과 클래리벨(Claribell)의 이야기는 바로 자기 연인의 정절을 믿지 못하여 그녀를 죽이고 불행에 빠진 "믿음이 없는 어느 젊은이"(a faithlesse Squire)의 이야기이다. 페돈은 "고귀한 가문 출신이었을 뿐만 아니라, / 매우 높은 위치에 있었던, 한 아름다운 / 여성을 사랑하게 되었는데"(To love a Ladie faire of great degree, / The which was borne of noble parentage, / And set in highest seat of dignitee)(19.2-4), 결혼을 앞두고 친구인 필레몬(Philemon)의 음모에 빠져 자신의 여인이 다른 남성과 사랑을 나누는 장면을 목도하게 된다. 필레몬은 클래리벨의 하녀인 프리엔느(Pryene)를 부추겨 여주인의 복장을 하게 한 후 자신의 하인으로 변장하고 그녀와 사랑을 나눈 것이다.

> 그 처녀는 칭찬에 우쭐해지고 사랑에 미쳐서
> 그의 말을 들었고, 곧바로 그렇게 치장했지요.
> 그동안에 그 배반자는 자신의 교활한 계략을
> 제게로 돌려서 (자신이 이미 말했던 것처럼)
> 저를 안내하여 한 은밀한 장소에 데려다놓고
> **제 비극에 대한 슬픈 관람자**로 만들었습니다.
> 거길 떠난 그는 자신의 거짓 역할을 맡아서,
> 그가 제 사랑을 욕되게 하는 자라고 꾸몄던
> 바로 그 천박한 계층의 하인으로 자신을 변장했습니다. (필자 강조)

> The Maiden proud through prayse, and mad through love
> Him hearkned to, and soone her selfe arayd,
> The whiles to me the treachour did remove
> His craftie engin, and as he had sayd,
> Me leading, in a secret corner layd,
> **The sad spectatour of my Tragedie;**
> Where left, he went, and his owne false part playd,
> Disguised like that groome of base degree,
> Whom he had feignd th'abuser of my love to be. (27.1-9)

복수심에 불타는 그는 클래리벨을 다시 만나자마자 "격노한 손으로 순진무구한 그녀를 살해"(Wrathfull hand I slew her innocent)(29.4)하고, 하녀인 프리엔느를 다그친다. 그녀가 필레몬에 의해 모든 흉계가 기획되었다고 실토하자, 그는 필레몬에게 "치명적인 독약이 든 술을 주어 / 그의 죄악을 죄가 있는 액체로 씻어주고"(Of deadly drugs I gave him drinke anon, / And washt away his guilt with guiltie potion)(30.8-9), 마지막으로 프리엔느를 죽이고자 그녀를 뒤쫓게 되지만 오히려 퓨러에게 사로잡히게 된 것이다. 그 자신의 "비극에 대한 슬픈 관람자"가 된다는 점에서 페돈의 처지는 클로디오의 처지와 다르지 않다.

　비평가들은 이 에피소드의 원전이 아리오스토(Ludovico Ariosto)의 『격분한 올랜도』(*Orlando Furioso*)에 등장하는 아리오단테(Ariodante)와 기네브라(Ginevra)의 이야기이며, 스펜서가 페돈과 클래리벨로 영국에 처음 소개했고, 이를 다시 셰익스피어가 클로디오와 히로의 이야기로 각색했다는 사실에 대체로 동의하고 있다. 로렌스 류(Lawrence Rhu)는 페돈과 클로디오가 자기 연인이 부정을 저지르는 장면을 여성에 대한 남성위주적 해석을 바탕으로 이해했고, 그렇기 때문에 사실을 규명하는 노력을 포기하는 비극을 자처했다고 설명한다(175). 트레이시 세딩거(Tracy Sedinger)는 르네상스 시대의 문학이 순결하고 침묵하며 복종적인 여성이 이상적이라는 잘못된 견해를 정착시키는 데 일조하고 있다고 지적하고, 아리오스토의 경우는 음모의 참가자인 하녀가 이야기를 풀어가는 주체적 역할을 하는 데 반해 스펜서나 셰익스피어의 경우는 하녀의 역할을 크게 축소함으로써 하인 계급에 속하는 독신 여성을 이야기의 객체로 배제시키고 있다고 주장한다(191). 과연 스펜서의 작품에서 이야기의 주체는 속임을 당한 구애자, 즉 페돈이며 하녀인 프리엔느는 끝내 자기 목소리를 갖지 못한 채 작품에서 사라진다.

　한편 케이시 에반스(Kasey Evans)는 스펜서가 의도적인 잘못읽기(misreading)를 통해서 아리오스토의 이야기를 여성비하적으로 무대에서 재현하고 있다면서, 자신의 "비극에 대한 슬픈 관람자"가 된 페돈의 변명을 청자인 가이언과 팔머(Palmer)가 추상적인 알레고리로 해석함으로써 여성비하적인 잘못읽기를 완성하고 있다고 설명한다(272). 에반스에 따르면

『선녀여왕』 2권의 주인공인 가이언은 페돈의 에피소드를 제대로 읽는 데
실패한 독자인 셈이다. 페돈의 우화는 "여성화된 광경에 대한 남성적 특권
을 강요하는" 측면이 있는데 기사는 이를 제대로 읽어내지 못한다는 것이
다(Evans 275). 스펜서가 이야기의 주체를 하녀에서 당사자인 남성으로 바
꾼 것이 과연 여성비하적인 태도 때문인지는 분명치 않다. 하지만 잘못된
판단으로 연인과 친구를 죽인 페돈의 고백을 팔머는 절제에 대한 교훈으로
해석한다.

> 그러자 팔머가 말했다. 가장 불쌍한 인간은
> 애정에게 자신의 고삐를 내어주는 사람입니다.
> 애정이란 처음에는 희미하고 약한 것이지만,
> 그냥 내버려두면 곧 무서운 결과로 커지지요.
>
> Then gan the Palmer thus, Most wretched man,
> That to affections does the bridle lend;
> In their beginning they are weake and wan,
> But soone through suffrance grow to fearefull end. (4.34.1-4)

바로 전 장면에서 가이언이 오케이존과 퓨러를 상대할 때 모든 절제심을
잃고 광분한 것을 고려한다면 페돈의 이야기에 대한 팔머의 해석은 주인공
기사를 향한 충고라고 볼 수 있다.

하지만 셰익스피어의 『헛소동』에 등장하는 클로디오와 히로의 이야기
와 스펜서의 페돈 에피소드는 알레고리와 희극이라는 장르의 상이점 외에
도 여러 점에서 차이가 있다. 우선 스펜서의 작품에서는 음모를 꾸미는 필
레몬이 직접 프리엔느를 유혹하고 그녀와 정사를 나누는 반면, 셰익스피어
의 경우 돈 존(Don John)의 하인인 보라키오가 마가렛(Magaret)을 유혹한다.
악당이 사건을 꾸미고 자신의 의도한─클로디오가 히로를 버리도록 하는

―과정을 지켜보는 관객으로 남아 있다는 것이다. 또한 스펜서의 페돈은 연인을 직접 살해하고, 배반한 친구를 독살하며, 사건에 가담한 프리엔느까지 죽이려 하는 복수심에 불타는 무제절한 청년의 역할을 수행하는 반면, 셰익스피어의 클로디오는 여인의 미모와 사랑이라는 감정에 회의를 느끼며 연인과 헤어지는 길을 선택한다. 더구나 스펜서의 에피소드는 당사자인 페돈이 이야기를 끌어가는 자기 고백적 회상인 데 반하여, 셰익스피어의 희극에서 문제의 장면은 보라키오에 의해서 다분히 객관적으로 서술되고 있다. 이런 점에서 보면 셰익스피어의 클로디오와 히로의 이야기는 스펜서의 페돈보다는 오히려 레드크로스(Redcross)의 경험과 더욱 닮아 있다고 할 수 있겠다.

『선녀여왕』 1권의 주인공 레드크로스는 괴물 에러(Error)를 무찌르고 우나(Una)와 함께 아키마고(Archimago)의 집에서 하룻밤을 묵게 되는데, 마법사인 아키마고는 자신이 부리는 두 정령을 각각 우나와 젊은 시종으로 변신시켜 정사를 나누게 하고 잠자는 레드크로스를 깨워 그 장면을 보도록 한다. 자신의 비극을 보는 레드크로스는 격정에 휩쓸린다. "그 광경을 보게 되자, 그는 질투의 화염에 불탔고, / 격정으로 인하여 이성의 눈이 아주 멀어버렸으며, / 격렬한 분노에 휩쓸려 그들을 죽여버리려 하였다"(Which when he saw, he burnt with gealous fire, / The eye of reason was with rage yblent, / And would have slaine them in his furious ire)(1.2.5.7-9). 이성의 눈이 먼 레드크로스는 "제 죄악의 장면"(his guiltie sight)에 대한 괴로움과 번민으로 인하여 결국 우나를 버리고 홀로 길을 떠나는데, 해밀튼은 이 표현이 이중적 의미를 갖는다고 해석하고 있다(45 note). 레드크로스가 본 장면이 죄악이라는 의미와 함께 죄악은 사실상 객관적인 장면에 있다기보다는 기사 자신의 시선에 있다는 의미도 포함하고 있다는 것이다. 기사는 이미 잠들기 전에 거짓 우나의 육체적 유혹을 뿌리친 경험이 있고, 그 때문에

"숙녀가 그토록 경망스럽다는 생각에 매우 슬퍼하며"(Much griev'd to thinke that gentle Dame so light)(1.55.2) 잠을 설치고 있었다. 우나의 정절에 대한 의심이 이미 마음속에 깃들어 있었다는 뜻이다.

셰익스피어의 클로디오가 보았다고 추측되는 장면도 레드크로스의 경험과 크게 다르지 않다. 클로디오는 불륜의 장면을 보기 전에 이미 히로의 정절에 대한 의심을 품고 있었으며, 악당에 의해서 연출된 장면을 보고 쉽사리 자신의 의심을 확신으로 전환시킨다. 류의 지적처럼 그는 오셀로(Othello)의 희극적 동류라고 할 수 있다(184). 악당이 사건을 꾸미고 자신의 의도한 과정을 지켜보는 것이나, 당사자인 주인공이 헤어짐을 선택하는 것, 그리고 사건 자체가 객관적인 시점에서 서술되고 있다는 점을 고려하면 셰익스피어의 클로디오가 겪는 경험은 페돈만큼이나 레드크로스에서도 그 원형을 찾아야 할 것으로 보인다.

초서에서 스펜서로 이어지는 근세영문학의 전통은 셰익스피어에 이르러 꽃을 피웠다고 해도 과언이 아닐 것이다. 셰익스피어는 선대 시인들의 주제와 표현을 자유롭게 수용했지만, 동시에 어떤 것이든지 있는 그대로 활용하지 않고 그것들을 자기 속에서 되새김질하여 재현하고 있다. 그는 초서의 업적을 추앙하고 휴머니즘의 전통을 이어갔지만, 자신의 문학 정신과 시대정신에 따라 그것을 재구성하고 독창적으로 다시 꾸민다. 초서의 작품을 계승하면서도 그를 뛰어넘으려 했던 셰익스피어는 이야기꾼으로서 초서만큼, 또는 그보다 더 다양하고 흥미롭게 자신의 이야기를 창조하고 있다. 그는 시인으로서 스펜서를 존중했지만 그를 경쟁자로 받아들이고, 스펜서의 작품을 자신 안에서 재현했지만 동시에 그의 이야기들을 패러디하거나 변형시켰다. 그렇기 때문에 셰익스피어는 대부분 선대 작가들의 이야기들로 자신의 작품을 채우고 있으나 누구보다도 독창적이며, 오늘날까지 영문학에서 다른 누구도 넘볼 수 없는 독자적인 문학세계를 구축한 것이다.

『비너스와 아도니스』와 『선녀여왕』

셰익스피어가 위대한 극작가라는 사실은 반론의 여지가 없지만, 그가 시인으로서 더욱 인정받고 싶어 했다는 것도 역시 사실로 보인다. 시인으로서 그는 창의적이고 혁신적이며, 자신의 시 작품에 대한 자부심도 남달랐다. 셰익스피어 전집의 편집자인 베빙턴은 셰익스피어를 포함한 당대 시인이자 극작가들의 문학에 대한 일반적인 태도를 다음과 같이 설명하고 있다.

> 동시대 다른 극작가들도 마찬가지였지만 셰익스피어는 극작의 집필을 우아한 문학적 과업이라고 여기지는 않았던 것이 분명하다. 그는 자신이 극작에 소질이 있다는 것을 알고 있었고 극작가로서 명성을 떨친 것이 사실이기는 하지만 생전에 자신의 극작품의 출판에 관해서는 별로 신경을 쓰지 않았다. 그의 극작품에 대한 서문도 존재하지 않고, 자신의 극작품이 인쇄되는 것을 보았다는 아무런 증거도 없기 때문이다. 무대를 위한 각본을 쓰는 것은 오늘날 영화 대본을 쓰는 것처럼 이익이 남는 일이고 매혹적인 모험이기는 하지만 여전히 문학적 과업에는 미흡한 것이었다. 벤 존슨이 자신의 작품 모음집(대부분이 극작품이었는데)을 출판했을 때 과시욕이 지나치다는 비판을 받았던 것도 이 때문이었다. (1528)

이러한 상황을 고려하면 셰익스피어가 직접 챙기고 섬세하게 교정까지 한 것으로 보이는 『비너스와 아도니스』는 매우 흥미로운 작품이다. 1593년 출간된 작품은 사실상 셰익스피어의 첫 번째 출판물이기 때문이다. 작품은 역병 때문에 런던의 극장이 문을 닫았던 1592년 6월부터 1594년 5월 사이에 쓰인 것으로 추정된다. 당대 작품의 인기는 대단했던 것으로 보인다. 가브리엘 하비(Gabriel Harvey)는 동료에게 보내는 편지에서 지혜로운 사람들은 대체로 『루크리스의 능욕』이나 『햄릿』을 더 좋아하는 데 비해서 젊은이들은 『비너스와 아도니스』에 열광하고 있다고 말하고 있다(재인용 Bevington 1528).

셰익스피어는 이 작품을 쓸 때 스펜서의 『선녀여왕』을 염두에 두고 있었던 것이 분명하며, 작품에는 스펜서의 영향이 두루 나타나 있다. 스펜서의 작품에서 비너스와 아도니스의 신화를 다룬 장면은 두 곳이다. 둘 다 정절(chastity), 또는 사랑을 다루는 것으로 알려진 3권에 속해 있다. 첫 번째는 칸토 1에서 모험에 나선 브리토마트(Britomart)가 처음으로 방문하게 되는 "쾌락의 성"(Castle Joyeous)의 벽에 수놓인 그림이다. 5연에 걸친 그림에 대한 묘사는 "비너스와 한 송이 꽃으로 변해버린 그녀의 애인, / 저 아름다운 아도니스의 사랑 이야기"(The love of Venus and her Paramoure, / The fayre Adonis, turned to a flowre)(34.3-4)에 관한 것이다. 물론 그 내용은 오비드(Ovid)의 『변신』(*Metamorphoses*)에서 따온 것이다. 벽화는 매우 주의 깊게 배열되어 있다. 34연에서는 비너스와 아도니스의 만남, 35-37연은 여신의 적극적인 구애 행위, 38연에서는 아도니스의 부상과 죽음, 그리고 그의 변신을 묘사하고 있다. 흥미로운 것은 오비드의 비너스는 큐피드의 실수로 아도니스를 사랑하게 된다는 것이다.

> 큐피드가 어깨에 화살통을 메고 제 어머니에게 입맞춤을 하는 동안 자신도 모르게 삐쳐나온 화살로 그녀의 가슴에 상처를 냈다. 상처입은 여신은 아들을 밀쳐냈지만 그가 입힌 상처는 보기보다 깊었는데, 그녀는 처음에 그것을 몰랐다가 이제 인간의 아름다움에 사로잡혔다.

> For while the boy, Cupid, with quiver on shoulder, was kissing his mother, he innocently scratched her breast with a loose arrow. The injured goddess pushed her son away: but the wound he had given was deeper than it seemed, and deceived her at first. Now captured by mortal beauty.[24]

---

24) 오비드의 『변신』 텍스트는 안소니 클라인(Anthony Kline)의 영역본이며, 우리말 번역은 필자의 것이다.

또한 비너스는 멧돼지 등 야수를 조심하라고 아도니스에게 경고하지만 "용 감했던 그는 경고를 무시했다"(his courage defied the warning). 하지만 스펜 서의 벽화에는 그런 내용이 모두 생략된 채 여신과 소년 사이의 아름다운 사랑의 행위와 소년의 죽음만을 묘사하고 있다. 스펜서의 비너스와 아도니 스는—비록 비너스의 적극적인 구애 행위가 강조되고 있기는 하지만—근 본적으로 갈등이 없는 사랑에 초점을 맞추고 있다. "쾌락의 성"이라는 장소 의 이름과 그 주인인 "환희의 여주인"(Lady of delight)이라고 불리는 말레캐 스타(Malecasta)의 특성 때문일 것이다.

스펜서의 작품에서 두 번째로 비너스와 아도니스의 이야기가 등장하는 곳은 "아도니스의 정원"(Gardin of Adonis)이다. 칸토 6에서 비너스가 갓난아 기인 아모렛(Amoret)을 키우기 위해 데려간 곳인데 실제로 이 장소에 대한 묘사는 오비드의 이야기와는 별로 상관이 없는 듯 보인다. 이곳은 수많은 발가벗은 아기들이 "죄 많은 진흙"(sinfull mire)으로 된 옷을 입고 "유한한 세 상에 살도록"(to live in mortall stae) 내보내지는 곳이며, 그들이 죽은 후 다 시 돌아오게 되면, 또 다시 그 정원에 심기어서 "마치 육체의 부패나 죽음의 고통을 결코 / 겪어보지 못했던 것처럼 새롭게 자란다"(And grow afresh, as they had never seene / Fleshly corruption, nor mortall payne)(3.6.33.3-4). 아도 니스의 정원은 세상에 생명을 공급하는 영원무궁한 장소이다.

> 만물은 거기서 자신들의 원형을 따오고,
> 자신을 형성하는 물질을 빌려오는 것인데,
> 그것이 특정한 형체와 모습을 갖추게 되면
> 육체가 되고, 그러면 끔찍한 그림자로부터
> 빠져나와 생명의 상태로 들어가게 된다.
> 그 원료는 영원하며, 그 상태로 지속되어,
> 생명이 쇠퇴하고 형체가 허물어질 때에도

소진되지 아니하고, 무로 돌아가지 않으며,
다만 변화하여, 때때로 이렇게 저렇게 바뀔 뿐이다.

All things from thence doe their first being fetch,
And borrow matter, whereof they are made,
Which whenas forme and feature it does ketch,
Becomes a body, and doth then invade
The state of life, out of the griesly shade.
That substaunce is enterne, and bideth so,
Ne when the life decayes, and forme does fade,
Doth it consume, and into nothing goe,
But chaunged is, and often altred to and froe. (3.6.37.1-9)

스펜서의 설명에 의하면 영원할 것 같은 이곳도 "사악한 시간"(wicked Time)의 지배를 받는데, 시간에 대한 근심만 제외하면 낙원과도 같은 곳이다.[25] 아도니스의 정원이 오비드의 신화와 관련이 있는 부분은 비너스가 "종종 그곳에 머물면서 / 사랑하는 아도니스와 즐거움을 함께했고, / 분망한 소년이 주는 달콤한 쾌락을 취한다"(There wont fayre Venus often to enjoy / Her deare Adonis joyous company)(3.6.46.1-3)는 것과 여신이 아도니스를 죽인 멧돼지를 "그 산 아래 틈새에 있는 / 튼튼한 바위 동굴 안에 영원토록 단단히 가둬 놓았다"(In a strong rocky Cave, which is they say, / Hewen underneath that Mount)(3.6.48.8-9)는 대목뿐이다.

---

25) 아도니스의 정원이 시간의 지배를 받는다는 사실은 그동안 학자들 사이에서 논쟁의 대상이 되어왔다. 과연 시간이 정원 안에 있는 존재인지, 아니면 정원 밖에 있는 것인지는 분명치 않다. 정원은 불변의 지역이며 거기서 밖으로 나오는 생명은 그 순간부터 죽음을 향해 진행한다는 스펜서의 설명에 의하면, 정원은 그 자체로 시간의 지배를 받지 않는 것처럼 보인다. 하지만 동시에 스펜서는 정원에 있는 꽃들이 시간의 지배를 받는다고 분명하게 선언하고 있다. 어쩌면 형체(form)는 시간의 지배를 받지만 본질(matter)은 그렇지 않다는 말일 수도 있겠다.

작품에 드러나는 스펜서의 알레고리는 아도니스의 정원에 이르러 가장 정교하고 복잡한 형태를 갖는다. 그가 묘사한 아도니스의 정원은 궁극적으로 본질(matter)과 형태(form)의 논의라고 할 수 있다. 형태는 끊임없이 변화하며 재생하지만 본질은 불변이며 언제든지 변화하는 형태를 수용하는 생명의 근원이라는 것이다. 브렌츠 스털링(Brents Stirling)은 여기서 정원이 세상을 대변한다면, 아도니스는 형태의 원리이자 태양, 또는 사랑을 상징하며 비너스는 본질, 성적인 욕망과 재생을 상징하는 존재라고 설명하고 있다(534-35).

한편 에이브러햄 프란스(Abraham Fraunce)는 아도니스가 태양을, 비너스는 대지를, 멧돼지는 겨울을 대변하고 있다고 주장한다(45). 오비드의 『변신』에 묘사되는 죽음은 언제나 재생으로 귀결된다. 스펜서는 비너스와 아도니스의 전설에서 죽음과 재생의 주제를 읽고 있으며, 이를 아도니스의 정원에서 알레고리로 표현하고 있다. 앤더슨의 주장대로 아도니스의 정원은 무덤(tomb)이며 동시에 자궁(womb)이다(203). 비너스가 아도니스와 즐기는 "그늘진 곳 가장 깊숙한 은신처"(the thickest covert of that shade)는 바로 앞의 연에 묘사된, "그 낙원의 한가운데 우뚝 서 있는 웅장한 산"(Right in the middest of that Paradise, / There stood a stately Mount)(3.6.43.1-2)과 대비를 이룬다. 은밀한 은신처가 여성의 자궁을 연상시킨다면 우뚝 선 산은 남성성의 상징이다.

셰익스피어의 『비너스와 아도니스』는 1194행, 199연으로 이루어져 있다. 각 행은 약강오음보(iambic pentameter)이며 각 연은 예외 없이 ababcc의 각운(rhyme)을 가진다. 스펜서가 단 세 개의 각운만을 사용하여 『선녀여왕』을 집필한 것처럼 셰익스피어도 단 세개의 각운만을 사용하고 있다. 하지만 처음부터 셰익스피어의 아도니스는 스펜서의 아도니스를 닮았다기보다는 오히려 『선녀여왕』의 1권에 등장하는 아서나 3권의 마리넬(Marinell)을 닮은 모습으로 등장한다.

그는 "사냥을 좋아하고 사랑을 경멸하고 비웃기"(Hunting he lov'd, but love he laugh'd to scorn)(4) 때문이다. 아서는 "사랑이라는 그 허망한 이름과 연인으로서의 생을 시간의 낭비이며, 또한 도덕의 적이라고 여기면서 / 나는 항상 경멸했다"(that idle name of love, and lovers life, / As losse of time, and vertues enimy / I ever scornd)(1.9.10.1-3)고 고백하며, 마리넬은 "어여쁜 여성의 사랑으로부터 도망쳐 다녔다. / 그렇지만 어여쁜 많은 여인들은 그에 대한 / 사랑 때문에 죽어버릴 것 같다고 하소연했다"(And ever from faire Ladies love did fly; / Yet many Ladies faire did oft complaine, / That they for love of him would algates dy)(3.4.26.6-8). 셰익스피어가 강조하고 있는 성적인 환희에 대한 남성의 수줍음 또는 적극적인 거부는 그의 『비너스와 아도니스』와 이전의 작품들 사이에 존재하는 가장 큰 차이점이라고 할 수 있다. 물론 이러한 남성의 태도는 이후 그의 『소네트』(Sonnets)에서도 두드러지는 현상이다.

또한 셰익스피어의 비너스는 스펜서가 묘사한 비너스만큼 육감적이고 다정한 연인이지만 사랑에 대해서는 훨씬 더 적극적이고 지배적인 존재로 묘사된다. 사랑의 열정에 사로잡힌 여신은 처음부터 아름다운 소년을 납치하는 적극성을 보인다.

> 한 팔로는 거친 말의 고삐를 쥐고,
> 다른 팔로는 여린 소년을 안았는데,
> 그는 무심한 경멸감에 얼굴을 붉히고
> 욕망도 없이 화를 내며 벗어나려 했다.
> 그녀는 타는 석탄불처럼 빨갛게 달궈졌고,
> 그는 수치심에 빨개졌으나 욕망은 얼어붙었다.

Over one arm the lusty courser's rein,
Under her other was the tender boy,
Who blush'd and pouted in a dull disdain,
With leaden appetite, unapt to toy;
She red and hot as coals of glowing fire,
He red for shame, but frosty in desire (31-36)

이후 아도니스를 대하는 비너스의 태도는 거의 강압적이며 소년으로서는 도저히 거부할 수 없는 폭력에 가까운 모습이다. 한편 스펜서의 쾌락의 성 벽화에 묘사된 비너스는 따스한 연인, 또는 어머니의 모습에 가까우며, 아도니스가 그녀의 사랑을 거부하는 모습은 찾아볼 수 없다. 그녀는 "그를 비밀스러운 그늘로 이끌어 가고 있는데, / 거기서 그녀는 그에게 잠이 들거나 어느 은밀한 / 숲속 빈터에 있는 샘에서 목욕하도록 부드럽게 속삭인다"(Now leading him into a secret shade . . . Where him to sleepe she gently would perswade, / Or bethe him in a fountaine by some covert glade)(3.1.35.6-9). 또한 아도니스의 정원에 있는 비너스도 "분망한 소년이 주는 달콤한 쾌락을 취한다"(to enjoy Her deare Adonis joyous company)(3.6.46.3). 하지만 셰익스피어의 비너스는 폭력전인 여전사의 모습으로 등장한다. 그녀의 이런 모습은 어디에서 온 것인가?

『선녀여왕』 3권 칸토 7에서 새터레인(Satyrane)은 우연히 한 거대한 여성 거인을 만나게 되는데 그녀는 아간테(Argante)라고 불린다. 그녀에게 납치 당했다가 풀려난 귀부인의 시종에 의하면 그녀는 타이탄과 대지의 딸로서 욕정의 상징이다. 그녀는 "제 욕정을 채워주기에 적당한 자를 찾으면 / 자신이 가장 신뢰하는 막강한 힘을 통해서 / 그를 납치하여 한 은밀한 섬으로 간다"(Whom so she fittest finds to serve her lust, / Through her maine strength, in which she most doth trust, / She with her brings into a secret Ile)

(3.7.50.4-6). 새터레인이 그녀를 처음 보았을 때 그녀는 제 욕망의 포로로 삼기 위하여 귀부인의 시종을 낚아채서 말 위에 얹고 있었다. 셰익스피어의 비너스가 아도니스를 잡아채는 것과 같은 행동이다. 셰익스피어는 내키지 않아 하는 소년에게 입맞춤을 퍼붓는 여신의 모습을 먹이를 잡은 배고픈 독수리에 비유하고 있다.

> 배고픔에 예민해진 굶주린 독수리가
> 부리로 깃털과 살과 뼈를 찢어가며
> 배가 채워지거나 먹이가 없어질 때까지
> 날개를 흔들며 황급히 삼켜대는 것처럼
> 그렇게 그의 이마와 뺨과 턱에 입맞추고
> 입맞춤이 끝난 곳에서 또 다시 시작한다.

> Even as an empty eagle, sharp by fast,
> Tires with her beak on feathers, flesh, and bone,
> Shakeing her wings, devouring all in haste,
> Till either gorge be stuff'd or prey be gone,
> Even so she kiss'd his brow, his cheek, his chin,
> And where she ends she doth anew begin. (55-60)

그런데 귀부인의 시종을 납치하는 스펜서의 아간테도 같은 방식으로 묘사되고 있다.

> 마치 떨고 있는 산비둘기를 움켜쥐고 있는
> 참매 한 마리가 높은 곳에서 독수리가
> 깃털 달린 날개로 희박한 공기를 가르며
> 있는 힘을 다해 내리꽂아 오는 것을 보고
> 맹렬히 화를 내며 제 먹이를 땅에 내던지고
> 전투에 대비하여 제 자신을 추스르는 듯이.

Like as a Goshauke, that in foote doth beare

A trembling Culver, having spide on hight

. An Egle, that with plumy wings doth sheare

The Subtile ayre, stouping with all his might,

The quarrey throwes to ground with fell despight,

and to the battell doth her selfe prepare. (3.7.39.1-6)

물론 스펜서의 아간테는 자신의 먹이를 포기하고 독수리와의 전투에 임하는 참매에 비유되고 있기 때문에, 자신의 먹이를 탐식하는 셰익스피어의 비너스와는 다른 맥락인 것이 사실이다. 하지만 귀부인의 시종을 납치하는 대목이나 야수에 비유되는 아간테의 모습은 셰익스피어의 비너스가 가진 배경을 드러내 보여주기에 충분하다.[26)

스펜서의 작품에서 사랑하는 여성이 폭군이나 야수에 비유되는 것은 어렵지 않게 찾아볼 있다. 『아모레티』 1번에서 시인은 사랑하는 여성을 떨고 있는 포로를 바라보는 승자에 비유하고 있으며, 11번에서는 그녀가 "무서운 자신의 의도대로 탐욕스럽게 / 내 목숨을 가차 없는 전리품으로 여긴다"(But greedily her fell intent poursewth, / Of my poore life to make unpitteid spoile)고 한탄하고 있다. 20번에서 그녀는 사로잡힌 양을 거침없이 잡아먹은 야수에 비유되고 있고, 47번에서는 자신의 아름다운 미소에 현혹된 희생물을 잔인하게 잡아먹는 존재로 묘사된다.

그처럼 그녀는 매혹적인 미소로 연약한 마음을

제 사랑으로 인도하고 그들을 파멸로 이끄는데,

그들을 사로잡아 그녀는 잔인한 교만으로 죽이고

불쌍한 먹잇감을 마음껏 잡아먹는다.

---

26) 앤더슨은 아간테라는 이름이 아서왕의 전설에서 상처를 입은 아서가 실려 가는 섬의 주인인 요정의 여왕에서 온 것이라고 밝히고 있다(212).

So she with flattring smyles weake harts doth guyde
Unto her love and tempte to theyr decay,
Whome being caught she kill with cruell pryde,
And feeds at pleasure on the wretched pray.

그리고 56번에서 그녀는 연약한 짐승을 덮치는 피에 굶주린 호랑이로 그려진다. "탐욕스러운 호랑이가 피에 굶주려 있다가 / 우연히 연약한 짐승을 만나게 되면 / 그에게 무서운 태도로 달려들듯이"(As is a Tygre that with greedinesse / Hunts after bloud, when he by chaunce doth find / A feeble beast, doth felly him oppresse). 물론 사랑을 노래하는 소네트에서 사랑하는 여인이 야수에 비유되고 시인 자신이 연약한 먹이나 희생자로 묘사되는 것은 페트라르크적(Petrarchan) 전통이며, 스펜서의 『아모레티』는 이러한 전통을 충실히 따르고 있는 것으로 보인다. 하지만 셰익스피어는 여성인 비너스를 사랑에 대해 적극적이고 역동적인 존재로 제시하고 있다. 1194행의 작품 안에서 화자의 설명은 570행을 차지하고 있는 데 반해서 아도니스의 대사는 87행, 그리고 비너스의 대사는 537행에 이른다. 작품에서 비너스의 주도적인 역할을 반증하는 것이다. 야수에 비유되는 비너스에 반해, 아도니스는 "그물에 사로잡힌 새처럼 그녀의 팔에 꼭 붙잡혀 있는"(a bird lies tangled in a net, / So fast'ned in her arms)(67-68) 힘없는 희생물의 모습을 하고 있다.

비너스와 아도니스는 사랑에 대해 서로 대조적인 태도를 상징하는 존재라고 할 수 있다. 비너스는 순간의 쾌락을 만끽하는 태도, 즉 '카르페 디엠'(carpe diem)을 대변하고 있다. 그녀는 말한다 "시간을 이용하고 기회를 놓치지 말아요. / 아름다움 그 자체를 낭비해서는 안 돼요"(Make use of time, let not advantage slip; / Beauty within itself should not be wasted)(129-30). 비너스에 의하면 사랑은 자연의 섭리이며 인간의 의무이다. 그런데 비너스의 이와 같은 태도는 스펜서의 페드리아(Paedria)에서 그 원형을 찾을 수 있다.

『선녀여왕』 2권 칸토 6에 등장하는 페드리아는 쾌락이 자연의 섭리라는 주장을 대변한다. 그녀는 말한다.

> 그렇다면 대체 어찌하여, 이것들 모두와 또한
> 존귀한 자연의 주인이 되시는 그대, 인간이여,
> 그대는 스스로를 비참한 노예 신세로 만들고,
> 흥겨운 시간을 불필요한 고통으로 낭비하면서,
> 위험과 허망한 모험을 찾아다닌다는 말입니까?
> 쓰지 않는다면 모두 가지고 있어서 뭐합니까?

> Why then does thou, O man, that of them all
> Art Lord, and eke of nature Soveraine,
> Wilfully make thy selfe a wretched thrall,
> And wast thy joyous houres in needlesse paine,
> Seeking for daunger and adventures vaine?
> What bootes it all to have, and nothing use? (2.6.17.1-6)

그러나 절제의 기사인 가이언은 "그러한 것들이 정숙한 여흥의 한계를 넘어서자, / 그녀의 유희를 경멸했고, 음탕한 짓을 못하게 했다"(And passe the bonds of modest merimake, / Her dalliance he despisd, and follies did forsake) (2.6.21.8-9). 여기서 가이언이 보여주는 절제는 셰익스피어의 아도니스의 태도에서도 확인된다. 아도니스는 비너스의 태도가 "기묘한 변명"(strange excuse)이며 "이성이 제멋대로인 욕정의 앞잡이 노릇을 하고 있다"(reason is the bawd to lust's abuse)고 단정하면서, 사랑과 욕정을 구별한다.

> 사랑은 비온 후의 햇볕 같이 위로하지만
> 욕정의 효과는 햇볕 후에 오는 태풍 같아요.
> 사랑의 온유한 봄은 언제나 상큼하지만

욕정의 겨울은 여름이 지나기도 전에 오지요.

사랑은 질리지 않지만, 욕정은 탐식처럼 사라지죠.

사랑은 모든 진리인데, 욕정은 날조된 거짓으로 가득해요.

Love comforteth like sunshine after rain,

But Lust's effect is tempest after sun;

Love's gentle spring doth always fresh remain,

Lust's winter comes ere summer half be done.

Love surfeits not, Lust like a glutton dies;

Love is all truth, Lust full of forged lies. (799-804)

베빙턴은 비너스가 성적 열정과 죽음을 극복하는 영원한 사랑을 대변하고 있는 반면, 아도니스는 인간의 욕정을 다스리는 "이성적인 원칙"(rational principle)을 대변하고 있다고 주장한다(1529). 과연 아도니스의 태도는 이성적인 사랑에 대한 강조라고 할 수 있겠다. 사실상 이성이 사랑을 통치해야 한다는 사고는 르네상스 시대 문학작품에서 흔히 드러나는 것이기도 하다.

하지만 스펜서는 특히 진정한 사랑과 음란한 욕정을 구분하기를 강조했고, 그의 도덕적 알레고리인『선녀여왕』은 귀족의 자제들을 올바른 길로 인도하고자 하는 의도가 중심에 있는 훈육서(courtesy book)에 속하는 작품이다. 사랑을 다루는 3권의 처음부터 시인은 사랑과 욕정을 엄격히 구분한다. 말레캐스타를 소개하면서 시인은 욕정과는 달리 "사랑은 언제나 관대한 행동을 불러오게 되며, / 온화한 마음속에 명예에 대한 욕구를 키워야 하는 법"(For love does alwayes bring forth bounteous deeds, / And in each gentle hart desire of honour breeds)(3.1.49.8-9)이라고 훈계하고 있다. 칸토 2에서는 브리토마트가 거울에서 본 아테걸(Artegall)의 모습을 못 잊어 괴로워하자 유모는 그것이 "다정한 것과 반대되는 지저분한 욕정일까 봐"(Of filthy lust, contrarie unto kind)(40.4) 걱정했다고 토로한다. 브리토마트의 마음속에 깃든 것이 욕정이 아니라 사랑이어서 다행이라는 것이다. 둘은 그러한 사랑을 찾아 여행을 떠난다. 그리고 칸토 3의 서두에서 시인은 직접 사랑이 무엇인지, 그것이 욕정과 어떻게 다른지 설명하고 있다.

> 살아 있는 가슴 속에 힘차게 불타는 숭고한
> 불길은 태초에 천상에서 영겁의 천체와
> 찬란한 하늘을 밝혔고, 그로부터 인간에게
> 퍼부어져 사람들은 이를 사랑이라 부르니.
> 야비한 마음에 저급한 감정들을 부추기고
> 더러운 욕정을 타오르게 하는 감정과 달리,
> 진정한 아름다움을 흠모하고 미덕을 소중한
> 연인으로 선택하는 달콤한 열정을 가리키는데,
> 모든 숭고한 행동과 영원한 명예가 그로부터 솟아나온다.

> Most sacred fire, that burnest mightily
> In living brests, ykindled first above,
> Emongst th'eternall spheres and lamping sky,
> And thence pourd into men, which men call Love;
> Not that same, wich doth base affections move
> In brutish minds, and filthy lust inflame,
> But that sweet fit, that doth true beautie love,
> And choseth vertue for his dearest Dame,
> Whence spring all noble deeds and never dying fame. (1.1-9)

하지만 과연 셰익스피어의 아도니스가 이성적 사랑을 대변하여 비너스의 육체적인 욕망을 극복하는 것인가? 루 피어슨(Lu Emily Pearson)은 비너스가 육체적 사랑의 파괴성을 대변하는 한편, 아도니스는 사랑에 내재된 이성을 대변한다고 전제하고 아름다움을 상징하는 아도니스의 죽음으로 이성을 잃은 세상은 검은 혼돈으로 가득차게 된다고 설명하고 있다(285). 하지만 그렇다면 비너스의 욕정을 거절하는 아도니스는 왜 죽는 것일까? 셰익스피어는 비너스의 구애를 부정적으로 본 것일까?

사실상 셰익스피어가 욕정을 포함한 육체적 사랑을 부정적으로 보고 있다는 증거는 어디에도 없다. 작품에서 드러나는 비너스의 역동성과 적극성, 그리고 시어의 아름다움을 고려하면 오히려 그녀가 바람직한 삶의 에너지를 발산하고 있으며, 셰익스피어가 이에 동의하고 있다는 것을 알 수 있다. 사랑을 거절하는 아도니스에 대한 비너스의 설득은 인생의 아름다움이 영원함을 얻기 위해서는 사랑을 통해 후대에 전하는 것이라는 중요한 주제를 담고 있다. 비너스는 말한다.

> 그대가 생육으로 대지를 먹이지 않을 테면
> 그대는 왜 대지의 수확물을 먹고 사는가?
> 자연의 법칙에 의해 그대는 생식해야 하며
> 그대 자신이 죽더라도 그대는 살 수 있지.
> 그대와 닮은 이를 계속 살도록 남겨둠으로써
> 그대가 죽더라도 그대는 살아남는 것이니까.

> Upon the earth's increase why shouldst thou feed,
> Unless the earth with thy increase be fed?
> By law of nature thou art bound to breed,
> That thine may live when thou thyself art dead;
> And so, in spite of death, thou does survivie,
> In that thy likeness still is left alive. (169-74)

르네상스 시대의 시 문학에서 유한한 인간이 영원을 누리는 방법으로 두 가지가 흔히 거론된다. 하나는 예술을 통하여 영원에 이르는 방법이고, 다른 하나는 후손을 남기는 방법이다. 이와 같은 아이디어는 사실상 셰익스피어의 『소네트』를 관통하고 있는 주제 중 하나이기도 하다.

셰익스피어에게 사랑의 여신인 비너스는 생명의 원천이며 아름다움을 품고 보호하는 어머니 같은 존재로 보인다. 스펜서의 작품에서도 비너스는 종종 어머니의 모습으로 등장한다. 테레사 크리에(Theresa M. Krier)는 스펜서의 『선녀여왕』의 벨피비와 아모렛을 통하여, 그리고 『양치기 달력』(*The Shepheardes Calender*)의 일라이자(Eliza)를 통하여 엘리자베스 여왕을 성모 마리아(St. Mary)처럼 표현하고 있으며, 이는 가톨릭에서 모성의 상징인 마리아를 프로테스탄트(protestant)적 형상으로 바꾸어 놓은 것이라고 주장한다(297). 셰익스피어의 『비너스와 아도니스』에서 비너스가 아도니스에게 "나는 공원이 될 터이니 그대는 내 사슴이 되어요"(I'll be a park, and thou shalt be my deer)(231)라고 말할 때 그녀는 욕정에 가득 찬 연인이라기보다는 생명을 품는 자연의 모습을 하고 있다.

> 이 경계선 안에 충분한 휴식이 있어요,
> 달콤한 계곡의 풀과 드높고 즐거운 들판,
> 둥글게 솟아오른 언덕, 거칠고 어두운 숲이 있어
> 그대를 폭풍과 빗줄기로부터 보호해줘요.
> 그러니 내 사슴이 되어요, 나는 그런 공원이니까.

> Within this limit is relief enough,
> Sweet bottom-grass and high delightful plain,
> Round rising hillocks, brakes obscure and rough,
> To shelter thee from tempest and from rain.
> Then be my deer, since I am such a park. (235-39)

스펜서의 아도니스의 정원에서 비너스가 아도니스와 사랑을 나누는 장소는 이와 매우 흡사하다. 3권 칸토 43-44에 묘사된 그 낙원의 정중앙에는 웅장한 산이 우뚝 서 있고, 그늘진 곳 가장 깊숙한 은신처에는 즐거운 쉼터가 있어서, 피버스의 빛살도 그 사이로 내리쬘 수 없었고, 에올러스의 매서운 광풍도 전혀 해를 끼칠 수 없는 곳인데, 비너스는 여기서 아도니스와 영원한 사랑을 나누고 있다. 물론 셰익스피어의 비너스가 묘사한 "언덕"과 "숲"은 성적인 이미지가 강하게 드러난다. 스펜서의 "우뚝 선 웅장한 산"과 "깊숙한 은신처"도 마찬가지다.

스펜서나 오비드의 원작에는 없지만 『비너스와 아도니스』에서 벌어지는 독특한 사건 중 하나는 아도니스의 말이 암말을 발견하고 암말을 따라 도망쳐버리는 장면이다. 마치 주인인 아도니스를 비난이라도 하는 듯이 그의 말은 암말을 발견하고 "두 눈에 불길처럼 빛나는 오만함을 가지고 / 뜨거운 열정과 높은 욕망을 보여주면서"(His eye, which scornfully glisters like fire, / Shows his hot courage and his high desire)(275-76) 그녀를 향해 다가간다. 하지만 암말은 수말의 욕정을 무시하고 거절한다. "그녀는 무관심한 모습을 한 채, 쌀쌀하게 / 그의 사랑을 물리치고 그의 다정한 포옹을 / 뒷발로 차며 그가 느끼는 열정을 비웃었다"(She puts on outward strangeness, seems unkind, / Spurns at his love and scorns the heat he feels, / Beating his kind embracements with her heels)(310-12). 여기 등장하는 암말은 전형적인 페트라르크적 소네트에서 여성이 취하는 방식이다. 남성을 딱히 거절하지 않으면서도 남성의 접근을 거부하고, 또한 동시에 남성이 풀이 죽거나 성이 나면 또 다시 누그러지는 모습이다. 결국 아도니스의 말은 숲으로 달아나는 암말을 따라 사라져 버린다.

말들의 행동은 자연스러운 사랑의 모습이 어떤 것인지를 아도니스에게 보여주는 듯하다. 말이 인간의 이성적 통제와 욕정을 설명하는 비유로 쓰인 것은 스펜서의 작품에서도 나타난다. 『선녀여왕』 4권에서 아테걸은 자신의 배필인 브리토마트를 만나고 갑작스러운 사랑에 빠진다. 그런데 스펜서는 기사의 모습을 억누르기 힘든 말에 대한 통제에 비유하고 있다. 그는 엄격한 그녀의 모습을 보고 자신의 욕망을 억누른다.

> 자신의 방황하는 망상을 누르고
> 난잡한 생각을 합법적 경계 속에 가두었다.
> 그렇지만 욕정은 더욱 더 격렬하게 커졌다,
> 마치 강력한 손길로만 통제할 수 있는 고집 센 말처럼.

> That it his ranging fancie did refraine,
> And looser thoughts to lawfull bounds withdraw;
> Whereby the passion grew more fierce and faine,
> Like to a stubborne steede whom strong hand would restraine. (4.6.33.6-9)

도로시 스티븐스(Dorothy Stephens)에 의하면 여기서 "고집센 말"은 『파에드루스』(*Phaedrus*)에서 플라톤(Plato)이 든 비유로서, 인간의 이성은 말을 모는 마부인데 서로 어울리지 않는 두 마리의 말을 한 팀으로 조화시켜야 하는 것이 그의 임무이다(345). 그중 하나는 고귀한 말, 즉 영혼이고, 다른 하나는 제멋대로인 말, 즉 욕정(appetite)이며, 플라톤에 의하면 사랑에 빠진 인간은 제멋대로인 말의 충동을 다스리고 억제하여 사랑하는 사람을 존경으로 대해야 한다는 것이다(345 note). 아테걸의 욕정이 말에 비유되고 있는 것이다. 그렇다면 셰익스피어가 묘사하는 아도니스의 말도 바로 통제할 수 없는 욕정을 대변하는 존재라고 할 수 있겠다.

사랑에 대한 아도니스의 태도는 무관심이다. 그는 사랑이 "죽음 속에 있는 삶"(life in death)에 다름 아니며 자신에게는 어울리지 않는 의복이라고 말한다.

누가 완성되지도 않고 형체도 없는 옷을 입겠어요?
누가 잎새도 나오기 전에 싹을 따겠어요?
피어오르는 것을 조금만 손상시켜도,
한창 때에 아무 가치도 없이 시들어버려요.

Who wears a garment shapeless and unfinish'd?
Who plucks the bud before on leaf put forth?
If springing things be any jot diminish'd,
They wither in their prime, prove nothing worth. (415-18)

그는 차라리 사랑이 멧돼지라면 사랑을 찾아다니겠다고 공언한다. 사랑을
거절하는 아름다움이 필연적으로 맞게 될 결과는 죽음일 것이다. 셰익스피
어가 『소네트』에서 사랑을 거절하는 미모의 젊은이에게 죽음을 극복하는
방도로 제시한 것이 사랑과 예술인 점을 생각하면 아도니스의 죽음은 사랑
에 대한 그의 태도에 이미 노정되어 있다고 할 수 있다. 비너스는 아도니스
의 죽음을 예언한다. "내 살아있는 슬픔이여, 그대의 죽음을 예언하노니 /
내일 그대가 멧돼지와 마주치게 된다면"(I prophesy thy death, my living
sorrow, / If thou encounter with the boar tomorrow)(671-72).

앞서 필자는 아도니스의 사랑에 대한 태도가 선녀여왕을 만나기 전의
아서 왕자나 여성에 대한 사랑을 거부하는 마리넬과 닮았다고 설명한 바
있다. 아서는 꿈에서 선녀여왕을 만나 인생의 목적을 찾았으나, 마리넬은
"사랑의 적"(love's enemy)이 되었다. 그는 브리토마트와 마주쳐 그녀의 창
에 치명적인 상처를 입고 쓰러진다. "결국 해변의 모래 위로 처참하게 넘
어지며, / 그는 뭉치처럼 고꾸라져 자신의 피 속에 뒹굴었다"(Till sadly
soucing on the sandie shore, / He tombled on an heape, and wallowd in his
gore)(3.4.16.8-9). 셰익스피어의 아도니스도 자신의 피 속에 뒹굴고 있는
모습으로 비너스에게 발견된다.

멧돼지가 뚫어놓은 커다란 상처로 인해
백합처럼 하얀 그의 연약한 옆구리에서
상처로 울어버린 진홍빛 눈물로 흠뻑 젖어 있었다.
주변의 꽃과 잎과 풀과 나뭇잎과 잡초는 모두
그의 피를 훔쳐서 그와 함께 피 흘리는 듯 했다.

Upon the wide wound that the boar had trench'd
In his soft flank, whose wonted lily white
With purple tears, that his wound wept, was drench'd.
No flow'r was nigh, no grass, herb, leaf, or weed,
But stole his blood and seem'd with him to bleed. (1052-56)

브리토마트의 창과 멧돼지의 엄니는 남근의 상징으로 볼 수 있는데, 여성
의 사랑에 냉담한 마리넬과 아도니스가 그 대가로 남근에 의해 죽음에 이
른다는 설정은 아이러니컬하다. 비평가들은 멧돼지의 엄니가 육체적 욕망
을 대변한다는 데 대체로 동의하고 있다(Bevington 1529; Hamilton 6). 사랑
을 거절하는 마리넬이 사랑을 찾아 나선 브리토마트의 창에 의해 쓰러진다
는 설정은 매우 흥미롭다. 셰익스피어의 비너스에 의하면 아도니스의 죽음
도 사랑에 눈이 어두운 멧돼지의 실수였기 때문이다. 비너스는 멧돼지가
아도니스를 사랑하여 그에게 입맞추려다가 부지불식간에 그를 죽였다고
말한다. "내가 멧돼지 같은 엄니를 가졌다면 고백하건대, / 나도 그에게 입
맞추려다가 그를 먼저 죽였을 거야"(Had I been tooth'd like him, I must
confess, / With kissing him I should have kill'd him first)(1117-18). 사랑을 거
절하는 자의 죽음이 필연이라면, 그것이 열렬히 사랑을 추구하는 존재에
의한 것이어야 한다는 비너스의 해석은—비록 자기 위로에 가까운 것이기
는 하지만—의미 있는 것이다.
　　앤더슨은 『선녀여왕』 2권에서 절제의 기사 가이언이 무찔러야 하는 궁

극적인 적으로 등장하는 아크레시아(Acrasia)가 색욕적이고, 관음증을 가진 어머니의 모습이라는 점에서 쾌락의 성 벽화에 그려진 비너스와 유사하고, 아도니스의 정원에서 묘사된 지배적이고 자족적인 비너스와 함께 셰익스피어의 『비너스와 아도니스』와도 즉각적이고 주제적인 상관관계를 갖는다고 주장하고 있다(209). 또한 어머니와 연인의 역할을 수행하는 처녀 여왕의 대리자, 벨피비가 멧돼지 창과 화살로 무장한 색욕적인 악당들에게 상처를 입은 티미아스를 보살펴주는 장면은 비너스와 아도니스의 관계에 대한 암시라고 설명한다(Anderson 210). 과연 죽어가는 티미아스에 대한 묘사는 아도니스의 죽음에 대한 서술과 같은 맥락에 있는 것처럼 보인다.

> 그의 머리타래는 땅에 떨어진 낙엽처럼
> 여기저기 거칠게 흐른 피가 엉겨 있었고
> 그의 부드러운 입술은, 예전에는 젊음의
> 꽃봉오리가 아름답게 피어나고 있었지만,
> 장밋빛 홍조를 잃고서 창백하게 시들어가고 있었다.

> His locks, like faded leaves fallen to grownd,
> Knotted with bloud, in bounches redely ran,
> And his sweete lips, on which before that stownd
> The bud of youth to blossome faire began,
> Spoild of their rosie red, were woxen pale and wan. (3.6.29.5-9)

벨피비와 티미아스의 관계는 비너스와 아도니스의 관계와는 대조적인 것은 사실이다. 모든 사랑을 거절하고 사냥에 탐닉하는 것은 벨피비이며, 티미아스는 그녀를 보자마자 사랑에 빠지지만 감히 자신의 사랑을 고백하지 못하고 시들어가는 존재로 등장하기 때문이다. 하지만 여기서 티미아스가 시들어가는 꽃에 비유되고 있다는 점을 고려하면 아도니스의 죽음을 묘사한 셰익스피어와의 연관성을 유추하기는 어렵지 않다.

흥미로운 것은 아도니스의 죽음을 아름다움의 소멸로 해석하는 비너스의 예언이다. 아름다움이 사라졌으니 앞으로 모든 사랑에는 즐거움보다는 고통이 더 클 것이라는 비너스의 예언은 낙원을 잃고 타락한 세상을 사는 연인들의 현실에 대한 셰익스피어의 진단이라고 할 수 있겠다.

> 그대가 죽었으니, 보라, 내 예언하노니,
> 이제부터는 사랑에 슬픔이 따를 것이다.
> 질투가 사랑 곁에서 대기하고 있을 것이며,
> 시작은 달콤하나 씁쓸하게 끝날 것이고,
> 똑같은 사랑은 없이 높거나 낮거나 간에
> 모든 사랑의 즐거움은 괴로움보다 크지 않으리.
> ．．．
> 죽음이 내 사랑을 한창 때에 파괴했으니,
> 최선의 사랑도 그것을 즐기지 못할 것이다.

> Since thou art dead, lo, here I prophesy:
> Sorrow on love hereafter shall attend.
> It shall be waited on with jealousy,
> Find sweet beginning, but unsavory end,
> Ne'er settled equally, but high or low,
> That all love's pleasure shall not match his woe.
> ．．．
> Sith in his prime Death doth my love destroy,
> They that love best their loves shall not enjoy. (1135-64)

이제 이후로는 사랑이 순순한 즐거움이나 아름다움으로 남지 못하고 갈등과 분쟁, 부조리와 불평등의 원인이 된다는 것이다. 비너스의 예언에 따르면 세상에서의 사랑은 "변덕스럽고, 불성실하며, 거짓으로 가득 찬"(fickle, false, and full of fraud) 것으로서 "인색함과 방종을 동시에 부추기고"(It shall be sparing and too full of riot), 이유없는 의심의 원인이 되며, 불화와 전쟁을 일으키는 동기가 된다. 아름다움의 파괴가 혼돈(chaos)의 원인이 된다는 아이디어는 스펜서의 『선녀여왕』에서도 쉽게 찾아볼 수 있다. 아도니스의 죽음을 슬퍼하는 비너스의 태도는 사랑을 거절하다가 죽음을 맞은 아들을 보는 시모엔트(Cymoent)의 한탄과 맥을 같이한다. 그녀는 부조리한 현실을 직시한다. "사랑한 자는 살고 / 오히려 죽은 자는 사랑도 증오도 하지 않았네"(they that love doe live, / but they that dye, doe nether love nor hate) (3.4.37.5-6). 이어지는 그녀의 탄식이 드러내는 상실과 슬픔은 그 감정의 깊이와 애절함에서 아도니스를 잃은 비너스의 한탄과 크게 다르지 않다.

> 오, 결코 죽을 수 없는 존재로 태어난
> 불멸의 자손이라는 것이 무슨 소용이랴?
> 고뇌와 애절한 불행으로 시들어 가느니
> 얼른 죽는 편이 훨씬 좋은 것 같구나.
> 죽는 자는 극심한 슬픔을 견디어내지만,
> 산 자는 상실감 때문에 통곡해야만 하니,
> 그처럼 삶은 상실이고 죽음은 행복이구나.
> 슬픈 삶은 즐거운 죽음만 못하고, 친구의
> 무덤을 보느니 스스로 무덤에 드는 것이 낫겠다.

> O what availes it of immortall seed
> To beene ybredd and never borne to dye?
> Farre better I it deeme to die with speed,
> Then waste in owe and waylfull miserye.
> Who dyes the utmost dolor doth abye,
> But who that lives, is lefte to waile his losse;
> So life is losse, and death felicity,

Sad life worse then glad death; and greater crosse
To see frends grave, then dead the grave self to engrosse. (3.4.38.1-9)

아름다움의 파괴로 인해서 인간이 낙원을 상실했다는 스펜서의 생각은『선녀여왕』4권에도 드러난다. 칸토 8에서 화자는 인류가 고대의 황금시대 (golden age)에서 어떻게 타락했는지 서술하고 있다.

> 그래서 아름다움은 위대한 창조자 자신을
> 닮은 빛을 대변하는 것으로 여겨졌으나,
> 불법의 색욕에 남용되도록 자리를 내주고
> 짐승 같은 쾌락의 미끼가 되어버린 것이다.
> 그러자 미모는 추해지고, 더러움은 보기에
> 아름다워져, 신과 인간을 정복했던 그것은
> 승자의 힘 앞에 노예로 전락해버린 것이다.
> 그리하여 미모의 찬란한 꽃은 시들어 죽어
> 그 위를 지나가는 모든 이에게 경멸당하고 짓밟힌다.

Then beautie, which was made to represent
The geat Creatours owne resemblance bright,
Unto abuse of lawlesse lust was lent,
And made the baite of bestiall delight:
Then fire grew foule, and foule grew faire in sight,
And that which wont to vanguish God and man,
Was made the vassall of the victors might;
Then did her glorious flowre wex dead and wan,
Despisd and troden downe of all that overran. (4.8.32.1-9)

화자의 주장에 따르면 낙원의 상실은 "아름다움"이 "색욕"의 유린을 받아 세상의 부조리와 갈등의 원인이 되고, "미모의 찬란한 꽃"이 시들어 죽었기 때문이라는 것이다. 셰익스피어의 비너스가 아도니스의 죽음을 아름다움의 파괴로 받아들이는 것과 같은 맥락이다.

　죽은 아도니스의 육체는 아네모네(Anemone)로 알려진 "하얀색이 깃든 자줏빛 꽃으로 피어난다"(A purple flower sprung up, check'red with white) (1168). 비너스는 이 꽃을 아도니스의 후손으로 여기고, 홀로 살아가기를 원했던 아도니스의 바람에도 불구하고 꽃이 자신의 품 안에서 시들어가도록 한다. 비너스는 말한다. "두근거리는 내 가슴은 밤낮으로 널 흔들어줄게. / 여기서 매 시간마다 매 분마다 나는 / 달콤한 사랑의 꽃에 입 맞춰줄게" (My throbbing heart shall rock thee day and night, / There shall not be one minute in an hour / Wherein I will not kiss my sweet love's flow'r)(1186-88). 비너스에 의하면 아도니스는 후손을 남겼으며, 재생하였다. 해밀튼은 비너스는 사랑, 아도니스는 아름다움, 멧돼지는 죽음과 시간의 대변자라고 규정하면서, 셰익스피어가 작품에서 재현한 비너스와 아도니스는 스펜서의 아도니스의 가든에 묘사된 변신, 혹은 재생의 알레고리를 확장시키고 있다고 주장한다(15). 사랑은 "순식간에 싹이 나고 시들어버릴 것이라"(bud, and be alsated, in a breathing while)(1142)는 비너스의 예언이 무한히 변화하고 생성하는 아도니스의 정원이 가진 특성을 반영하고 있다는 것이다.

　스펜서는 『선녀여왕』에서 비너스를 재생을 담당하는 자연의 어머니이자 사랑을 통하여 생명을 창조하는 존재로 제시하고 있다. 4권 칸토 10에 묘사된 "비너스의 신전"(the Temple of Venus)에서 여신에게 보내는 찬양은 이를 잘 나타내 준다.

　　생명의 피를 공급받는 다른 모든 생명들도
　　당신이 열정으로 그들을 자극하면 그 즉시
　　후손의 생산을 통해 제 내부의 불길을 식히려 애씁니다.
　　. . .

그처럼 당신은 온 세상을 처음 창조했고,
아직까지 매일처럼 같은 작업을 반복하니,
당신이 그것을 즐겁게 창조하지 않았다면
이 세상에 즐겁고 기쁜 것이 없었을 테고
이 세상에 사랑스럽고 예쁜 것도 없었으리.

So all things else, that nourish vitall blood,
Soone as with fury thou doest them inspire,
In generation seeke to quench their inward firre.
. . .
So all the world by thee at first was made,
And dayly yet thou doest the same repayre:
Ne ought on earth that merry is and glad,
Ne ought on earth that lovely is and fayre,
But thou the same for pleasure didst prepayre. (46.7-9; 47.1-5)[27]

셰익스피어의 『비너스와 아도니스』에서도 비너스는 자연과 재생의 이미지로 다가온다. 아도니스는 비너스의 사랑을 거절했지만 여신은 소년의 죽음을 꽃으로 되살려내고 변신시킴으로써 그에게 변화를 통한 영원함을 부여했다고 볼 수 있다. 세이어 그린필드(Sayre N. Greenfield)는 스펜서가 영원함이 변화 속에 있다고 주장하는 반면, 셰익스피어는 변화가 영원함 속에 포함되어 있다고 믿었다고 주장하고 있다(485). 하지만 과연 두 시인이 말하는 변화와 영원함의 관계가 그렇게 구분될 수 있는지는 의문이다. 분명한 것은 스펜서와 셰익스피어는 둘 다 자신들의 작품을 통해서 사랑이 죽

---

27) 해밀튼에 따르면 4권 칸토 10의 44연에서 47연까지는 비너스에게 바치는 사랑의 노래인데, 기원전 1세기 경 로마의 철학자이며 시인이었던 루크레티우스(Titus Lucretius Carus)의 『만물의 본성에 대하여』(De Rerum Natura)의 첫 부분에 나오는 비너스에 대한 기원(invocation)을 스펜서가 영역한 것이다.

음을 극복하는 힘이며, 파괴적이면서도 동시에 재생의 원동력이라는 것을 설파하고 있다는 점이다. 셰익스피어가 『비너스와 아도니스』에서 묘사한 비너스의 모습은 그의 작품이 스펜서를 반영하고 있다는 증거가 될 수 있겠지만, 동시에 스펜서를 극복하려는 시인으로서 셰익스피어의 문학적 성취를 드러내는 것이기도 하다. 스펜서가 영문학 사상 가장 긴 시작품에 드러낸 다양한 연인의 모습들을 셰익스피어는 짧은 한 편의 시에 고스란히 담아내면서 역동적이고 아름다운 사랑의 여신을 창조하고 있기 때문이다.

『소네트』와 『아모레티』

셰익스피어의 『소네트』는 시인으로서 그의 위치를 확고히 해준 작품이지만, 작품을 둘러싼 여러 가지 의문점은 아직도 풀리지 않는 수수께끼로 남아 있다. 베빙턴에 의하면 영국에서 소네트 연작시는 시드니(Sir Philip Sidney)가 1591년에 『아스토로필과 스텔라』(*Astrophel and Stella*)를 출간하면서 유행하기 시작하여 대체로 1597년까지 이어진 문학 장르이다(1580). 스펜서의 『아모레티』(1595)도 이즈음에 출간되었다. 짐작건대 셰익스피어는 이 기간에 『소네트』를 집필한 것으로 보인다. 왜냐하면 1598년에 프랜시스 미르(Francis Meres)가 "개인적인 동료들 사이에 읽히고 있는 달콤한 소네트"에 대한 칭송이 기록으로 남아있기 때문이다(Bevington 1580). 작품은 1609년에 출판되었다. 출간본의 헌정사에 출판업자인 토마스 트롭(Thomas Thrope)이 이 작품을 "Mr. W. H."에게 증정한다고 선언한 이후 그가 누구인지에 대한 논의는 아직까지 명쾌한 결론이 나지 않고 있다. 또한 셰익스피어의 연작시에 등장하는 대상이 누구인지에 관해서도 수많은 논란이 지속되고 있다. 대체로 1-126번은 시인이 아끼는 미모의 귀족 청년이 대상이며,

127-152번은 "흑발의 숙녀"(dark lady)에 대한 것이라고 알려져 있는 정도이다. 하지만 초반부 시들이 모두 한 사람을 대상으로 하고 있는지도 불분명하려니와 40-42번에서 드러나는 배반과 삼각관계가 어떤 상황을 상정하고 있는지도 확실치 않은 것이 사실이다.

하지만 분명한 것은 셰익스피어의 『소네트』가 변화하는 세상에서 사랑의 위대함을 노래하고 있으며, 그러한 시인의 시도는 여러 가지 점에서 스펜서의 『아모레티』와 깊은 관련이 있다는 점이다. 체니는 셰익스피어가 『소네트』를 통하여 스펜서와 경쟁하고 있다고 주장하면서, 특히 소네트 106번은 그 대상이 스펜서, 또는 스펜서의 작품이라고 해석하고 있다(335). 소네트 106번을 구성하고 있는 네 개의 중요한 요소들은 첫째는 일반적이거나 직업적인 주제이고 둘째는 성적이거나 선정적인 주제, 셋째는 철학적이거나 신학적인 주제, 그리고 넷째는 정치적이거나 국가적인 주제인데 이러한 구성은 스펜서의 작품, 특히 『선녀여왕』과 『양치기 달력』에 두드러지게 나타나는 구성 요소라는 것이다(Cheney 336). 과연 소네트 106번에서 시인이 자신과 비교 대상으로 삼고 있는 존재는 선대 시인인 것으로 보인다.

> 내가 스러진 시간의 연대기에서 가장
> 아름다웠던 사람들에 대한 묘사를 보고
> 죽은 숙녀들과 멋진 기사들에 대한 칭송을 통해
> 아름다움이 옛 시구를 아름답게 해주는 것을 보면,
> 그들의 옛 필설이 손과 발과 입술과 눈과 이마 같은
> 달콤하고 지극한 아름다움에 대한 찬미가를 통해서
> 그대가 지금 지배하고 있는 아름다움 같은 것은
> 차마 표현하지 못했을 것이라는 것을 알게 됩니다.

> When in the chronicle of wasted time
> I see descriptions of the fairest wights,

And beauty making beautiful old rhyme,
In praise of ladies dead and lovely knights,
Then, in the blazon of sweet beauty's best,
Of hand, of foot, of lip, of eye, of brow,
I see their antique pen would have expressed
Even such a beauty as you master now. (1-8)

첫 4행에 등장하는 연대기 기록자들은 스펜서의 『선녀여왕』 1권 칸토 5에 소개되는 연대기 기록자들에 대한 묘사를 상기시킨다. "또한 여인들을 차지하려고 많은 군주들이 저지른 / 전쟁들과 옛사랑들을 기록하는 연대기 기자들도 많이 있었다"(And many Chroniclers, that can record / Old loves, and warres for Ladies doen by many a Lord)(3.8-9). 여기서 셰익스피어가 "죽은 숙녀들" 중 하나로 스펜서가 자신의 작품을 헌정한 엘리자베스 여왕을 염두에 두고 있었다고 주장하는 평자도 있기는 하지만(Cheney 350), 반드시 여왕을 지칭하지 않더라도 여기서 시인이 말하는 옛 사람들 중에 스펜서가 포함되어 있을 것이라는 점은 상당히 설득력이 있다. 문제는 7행에서 복수로 언급된 "그들의 옛 필설"은 스펜서뿐만 아니라 셰익스피어 이전의 모든 시인들을 지칭하고 있다는 점이다. 시인은 자신의 작품을 이전의 찬미가와 엄격히 구분하고 있다는 것이다.

소네트 106번에서 시인이 말하고자 하는 초점은 현재 그의 눈앞에 있는 연인의 아름다움이 옛 시인들이 칭송한 그 어떤 여성의 미모보다 월등하다는 것이다.[28] 과거의 시인들이 칭송한 아름다움은 단지 시인 앞에 있

---

28) 필자는 편의상 셰익스피어의 소네트에서 "그대"로 언급되는 대상을 "연인"으로 표기한다. 그대는 한 인물이 아닐 수도 있으며, 시인이 결혼을 권유하는 미모의 청년일 수도, 여성일 수도, 아니면 화자가 여성으로 설정되어 있을 경우에 그녀가 사랑하는 남성일 가능성도 배제할 수 없다는 것이 필자의 생각이다. 모두를 포함하는 호칭으로 "연인"으로 표기하는 이유는 시인의 의도와 상관없이 독자는 소네트의 대상을 사랑하는 여성, 또는 사랑하는 남성으로 읽을 가능성이 가장 크기 때문이다.

는 연인에 대한 예고편일 뿐이며, 그들은 비록 신성한 선견지명을 가지고 있었다 할지라도 시인의 연인을 그대로 묘사할 능력이 없다고 시인은 단언하고 있다.

> 또한 그들은 상상의 눈으로 보았을 뿐이기에
> 그대의 가치를 노래할 능력이 없었던 것이오.
> 이제 현재를 보고 있는 우리들은
> 보고 놀랄 눈은 있어도 칭송할 혀가 없다오.
>
> And for they looked but with divining eyes,
> They had not skill enough your worth to sing;
> For we, which now behold these present days,
> Have eyes to wonder, but lack tongues to praise. (11-14)

흥미로운 것은 옛 연대기 작가들이 강조한 것이 과거라면, 시인이 주안점을 두고 있는 것은 "현재"(these present days)라는 점이다. 시인으로서 셰익스피어는 현재의 연인을 표사하는 자신이 과거 상상 속의 아름다움을 묘사한 옛 시인들보다 우월하다는 것을 드러내고 있다. 상상 속의 아름다움보다는 실재의 아름다움이 우월하고, 그렇기에 자신의 능력이 옛 시인들의 그것보다 우수하다는 뜻이다.

소네트 21번에서도 시인은 여성의 미모에 대한 과거의 전통적인 찬양을 상상적이고 허망한 것으로 치부하고 자신의 칭송을 현실적이고 진실한 것으로 제시한다. "색깔이 입혀진 아름다움에 동요되어 / 시를 쓰는 뮤즈와 나의 경우는 다릅니다"(So is it not with me as with that Muse, / Stirred by a pointed beauty to her verse)(1-2). 그들은 하늘을 장식으로 이용하여 자신의 연인이 가진 아름다움을 표현하며, 태양과 달과 대지와 바다의 풍성한 보석과 사월에 처음 핀 꽃처럼 고귀한 것들을 빌려서 아름다움을 표현하는 반면 자신은 "진정한 사랑"(true in love)이기 때문에 현실적이며 사실대로 서술하고 있다는 것이다. 시인은 과장된 미사여구를 사용하는 선대의 시인들과 진실만을 서술하는 자신의 시구가 갖는 차이점을 드러내고 있다. 물론 여기 등장하는 뮤즈가 스펜서인지는 확실치 않다. 하지만 스펜서가 『선녀여왕』 1권의 서시(proem)에서 엘리자베스 여왕을 뮤즈로 호칭하면서 그녀를 칭송한 부분은 "선대 시인"이 직접적으로 스펜서는 아니라 할지라도 최소한 스펜서와 같은 부류라는 것을 쉽게 짐작하게 해준다.

> . . . 오 천상의 빛이신 여신이여,
> 자애로움과 성스러운 위엄을 비추는 거울이시며
> 가장 위대한 섬나라의 위대한 여인이시여, 그 빛이
> 피버스의 등불처럼 온 세상에 빛나는 분이시여.

> . . . O Goddesse heavenly bright,
> Mirrour of grace and Majestie divine,
> Great Lady of the greatest Isle, whoe light
> Like Phoebus lampe throughout the world doth shine. (4.1-4)

셰익스피어의 화자는 자신의 연인이 "하늘에 / 고정된 황금빛 촛불들처럼 빛나지는 않지만, / 어느 어머니의 자식만큼 아름답다"(as fair / As any mother' child, though not so bright / As those gold candles fixed in heaven's air)(10-12)고 선언함으로써 페트라르크적 전통에 몰입된 선대 시인과 자신의 차이점을 드러내고 있는 것이다. 셰익스피어의 소네트가 전통을 따르면서도 동시에 페트라르크적 전통을 배척하고 있다는 것은 새삼스러운 이야기는 아니다. "내 연인의 두 눈은 전혀 태양과 비슷하지 않습니다"(My mistress' eyes are nothing like the sun)(1)로 시작하는 130번에서도 시인은 자신의 연인이 전통적 비유의 대상이 되는 것을 거부한다. 셰익스피어의 새로움에 대한 추구와 자부심이 엿보이는 대목이다.

　소네트 29번에서 시인은 사랑하는 연인에 대한 회상만으로 자신이 얼마나 큰 환희를 느끼는지 고백하고 있다. 연인의 아름다움이나 외모에 대한 칭송은 없다. 다만 연인이 자신에게 얼마나 큰 존재인지를 밝히고 있는 것이다. 시인은 자신의 비참한 처지에 대한 자각으로 작품을 시작한다.

> 운명과 사람들의 눈에서 버림받고
> 나 홀로 버려진 처지에 슬피 울면서,
> 헛된 울음으로 귀먹은 하늘을 괴롭히고
> 자신을 돌아보며 운명을 저주할 때에

> When in disgrace with fortune and men's eyes
> I all alone beweep my outcast state,
> And trouble deaf heaven with my bootless cries,
> And look upon myself, and curse my fate. (1-4)

첫 4행이 무심한 신 앞에 선 시인의 외로운 자각이라면, 다음 4행은 자신의 주변, 즉 사회로부터 버림받은 자신에 대한 고백이라 할 수 있겠다.

> 희망이 가득한 사람처럼 되기를 바라고,
> 그처럼 잘생기거나, 친구가 있기를 바라며,
> 이 사람의 예능과 저 사람의 식견을 원하며,
> 가장 좋아하는 것에서 가장 큰 실망을 할 때.

> Wishing me like to one more rich in hope,
> Featured like him, like him with friends possessed,
> Desiring this man's art, and that man's scope,
> With what I most enjoy contented least. (5-8)

여기서 드러나는 시인의 처지는 극도의 절망과 비참함이다. 자신도 비참한 상태에 있지만 주변에 있는 모두가 시인보다 나은 처지에 있다는 상대적 빈곤이 그를 더욱 힘들게 만드는 것이다. 그러나 그러다가 문득 사랑하는 연인에 대한 생각이 들면 시인의 처지는 정반대로 바뀐다. 생각 하나로 그는 갑자기 "새벽에 어두운 대지에서 하늘로 솟구쳐 오르는 / 종달새처럼"(Like to the lark at break of day arising / From sullen earth)(11-12) 하늘에서 찬양가를 부르고 있는 자신을 발견하는 것이다. 작품은 세 번째 4행에서 갑자기 역동적이고 유쾌해진다. 이 모든 반전은 "그대의 달콤한 사랑에 대한 기억"(For thy sweet love remembered) 때문이며 그는 이제 자신의 처지를 제왕들과도 바꾸지 않을 것이라고 선언한다.

엘리자베스 사가서(Elizabeth Harris Sagaser)는 작품에서 연인의 부재 상태에서 시인이 사랑에 대한 기억만으로 행복한 상태가 된다는 것에 주목하면서, 이 작품이 스펜서의 아모레티 39번이 제시하는 즐거움의 경험과 비슷한 느낌을 노래하며 유사한 이미저리를 사용하여 그러한 경험을 묘사하고 있다고 주장한다(7-8). 과연 스펜서의 작품도 사랑하는 이의 "달콤한 미소"(Sweet smile)와 "품성"(vertue)을 생각하면서 화자가 느끼는 엄청난 행복감을 표현하고 있다. "천상의 광기를 닮은 기쁨에 휩싸인 채, / 내 영혼은 마치 초월한 듯한 황홀함에 빠집니다"(Whylest rapt with joy resembling heavenly madnes, / My soule was ravisht quite as in a traunce)(9-10). 하지만 셰익스피어가 자신의 작품에서 절망과 기쁨을 극명하게 대비시킴으로써 극적 효과를 얻고 있다면 스펜서는 기쁨만을 강조하고 있는 것으로 보이는 것이 사실이다.

필자는 앞서 셰익스피어의 『소네트』에서 시인의 연인이 과연 누구인지는 확실하지 않다고 밝힌 바 있다. 전형적인 페트라르크적 전통 속에서 연작 소네트가 비록 느슨하기는 해도 대체로 사랑의 진행 과정을 서술하는 일관된 줄거리를 가지고 있다는 점을 고려하면 셰익스피어의 작품은 매우 획기적이라 할 수 있겠다. 그것은 물론 시인 자신이 의도적으로 사랑하는 연인을 다양하게 묘사하고 있다는 것을 전제로 할 때 가능한 것이기는 하다. 『소네트』는 셰익스피어가 고향으로 은퇴하기 1년 전에 출판된 작품이며 시인 자신이 치밀하게 작품의 교정과 배열을 담당했다고 보는 것이 타당할 것이다. 자신의 문학적 업적을 스펜서와 견주려 했던 셰익스피어가 은퇴 직전에 출판한 시 작품에서 연인의 모습이 일관되지 않음을 간과했을 리는 없을 것이다. 셰익스피어의 의도는 무엇이었을까? 흥미로운 것은 스펜서의 『아모레티』에 등장하는 연인의 모습도 일관되지 않다는 점이다.

스펜서의 작품에 묘사되는 연인은 대체로 시인이 후에 결혼한 두 번째 부인인 엘리자베스 보일(Elizabeth Boyle)이라고 여겨져 온 것이 사실이다. 작품이 시인의 결혼식 축가인 『에피탈라미언』(*Epithalamion*)과 함께 출판된 사실도 이를 뒷받침하는 듯 보인다. 하지만 작품은 셰익스피어의 『소네트』처럼 매우 복잡하고 일관되지 않은 다양한 모습을 가지고 있으며, 작품이 제시하는 연인도 언제나 스펜서의 아내가 된 여성을 가리키는 것이라고 보기 어려운 면이 있는 것이 사실이다. 존스(H. S. V. Jones)는 스펜서의 연작 소네트가 1595년에 『에피탈라미언』과 함께 출판되었다는 사실 외에는 결혼식 축가와 직접적인 연관이 없다고 주장하면서, 소네트가 연인과의 이별로 끝나는 것을 고려하면 그녀가 반드시 엘리자베스 보일일 필요는 없을 것이라고 주장하고 있다(336). 그녀의 이름이 엘리자베스인 것을 제외하면 그녀가 누구인지는 알 수 없다는 것이다(Jones 337).

제이 레버(J. W. Lever)는 『아모레티』에서 묘사하는 연인의 모습이 통일되거나 유기적이지 않다면서 작품이 서로 다른 두 연작 소네트를 합친 것이라고 제안한다(120). 루이스 마츠(Louis L. Martz)는 레버의 제안을 거절하면서 다른 소네트들과 다르게 보이는 것들은 연인에 대한 태도가 전통적인 모습보다 심하게 과장되어 있어서 거의 사이비 영웅시(mock heroic)처럼 보이기 때문이라고 주장한다(128). 과연 스펜서의 작품에서 연인으로 등장하는 여인이 한 명인지 아닌지, 또는 그녀가 진정 누구인지에 관해서는 알 길이 없다. 셰익스피어의 『소네트』도 마찬가지다.

흥미로운 것은 『아모레티』 74번에서 시인이 자신의 마음속에 세 명의 엘리자베스가 존재한다고 선언하고 있다는 점이다. "첫 번째는 어머니의 자궁을 통해서 마땅한 후손으로서 / 내게 자신과 같은 존재를 부여하신 분"(The first my being to me gave by kind, / From mothers womb deriv'd by dew descent)(5-6)이다. 제임스 로월(James Russell Lowell)이 스펜서의 부모에 대하여 우리가 아는 사실은 그의 어머니 이름이 엘리자베스라는 것밖에 없다고 지적하고 있듯이(29), 이 여성은 스펜서의 어머니인 것이 분명하다. "두 번째는 내게 명예와 커다란 부를 하사하신 / 내게 가장 친절하신 군주이신 여왕"(The second is my sovereigne Queene most kind, / That honour and large richesse to me lent)(7-8)이다. 스펜서가 특히 엘리자베스 여왕에 대한 흠모를 자신의 작품에서 노골적으로 표현하고 있는 것을 고려하면 자신의 소네트에서 여왕에 대한 애정과 칭송을 드러내고 있다는 것은 어쩌면 당연한 것인지도 모른다. "세 번째는 내 영혼이 흙에서 일어나게 해주고 / 내 삶의 마지막 장식이 될 내 사랑"(The third my love, my lives last ornament, / By whom my spirit out of dust was raysed)(9-10), 즉 자신의 연인이다. 존스는 이 여성이 엘리자베스 캐리(Elizabeth Carey)일 것이라고 주장하고 있지만(336-38), 헬렌 샤이어(Helena Shire)를 비롯한 대부분의 평자들은 그녀가 엘리자베스 보일이라고 단언하고 있다(31). 하지만 문제는 이 세 명의 여성이 과연 개별적으로 스펜서가 노래하는 소네트의 대상인가 하는 것이다. 시인이 자신의 인생에서 이들이 중요하다고 밝힌 것으로 그가 노래하는 사랑의 시에 등장하는 연인이 이들 세 사람이라고 짐작하는 것은 지극히 순진한 해석인 듯하다.

중요한 것은 『아모레티』 전체를 관통하는 연인은 이들 모두를 포함하고 있다는 것을 인식하는 일이다. 앞서 스펜서와 셰익스피어가 어떻게 비너스와 아도니스를 자신들의 작품에서 형상화했는지 보았듯이, 두 시인이 생각하는 사랑의 여신은 어머니와 군주과 연인이 합쳐진 존재이다. 다시 말해서 그 연인은 어머니처럼 다정하게 보살피지만 군주처럼 폭력적이고 연인처럼 다정한 존재라는 뜻이다. 사실상 셰익스피어의 『소네트』와 스펜서의 『아모레티』에서 공통적으로 드러나는 연인은 종종 다정하지만 냉담하고, 시인을 위로해주지만 동시에 잔혹한 이율배반적인 존재이며, 그렇기 때문에 시인 자신은 불쌍한 먹잇감이면서도 사랑에서 벗어날 수 없는 무기력한 존재로 그려지고 있다. 두 시인 모두에게 사랑은 지극히 불공평한 게임인 것이다.

셰익스피어의 『소네트』 75번은 이러한 시인의 딜레마를 노골적으로 드러내고 있는 작품이다. 그는 사랑하는 연인과 평화롭게 지내기를 원하지만 그것은 성취할 수 없는 과제다.

> 그대는 내 마음속에 생명의 양식이 되거나
> 때를 맞춰 대지를 적셔주는 단비가 됩니다.
> 그래서 그대와 화평을 유지하려고 애쓰지만
> 구두쇠에게서 재산을 뺏는 것만큼 힘듭니다.
>
> So are you to my thoughts as food to life,
> Or as sweet-season'd showers are to the ground;
> And for the peace of you I hold such strife
> As 'twixt a miser and his wealth is found. (1-4)

시인은 자신만만하다가도 금세 의심의 도가니에 빠지고, 연인과 함께 있기를 갈망하다가도 그런 행복을 빼앗길까 봐 두려워한다. 연인의 모습을 보면 잔칫상에서처럼 만족스럽다가도 곧 연인을 보지 못하는 배고픔에 괴로워하는 시인은 결국 어떤 상태에서도 만족을 얻지 못하는 자신을 발견한다.

> 때로는 그대 모습에 잔칫상처럼 배부르지만,
> 점차로 그대 모습을 그리며 기아에 허덕여요.
> 이미 얻었거나 그대로부터 가져온 것 말고는
> 소유하거나 소망하는 데 아무런 기쁨도 없어요.

> Sometime all full with feasting on your sight,
> And by and by clean starved for a look;
> Possessing or pursuing no delight
> Save what is had, or must from you be took. (9-12)

그래서 시인은 매일 "잔칫상"(feasting)과 "배고픔"(starved) 사이에서, 과식하거나 여위어 간다. "그래서 나는 매일같이 여위거나 과식하거나, / 아니면 전부를 탐식하거나 아무것도 못 먹는답니다"(Thus do I pine and surfeit day by day, / Or gluttoning on all, or all away)(13-14). 또한 소네트 56번에서 시인은 사랑에 빠진 연인을 "굶주린 눈"(hungry eyes)을 가진 존재로 묘사하고 있기도 하다. 그런데 자신의 연인을 "생명의 양식," "잔칫상," "기아," "탐식" 같은 음식과 관련된 이미저리로 표현하는 것은 스펜서의 연작 소네트에서 가장 두드러지는 표현 기법 중 하나이다.

스펜서의 화자는 자신의 연인을 "영혼이 오랫동안 갈구하는 음식"(soules long lacked foode)(1.12)라고 부르고 있으며, 그녀를 갈구하는 자신의 사랑을 배고픔에 비유하고 있다. "배고픈 내 두 눈은 탐욕스레 자신들의

/ 고통의 대상을 바라보려고 애쓰고 있어요"(My hungry eyes through greedy covetize, / Still to behold the object of their paine)(35.1-2). 하지만 이 음식은 결코 포만감을 주지 못한다. 사랑의 음식이 없다면 살 수 없고 그렇다고 그것을 맛보면 더욱 배고파지는 역설 속에서 시인의 딜레마는 깊어진다. 시인은 자신이 결코 승리할 수 없는 처지에 있다고 고백한다.

> 그것이 없으면 삶을 유지할 수 없고
> 그것을 차지하면 더더욱 바라보게 되니,
> 놀라움에 사로잡힌 허망한 나르시서스의
> 눈이 그를 굶주리게 했듯이. 풍족함이 나를 가난하게 합니다.

> For lacking it they cannot lyfe sustayne,
> And having it they gaze on it the more;
> In their amazement lyke Narcissus vaine
> Whose eyes him starv'd: so plenty makes me poore. (35.5-8)

같은 내용은 83번에서도 반복된다. 사실상 35번과 83번은 6행에 등장하는 "having"을 "seeing"으로 대체한 것 외에는 모든 어휘와 문장구조가 동일한데, 루이스 마츠(Louis L. Martz)는 이것을 초기의 하소연을 반복함으로써 자신의 딜레마를 강조하려는 시인의 의도라고 해석하고 있다(124). 이러한 반복은 시인의 처지를 강조할 뿐만 아니라 그가 연작 소네트의 마지막에 이르기까지 궁극적으로 자신의 딜레마를 극복하지 못하고 있다는 것을 암시하는 장치이기도 하다.

그러나 아이러니컬한 것은 시인이 자신의 연인을 영혼의 양식이라고 부르며 그것을 갈구하고 있으면서도, 그 자신은 스스로 연인의 먹잇감이 되고 있다는 점이다. 『아모레티』 11번에서 시인은 자신이 매일 "화해할 길을 찾으며 / 그녀에게 자신을 포로로 내어주고 있는 동안"(seeke and sew for peace, / And hostages doe offer)(1-2), 자신의 연인은 "잔혹한 투사"(creull warriour)처럼 "고단한 전쟁을 되살리고"(the weary war renew'th), "탐욕스럽게"(greedily) 자신의 "불쌍한 목숨"(poor life)을 빼앗으려 한다고 탄식하고 있다. 시인은 그녀에게 자비를 구하면서 "끊임없는 고통에 조그만 휴식이라도 주기를"(graunt small respit to my restless toile)(6) 바라고 있으나, 그녀는 괴롭힘을 멈추지 않고 자신의 고통은 끝없이 이어진다는 것이다.

> 그러나 모든 슬픔을 지우려고 내 불쌍한 목숨을
> 그녀에게 내어주어 분노를 달래고자 합니다.
> 하지만 그녀는 고통과 분란을 통해서 억지로
> 나를 살게 하고 결코 죽을 수 없게 만듭니다.
> 모든 고통에 끝이 있고 모든 전쟁도 평화가 오지만,
> 어떤 값으로도 기원으로도 내게는 그것이 오지 않습니다.
>
> Yet my poore life, all sorrowes to assoyle,
> I would her yield, her wrath to pacify;
> But then she seekes with torment and turmoyle,
> To force me live and will not let me dy.
> All paine hath end and every war hath peace,
> But mine no price nor prayer may surcease. (9-14)

시인의 연인은 때로는 "항복한 먹잇감"(a yielded pray)의 피를 먹는 데 주저함이 없는 잔혹한 야수에 비유되기도 하고(20번), 잡아먹기 위하여 먹이를 유인하는 간교한 사냥꾼으로 제시되기도 한다(31번). 53번에서는 시인에게 의도적인 고통을 주는 연인의 잔인함이 표범(panther)에 비유되는데, 그 이유는 표범이 보여주는 외관의 아름다움 때문에 그의 먹이들은 자신들이 잡아먹히면서도 야수의 아름다움에 정신을 빼앗기고 있기 때문이다.

모든 짐승이 자신의 점박이 가죽에 매료되지만
얼굴 모습은 두려워하는 것을 알고 있는 표범은
자신의 무서운 머리를 덤불 속에 숨겨둠으로써
자신이 덮칠 때 그들이 제 가죽을 보게 합니다.

The Panther knowing that his spotted hyde,
Doth please all beasts but that his looks them fray;
Within a bush his dreadfull head doth hide,
To let them gaze whylest he on them may pray. (1-4)

심지어 그녀는 자신의 손아귀에 들어온 약한 짐승을 가차 없이 "짓밟고, 망가뜨리고, 파괴하는"(do wreck, doe ruine, and destroy)(56.14) 약탈자로서 "호랑이"(Tygre)에 비유되기도 한다. 조안 커벳(Joan Curbet)에 의하면 『아모레티』는 특히 사랑하는 연인의 폭력적인 야수성을 강조하고 있다면서 이것이 당대의 다른 연작 소네트와의 차이점이라고 주장한다(8).

그러나 연인을 폭군이나 잔인한 가해자에 비유하는 것은 셰익스피어의 『소네트』에서도 쉽게 찾아볼 수 있다. 131번에서 시인은 자신의 연인을 아름답기 때문에 교만하여 폭군이 된 존재로 묘사하고 있다.

그대는 아름다움에 교만해져 잔인해지는
그런 사람들처럼 폭군 노릇을 하는군요.
내 애틋한 마음에는 그대가 가장 아름답고
가장 고귀한 보석인 것을 잘 알기 때문이죠.

Thou art as tyrannous, so as thou art,
As those whose beauties proudly make them cruel;
For well thou know'st to my dear doting heart
Thou art the fairest and most precious jewel. (1-4)

또한 132번에서는 시인이 자신을 동정하는 연인의 눈을 사랑하지만 그 마음이 자신을 경멸하고 있음을 알고 괴로움에 빠진다. "그대의 마음이 경멸로 내게 고통을 주고 있음을 / 알고 나를 동정하는 그대의 눈을 사랑합니다"(Thine eyes I love, and they, as pitying me, / Knowing thy heart torments me with disdain)(1-2). 139번에서는 상처를 입은 시인이 연인에게 계략을 쓰지 말고 당당하게 자신을 대해달라고 하소연하고 있다.

> 오, 그대의 매정함이 내 가슴에 새겨놓은
> 잘못을 정당화시키라고 날 부르지 마오.
> 차라리 눈빛이 아니라 말로 상처를 주오.
> 힘으로 힘을 대하지 계략으로 날 죽이지 마오.

> O, call not me to justify the wrong
> That thy unkindness lays upon my heart;
> Wound me not with thine eye but with thy tongue;
> Use power with power and slay me not by art. (1-4)

스펜서와 마찬가지로 셰익스피어의 작품에서도 폭군과 야수의 이미지는 다양하게 드러난다.

하지만 셰익스피어의 화자는 시간에 대해서 유난히 적대적이고 폭군과 야수의 이미지를 시간에 비유해서 사용하고 있다. 그에게 시간은 "살인적인 폭군"(bloody tyrant)(16.2)이며 야수보다도 더 잔혹한 존재이다.

> 모두 잡아먹는 시간아, 그대는 사자의 발톱을 무디게 하고
> 대지로 하여금 자신의 달콤한 자손들을 잡아먹게 하고,
> 무서운 호랑이의 턱에서 날카로운 이빨을 뽑아내며
> 오래 사는 불사조가 자신의 피로 인해 불타게 하누나.

Devouring Time, blunt thou the lion's paws,
And make the earth devour her own sweet brood;
Pluck the keen teeth from the fierce tiger's jaws,
And burn the long-lived phoenix in her blood. (19.1-4)

스펜서가 연인의 무정함을 사자보다도 더 무섭고 잔인하게 묘사하고 있다
면—"그러나 그녀는 수사자나 암사자보다도 / 더욱 잔인하고 거칠고 야만
적이니"(But she more cruell and more salvage wylde, / Then either Lyon or
the Lyonesse)(20.9-10)—셰익스피어는 모든 것을 소멸하게 하는 시간을 가장
잔혹한 존재로 묘사하고 있는 것이다. 캐슬린 윌리엄즈(Kathleen Williams)
는 『아모레티』를 위시한 당대의 많은 연작 소네트들이 전형적으로 투사, 폭
군, 사냥꾼, 배반자 등으로 묘사된 연인들과 화합을 이루어가는 내용을 가
지고 있다고 지적하고 있다(109). 하지만 우리가 스펜서와 셰익스피어의 작
품에서 보는 것은 결국 화합이라기보다는 절망에 가까운 이별이다. 스펜서
의 『아모레티』에서 특히 두드러지는 것은 작품이 연인을 잃은 슬픔으로 끝
맺는다는 점이다. "그녀의 아름다운 빛을 잃어 내 삶은 어둡고, / 그런 활기
찬 축복이 없는 내 인생은 죽었어요"(Dark is my day, whyles her fayre light
I mis, / And dead my life that wants such lively blis)(89.13-14). 셰익스피어의
『소네트』도 여전히 사랑을 이루지 못하고 애태우는 시인의 모습으로 끝난
다. "치유를 위해 그곳에 가서 나는 이것을 증명했어요. / 사랑의 불길은 물
을 데우지만, 물은 사랑을 식히지 못합니다"(Came there for cure, and this by
that I prove: / Love's fire heats water, water cools not love)(154.13-14). 스펜서
는 유난히 연인의 광포함과 잔혹함을 강조하고 있는 반면, 셰익스피어는
오히려 연인보다는 시간이 가진 폭력성을 드러내고 있는 듯하다. 이러한
차이점은 두 시인의 서로 다른 환경과 작품의 배경에 기인하는 듯하다.

　　스펜서의 『아모레티』에 등장하는 연인의 모습은 다양하지만 특히 두드

러지는 것은 전제적 폭군으로서의 여성이다. 시인에게 유일한 전제 군주는 물론 엘리자베스 1세이며, 그녀의 위엄과 권력에 대한 칭송과 애달픈 갈구는 스펜서의 작품 곳곳에 드러나고 있다. 사실상 그의 대표작인 『선녀여왕』과 『양치기 달력』은 여왕에 대한 찬사와 칭송으로 점철되어 있지만, 동시에 그녀의 궁정과 각료들에 대한 비판과 풍자도 다양하게 드러난다. 어쨌거나 여왕과 그녀의 정책에 영향을 미치고자 하는 시인의 의도가 배어 있다는 것이다. 케네스 그로스(Kenneth Gross)는 스펜서의 입장을 다음과 같이 정리하고 있다. "전쟁에 물든 가톨릭 아일랜드에 있던 영국의 개신교도로서 스펜서는 엘리자베스 왕국의 비공식 대변자이며 예언자 역할을 자처하며 불안정하고 잘못된 식민 정책을 바로잡으려고 노력했다"(79). 하지만 그의 목소리는 여왕에게 전달되지 않았다. 『선녀여왕』의 초기 3권의 출판에 대한 "50파운드의 연금은 여왕이 시 작품에 부여한 보상액으로는 가장 큰 것"(Oram 514)이었지만, 스펜서는 연금 이상의 것을 바라고 있었던 것이 분명하다.

　『에피탈라미언』에 대한 골드버그의 설명은 여왕의 궁정에 대한 스펜서의 태도를 요약하여 보여준다. "일생 동안 스펜서는 자신이 원하는 것을 결코 이루지 못한 실패자인 듯이 행동했다. 외부의 세상은 그에게 냉담했다. 그의 결혼식 축가는 힘 있는 자들이 포용력이 부족하다는 시인의 하소연으로 가득하다. 그리고 그것은 부패한 궁정에 대한 쓰라린 풍자와 알레고리를 통해 드러난다"(173). 『아모레티』에서도 자신의 아이디어를 받아주지 않는 여왕의 궁정에 대한 시인의 씁쓸함을 찾는 것은 어렵지 않다. 스펜서는 여왕의 대신들을 공격함으로써 그녀에 대한 섭섭함을 표현한 것이다. 예컨대 85번에서 시인은 자신의 능력을 시기하기 때문에 자신을 공격하는 자들을 신랄하게 비판하고 있다.

세상은 귀한 것들을 제대로 알아보지 못하니,
내가 그녀를 찬양할 때 다만 아첨한다고 말해요.
지빠귀가 노래할 때면 뻐꾸기도 그렇게 하는데,
멍청한 음조로 시끄럽게 따라 부르기 시작합니다.

The world that cannot deeme of worthy things,
When I doe praise her, say I doe but flatter;
So does the Cuckow, when the Mavis sings,
Begin his witlesse note apace to clatter. (1-4)

그래서 그는 "벽장 속으로 깊숙이"(Deepe in the closet) 숨게 되고 "황금 깃털
펜으로 그녀의 고귀함에 대해 쓴다"(her worth is written with a golden quill)
(9-10). 그는 자신의 노력이 언젠가는 그녀에게 인정받기를 바라고 있다. 그
때가 되면 자신의 능력을 감탄하기보다는 질투했던 자들이 후회할 것이라
는 것이다. "명예가 예리한 나팔소리로 천둥처럼 울릴 때면, / 세상이 질투
하든지 찬탄하든지 선택하게 될 것입니다"(Which when as fame in her shrill
trump shal thunder / Let the world chose to envy or to wonder)(13-14). 스펜서
의 작품 세계가 엘리자베스 여왕으로부터 자유롭지 않았다면, 셰익스피어
에게 여왕은 중요한 스폰서 이상이 결코 아니었던 것으로 보인다.

　셰익스피어에게 중요했던 것은 시인으로서의 자부심이었으며, 궁정의
인정보다는 독자—대중, 혹은 자신의 작품을 알아주는 지식인 층—들의 평
가였던 것으로 보인다. 물론 그의 『소네트』의 중반 이전에 등장하는 연인
이 미모의 젊은 남성인 점도 시인이 "받아들여지지 않는 사랑"(unrequited
love)보다는 더 큰 주제, 즉 예술을 통하여 시간을 극복하고 영원함을 성취
하는 것에 더욱 몰두할 수 있게 한 동기가 되었을 것이다. 또한 극작품을
통해서 이미 대중적인 인기를 성취했고, 자신의 작품에 대한 예술적 평가

외에 스펜서와 같은 정치적 의도를 가지지 않았던 시인에게는 『소네트』를 비롯한 시 작품이 자신의 예술적 능력을 드러내는 중요한 도구가 되었을 것이라고 짐작할 수도 있겠다. 연인의 잔혹함이 유난히 강조되고 있는 점이 스펜서의 연작 소네트가 갖는 독특한 점이라면, 페트라르크(Petrarch) 전통을 이어받은 소네트, 즉 '짧은 사랑의 노래'에서 연인에 대한 사랑 그 자체보다 변화하는 세상과 자신의 예술에 대한 이야기가 많은 것은 셰익스피어의 연작 소네트가 갖는 특징이라고 할 수 있다.

가장 흔히 인용되는 18번, "내 그대를 여름날에 비유할까요?"(Shall I compare thee to a summer's day?)(1)에서 대표적으로 드러나는 아이디어는 예술을 통한 시간과 죽음의 극복이다. 작품의 처음 4연에서 시인은 연인의 아름다움을 칭송하고 있는 듯 보인다. "그대는 찬란한 여름날보다도 더 사랑스럽고 온화하다"(Thou art more lovely and more temperate)(2)는 것이다. 하지만 이어지는 두 번째 4연은 자연과 인생의 유한함에 초점이 맞추어져 있다. 모든 아름다움은 필연코 사라지게 마련이고, 그것이 자연의 이치라는 것이다. 시인은 이러한 법칙을 극복할 수 있는 유일한 방법은 "영원한 시행"(eternal lines)밖에 없다고 주장한다. "사람들이 숨을 쉬거나 볼 눈이 있는 한, / 이것은 끝까지 살아서 그대에게 생명을 줍니다"(So long as men can breathe or eyes can see, / So long lives this and this gives life to thee)(13-14). 물론 앞서 살펴본 바와 같이 『소네트』에서도 사랑의 고백, 갈등, 배신 등의 아이디어가 다양하게 드러난다. 하지만 셰익스피어의 작품에서 가장 두드러지는 것은 시인의 예술가로서의 자부심이다.

테드 브라운(Ted Brown)은 스펜서가 연작 소네트를 쓰게 된 동기를 다음과 같이 설명한다. "스펜서가 당대 가장 인기가 많았고 경쟁적인 시 형식이었던 『아모레티』를 자신의 공식적 작품으로 내세운 것은 글쓰기를 통해서 사회적 정당성을 획득하기 위함이었다"(404). 다시 말하면 스펜서는 연작 소네트를 출간함으로써 시인으로서 자신의 위치를 확고히 하려 했던 것이라는 뜻이다. 그런데 브라운의 주장은 셰익스피어의 경우에도 똑같이 해당하는 듯하다. 자신의 극작품에 대한 출판에 크게 관심이 없었던 셰익스피어가 『비너스와 아도니스』를 위시한 시 작품을 출판한 것은 시인으로서, 그리고 예술가로서 자신을 세상에 드러내고 싶었기 때문일 것이다. 셰익스피어는 스펜서의 시적 재능을 흠모했고 자신의 작품에서 다양하게 스펜서를 원용했다. 하지만 그는 결코 전통이나 권위를 그대로 수용하지 않았으며, 스펜서보다 자신이 더 나은, 혹은 그에 못지않은 시인임을 증명하고자 했다. 셰익스피어의 예술가로서의 탁월성은 언제나 새로움을 추구하고자 했던 그의 개척자 정신에서 찾아야 할 것으로 보인다.

그렇기 때문에 셰익스피어의 작품은 이후 형이상학파 시인들(Metaphysical poets)뿐만 아니라 밀턴에게도 영향을 미치고 있는 것이다. 예컨대, 셰익스피어가 『비너스와 아도니스』에서 묘사한 아도니스의 죽음 장면에서는 독특한 이미지가 두드러진다. "백합처럼 하얀 그의 연약한 옆구리에서 / 상처로 울어버린 진홍빛 눈물로 흠뻑 젖어 있었다"(In his soft flank, whose wonted lily white / With purple tears, that his wound wept, was drench'd)(1053-54). 시인은 아도니스의 옆구리에 난 상처에서 흐르는 피를 "진홍빛 눈물"로 표현하고 있는데, 이러한 과감한 비유는 17세기에서 존던(John Donne)이 개척한 것으로 알려진 형이상학적 비유의 전형이다.

대표적인 형이상학파이자 바로크 시인으로 알려진 리처드 크래쇼(Richard Crashaw)는 1656년에 출간한 『성전으로 가는 계단』(*Steps to the Temple*)에 수록된 「십자가에 달리신 우리 구주의 상처에 대하여」("On the Wounds of Our Crucified Lord")라는 짧은 시에서 예수(Jesus)의 옆구리에 난 상처를 진홍빛 눈물을 흘리는 눈에 비유하고 있다. "보라, 피맺힌 눈을! 울면서 / 수많은 잔인한 눈물을 드러낸다"(Lo! a bloodshot eye! that weeps /

And many a cruel tear discloses)(7-8). 시인은 눈물로 묘사된 예수의 피는 "보석"(gems)이라고 부르며 진홍빛 보석 같은 눈물을 진주의 하얀색과 대비시키고 있는데, 이는 셰익스피어가 묘사한 "백합처럼 하얀" 아도니스의 옆구리와 진홍빛 눈물의 대비를 재현하고 있는 것이다. "루비 같은 눈물로 빛이 갚아졌으니 / 그대는 진주로 그것을 빌려갈지어다"(The debt is paid in ruby-tears / Which thou in pearls didst lend)(19-20).

셰익스피어의 시 작품 중에서 가장 난해한 작품으로 알려진 「불사조와 산비둘기」("The Pheonix and Turtle")를 보면 그가 특히 존 던의 시에 어떤 영향을 끼쳤는지 분명하게 드러난다. 1601년에 출간된 로버트 체스터(Robert Chester)의 『사랑의 순교자, 또는 로잘린의 하소연』(*Loves Martyr: or Rosalins Complaint*)에 수록된 이 작품은 영시 중에서 매우 신비한 작품 중 하나이며 끝없이 난해한 작품이라는 평을 듣고 있다(Richards 86; Sherman 173).

작품은 각각 불사조와 산비둘기에 비유된 연인이 서로에 대한 사랑으로 함께 불에 타 죽은 것을 기리는 장례식을 묘사하고 있다. 시인은 그들이 "혼인의 순결함"(married chastity)(61)을 유지했다고 밝히고 있는데, 대니얼 셀저(Daniel Seltzer)에 의하면 육체적 순결함이나 성적 행위의 부재를 의미하는 것이 아니고 부부간의 정절을 의미한다고 주장한다(98). 이러한 혼인의 순결함은 이미 스펜서의 『선녀여왕』 3권의 주인공인 브리토마트가 보여주는 모습이며, 후에 밀턴의 『실낙원』(*Paradise Lost*)에서 타락 이전의 이브(Eve)가 가진 모습이기도 하다. 그런데 이 작품에서 특히 흥미로운 것은 셰익스피어가 묘사하는 불사조가 부활하지 않는다는 사실이다.

여기서 송가가 시작되도다.
사랑과 정절은 죽었으니.

불사조와 비둘기는 서로의
불꽃에 싸여 예로부터 떠났다.

Here the anthem doth commence.
Love and constancy is dead;
Phoenix and the turtle fled
In a mutual flame from hence. (21-24)

빈센트 페트로넬라(Vincent F. Petronella)는 불사조가 문학 작품에서 언제나 부활하는 존재로 묘사되는 것은 아니며, 페트라르크나 마로(Marot), 그리고 스펜서의 작품에서도 죽은 불사조가 등장한다고 설명한다(316). 마이클 숀펠트(Michael Schoenfeldt)는 이 작품에서 셰익스피어가 『소네트』에서 그렇게 한 것처럼, 부활이라는 쉽고 편안한 아이디어를 의도적으로 거부하고 분명하고 필연적인 죽음 뒤에 남는 내밀한 가치를 찾고 있다고 주장하고 있다(129). 두 사람의 연인이 기꺼이 "서로의 불꽃에 싸여" 죽음으로써 그들의 사랑이 영원한 칭송의 대상이 된다는 사실은 아이러니컬하다. 두 사람은 사랑 때문에 죽음으로써 하나가 된다.

그들은 너무 사랑하여 서로
나뉜 사랑의 본질은 하나이니,
둘이지만 갈라지지 않았기에,
그 사랑 안에서 숫자는 죽었다.

So they loved, as love in twain
Had the essence but in one,
Two distincts, division none;
Number there in love was slain. (25-28)

시인은 또한 이들의 사랑이 서로 합일되는 과정이라고 묘사하고 있다.

> 그처럼 그들 사이에 사랑이 빛나
> 비둘기는 자신의 본 모습이
> 불사조의 눈에서 타는 것을 보았고,
> 상대방이 각자 그 자신이었도다.

> So between them love did shine,
> That the turtle saw his right
> Flaming in the phoenix's sight;
> Either was the other's mine. (33-36)

만일 이들이 다시 태어난다면, 그것은 세상에 남은 이들이 "그들의 비극적인 장면에 대한 합창으로"(As chorus to their tragic scene)(52) 부르는 찬양을 통해서만 가능한 것이다. 그런데 존 던의 대표작이라 할 수 있는 「시성식」("Canonization")에는 사랑의 힘이 놀라울 정도로 비슷하게 표현되고 있다.

> 불사조의 수수께끼는 우리 때문에 더 잘 이해될 것이오.
> 우리 둘이 하나가 되는 것이 바로 그것이기 때문이오.
> 그렇게 두 성이 하나의 중립적인 존재에 맞추어지오.
> 우리는 죽고 또한 다시 살아나서, 신비스러운 현상을
> 이 사랑으로 증명할 것이오.

> The Phoenix riddle hath more wit
> By us: we two being one, are it;
> So to one neutral thing both sexes fit.
> We die and rise the same, and prove
> Mysterious by this love. (23-27)

던이 「시성식」을 쓸 때 셰익스피어의 작품을 실제로 원용했다는 증거는 없다. 하지만 두 작품 사이의 놀라운 유사점은 어휘의 사용에서뿐만 아니라 세상에 남은 후대 사람들이 이 연인들을 영원한 사랑의 상징으로 기억하고 칭송할 것이라는 주제에서도 드러난다. 분명한 것은 셰익스피어의 「불사조와 산비둘기」가 탁월한 형이상학파 시라는 점이다.

우리는 셰익스피어를 극작가로만 여기는 경향이 있다. 물론 그의 극작품이야말로 그를 대변하는 주옥같은 문학이며, 독자들의 지적 능력에 상관없이 누구나 자신의 수준대로 즐길 수 있는 무한한 가능성을 가진 인간 드라마라는 데 이견이 있을 수는 없을 것이다. 하지만 동시에 그는 시인이며, 그의 극작품이 독자와 관객의 마음을 그토록 크게 울리는 이유도 그것이 운문으로 구성되어 있기 때문이다. (사실상 셰익스피어는 운문과 산문을 적절히 섞어서 사용하고 있지만, 대부분의 인상적인 대사들과 주요 등장인물들의 대사는 운문이다) 20세기를 대표하는 시인 엘리엇은 셰익스피어의 극작품이 갖는 가장 큰 강점이 운문에 있다고 보고, 자신도 운문을 사용하여 다섯 편의 극작품을 썼지만 정작 공연에서는 대부분 실패했다.

물론 극작가가 아닌 시인으로서 셰익스피어라면 과연 그가 오늘날처럼 위대한 작가로 인정받을 수 있었을지 의심스러운 것은 사실이다. 하지만 그의 시 작품에는 이후에 극작품에서 꽃을 피우는 모티프들이 함축되어 있으며 많은 극작품에 포함된 이미저리와 주제들이 드러나고 있다. 그 대표적인 예가 『루크리스의 능욕』일 것이다. 필자가 이 작품을 면밀히 살펴볼 필요가 있다고 느끼는 이유는 이를 통해서 셰익스피어의 시와 드라마의 관계를 폭넓게 이해하기 위함이다.

셰익스피어의 시와 드라마: 『루크리스의 능욕』

셰익스피어가 『비너스와 아도니스』를 발표한 바로 다음 해에 출간된 『루크리스의 능욕』은 즐겁게 감상하기가 매우 어려운 작품이다. 셰익스피어가 『비너스와 아도니스』를 사우스햄튼 백작(Earl of Southampton)에게 헌정하면서 조만간 현재의 작품보다 "더 심각한 작품"(Bevington 1530)을 출판하겠다고 선언한 것으로 보아 『루크리스의 능욕』은 그가 『비너스와 아도니스』를 썼을 때 이미 구상 중이었던 작품이었을 것이다. 앞서 언급한 게이브리엘 하비(Gabriel Harvey)의 평가에 의하면 "젊은 층"들은 『비너스와 아도니스』을 좋아하지만 "지혜로운 부류"는 『루크리스』나 『햄릿』을 선호한다는데, 『루크리스의 능욕』이 당대 독자들에게도 쉽지 않은 작품으로 인식되고 있었음을 알 수 있다. 캐서린 던컨 존즈(Katherine Duncan-Jones)는 이 작품이 "아마도 셰익스피어의 작품 전체를 통해서 희극적 요소가 전혀 없는 유일한 작품"일 것이라고 주장하며, 왜 유독 이 작품이 『비너스와 아도니스』처럼 즐겁게 읽히지 않는지에 대해 다름과 같이 설명하고 있다. "비너스의 압도적인 모습이 아도니스뿐만 아니라 우리 독자들을 사로잡아 그녀의 뜨겁고 숨 가쁘게 땀 흘리는 육체와 당황스러울 정도의 친밀함을 느끼게 하는 반면에, 셰익스피어의 『루크리스』는 육체도 없고 뜨거운 피도 없는 작품이다"(517). 어쩌면 이러한 이유가 왜 『비너스와 아도니스』가 10판이 넘게 출판되는 기간인 1617년까지 겨우 6판만 인쇄되었는지에 대한 설명이 될 수도 있겠다.

또한 이 작품은 앞서 하비가 언급한 "지혜로운 부류"에게조차 그다지 즐거운 작품은 아닌 듯하다. 씨 에스 루이스(C. S. Lewis)는 루크리스가 "고통 속에서도 과도하게 수사적"이라면서 그녀가 "남편에게 보내는 편지의 스타일"에 사로잡혀있는 모습이 몹시 거슬린다고 불평하고 있는가 하면

(109), 더글라스 부시(Douglas Bush) 또한 작품은 "쉼 없는 비유"(152)와 "끝 없는 수사학적 여담"(154)으로 가득하다고 비판하고 있다. 타퀸(Tarquin)이 루크리스를 능욕하기 전의 독백과 능욕 이후에 그녀의 하소연과 여담은 사실상 작품의 대부분을 차지하고 있음에도 불구하고 꼭 필요한 것도 아니고 읽기에 흥미로운 것도 아닌 듯 보인다. 그렇다면 과연 셰익스피어가 자신의 가장 긴 시 작품에서 전달하려고 하는 것은 무엇일까? 셰익스피어의 루크리스가 가지는 의미는 무엇인가?

루크리스의 이야기는 이미 셰익스피어의 시대에 잘 알려져 있었다. 로마의 타이터스 리비(Titus Livy)는 기원전 27-15년경에 『로마의 역사』(*The History of Rome*)에서 루크리스의 이야기를 로마공화정을 세우는 기념비적인 사건으로 기록하고 있다. 오비드(Ovid)는 기원후 1세기경에 『파스티』(*Fasti*)에서 거의 똑같은 이야기를 서술하고 있는데, "루크리스를 양으로, 타퀸을 늑대로 묘사하는" 오비드의 이야기는 사실상 로마시대에 능욕을 묘사한 유일한 시 작품이다(Glendinning 67). 리비와 오비드의 이야기에서 루크리스는 자신의 성적 욕구에 순응하지 않으면 그녀를 노예와 함께 죽여서 간통한 여인으로 공표하겠다는 타퀸의 위협에 순응하지만, 능욕 이후에 자신의 남편과 친구들을 불러 모아 자신의 복수를 수행하겠다는 서약을 받고 영웅적인 모습으로 목숨을 끊는 여성으로 등장한다. 두 작가 모두에게 루크리스의 자살은 그녀의 존경할만한 도덕심과 용기를 보여주는 분명한 행동인 것이다.

하지만 어거스틴(Augustine)은 『이교도에 반하는 신의 도시』(*De Civitate Dei Contra Paganos*)에서 루크리스의 자살이 기독교 여성이 결코 따르면 안 될, 잘못된 행동이라고 비판하고 있다. 어거스틴에 따르면 "루크레시아는 분명히 둘 중 하나의 잘못을 저지른 것인데, 그녀가 능욕에 동의하여 그 죄책감 때문에 목숨을 끊었거나, 아니면 능욕을 거부했음에도 이후에 자신에 대한 칭송에 과도하게 집착하여 자살했기 때문"이라는 것이다(재인용. Glendinning 71). 물론 어거스틴의 견해는 이교도인 로마의 여성이 취한 행위를 기독교적 행동규범에 적용하고 있다는 한계를 가지고 있다. 그런데 14세기의 제프리 초서는 자신의 『훌륭한 여성들의 이야기』(*Legend of Good Women*)에서 루크리스가 타퀸의 위협에 직면하여 정신을 잃는 것으로 묘사함으로써 어거스틴의 기독교적 윤리규범을 교묘하게 비껴가고 있다.

> 그녀는 그 즉시 정신과 호흡을 잃었고,
> 마치 죽은 것처럼 축 늘어져 있었기에
> 누가 그녀의 팔이나 머리를 치더라도
> 좋거나 싫거나 아무것도 느끼지 못했다.

> She loste bothe at ones wit and breth,
> And in a swogh she lay, and wex so ded
> Men myghte myten of hire arm or hed;
> She feleth no thing, neyther foul ne fayr. (1815-18)

초서가 서문에서 이 작품은 그가 『트로일러스와 크리세이드』에서 여성 주인공이 사랑했던 남성을 배신하도록 함으로써 뭇 여성들에게 준 깊은 상처에 대한 속죄의 의도를 담고 있다고 밝힌 점을 고려한다면(Glendinning 73), 그가 루크리스를 기절시킨 것은 충분히 이해할 수 있는 장치라고 할 수 있겠다. 초서는 여기서 루크리스를 어쩌면 그녀가 능욕에 동의했을지도 모른다는 시선으로부터 자유로운 긍정적인 여성인물로 제시하고 있는 것이다.

셰익스피어의 『루크리스의 능욕』은 대체로 리비와 오비드의 줄거리를 따르고 있다. 다만 타퀸의 내부적 갈등을 길게 묘사하고 있고 루크리스의 독백이 그보다 더 길게 주어져 있다는 것이 특이하다. 사실상 작품의 전반부는 정숙한 여성에 대한 육체적 욕망과 이에 저항하고자 하는 타퀸의 고심으로 채워져 있고, 후반부는 타퀸이 떠난 후 루크리스의 하소연과 자신의 상황이 주는 의미를 찾으려는 절망적인 노력이 전부라고 해도 과언이 아니다. 1855행으로 이루어진 작품에서 타퀸의 갈등은 루크리스의 능욕에 이르기까지 700행에 걸쳐져 있으며, 루크리스의 한탄과 내부적 투쟁 장면은 그녀가 마침내 죽음을 결심하기까지 거의 900행을 이루고 있다. 나머지 부분은 단지 리비와 오비드의 줄거리에 따른 사건의 진행일 뿐이다. 따라서 작품의 의미를 이해하기 위해서는 셰익스피어가 왜 그토록 많은 시간과 공간을 이 두 등장인물의 마음을 드러내는 데 사용했는지 알아보는 것이 반드시 필요하다.

결론부터 말하자면 두 주인공은 각각 헤어 나올 수 없는 자신의 딜레마와 마주쳐 고민하면서 상황을 예측하거나 되새기고 그 속에서 나름대로의 선택을 하고 있으며, 그들의 심리와 사고방식에 대한 묘사가 이 작품을 한 편의 인간적 비극으로 만들고 있다는 것이 필자의 생각이다. 또한 이러한 비극적 상황은 이후 셰익스피어의 대표적 비극에 재현되고 있다. 악당-영웅(villain-hero)의 원형이라 할 수 있는 타퀸은 자신의 욕망에 대한 희생자이다. 도덕적으로, 혹은 현실적으로 옳은 것이 무엇인지 알면서도 타오르는 자신의 욕망에 굴복하는 그의 모습은 전형적인 악당-영웅의 모습이다. 한편 루크리스는 일부 평자들이 제시하는 것처럼 도덕적 승리의 상징도 아니요 작품의 정치 사회적 환경의 희생자도 아니다. 그녀는 주어진 현실 속에서 최선의 길을 찾으려고 노력하고 결국 그것이 자신의 죽음이라는 결론으로 이어질 때 담담히 그것을 받아들이는 비극적 주인공일 뿐이다. 『루크리스의 능욕』은 욕망과 명예를 추구하는 자라면 누구든지 벗어날 수 없는 비극에 대한 시적 형상화라고 하겠다.

작품의 첫 부분은 타퀸의 마음과 행동에 초점이 맞추어져 있다. 그는 "정숙한 루크리스"(Lucrece the chaste)(7)를 향한 자신의 육체적 욕망을 채우기 위해 야영지인 아데아(Ardea)를 떠나 콜라티움(Collatium)으로 향한다. 자기 아내의 미모와 덕성에 대한 콜라틴(Collatine)의 칭송에 자극받은 타퀸의 강렬한 욕망이 그를 움직이게 하는 동인이다. 시인은 욕망에 휩싸인 타퀸의 모습을 일반화 한다.

> 그는 만사를 제치고 화급한 의도를 가지고 간다
> 자신의 간에서 불타는 석탄의 불길을 잠재우려고.
> 오, 차가운 후회로 둘러싸인 급하고 못된 열기여,
> 그대의 급한 돌출은 돌풍을 잠재우고 결코 늙지 않누나!

> Neglected all, with swift intent he goes
> To quench the coal which in his liver glows.
> O rash false heat, wrapp'd in repentant cold,
> Thy hasty spring still blasts, and ne'er grows old! (46-49)

다니엘 코켓조(Daniel Koketso)는 여기서 타퀸이 루크리스와 성관계를 원하고 있기는 하지만 그가 아데아를 떠날 때부터 능욕을 의도한 것은 아니며, 그녀를 겁탈하겠다는 생각은 그가 그녀를 만난 후에 생겼다고 주장하고 있다(76). 하지만 만일 타퀸이 "정숙한" 기혼녀와 성관계를 원하고 있다면 그는 분명히 강제로 그녀를 취할 의도가 있었음을 부인하기는 어렵다. 만일 루크리스가 동의한다면 그녀는 더 이상 "정숙한" 여성이 아닐 것이며, 그것이 아니라면 겁탈이 유일한 방법이기 때문이다. 그런 점에서 보면 다음과 같은 코펠리아 칸(Coppelia Kahn)의 주장이 더 설득력이 있다. "처음부터 그는 루크리스를 강제로 취할 의도를 가지고 있다. 의심할 수 없는 그녀의 정숙함 때문이기도 하려니와 콜라틴이 결코 자신의 아내에 대한 권리를 자발적으로 포기할 리 없기 때문이다. 유혹이나 설득은 결코 대안이 될 수 없는 것이다"(57).

한편 마가렛 리치 바실리오(Margaret Rich Vasileiou)는 "능욕의 동기는 타퀸이 루크리스를 직접 본 사실에 있지 않고 오히려 그녀에 대한 칭송의 언어에 대한 반응에서 찾아야 할 것"이라고 주장한다(50). 최고의 권력자를 자처하는 타퀸이 루크리스로 대변되는 여성의 명예와 드높은 도덕성을 무너뜨리고자 했다는 것이다. 과연 화자는 그녀의 남편인 콜라틴을 "그 고귀한 보석의 공개자"(the publisher / Of that rich jewel)(33-34)라고 부르며 비난하는 태도를 취하는 듯 보인다. 그러나 화자가 6연과 7연에서 분명히 선언하고 있듯이 루크리스에 대한 타퀸의 동기는 콜라틴의 "루크리스의 지배권에 대한 자랑"(boast of Lucrece' sovereignty)(36)이나 "그토록 고귀한 것에 대한 질투"(that envy of so rich a thing)(39)라기보다는 그 "자신의 간에서 불타는 석탄의 불길"(the coal which in his liver glows)(47)임을 부인하기는 어려울 것이다. 타퀸이 작품의 전반부 거의 전체를 통하여 치열하게 싸우다가 결국 굴복하는 대상은 바로 이 타오르는 욕망이다.

평자들은 대체로 작품에서 루크리스가 남성적 욕망과 소유욕의 대상으로 그려지고 있다는 칸의 제안에 동의하고 있는 듯 보인다. "근본적으로 타퀸은 능욕이라는 행위를 통해 루크리스의 정숙함을 무너뜨리는 것이 아니고 콜라틴의 명예를 부수는 것으로 여기고 있다"(54). 얀 블리츠(Jan H. Blits)는 루크리스를 궁극적으로 침략자인 타퀸과 수호자인 콜라틴 사이의 전쟁터로 보고, 타퀸이 루크리스를 정복하는 것은 콜라틴에 대한 승리라고 주장한다(415). 피터 스미스(Peter J. Smith) 역시 루크리스를 남성들이 차지하게 되어있는 땅이라고 제시하며, 작품이 능욕을 일종의 구역침범(trespassing)으로 묘사하고 있다고 제안하고 있다(22). 미리엄 제이콥슨(Miriam Jacobson)은 루크리스에 대한 타퀸의 욕망이 색욕이라기보다는 권력욕이라고 규정하고 있다(351). 셜리 샤론-지저(Shirley Sharon-Zisser)는 루크리스라는 이름이 "호화로움"을 암시하고 있다고 지적하면서, 그녀의 섹

슈얼리티는 남성의 성욕 시장에서 거래되지 않도록 감추어져 있는 상품이 되고 있다고 주장한다(35).

그러나 능욕의 희생자는 언제나 가해자에게 위엄을 갖춘 인간이라기보다는 훔쳐야 할 보물이며, 취해야 할 상품이고, 정복해야 할 땅이며, 소유해야 할 물질일 수밖에 없다는 점을 기억할 필요가 있다. 그렇지 않다면 능욕이라는 행위는 성립하지 않기 때문이다. 만일 작품이 위의 평자들이 주장한 아이디어를 담고 있다면 그것은 분명코 타퀸의 (그리고 다른 남성 등장인물들의) 관점이라는 것을 기억해야 한다. 그렇다면 문제는 타퀸이 루크리스를 욕망의 대상으로 보고 있는지 아닌지에 있는 것이 아니라 시인이 그러한 행위에 대한 타퀸의 태도를 어떻게 묘사하고 있는가에 있을 것이다. 아이러니컬하게도 루크리스의 아름다움과 도덕성을 진정으로 수용하고 있는 것은 그녀의 남편이 아니라 타퀸인 듯 보인다. 시인의 묘사에 따르면 콜라틴은 "도둑들의 귀가 듣지 못하도록 / 숨겨야 마땅한 그 고귀한 보석의 / 공개자"(the publisher / Of that rich jewel he should keep unknown / From thievish ears)(33-35)인 반면, 타퀸은 그녀를 "지상의 성인"(earthly saint)(85)으로 여기고 그녀의 아름다움이 "그녀 남편의 저급한 혀"(her husband's shallow tongue)(78)와 "투박한 기술로 보여주는 것"(his barren skill to show)(81)보다 훨씬 더 고귀하다고 여기고 있다. 타퀸은 명예와 색욕, "정직한 두려움"(honest fear)(173)과 "머리 아픈 원초적 욕망"(brain-sick rude desire)(175) 사이에서 망설인다. 루크리스가 땅이나 상품으로 묘사되고 있다는 제안은 타퀸의 망설임과 내적 투쟁을 적절히 설명하지 못한다. 타퀸에게 있어서 루크리스는 무엇인가 더 큰 것이며, 그녀를 얻기 위해서는 자신의 목숨과 명예, 그리고 자기 가족의 미래까지도 포함한 모든 것을 버릴 수 있는 어떤 것이다. 적어도 그날 밤 콜라티움에 있는 타퀸에게 그녀는 삶의 의미인 것이다.

아마도 타퀸은 영문학에서 자신의 행동에 대해 미리 고심하는 최초의 겁탈자일 것이다. 초서의 『바스의 여장부의 이야기』(*The Wife of Bath's Tale*)에 등장하는 기사는 작품의 초반에 아무런 망설임 없이 한 여성을 능욕한다. "그 즉시 그는 그녀의 호소에도 아랑곳하지 않고 / 완력을 써서 그녀의 처녀성을 빼앗았다"(Of which mayde anon, maugree hir heed, / By verray force, he rafte hire maydenhed)(887-88). 스펜서의 『선녀여왕』에 등장하는 아간테(Argante), 올리판트(Allyphant), 그리고 러스트(Lust)는 (어쩌면 당연히) 색욕을 범죄를 행하는 데 결코 머뭇거리지 않는다. 심지어 주인공인 스쿠다모어(Scudamore)조차도 비너스의 신전에서 아모렛(Amoret)과 마주쳤을 때 그 결과에 대해 깊이 생각하지 않고 그녀를 납치한다.

> 교회당에서 훔치는 것은 신성모독이었지만
> 내가 그토록이나 힘든 역경을 거쳐 왔는데
> 그대로 놓아두는 것은 어리석은 것이기에,
> 더구나 지체가 높은 남성들에게서 의심과
> 수치에 대한 두려움이 있으면 여성의 사랑을
> 결코 얻지 못한다고 들었기에, 모두 떨치고
> 그녀에게 다가가 백합 같은 손을 잡고 일으켜 세웠다오.

> For sacrilege me seem'd the Church to rob,
> And folly seem'd to leave the thing undone,
> Which with so strong sttempt I had begonne.
> Tho shaking off all doubt and shamefast feare,
> Which Ladies love I heard had never wonne
> Mongst men of worth, I to her stepped neare,
> And by the lilly hand her labour's up to reare. (4.10.53)

셰익스피어의 『타이터스 안드로니커스』(*Titus Andronicus*)에서 드미트리어스(Demetrius)와 치론(Chiron)은 자신들이 "온 세상보다도 더 라비니어를 사랑한다"(love Lavinia more than all the world)(2.1.72)고 고백하지만, 애론(Aaron)이 "이 라비니어는 루크리스도도 못 따라올 만큼 정숙하다"(Lucrece was not more chaste / Than this Lavinia)(2.1.108-109)고 선언하면서 숲속에서 그녀를 겁탈하라고 부추기자—"머뭇거리며 망설이고 있기보다는 신속한 행동이 필요해요"(A speedier course than ling'ring languishment)(2.1.110)—주저 없이 그렇게 하기로 동의한다.

어쩌면 『자에는 자로』(*Measure for Measure*)의 주인공 안젤로(Angelo)는 이사벨라(Isabella)에 대한 사랑, 또는 욕정을 깨달으면서 최소한의 자의식을 보여주는 인물일지도 모른다. "오, 이런, 이런, 이런! / 너 뭐하고 있나, 아니면 뭐하는 인간이냐, 안젤로? / 그녀를 선하게 만들어주는 그런 것들을 추악하게 / 욕망하고 있는 것이냐?"(O, fie, fie, fie! / What does thou, or what art thou, Angelo? / Dost thou desire her foully for those things / That make her good?)(2.2.177-80). 하지만 일단 자신의 색욕을 충족시키기로 결심하자 그는 자신의 계획을 실행에 옮기는 데 결코 주저하지 않는다. "그대의 육체를 내 뜻대로 하도록 해주고 / 오빠를 살리도록 하시오"(Redeem thy brother / By yielding up thy body to my will)(2.4.163-64). 물론 안젤로가 과연 진정한 의미로 강간범인지는 분명치 않다. 이 희극 작품에서 그는 결코 자신의 계획을 실천에 옮기지 못하기 때문이다.

하지만 타퀸의 내적 독백은 마지막 순간까지 철저하게 심각하다. 그는 자신을 힐난하고 "또한 멸시에 찬 시선으로 바라보면서 / 되살아나는 제 발가벗은 욕정의 갑옷을 증오한다"(Then looking scornfully, he doth despise / His naked armour of still-slaughter'd lust)(187-88). 그는 자신의 도덕적 상황과 행동의 결과를 예민하게 인식하고 있다.

'오, 기사도와 빛나는 갑옷에 대한 치욕이여!
오, 내 가문의 무덤에 대한 수치스러운 불명예여!
오, 모든 추한 해악을 불러오는 불경스러운 행위여!
진정한 용기란 항상 진정한 존경심이 있어야 하거늘.
그렇다면 내 생각은 너무도 악하고 천박한 것이니,
그것이 내 얼굴에 영원히 새겨져 있을 것이다.'

'O shame to knighthood and to shining arms!
O fould dishonor to my household's grave!
O impious act, including all foul harms!
True valour still a true respect should have;
Then my digression is so vile, so base,
That it will live engraven in my face.' (197-203)

작품의 정치 사회적 측면을 강조하는 칸은 여기서 타퀸이 주로 능욕이라는
행동 자체의 도덕적 측면보다는 그 행위가 자신의 명예와 명성에 어떤 해
악을 끼칠 것인지에 대해 염려하고 있다고 주장하고 있다(54). 하지만 앞서
인용된 내용에서 자신의 사회적 지위에 대한 염려와 도덕적 인식을 분리해
서 가늠하기란 어려운 일이다. 더구나 타퀸이 내부적 독백을 통해서 분명
하게 보여주는 것은 정치 사회적 측면이라기보다는 개인의 부끄러움과 죄
의식이다.

'오, 내 재주로 어떤 변명을 만들 수 있을 것인가,
그대가 그토록 시커먼 행위를 내게 강요한다면?
내 혀는 벙어리가 되고, 내 연약한 사지는 떨리고
두 눈은 미래를 보고, 악한 심장은 피 흘리지 않을까?'

'O, what excuse can my invention make,
When thou shalt charge me with so black a deed?

Will not my tongue be mute, my frail joints shake,
Mine eyes forego their light, my false heart bleed?' (225-28)

마침내 자신의 욕망을 따르기로 결정하고 그는 단호하게 내뱉는다. "그렇다면 어린애 같은 두려움아, 물러가라! 논쟁아 죽어라! / 존경심과 이성이여, 주름진 늙음에 이르기까지 기다려라!"(Then, childish fear, avaunt! Debating die! / Respect and reason, wait on wrinkled age!)(274-75). 그리고 그는 "루크리스의 침실로 나아간다"(marcheth to Lucrece' bed)(301). 하지만 이 시점에서조차 그는 방 문 앞에 멈춰 서서 기도를 시작한다. 시인은 루크리스의 방 문 앞에 선 타퀸을 이렇게 묘사한다. "그럼으로써 그는 자신에게 있는 불경함을 내보내고 / 마치 제 죄악에 대해 하늘이 찡그리는 듯, / 자신의 희생자를 위한 기도를 시작한다"(So from himself impiety hath wrought, / That for his prey to pray he doth begin, / As if the heavens should countencance his sin)(341-43). 자신의 도덕심에 대한 타퀸의 염려는 위선적이라기보다는 진솔한 것이다.

악당-영웅으로서 타퀸은 맥베스(Macbeth)의 원형이 될 수 있을 것이다. 두 고귀한 전사는 둘 다 특정한 욕망을 가지고 있다. 한 여성을 향한 정욕과 왕이 되고자 하는 야망이 그것들이다. 자신들의 일련의 행동이 정당한 것인지 아닌지에 대한 오랜 갈등 후에 두 사람은 마침내 자신들의 욕망에 굴복한다. 이 상황이 비극적인 이유는 둘 다 자신들의 결정을 이해하고 있으며 그 결과를 두려워하고 있음에도 불구하고, 자발적으로 불의를 저지르고 궁극적으로 파멸한다는 점 때문이다. 여기서 우리는 타퀸이 루크리스에 대한 급박한 욕망만 없었더라면 흠잡을 데 없는 인물이었을 것이라는 점을 기억할 필요가 있다. 그의 고귀한 가문, 전사로서의 용맹성, 그리고 자신이 할 행동의 결과를 그려낼 수 있는 지혜로움은 그가 위대한 인물이라는 것을 보여준다. 작품의 요지(argument)에는 그의 아버지인 루시어스 타퀴니우스(Lucius Tarquinius)는 과도하게 교만하고 잔인하다는 설명이 있지만, 정작 작품에서는 이를 언급하지도 않고 있고, 적어도 타퀸이 루크리스를 능욕하지 전까지는 어떤 교만이나 잔인함에 대해서도 암시하고 있지 않다.

제임스 톨버트(James M. Tolbert)는 셰익스피어가 작품의 요지를 쓴 것이 아니라 출판업자가 추가한 것이라고 주장하고 있는데(90), 이런 점에서 꽤 설득력이 있는 주장이다. 결국 타퀸의 '하마티아'(Hamartia)는 루크리스에 대한 끊임없는 욕망인 셈이다. 그가 콜라틴에 대해 질투하고 있을 수는 있지만, 그밖에는 작품에서 그가 난잡하거나 사악하다는 증거는 없다. 타퀸을 "플라톤적인 독재자"로 보고 있는 에이 디 커즌스(A. D. Cousins)는 그를 사탄(Satan)과 비교한다.

> 타퀸은 사탄과 유사한 존재가 된다. 타퀸과 콜라틴 둘 다에게 이 땅에서의 절대적인 선함으로 대변되는 존재로 드러나는 루크리스는 지상의 낙원과 (타락할 수 없는) 이브와 유사한 존재이다. 그렇다면 자신의 낙원과 자신의 (내켜지 않는) 이브를 범하도록 독사를 자극하는 콜라틴은 스스로 자신을 배반하는 아담의 역할을 수행하는 것이다. (46)

커즌스의 제안이 흥미로운 것이기는 하지만, 필자가 알기로는 실제로 독사로 하여금 자신의 이브를 범하도록 자극한 아담(Adam)은 어디에도 존재하지 않는다. 하지만 작품이 타퀸을 가리켜 "이 악마"(this devil)(85), "숨어있는 독사"(the lurking serpent)(362), "그의 치명적인 침"(his mortal sting)(364)이라고 하고 있는 점을 고려하면 그가 사탄, 특히 밀턴의 사탄과 흡사하다고 할 수는 있을 것이다.

밀턴의 『실낙원』에서 사탄은 교만과 악의 상징으로 등장하지만 동시에 그는 자기 인식의 모습도 보여준다. 이브를 유혹함으로써 낙원을 뒤엎을 계획을 세우면서 그는 자신의 절망적인 시도의 결과를 자각하고 있다. "내가 어디로 도망치든 거기가 지옥이다. 내 자신이 지옥이야. / 나는 가장 낮은 곳보다 더 낮은 곳에서 / 내 자신을 잡아먹으려고 끝없이 위협하는구나" (Which way I fly is Hell; myself am Hell; / And in the lowest deep a lower deep / Still threat'ning to devour me opens wide)(4.75-77). 그는 계획을 중지하고 신의 뜻에 복종한다면 용서받을 것임을 이해하고 있다. 하지만 그는 결국 자신의 계획을 진행하기로 한다. "그러므로 희망이여 안녕, 그리고 희망과 함께 두려움도 안녕, / 후회여 안녕. 모든 선함은 내게서 사라졌으니" (So farewell Hope, and with Hope farewell Fear, / Farewell Remorse: all Good to me is lost)(4.108-109). 이브를 유혹하는 데 성공한 사탄이 급작스럽게 무대에서 사라지는 점도 능욕 직후에 루크리스의 침실에서 물러나는 타퀸의 모습을 닮았다. 둘 다 신속하고 조용하게 장면에서 도망치는 것이다. "죄가 있는 독사는 숲속으로 움츠려 되돌아가고"(Back to the Thicket slunk / The guilty Serpent)(784-85), 타퀸은 "죄가 있는 마음의 부담"(the burden of a guilty mind)(735)을 가진 채 "어두운 밤으로 사라진다"(through the dark night he stealeth)(729).

만일 셰익스피어의 타퀸이 밀턴의 사탄을 창조하는 데 어떤 영향을 주었다는 가정이 가능하다면, 셰익스피어가 묘사하는 타퀸의 모습은 18세기 사무엘 리처드슨(Samuel Richardson)의 『클래리사』(*Clarissa*)에 등장하는 러브레스(Lovelace)의 성격에도 영향을 주었을 가능성이 있다. 타퀸처럼 러브레스도 도덕심의 상징인 클래리사를 육체적으로 농락하겠노라고 결심하고 오랜 갈등과 시도 끝에 마침내 그녀를 겁탈함으로써 그녀를 파멸시킨다. 하지만 죄책감과 후회로 고심하던 그자신도 그녀의 오빠와의 결투를 통해 죽음을 선택한다. 물론 타퀸은 사탄도 아니요, 러브레스처럼 난봉꾼의 모습을 보이는 것은 더욱 아니다. 그러나 타퀸을 통해서 셰익스피어는 자신의 행동이 옳은 것인지, 또한 그 결과가 무엇인지에 대해 고통스럽게 숙고하지만 결국 잔혹한 의지를 가지고 악행을 저지르는 또 다른 악한의 원형을 창조하고 있다. 그리고 이러한 악당-영웅은 후에 맥베스의 성격으로 다시 나타난다.

타퀸은 루크리스를 능욕한다. 그녀와 대면하기 전까지 그의 내부적 갈등과 망설임을 고려한다면, 여기서 그는 완전히 다른 성품의 인물인 것처럼 보인다. 이미 리비가 제공한 줄거리이기는 하지만, 루크리스에 대한 그의 위협은 사악하고 효과적인 것이다.

> "루크리스," 그가 말했다, "오늘밤 나는 그대를 즐기리.
> 만약에 그대가 거절하면, 강제로 내 뜻을 이룰 것이다.
> 바로 그대의 침대에서 나는 그대를 파괴해버릴 것이고,
> 그런 다음에, 그대의 값없는 노예 하나를 죽일 것이니,
> 그대의 삶이 사라지면 그대의 명예도 죽여 버리려 한다,
> 죽은 그대의 두 팔 안에 그 작자의 시체를 놓아두고,
> 그대가 그를 껴안는 것을 보고 그를 죽였다고 맹세할 것이다."

> "Lucrece," quoth he, "this night I must enjoy thee:
> If thou deny, then force must work my way,
> For in thy bed I purpose to destroy thee:
> That done, some wotthless slave of thine I'll slay,
> To kill thine honour with thy life's decay;
> And in thy dead arms do I mean to place him,
> Swearing I slew him, seeing thee embrace him," (512-18)

타퀸의 위협은 그녀의 남편, 그녀의 가족, 그리고 심지어는 그녀의 자식들에게까지 미치는 것이다. 윌리엄 위버(William P. Weaver)는 루크리스와 가

족의 명예를 파괴하겠다는 타퀸의 위협이 비록 오비드로부터 온 것이기는 하지만, 셰익스피어는 그녀의 남편과 자식들까지 포함시킴으로써 그의 협박을 좀 더 구체적인 것으로 만들었다고 지적하고 있다(423). 루크리스는 타퀸의 의도를 바꾸어보려고 우정, 수치, 명예, 명성, 죄의식 등 여러 가지 개념을 동원하면서 설득력 있고 진심어린 하소연을 한다. 하지만 이런 것들은 이미 타퀸이 내부적 갈등을 겪으며 심각하게 고심했었고 물리친 것들이다(Bowers 13). 그는 루크리스를 능욕한다. 여기서 그녀가 어쩔 수 없이, 또는 비밀리에 그 행위에 동의했는지 여부는 논점이 아니다. 중요한 것은 타퀸이 자신의 행동을 통해서 아무것도 얻지 못했다는 점이다. 역설적으로 성적 충동에 따른 그의 행동은 그에게 실망감만 안겨줄 뿐이다(Koketso 78). 시인은 그의 모습을 묘사한다. "온통 불쌍하고 연약하고 비겁해진 [그의] 연약한 욕망은 / 흡사 파산한 거지처럼 자신의 형편에 대해 슬피 울었다"(Feeble Desire, all recreant, poor, and meek, / Like to a bankrupt beggar wails his case)(710-11). 심지어 그와 그의 가족이 로마에서 추방당하는 마지막 장면이 없더라도, 여기서 묘사된 그의 모습은 그가 이미 패배자라는 것을 반증해준다.

스미스는 1855행에 이르는 작품에서 정작 능욕 장면은 10행에 불과하다는 점을 지적한다(19). 하지만 능욕이 삽입을 전제로 하고 있다면 작품은 결코 그러한 행위를 묘사하고 있지 않다. 시인은 서술한다. "늑대는 자신의 먹잇감을 움켜쥐었고, 불쌍한 양은 울었다"(The wolf hath seized his prey, the poor lamb cries)(677). 또한 그녀가 비명을 지르기 시작하자, "그는 그녀가 입고 있던 잠옷으로 / 그녀의 가엾은 울부짖음을 그녀의 머릿속에 가두면서, / 자신의 뜨거운 얼굴을 순결한 그녀의 눈물로 식혔다"(with the nightlyh linen that she wears / He pens her piteous clamours in her head, / Cooling his hot face in the chastest tears)(680-82). 그리고 바로 다음 행에서 행위는 이미 끝나있다. "오, 내리치는 욕정이 그토록 순결한 침대를 더럽히다니!"(O, that prone lust should stain so pure a bed)(684). 타퀸은 장면에서 물러나고, 마치 그에게서 주요 등장인물의 역할을 이어받은 것처럼 루크리스는 무대의 한가운데 홀로 서 있다. 이러한 변화는 두 등장인물을 대조적으로 묘사하는 행이 교대로 등장하며 극적으로 드러난다.

> 그는 도둑 같은 개처럼 슬프게 기어 나간다.
> 그녀는 지친 양처럼 헐떡이며 거기 누워있다.
> 그는 험악한 얼굴로 죄지은 자신을 증오하고,
> 절망한 그녀는 손톱으로 자신의 살을 찢는다.
> 그는 죄에 대한 두려움으로 힘없이 도망친다.
> 그녀는 끔찍한 밤을 향해 소리 지르며 머문다.
> · · ·
> 그는 괴로워하는 개종자가 되어 거기서 떠나고.
> 그녀는 희망 없는 추방자가 되어 거기 머문다.

> He like a thievish dog creeps sadly thence;
> She like a wearied lamb lies panting there;
> He scowls and hates himself for his offence;
> She, desperate, with her nails her flesh doth tear;
> He faintlhy flies, sneaking with guilty fear;
> She stays, exclaiming on the direful night;
> · · ·
> He thence departs a heavy convertite;
> She there remains a hopeless castaway. (736-44)

피해는 발생했고, 루크리스는 이제 그 결과를 받아들여야 한다. 그녀가 과연 사건의 피해자인지 아니면 거기서 용기 있게 의미 있는 것을 이루어내는지 여부는 비평가들의 논점이 되어왔다.

많은 평자들은 루크리스가 남성중심적 사회와 마주쳐 그에 대항하는 도덕적 승리의 상징이라는 것에 동의하고 있다.[29] 칸은 작품이 철저하게 남성들끼리의 경쟁에 대한 잔혹한 결과를 다루는 남성중심적인 이야기로 보고 다음과 같이 주장한다. "[셰]익스피어는 명예를 잃은 여성들이 스스로 순교자가 되든가 아니면 경멸의 대상이 되기를 요구하는 사회적 질서에 대해 슬퍼할지는 몰라도, 루크리스의 자살을 자신의 성적 순수성을 상징적으로 자기 안에서 되살림으로써 기막히게 성공적으로 콜라틴의 명예를 재창조하는 행위로 보고 있다"(64). 캐서린 벨지(Catherine Belsey)는 루크리스가 남성적 권력투쟁의 무기력한 희생자가 아니라 오히려 강한 의지를 지닌 영웅이라고 전제하고, 다음과 같이 설명한다. "그녀는 단 한 번도 자신이 무엇을 해야 하는지 남편에게 물어본 적이 없다"(328). 그녀는 자신의 행동을 스스로 결정하는 여성인 것은 분명해 보인다. "내 스스로 나는 내 운명의 여주인이다"(For me, I am the mistress of my fate)(1069). 로라 브롬리(Laura G. Bromley)는 한걸음 더 나아가 다음과 같이 주장한다. "그렇다면 셰익스피어의 루크리스는 수동적이거나 잘못을 당한 여성이 아니라, 악에 맞서 싸워 오랫동안 이어져 온 왕들의 독재를 무너뜨리고 로마에 대표적인 정부를 이루어낸 강한 인물이다"(210). 한편 에이미 그린스탓(Amy Greenstadt)은 루크리스의 마지막 유언이 궁극적으로 이루어지지 않았다는 점을 강조한다.

죽으면 자신의 유언을 다른 이들에게 맡겨야 한다는 사실을 알고, 루크리스는 자신이 죽은 이후에 바라는 것들이 능욕과 비슷한 폭력에 무기력하다는 것을 두려워하며 암시한다. 작품의 마지막에서 루크리스의 두려움은 정당화되는 것처럼 보인다. 그녀가 죽자마자 콜라틴은 복수를 추구하는 대신에

---

29) A. Robin Bowers, Philippa Berry, Laura G. Bromley, Catherine Belsey를 참조할 것.

그녀의 시체를 두고 그녀의 아버지와 말싸움을 벌이는 존재로 전락한다. 부르터스가 마침내 그녀의 육신을 가지고 대중에게 공개하여 타퀸에 대한 복수심을 부추김으로써 그녀에게 했던 맹세를 완수하지만, 그는 그녀의 원래 의도를 넘어서 그녀에 대한 능욕으로 촉발된 분노를 이용해 로마 최초의 공화정을 이루는 데 사용한다. 더구나 로마인들은 루크리스가 원했던 것처럼 타퀸을 죽이지 않았고 다만 그를 로마에서 추방했을 뿐이다. (68-69)

리비, 오비드, 초서를 포함하여 셰익스피어 이전의 대부분 작가들은 루크리스의 자살을 존경할만한 것으로 묘사하고 있기 때문에 셰익스피어로서는 그녀의 행동을 다르게 표현하기 어려웠을 것이다. 하지만 그녀가 단지 스스로 목숨을 끊은 결과로 인해서 로마에 공화정이 수립되었다고 그녀의 행동을 칭송하는 것은 만족스럽지 않다. 셰익스피어는 그녀의 생각 속으로 들어가 거의 900행에 걸쳐서 그녀의 마음이 어떻게 절망에서 새로운 결단으로 움직이는지 묘사함으로써 자신의 죽음을 통해서 작품 안에서 새로운 평화와 조화를 이루어내는 비극적 영웅을 창조하고 있다.

능욕 이후에 루크리스가 한 최초의 행동은 울부짖음과 하소연이다. 벌어진 상황으로부터 탈출할 길을 찾을 수 없는 무력한 희생자로서 그녀의 유일한 선택은 자신이 아닌 무언가, 혹은 누군가를 원망하는 것인 듯 보인다. 그녀는 "밤"(Knight)을 "지옥의 형상이여! / 치욕의 어두운 기록자며 등록자여! / 비극의 검은 무대여"(imgae of hell! / Dim register and notary of shame! / Black stage for tragedies)(764-66)라고 부르고 "기회"(Opportunity)를 "배신자의 역모를 수행하는"(executes the traitor's treason)(877) 존재로, 그리고 "시간"(Time)을 "젊음을 먹는 자, 사악한 즐거움의 사악한 노예, / 비통함의 천박한 파수꾼, 죄악을 나르는 무리, 도덕심의 함정"(Eater of youth, false slave to false delight, / Base watch of woes, sin's pack-horse, virtue's snare)(927-28)이라고 부르며 원망을 퍼붓는다. 이러한 그녀의 내부적 독백에서 가장 분명하게 드러나는 모티프는 수치와 죄책감이다. 그녀가 수치심을 느끼다는 것은 이해할 만하다.

셰익스피어의 또 다른 겁탈의 희생자인 라비니어는 "딸아이는 자신의 수치보다 오래 살아서는 안 된다"(the girl should not survive her shame) (5.3.41)고 믿는 아버지에게 죽임을 당한다. "죽어라, 죽어, 라비니어여, 그대의 수치도 그대와 함께 죽으리니"(Die, die, Lavinia, and thy shame with thee)(5.3.47). 하지만 루크리스의 죄책감은 어떤가? 그녀는 벌어진 일에 대한 책임이 없다. 그렇다면 왜 그녀는 자신에게 죄가 있다고 울부짖는 것인가? 루크리스는 자리에 없는 남편을 향해 말한다. "하지만 나는 그대의 명예를 짓밟은 죄가 있어요. / 그러나 나는 그대의 명예 때문에 그를 접대했습니다. / 그대가 보냈기에 나는 그를 물리칠 수가 없었어요. / 그를 멸시하는 것은 불명예가 되었을 것이기 때문이죠"(Yet am I guilty of thy honour's wrack; / Yet for thy honour did I entertain him; / Coming from thee, I could not put him back, / For it had been dishonor to disdain him)(841-44). 물론 여기서 루크리스의 변명은 타퀸을 자신의 집에서 재워준 것에 대한 것이다. 그녀는 불행한 사건을 미연에 방지하지 못한 자신의 부주의함을 탓하고 있다. 하지만 미래를 예측할 수 없는 인간으로서 그녀가 타퀸의 행동을 미리 짐작하기를 기대할 수는 없다. 흥미로운 것은 그녀가 어쩔 수 없는 사건에 휩쓸린 자신보다 더 큰 존재였어야 한다고 느끼고 있다는 사실이며, 이러한 책임감은 궁극적으로 그녀로 하여금 최종적인 결정을 하도록 인도한다.

캐서린 아이자만 마우스(Katherine Eisaman Maus)는 지적한다. "일단 집안이 약탈당하고 파괴되면 거주자들은 그 책임이 있든 없든 고통을 받을 수밖에 없다. 이것이 바로 루크리스가 조금 후에 보게 되는 트로이 그림이 주는 교훈 중 하나인 것이다"(70). 루크리스의 생각은 이제 가해자인 타퀸에게로 넘어가 그를 저주한다.

그가 자신의 곱슬머리를 쥐어뜯을 시간이 있기를,
그가 자신을 향해 슬프게 절규할 시간이 있기를,
그가 시간의 도움으로 절망하게 될 시간이 있기를,
그가 역겨운 노예로 살아가게 될 시간이 있기를,
그가 거지가 남긴 찌꺼기를 갈망할 시간이 있기를.

Let him have time to tear his curled hair,
Let him have time against himself to rave,
Let him have time of Time's help to despair,
Let him have time to live a loathed slave,
Let him have time a beggar's orts to crave. (981-85)

하지만 점차 그녀는 이러한 비난이 소용없다는 것을 깨닫고 행동하기로 결심한다. "꺼져라, 게으른 말들이여, 얄팍한 바보들의 하인들 같으니! / 소용없는 소리요, 나약한 중재자여! . . . 나는 더 이상 논의를 진행시키지 않으리, / 이미 내 상황은 법의 도움을 얻기엔 이미 늦었으니"(Out, idle words, servants to shallow fools! / Unprofitable sounds, weak arbitrators! . . . For me, I force not argument a straw, / Since that my case is past the help of law)(1016-22). 이러한 그녀의 추론 과정은 타퀸이 자기 자신과 논쟁할 때 거쳤던 과정을 상기시킨다. 타퀸이 행동을 결심하면서 말한 것처럼—"그렇다면 유치한 두려움이여 꺼져라! 논쟁이여 죽어라!"(Then, childish fear, avaunt! Debating die!)(274)—루크리스는 이제 마음에 결정을 내리는 것이다. "내게 진정으로 좋은 치유책은 / 내 더럽혀진 피를 배출하는 것이리니"(The remedy indeed to do me good / is to let forth my fould-defiled blood)(1028-29).

마우스는 두 주인공의 특징을 다음과 같이 설명한다. "두 인물 중 누구의 선택도 자신에게 최선으로 보이지는 않는 듯하다, 그리고 타퀸과 루크리스는 계속해서 합리적으로 행동하라는 유혹에 저항해야만 한다. 그렇기 때문에 그들의 의사 결정은 한 순간에 이루어진 행위라기보다는 지속적으로 반복되는 과정인 것이다"(67). 타퀸이 결심을 한 후에도 루크리스의 침실 앞에서 머뭇거렸던 것처럼, 루크리스도 마음의 결정을 내린 후 계속해서 자기 행동의 의미에 대해 숙고한다. 하지만 둘의 차이점은 타퀸은 그 때문에 결국 자신이 파멸할 것임을 알고 있음에도 자신의 색욕을 따르기로 한 데 반해서, 루크리스는 자신을 파괴함으로써 명예로운 자아와 자기 가족을 되살리는 방법을 찾으려 한다는 것이다. 거대한 도덕적 차이가 있음에도 불구하고 타퀸과 루크리스는 둘 다 도덕적 이상이 무엇인지 분명히 인식하고 있으며 그 때문에 자신들의 인간적 연약함과 끊임없는 논쟁을 거친다. 타퀸이 자신의 욕망에 굴복함으로써 루크리스를 비극적 난관에 빠뜨렸다면, 이제 그녀는 그 때문에 자신에게 주어진 상황과 더불어 자신의 인간적 한계에 맞서 씨름해야 하는 것이다. 빅포드 실베스타(Bickford Sylvester)가 지적하듯이 작품의 마지막에서 여성적 수동성을 극복하기로 한 그녀의 결정은 일찍이 타퀸이 내부적 갈등을 거치면서 남성적 자부심과 육욕에 굴복하기로 한 결정과 극명한 대조를 이룬다(508). 그렇다면 루크리스는 타퀸에 의해 파괴된 자연의 질서를 다시 회복하고 있다는 결론을 내릴 수도 있겠다.

자신의 가족과 친구들 앞에서 루크리스는 자신에게 일어난 일의 전모를 밝힌다. 그녀는 자신에게 가해진 폭력에 대하여 무력했다고 고백한다. "제 적은 강했고, 가엾은 저 자신은 약했으며, / 그처럼 거대한 공포로 인해 더더욱 약해졌죠"(Mine enemy was strong, my poor self weak, / And far the weaker with so strong a fear)(1646-47). 그러나 그녀는 자신의 영혼은 폭력에 굴복하지 않았다고 선언한다. "비록 제 천한 피가 이러한 만행에 더럽혀졌지만 / 제 마음은 아무런 흠도 없이 깨끗합니다. / 제 마음은 강제되지 않았고, 결코 폭력에 굴복하는 / 협력자가 되지 않았어요"(Though my gross blood be stain'd with this abuse, / immaculate and spotless is my mind; / That was not forced; that never was inclined / to accessary yieldings)(1655-58).

몸과 마음을 나누는 것이 실제로 설득력이 있는지는 별 문제이겠지만, 능욕에 대해 그녀에게 아무런 선택권이 없었다는 것을 고려하면 그녀의 주장은 매우 타당하다고 하겠다. 마침내 그녀는 그 자리에 있는 모든 이들에게 자신의 복수를 맹세하게 하고, 타퀸의 이름을 밝힌 후 목숨을 끊는다. "그러나 그 배신자를 죽여주십시오"(yet let the traitor die)(1686). 그녀가 그토록 오랫동안 자신과의 투쟁 과정을 거치고 결국 자신의 세상에 정당한 정의를 가져다주는 유일한 방법이 죽음뿐이었다는 사실은 그녀를 비극의 주인공으로 만들기에 충분한 조건이다.

작품을 근본적으로 루크리스의 비극이라고 보고 있는 주디스 던다스(Judith Dundas)는 이렇게 설명한다. "일단 그녀가 결심을 하게 되면, 우리는 순교자가 자신의 믿음을 위해 기꺼이 죽겠다고 하는 태도와 마찬가지로 더 이상 그 결정이 옳은 것인지 아닌지 의심할 수 없다. 루크리스의 자살은 이미 '주어진' 이야기이며 셰익스피어는 루크리스의 영역 안에서 그녀의 죽음을 비극적이며 냉철하게 올바른 결정으로 만들고 있기 때문이다"(15-16). 루크리스를 햄릿에 비교하면서 존 로우(John Roe)는 두 주인공이 모두 자기 분열의 경험을 겪으며, 자신이 어찌할 수 없는 상황 때문에 견딜 수 없는 삶과 대면해야 하는 처지에 놓여 있다고 설명한다(107).

메리 조 키에츠만(Mary Jo Kietzman)은 한걸음 더 나아가 루크리스와 햄릿은 둘 다 자신들의 특정한 도덕적 난관에 적극적으로 대응하면서 자신이 어떤 인물이 될 것인지, 그리고 어떻게 행동할 것인지 고민하는 프로타고니스트라고 주장한다(22). 사실상 햄릿이 평온하게 죽으면서 자신이 겪었던 투쟁과 갈등의 종지부를 찍는 것처럼, 루크리스의 죽음도 역시 고통에 물든 그녀의 영혼으로부터 평화롭게 풀려나는 모습으로 묘사되고 있다. "그 타격은 그녀의 영혼을 깊은 불안함에서, / 영혼이 숨 쉬던 오염된 감옥에서 풀어주었다"(That blow did that it from the deep unrest / Of that polluted prison where it breathed)(1725-26). 햄릿의 죽음이 노르웨이의 왕자 포틴브라스(Fortinbras)로 하여금 덴마크를 통치하게 만든 것처럼, 루크리스의 자살은 로마에 새로운 정치 구조를 수립하게 한다. 하지만 햄릿의 유언은 실현되는 반면, 루크리스의 유언은 그렇지 않다.

타퀸을 죽여달라는 그녀의 유언은 적어도 그녀의 말 그대로는 이루어지지 않는다. 비록 브루터스가 "이 피 묻은 칼에 맹세코, / 우리는 이 진실한 부인의 죽음에 대해 복수하리라"(by this bloody knife, / We will revenge the death of this true wife)(1840-41)고 선언하지만, 실제로 그는 루크리스의 죽음을 자신의 정치적 동기로 이용하고 있을 뿐이다. 그린스탓은 브루터스의 행동이 "그녀의 유언을 이루었거나, 그녀의 주장을 그녀가 죽은 후에 적절히 변형시킨 것으로 볼 수 있다"고 주장한다(50). 또한 조너던 하트(Johnathan Hart)는 브루터스가 작품에서 유일하게 분별 있는 남성의 목소리를 대변한다고 제시한다(64). 그럴 수도 있겠다. 하지만 중요한 것은 그동안 바보인 척 가장했던 그가 타퀸 가문을 파괴할 수 있는 기회를 잡았다는 사실이며, 그는 개인의 비극을 공적인 문제로 변화시켰다는 사실이다. 그에게 있어서 루크리스의 죽음은 한 여성의 비극이 아니라 "로마 그 자체에 대한 치욕으로 남는"(Rome herself in them doth stand disgrace)(1833) 사건인 것이다.

셰익스피어는 이야기 자체에 특별히 많은 관심을 기울이지는 않은 듯 보인다. 루크리스의 이야기는 동시대에 이미 잘 알려져 있었고, 셰익스피어의 작품은 『비너스와 아도니스』에 이어 자신의 두 번째 시 작품이며, 이를 통하여 그는 스펜서나 시드니처럼 훌륭한 시인으로 인정받기를 원했다.

극작가로서 그의 명성은 이미 확고했으며, 그는 자신의 시적 성취도 극작 능력만큼 탁월하다는 것을 보여주려고 노력했을 것이다. 필자는 셰익스피어가 루크리스의 이야기에서 찾은 것은 제한된 인간의 조건이라고 믿는다. 『루크리스의 능욕』은 욕망과 명성을 추구하는 인간이라면 아무도 비껴갈 수 없는 비극을 시로 형상화한 작품이다. 바로 이 때문에 셰익스피어는 두 주인공의 마음속에 그토록 긴 갈등과 토론의 공간을 부여한 것이다.

이언 도날슨(Ian Donaldson)이 지적하고 있듯이, 다른 어떤 작가들의 루크리스 이야기도 셰익스피어의 시 작품처럼 두 주인공이 어쩔 수 없이 마지막 결정을 하기 전까지 그들의 사고 과정이나 망설임, 또는 방황을 이처럼 심리적인 혜안을 가지고 섬세하고 탁월하게 묘사하고 있지 않다(44). 타퀸의 독백과 행동은 자신의 욕망과 싸우는 그의 갈등이 진실한 것임을 보여준다. 그가 정숙하다고 정의한 대상을 파괴함으로써 타퀸은 자신의 이상을 잃었고 결국 능욕의 희생자가 되었다(Quay 7). 루크리스는 자신의 육체와 영혼에 가해진 피해에 반응할 수밖에 없었다. 그녀는 이 절망적인 상황을 해결할 방도를 찾아 고통스러운 투쟁을 벌인다. 죽음이라는 그녀의 선택이 최선인지 여부는 확실치 않다. 그녀를 둘러싼 정치 사회적 환경은 그녀로 하여금 성공적인, 아니면 최소한 긍정적인 결과를 허용하지 않을 것이기 때문이다. 그녀가 마음에 결정을 하고 그것을 수행하는 과정은 분명히 비극적이다. 하지만 우리는 그녀가 받아들인 선택에 공감한다.

왜냐하면 인간이란 궁극적으로 외부로부터 닥쳐오는 끔찍하고 예기치 못한 폭력에 무력한 존재이며, 사건을 당한 후에 그에 대처하여야 하기 때문이다. 인간이 다른 인간에게 저지를 수 있는 매우 잔인하고 폭력적인 행위 중 하나인 능욕을 둘러싼 이 위대한 비극적 시 작품을 통하여 셰익스피어는 어떻게 아름다움과 도덕심 같은 이상적인 인간의 조건이 파괴될 수 있는지, 그리고 동시에 어떻게 그것들이 다시 회복될 수 있는지 보여주고 있다.

밀턴
John Milton

『실낙원』과 『선녀여왕』

필자는 박사과정 수업 중에 처음으로 밀턴의 『실낙원』(*Paradise Lost*)을 만났다. 물론 학부 수업에서 「리시더스」("Lycidas")를 비롯한 시인의 초기 작품들을 읽기는 했지만 본격적으로 그의 후기 대작을 접한 것은 그때가 처음이었다. 작품의 내용은 전혀 새로울 것이 없었다. 그러나 처음 대하는 사탄(Satan)의 영웅적인 모습과 이브(Eve)의 역동적인 태도에 빠져들면서 밀턴이야말로 평생을 바쳐 공부해도 아깝지 않은 시인이라는 생각을 굳히게 되었다. 하여 밀턴은 스펜서, 셰익스피어와 함께 필자의 박사학위논문의 주요 주제가 되었고, 세월이 지난 후 이제 『실낙원』은 필자가 강의하는 학부 수업 과정에 반드시 포함하는 작품이 되었다. 학부 시절부터 밀턴을 알게 해주어야겠다는 일종의 소신이 반영된 것이다. 밀턴은 심각한 시인이다. 그래서 많은 영문학도들이 그의 작품에 흥미를 잃곤 한다. 평생을 자신의 분명한 종교적, 정치적 신념을 위한 사명감으로 투쟁하고 고민한 시인의 흔적이 그의 작품에 드러나지만, 그것이 모든 독자들에게 언제나 흥미롭게 다가가는 것은 아니기 때문이다. 르네상스(Renaissance) 작가들에게 공통적으로 나타나는 문학의 목표, 즉 '즐거움'을 통해 무엇인가를 가르친다는 명제는 밀턴에게는 해당되지 않는 듯하다. 아니면 천재 시인은 자신에게 즐거운 것이 독자들에게는 그렇지 않을 수 있다는 사실을 짐작하지 못했거나 애써 무시했을지도 모른다. 하지만 인간의 자유와 시민의 권리 확보에 일생을 바쳐 투쟁하다가 전 재산을 몰수당하고 겨우 죽음만을 면한 눈먼 노시인의 후기 대작 3편은 휴머니즘(Humanism), 즉 인간의 위대한 가능성을 드러내는 위대한 작품들임이 틀림없다.

여기서 다루는 4명의 시인들 중에서 아마도 밀턴은 가장 종교적인 시인일 것이다. 물론 스펜서도 투철한 프로테스탄트(protestant)였으며 자신의 개신교적 신념을 작품에 노골적으로 투영하고 있는 것이 사실이다. 하지만 밀턴의 후기 대작에서처럼 성서를 기반으로 한 기독교적 내용을 작품의 주제로 삼은 것은 그 이전의 어떤 작가에게서도 찾아볼 수 없다. 기독교 신앙은 시인에게 인생의 화두였으며 그것을 바탕으로 인간의 위대한 가능성을 드러내는 것은 시인의 과업이었으리라. 초서를 위시해서 스펜서와 셰익스피어가 밀턴의 문학에 끼친 영향에 대해서는 새삼 재론할 필요가 없겠으나, 특히 밀턴에게 중요했던 선대 작가는 스펜서였다. 어쩌면 초서는 이미 스펜서의 작품에 녹아들어가 있고 대중적인 셰익스피어는 자신과는 다른 길을 걸은 작가라고 여겼을지도 모르겠으나, 밀턴의 작품에서 유독 뚜렷하게 눈에 띄는 것은 스펜서의 영향력이다. 따라서 이번 장에서는 밀턴의 후기 대작 3편을 집중적으로 다루면서 그것들이 스펜서의 『선녀여왕』(*The Faerie Queene*)의 주제와 인물을 어떻게 재현하고 있는지 살펴보도록 한다.

스펜서가 초서의 후계자를 자처하고, 밀턴이 스펜서를 자신의 스승이라고 칭한 것은 이미 잘 알려져 있는 사실이다. 밀턴은 자신의 초기 작품인 『일펜서로소』(*Il Penseroso*)에서 이미 스펜서를 "위대한 시인"(great Bards)

중 하나로 언급하고 있으며, 『코머스』(*Comus*)에서는 그를 "현명한 시인" (sage Poet)이라고 암시하고 있다. 또한 언론의 자유를 옹호한 유명한 산문 『아레오파기티카』(*Areopagitica*)에서 밀턴은 다음과 같이 말한다.

> . . . 우리들의 현자이며 심오한 시인인 스펜서를 나는 감히 스코터스나 아 퀴나스보다 더 훌륭한 시인으로 알고 있는데, 그는 가이언이라는 인물을 통해 그가 팔머와 함께 맘몬의 동굴과 지상 낙원의 소굴을 겪으면서, 보고 알면서도 자신을 통제하는 진정한 절제를 묘사하고 있다.

> . . . our sage and serious poet Spenser, whom I dare be known to think a better teacher than Scotus or Aquinas, describing true temperance under the person of Guyon, brings him in with his palmer through the cave of Mammon and the bower of earthly bliss, that he might see and know, and yet abstain. (729)

밀턴은 스펜서의 가이언(Guyon)이 자신에게 주어진 과업을 이루기 위해 수많은 시련과 실패를 거듭해서 겪는 과정을 통해 유혹을 경험하고 그 실체를 파악하고 있으면서도 이를 극복한다는 사실 때문에 진정한 도덕적 모범이라고 여기고 있는 것이다. 밀턴은 설명한다.

> 죄악이 가진 미끼와 그럴듯한 즐거움을 모두 알고 있으면서도 이를 구분할 수 있고, 멀리하며, 진실로 더 나은 것을 선호하는 자야말로 진정한 기독교 전사이다. 나는 은둔하거나 회피하며, 당당히 나아가 자신의 적과 마주서 지 않는 미숙하고 경험 없는 도덕을 칭송할 수 없다. . . . 죄악이 자신의 추종자들에게 약속하는 모든 것을 알고 나서 이를 거부하는 도덕이 아니라면, 죄악에 대해 충분히 숙고하지 못하는 미숙한 도덕, 그것은 순수하다기보다는 공허한 도덕일 뿐이다. 그러한 순백함은 단지 무가치한 순백함에 지나지 않는다.

He that can apprehend and consider vice with all her baits and seeming pleasures, and yet abstrain, and yet distinguish, and yet prefer that which is truly better, he is the true warfaring Christian. I cannot praise a fugitive and cloistered virtue. . . . That virtue therefore which is but a youngling in the contemplation of evil, and knows not the utmost that vice promises to her followers, and rejects it, is but a blank virtue. (728)

스펜서의 주인공들도 그렇지만 밀턴의 후기 대작에 등장하는 주인공들은 예외 없이 이러한 시련과 실패를 겪으면서 악의 실체를 알고, 이를 극복하는 과정을 거치는 인물들이다. 아담(Adam)과 이브가 죄악과 절망을 딛고 구원에 대한 새로운 희망을 얻는 것처럼 그리스도도 사탄의 시험을 거치고서야 인류의 구원자로 세상에 나갈 수 있는 것이다. 물론 삼손도 예외가 아니다.

밀턴과 스펜서가 해박한 고전 지식과 영어의 서사시적 가능성에 대한 인식─의도적인 고어의 사용이나, 음악적 웅장함을 강조한 표현─을 공유하고 있는 것은 이미 잘 알려진 사실이다. 그러나 그러한 언어적 유사성보다 더욱 두 시인을 가깝게 묶어주는 것은 기독교적 휴머니즘으로 대변되는 인간중심의 세계관이라고 할 수 있다. 스펜서는 『선녀여왕』 1권에서 세속적이거나 반 기독교적인 환경(또는 타락한 기독교적 환경)과 대적하면서 성스러움을 성취하는 레드크로스(Redcross) 기사의 이야기를 통해서 자신의 기독교적 휴머니즘을 형상화하였다. 또한 밀턴은 『실낙원』에서 인간이 최초로 악을 경험하고 그것을 극복하는 과정을 서술함으로써 신 중심의 기독교적 세계관을 수용하면서 동시에 인간의 위대함을 드러내는 문학적 성취를 이루었다.

토마스 로쉬(Thomas Roche)는 14세기 가톨릭이었던 초서나, 16세기 영국의 프로테스탄트였던 스펜서, 그리고 17세기 청교도였던 밀턴의 작품세계가 공통적으로 기독교적인 이미지와 상징체계를 사용하고 있다고 전제하고, 이들의 종교적 차이를 작품 안에서 구분하는 것은 불가능하다고 주장한다(15). 그러나 스펜서가 레드크로스를 통해서 보여주고자 하는 기독교도의 행동규범과 밀턴이 아담을 통해서 제시하는 인간의 이상적 모습이 과연 동일한지는 한번 따져보아야 할 문제이다. 스펜서는 『선녀여왕』을 진실이 담긴 허구로 인정하고 있으며, 그 안에 내포된 기독교적 진리의 다양한 모습을 그려내고 있는 반면, 밀턴의 작품세계는 독자에게 하나의 절대적 진리에 대한 믿음을 선택하든가 아니면 거부하든가 하는 양자택일을 강요하고 있기 때문이다(Quilligan 42).[30] 다시 말하면, 밀턴이 성서적 창조 신화를 궁극적으로 역사적인 사실로 받아들이고 이를 휴머니즘적 입장에서 재해석하려 했다면,[31] 스펜서는 자신의 작품을 처음부터 비사실적이지만 교훈적인 우화로 의도하고 있는 것이다. 존 스티드만(John Steadman)은 스펜서가 아리오스토적인 로망스 서사시(Ariostean romance epic)의 전통을 이어받고 있는 반면, 밀턴은 버질의 신고전주의적인 서사시(Virgilian neo-classical epic)의 전통을 계승하고 있다고 전제하면서 두 시인의 차이점을 다음과 같이 설명하고 있다.

> 스펜서가 신화와 환상, 그리고 의인화된 알레고리 기법에 크게 의존하고 있는 것과는 대조적으로 밀턴은 (죄와 죽음, 그리고 심연의 의인화에서 볼 수 있는 분명한 예외를 제외하면) 분명한 가능성과 진실임을 믿는 시각으로 자신의 우화를 끊임없이 재구성하면서, 서술적 예화를 통해서 도덕적 개념들(ethical concepts)을 드러내려 하고 있다. (7-8)

---

30) 존 스티드만(John Steadman)도 역시 밀턴의 서술은 그 자신이 성서적 진실이라고 믿는 역사적 사실에 자신의 허구적 창조와 그럴듯한 해명을 덧붙인 주장에 기반을 두고 있지만, 스펜서의 방식은 이와는 정반대로 노골적인 허구에 의지하고 있다고 설명하고 있다(163).

31) 물론 밀턴이 성서의 절대적 진리를 수용했다는 말은 시인이 성서의 내용을 문자 그대로 사실로서 수용했다는 의미는 아니다. 밀턴은 성서가 지속적으로 밝혀지고 해석되어야 할 필요가 있다고 믿었으며, 그 자신도 꾸준히 의문과 문제를 제기하고 나름대로 이들을 해명하려고 노력했다(Wittreich 21).

두 시인이 처한 종교적인 상황을 고려하면 『선녀여왕』과 『실낙원』의 차이점은 더욱 여실히 드러난다. 스펜서의 프로테스탄티즘은 당시의 반 가톨릭적 영국 정서 안에서 다양하고 자유롭게 표출될 수 있는 안정적인 것이었지만, 밀턴의 청교도주의는 당대의 지배적인 영국교회와 장로교(Presbyterianism)의 교리에 정면으로 대항하는 성격이 강했다.

영국교회의 철저한 신봉자였던 스펜서는 『선녀여왕』을 통하여 가톨릭적이거나 이교도적인 정서를 공격하고 있으나, 작품의 궁극적인 목적은 반그리스도적인 세력과 싸우는 모범적인 기독교도의 모습, 즉 프로테스탄트 휴머니즘의 윤리적 행동 규범이 무엇인가를 밝히는 데 있다고 밝히고 있다. 그는 롤리 경에게 보내는 편지에서 이렇게 선언한다. "책이란 무릇 도덕적이고 예의바른 훈련을 통해서 신사, 또는 고귀한 인물을 키워가기 위해서 있는 것입니다"(737). 아미니언(Arminian)이었던 밀턴의 경우에는 기독교적 휴머니즘이 행동의 규범을 넘어서 신학적, 철학적 의미를 갖는다. 『실낙원』에서 시인이 겨냥하는 것은 원죄를 구성하는 인간의 본성을 탐구하면서, 동시에 신의 섭리가 인간의 자유의지라는 상반되는 개념을 어떻게 수용하고 조화와 통일을 이루는지 밝히는 것이다. 작품의 서두에서 시인은 자신의 의도를 밝힌다.

> . . . 내게 있는 어두움을 밝히시고,
> 내 비천함을 들어 올려 지탱하여 주소서.
> 하여 이 거대한 주제의 정점에서
> 내가 영원한 섭리를 제시하고
> 신의 길을 인간들에게 정당화할 수 있도록.
>
> . . . What in me is dark
> Illumine, what is low raise and support;

That to the height of this great argument

I may assert Eternal Providence,

And justify the ways of God to men. (I. 24-28)

루터(Luther)와 캘빈(Calvin)을 근간으로 하는 프로테스탄트적인 시각에서 보면, 스펜서는 오히려 가톨릭적이고 밀턴은 이단적이라 할 수 있을 것이다. 스펜서는 비록 작품 안에서 심한 반 가톨릭적인 정서를 보여주고 있기는 하지만, 주인공의 구원이 믿음과 함께 바른 행위를 바탕으로 하고 있다는 점에서 궁극적으로 가톨릭과 분명하게 구분되지 않는 신학 체계를 보여준다. 또한 밀턴은 인간의 존엄성과 자유의지를 강조하며 캘빈의 예정설(predestination)과 장로교의 교회 구성체계에 강하게 반발하고 있다.[32] 그러므로 엄밀한 의미에서 두 시인의 기독교적 휴머니즘은 인간이 중심에 있다는 것을 제외하면 서로 상극적이라고 할 수 있다.

그러면 밀턴과 스펜서의 인간관은 서로 비슷한가?『선녀여왕』 1권의 주인공인 레드크로스는 중세의 대표적인 알레고리인『만인』(*Everyman*)의 주인공과 닮아있다. 다시 말하면, 레드크로스가 주어진 과업을 성취하고 끝내 영국의 수호기사인 성 조지(St. George)가 되어 가는 과정은『만인』에서 제시하는 기독교적 인생의 노정에 다름 아니다. 그러나 만인이 신의 뜻에 순응하여 선한 행실을 찾아가는 중세적인 기독교인의 모습에 역점을 두고 있다면, 레드크로스는 자유의지를 가진 인간으로서 신의 뜻에 거스르기도 하고, 그로 인해 갈등하는 과정을 통해서 신의 섭리를 깨달아 가는 주체적인 인간의 모습을 가지고 있다. 하여 그는 단순한 알레고리적 인물이거나 성스러움이라는 추상적 개념이라기보다는 오히려 프로타고니스트(protagonist)에 가깝다. 기독교적인 시각에서 보면, 그는 타락한 세상을 살

---

32) 밀턴의 장로교에 대한 태도에 관한 자세한 논의는 Thomas Corns, "Milton and Presbyterianism," *Milton Studies* 10.2 (2000): 337-54를 볼 것.

고 있는 기독교인의 전형이라 할 수 있다. 패트릭 쿡(Patrick Cook)은 레드크로스를 프로테스탄트적인 영웅으로 보고 다음과 같이 주장한다.

> 선택받은 성인으로서, 투사 레드크로스는 결코 궁극적인 실패에 이르지 않는 어떤 특권을 지니고 있는데, 이러한 특권은 종교개혁 이전에는 가능하지 않았다. 로망스에서는 마술을 통해서나 얻을 수 있는 이처럼 환상적인 무적의 힘이 이제는 신학적으로 인정된 현실이 되어, 선택받은 국가는 본질적으로 성공할 수밖에 없다는 문헌 외적인 역사에 적용되는 것이다. 레드크로스는 영국의 수호성인이라는 자신의 모습을 배워가야 하지만, 독자들은 그가 작품에 등장하는 순간 이미 성 조지인 레드크로스를 보게 된다. (84)

그러나 로망스의 영웅이 필연적으로 주어진 과업을 이루는 것이 종교개혁(Reformation) 이전에 가능하지 않았다는 것도 무리한 주장이지만, 독자가 레드크로스의 궁극적인 성공을 확신하고 있다고 해서 그가 성공에 이르는 과정에서 주체적인 자유의지나 도덕적 행위의 전제가 배제되고 있는지도 대단히 의심스럽다.

또 다른 비평가는 레드크로스가 겪는 어려움을 『복낙원』(*Paradise Regained*)의 예수(Jesus)가 거치는 믿음에 대한 시험과 흡사한 성격의 것으로 보고, 스펜서의 주인공은 자신의 힘에 너무 의존하면서 부분적으로 시험에 실패하지만 끝내 "진리"와 "은총"의 도움으로 과업을 성취한다고 설명하고 있다(Major 465-68). 과연 레드크로스의 모험에는 믿음이 핵심적인 요소임을 부인할 수 없다. 기사가 실패의 위험에 처할 때마다 진리를 대변하는 우나(Una)가 계속해서 강조하는 것이 믿음이며 그가 자신이 수호해야 할 진리를 버리고 타락의 길로 들어서는 것도 바로 믿음의 부재 때문이다. 에러(Error)의 동굴에서 우나는 레드크로스에게 믿음을 강조한다. "처녀는 그가 모진 곤경에 처한 것을 보고 슬퍼서 / 외쳤다, '지금, 바로 지금, 기사님, 자신을 보이세요, / 그대의 힘에 믿음을 더하시고, 약해지지 마세요!'"
(His Lady sad to see his sore constraint, / Cride out, "Now, now Sir knight,
shew what ye bee, / Add faith unto your force, and be not faint")(1.19.1-3).
칸토 9에서 디스페어(Despair)와 마주친 레드크로스는 또 다시 위기에 빠지
며, 이때도 우나는 믿음을 강조한다.

> 어서 빠져 나와요, 약하고, 힘없고, 육신적인 분,
> 허황된 말에 사나이다운 마음을 사로잡히지 말고
> 악마 같은 생각에 확고한 정신을 빼앗기지 마세요.
> 기사님 자신이 천상의 은총의 일부가 아니던가요?
> 그렇다면 어찌하여 선택받은 그대가 절망합니까?

> Come, come away, fraile, feeble, fleshly wight,
> Ne let vaine words bewitch thy manly hart,
> Ne divelish thoughts dismay thy constant spright.
> In heavenly mercies has thou not a part?
> Why shouldst thou then despeire, that chosen art? (9.53.1-5)

그러나 칸토 11의 거의 대부분을 차지하고 있는 용과의 전투에 대한 처절
하고도 상세한 묘사를 염두에 둔다면 그의 성공이 오로지 은총에 의한 것,
즉 자신의 믿음을 증명하는 행위 여부에 관계없이 그가 우나의 부모와 성
을 구할 수 있었다고 보기는 어려울 것이다.

레드크로스는 오르고글리오(Orgoglio)의 지하감옥에 사로잡힐 때까지
죄를 자꾸만 더해 가는 탕자(prodigal son)의 모습을 보임으로써 자신이 추
구해야 하는 성스러움과 반대 방향으로 나아간다. 안테아 흄(Anthea Hume)
은 레드크로스를 어쩔 수 없이 죄에 연루되어 있는 인간의 원형으로 해석
하고 있다.

역설적이게도 진정한 성스러움의 수호자는 죄에 사로잡힌 인간의 모습을 보여주고 있지만, 이것이 중요한 점이다. 프로테스탄트적 시각에서 파악하는 인간의 본성에 의하면 진정한 성스러움은 그리스도에게만 있으며 죄 많은 인간들에게는 오로지 은총과 믿음이 허용된다. 한편 개개인은 자신의 성스럽지 않음을 발견해야만 한다. 그런 후에라야 인간은 자신의 인생과 행동에서 도덕적인 모습을 보일 수 있는 것이다. (73-74)

결국 인간은 자신의 엄청난 죄에도 불구하고 은총과 믿음의 실천을 통해서 성스러움에 이를 수 있다는 점, 이것이 레드크로스를 통해서 스펜서가 제시하는 기독교적 휴머니즘의 실상이라 하겠다. 스펜서는 레드크로스를 모든 독자가 상상을 통해서 공유하고 있는 친숙한 죄악에 빠져드는 대표적 인물로 설정하고 있으며, 이 때문에 시인의 대변자인 화자가 기사에 대하여 취하는 태도도 역시 동지적인 느낌을 가득 담고 있는 것이다(Hume 85).

밀턴이 『실낙원』에서 그려낸 아담도 죄를 인식하는 과정이나 자신에 대한 성찰, 그리고 신의 섭리 안에서 자신이 궁극적으로 누구인지를 알아가는 모습에 있어서 레드크로스 기사와 다르지 않다. 재미있는 것은 히브리어로 "붉은 흙"이라는 의미를 가진 아담(Adam)의 이름은 그리이스어로 "농부," 또는 "밭을 가는 사람"이라는 의미를 가진 레드크로스의 이름, 조지(George)—여기서 Geo는 땅을 가리키며 히브리어로 조지는 "땅에 속한 사람"이라는 뜻을 가지고 있다—와 밀접한 관련이 있다는 것이다(Pecheux 247-48). 드라이든(John Dryden)은 『선녀여왕』이 시작되는 시점에서 『실낙원』이 끝난다고 설명하고 있는데(165), 과연 최초의 타락을 경험하는 아담과 이미 타락한 인간으로서의 레드크로스는 서로 유사한 경험을 겪으며 같은 구원의 약속을 부여받는다.

그러나 기독교적 휴머니즘이라는 포괄적인 조건 안에서 과연 스펜서의 인간관이 밀턴의 그것과 같은가 하는 문제는 다시 한 번 꼼꼼히 따져볼 필요가 있다. 시인 자신이 밝히고 있듯이 스펜서는 아리스토텔레스(Aristotle)의 니코마치안 윤리학(The Nicomachean Ethics)을 이상적인 기독교적 행동 규범에 적용하고 있다. 그가 가장 자주 언급하는 "덕목"(virtue)은 비록 아리스토텔레스의 윤리학이 규정하는 "도덕적 가치"(moral virtue)와 반드시 합치되는 것은 아니라 할지라도 고전적 윤리 기반 위에 있는 것이 사실이다. 레드크로스가 대변하는 성스러움이 아리스토텔레스의 윤리학과 전혀 관련이 없어 보임에도 불구하고 그의 사고와 행동은-적어도 그가 "성스러움의 집"(the House of Holiness)에서 새롭게 변화되기 전까지는-고전적 윤리관의 척도로 판단될 수 있는 성질의 것이다. 하지만 밀턴이 아담을 통해서 제시하는 기독교도의 전형은 처음부터 그러한 고전적 윤리 기준을 넘어서 있다. 타락에 이르는 아담의 모습에서 우리는 그러한 고전적 윤리 규범으로 해석할 수 없는 신학적 인간관을 보게 된다. 밀턴의 기독교적 휴머니즘의 핵심에는 인간의 자유의지가 자리하고 있으며, 이러한 자유의 문제는 도덕이나 윤리의 문제라기보다는 오히려 신학적인-인간과 신과의 관계를 규명함으로써 해결될 수 있는-문제인 것이다.

존 킹(John King)은 프로테스탄티즘의 핵심이 외부적이거나 세상적인 권위를 인정하지 않고 개인의 내면에 있는 진리, 또는 믿음을 찾는 정신이라고 설명하면서 레드크로스에게서 발견되는 믿음의 부재가 또한 아담을 타락시키는 원인이라고 진단한다(106). 아담의 타락이 신과 자신에 대한 믿음의 부재, 즉 신이 자신을 어떤 존재로 의도했는지에 대한 믿음의 상실에 기인하는 것이라는 점은 타락 후에 그리스도가 아담에게 내리는 심판의 장면에서 분명하게 드러난다.

> 그녀가 네 하나님이기에 그분의 말씀보다 우선적으로
> 그녀에게 복종하였단 말이냐, 아니면 그녀가 네 안내자이거나,

우월한 존재, 또는 동등한 존재여서 그녀에게
네가 자신의 인간됨을 양도하고 하나님이 너를
그녀보다 우위에 둔 바로 그 자리에 그녀를 모셨단 말이냐,
. . .
너는 네 자신을 바로 알았어야 했다,
통치하는 것이 네 임무요 본성인 것을.

Was shee thy God, that her thou didst obey
Before his voice, or was shee made thy guide,
Superior, or but equal, that to her
Thou didst resign thy Manhood, and the Place
Wherein God set thee above her made of thee,
. . .
Unseemly to bear rule, which was thy part
And person, hadst thou known thyself aright. (10.145-56)

아담에 대한 그리스도의 힐책은 결국 그가 자기 자신이 누구인지 알지 못
했다는 것으로 귀결된다. 밀턴은 집단이나 동료, 그리고 세상의 권위에 마
주설 수 있는 개인의 믿음을 기독교의 핵심으로 보고 있으며, 『실낙원』에
서 하급천사 압디엘(Abdiel)을 통해서 그러한 개인을 제시하고 있다.[33] 사
탄의 반란이 집단의 힘과 권위에 의지하고 있다는 사실은 이러한 밀턴의
신념을 뒷받침하는 것이다. 사탄이 천사들의 삼분의 일을 모아놓고 반란을
획책하는 전략이나, 지옥에서 타락한 천사들의 집회를 소집하는 것 등은
(물론 이러한 집단은 모두 사탄의 계략대로 움직이는 것이지만) 믿음의 문

---

33) 밀턴은 『영국의 역사』(History of Britain)에서 처음에 비숍 라드(Laud)가 주도하는 영국교
회에 맞서 항거했던 청교도들과 장로교도들이 의회의 다수를 점유하고 나서는, 다시 자
신들이 집단의 권력을 행사하는 것에 대하여 신랄하게 비난하고 있으며, 압디엘로 대변
되는 "올바른 개인"(one just man)의 출현을 강조한다(Greenway 66).

제를 집회의 권위(authority of synod)로 결정하려는 사탄의 태도를 반영하고 있다(Loewenstein 186). 그러한 사탄과 집단의 권위에 홀로 맞서는 압디엘의 모습에서 우리는 아담이 궁극적으로 지향해야 하는 기독교인의 이상을 보게 되는 것이다.

앤드류 밀너(Andrew Milner)는 성서가 인간의 타락을 불순종과 금지된 지식의 추구에 기인하는 것으로 보는 반면, 밀턴은 후자의 해석을 거부하고 있다고 주장한다. "아담은 [금지된] 나무로부터 아무 것도 배우지 못했다. 그는 단지 '악을 통해서 선을 알게 되는,' 즉 죄악과 비참함을 경험하고 이를 과거의 순진함과 대비해야 하는 운명에 처해졌을 뿐이다"(36). 과연 인간의 타락이 오로지 불순종에 기인하는 것이라면, 이러한 불순종은 바로 믿음의 부재, 즉 신의 말씀이 갖는 절대성을 부인하는 데서 오는 것이다. 그렇다면 같은 이치로 인간의 구원은 믿음의 회복, 즉 신의 계시를 받아들이는 데서 출발하게 될 것이다. 11권과 12권에서 아담이 천사 마이클(Michael)을 통해서 보는 미래에 대한 비전은 타락한 인간 세상과, 그에 대조되는 궁극적 낙원의 모습이다.

> . . . 신실한 자들에게
> 상을 주고 축복의 땅으로 인도하기 위해서, 그곳은
> 하늘나라이거나 혹은 땅일 수도 있는데, 그때가 되면
> 이 땅은 온통 낙원이 될 것이기 때문이다. 여기 에덴보다도
> 훨씬 더 행복하고, 훨씬 더 즐거운 나날들이 될 것이니까.

> . . . but to reward
> His faithful, and receive them into bliss,
> Whether in Heav'n or Earth, for then the Earth
> Shall all be Paradise, far happier place
> Than this of Eden, and far happier days. (XII 461-65)

이러한 미래의 낙원에 대한 비전은 스펜서의 명상(Contemplation)이 칸토 10에서 레드크로스에게 보여주는 천상의 예루살렘에 대한 비전—"그곳에는 영원한 평화와 행복이 살고 있었다"(Wherein eternall peace and happinesse doth dwell)(10.55.9)—과 흡사하다. 그런데 문제는 이러한 천상의 행복이 인간이 살고 있는 이 세상에서 이루어지는 것이 아니라는 점이다. 앤드류 와도스키(Andrew Wadoski)는 밀턴이 묘사하고 있는 낙원이 모습이 궁극적으로 스펜서의 낙원—아크레시아(Acrasia)의 "쾌락의 소굴"(Bower of bliss)이나 "아도니스의 정원"(Gardin of Adonis) 등—과 밀접한 관련이 있다고 지적하면서도 스펜서의 낙원은 궁극적으로 타락 이후의 세계라는 점이 밀턴의 경우와 다르다고 주장하고 있다(176-77). 아담과 레드크로스가 궁극적으로 도달하게 될 천국은 이 세상이 끝나는 날, 또는 고생스러운 이 땅에서의 과업을 모두 마친 후에 저 세상에서 얻게 되는 행복이다(Pecheux 246). 과연 리처드 말렛(Richard Mallette)의 말처럼 스펜서와 밀턴의 딜레마는 그들이 마음속에 그리고 있는 이상세계와 타락한 세상의 중간 지점에 서서 이 세상을 어떻게 살아가야 하는지에 대한 분명한 비전을 내보여야 한다는 점이며(198), 두 시인은 각각 나름대로의 방식으로 작품을 통해서 그것을 보여주고 있다.

밀턴의 『실낙원』과 스펜서의 『선녀여왕』은 또한 여성의 지위와 역할이라는 측면에서 모두 심각한 문제를 제기한다. 버지니아 울프(Virginia Woolf)가 밀턴을 가리켜 "우리 시대 최초의 남성주의자"라고 한 것은 어쩌면 스펜서에게도 어울리는 호칭일 것이다. 밀턴의 이브가 교만과 술책, 그리고 남성에 대한 굴종으로 귀결되는 시인의 여성비하적 태도를 반영하고 있다면, 스펜서의 여성은 우나와 두엣사(Duessa)에 의해서 성모와 창녀로 이분되는 전형적인 남성중심의 이분법적 사고를 드러내고 있기 때문이다. 그러나 동시에 두 작품에서 모두 여성의 모습이 남성에 비해서 더 역동적이며, 남성의 도덕적 타락과 위대함의 성취에 결정적인 역할을 수행하고 있다는 사실을 간과할 수 없다.

작품 안에서 아담과 레드크로스는 영웅적인 자질을 가지고는 있지만 결코 영웅적이지 못한 미완성적인 인간－전투를 경험하지 않은 순진한 소년－의 모습으로 그려지고 있다. 아담은 숭고한 언어를 구사하는 바보에 가깝고 레드크로스는 허우대만 멀쩡한 떠꺼머리총각으로 등장한다. 어느 비평가는 아담이 어머니가 없는 환경에서 자란 소년처럼 끊임없이 어머니를 그리고 있으며, 그러한 욕구를 충족해주는 존재가 바로 이브라고 지적한다(Easthope 138). 그런데 그러한 어머니 부재의 환경은 레드크로스의 경우도 결코 다르지 않다. 색손 가문에서 태어난 그는 요정에 의해 납치된 후, 농부에 의해 조르고스(Georgos)라는 이름으로 양육되었다. 아담은 물론 아버지의 역할을 하는 신에 의해 창조되었으므로 어머니가 존재하지 않는다. 그러므로 아담과 레드크로스에게 이브와 우나가 단순한 동반자의 역할을 넘어서 어머니의 역할을 충족하는 존재로 등장하는 것은 어찌 보면 당연한 것이다. 어머니 부재의 환경을 가지고 있다는 것은 그들에게 무엇인가 부족함이 있다는 것이며 그들이 온전한 인간으로 성장하기 위해서 어머니의 역할을 하는 존재를 필요로 한다는 의미이기도 하다.

레드크로스는 자신에게 부여된 모험을 감당하고 기사의 영예를 얻기 위해서 우나가 필요했고, 아담은 홀로 있는 외로움을 면하기 위해 이브가 필요했다. 롤리 경에게 보내는 스펜서의 편지에 의하면 우나는 처음에 "키크고 촌스러운" 젊은이의 모습을 가진 레드크로스가 마음에 들지 않았으며 그의 동행을 거절하였다. 그녀가 레드크로스 기사를 받아들인 것은 그가 믿음의 전신갑주를 입고 난 후부터의 일이다.

결국에는 그 여인이 그에게 말하기를 자신이 가져온 갑옷과 무장이 그에게 맞지 않는다면 (그 갑옷은 바로 성 바울이 에베소서 6장 11절에서 22절에

명시한 기독교인의 갑옷과 무장입니다) 그는 이 과업을 성공할 수 없을 것
이라고 했습니다만, 막상 갑옷과 그에 따른 모든 장신구를 가져와 그에게
입혀보니, 그는 거기 있는 다른 어떤 사람보다도 훌륭해 보였으며, 그 여인
도 또한 그를 좋아하게 되었습니다. (738)

이브도 처음에 아담을 만나자 본능적으로 그에게서 돌이켜 달아났으며, 그
녀가 아담을 받아들인 것은 신의 말씀과 그녀를 뒤따라온 아담의 설득이
있고서야 가능한 일이었다.[34] 자신들에게 주어진 동반자의 역할에 대해서
우나와 이브는 선택의 여지가 없다. 우나로서는 자신이 여왕 앞에서 선언
한 말을 바꿀 수 없고, 이브에게는 자신의 창조자이자 유일한 남성인 아담
이외의 동반자가 존재하지 않기 때문이다. 그러나 배우자의 역할은 또 다
른 문제이다. 배우자는 본질적으로 자유의지에 의한 선택이 전제되지 않는
한, 외부로부터 주어질 수 없는 것이고, 그렇기 때문에 두 쌍의 남녀가 겪
는 (타락과 배반을 포함한) 다양한 경험과 어려움은 진정한 배우자를 얻기
위한 필수적인 과정이라고 할 수 있겠다.

　우나는 어머니가 없는 레드크로스에게 배우자라기보다는 어머니의 역
할을 하는 존재로 등장한다. 칸토 6에 등장하여 무모한 자신의 아들 새터
레인(Satyrane)에게 신중함을 당부하는 티아미스(Thyamis)에게서 우리는 최
소한 작품의 전반부에서 무모한 기사를 보호하고 가르치는 우나의 모습을
어렵지 않게 찾을 수 있다.[35] 암사자에게서 새끼들을 탈취하는 어린 새터

---

34) 패트릭 쿡(Patrick Cook)은 그러한 이브의 태도를 교만의 한 형태로 보고, 자신의 죄인
　됨을 인정하고 신의 은총에 전적으로 의탁해야 한다는 프로테스탄트적 비전에 막바로
　상충하는 것이라고 설명한다. 그에 의하면 이브는 천사 라파엘(Raphael)과 아담의 대화에
　관심이 없어 자의적으로 자신을 흠모하는 꽃들과 나무 사이를 배회한다는 것이다(150-52).
35) 모리스 에번즈(Maurice Evens)는 새터레인을 "도덕적 의지의 본능적 표출을 상징"하는 존
　재로 보고, 이러한 도덕적 의지는 "자신이 완전히 이해하지 못하는 진리라 할지라도 그
　것을 수호할만한 충분한 능력"이라고 풀이하고 있다(102).

레인의 유희(사실상 이것은 모성을 정면으로 부인하는 행동이다)에 대해서 "죽음을 가지고 장난치는 것은 적당한 놀이가 아니"라고 당부하는 티아미스의 말에는 에러의 동굴 앞에서 레드크로스에게 "성급"하지 말고 "행동을 자제"하라고 부탁하는 우나의 염려가 그대로 재현되고 있기 때문이다. 우나의 모성은 오르고글리오에게 사로잡힌 레드크로스를 구해주고, 절망을 극복하지 못하는 자신의 기사가 아직 임무를 완수할 수 없다는 것을 알고 그를 교육하기 위해서 "성스러움의 집"(the house of holyness)으로 데려가는 데에서도 잘 드러난다.

작품 안에서 레드크로스의 실제적인 배우자는 우나라기보다는, 바빌론의 창녀(the whore of Babylone)로 불리는 두엣사이다. 레드크로스는 칸토 2에서 두엣사를 만나 칸토 7에서 오르고글리오에게 패배할 때까지 그녀와 실질적인 연인관계를 유지한다. 프라두비오(Fradubio)의 이야기를 듣고 두엣사가 거짓으로 기절하자, 순진한 레드크로스는 그 이야기가 바로 자신의 이야기라는 것도 모른 채 진심으로 "걱정 어린" 간호를 하였고, 그녀가 깨어나자 "떨리는 기쁨으로 . . . 그녀를 일으켜 몇 번이고 입맞췄다"(with trembling cheare / Her up he tooke . . . / And oft her kist)(2.45.6-8). 젊은 왕족의 처녀 우나와 실제로는 늙은 노파이나 젊고 예쁘게 보이는 두엣사의 대칭 관계는 칸토 10에서 "성스러움의 집"에 등장하는 노부인 캘리아(Caelia)와 칸토 4의 "자만의 집"(the house of pride) 주인인 젊고 교만한 루시페라(Lucifera)와의 대칭 관계와 병치되는데, 어떤 점에서 레드크로스는 배우자 때문에 파멸하고, 모성의 힘으로 구원을 회복하는 존재라고도 할 수 있을 것이다.

『실낙원』에서 이브는 우나와 두엣사의 역할, 즉 어머니와 창녀의 역할을 둘 다 수행하고 있다. 그녀는 아담을 타락시키는 사탄의 대행자이면서 동시에 타락한 아담의 구원자이다. 타락 이전의 그녀에게서 우리는 모성적인 요소를 찾을 수 없다. 오히려 아담의 권위를 부담스러워하고 그로부터 벗어나려는 그녀의 모습에서 아담을 경쟁자로 여기는 태도를 엿볼 수 있다. 이브의 타락은 궁극적으로 자신에게 지워진 역할을 벗어나려는 신분상승의 욕구─신과 같은 존재가 되거나 최소한 아담보다 우위에 서고자 하는 욕망─에 기인하는 것이다. 타락 직후에 두 사람이 보여주는 "헛된 다툼"(vain contest)은 궁극적으로 우위에 차지하기 위한 싸움이다(Cullen 189). 그러나 아이러니컬한 것은 이러한 타락의 극한점에서 이브의 모성이 드러난다는 점이다. 이미 많은 학자들이 지적하고 있듯이 이브가 자신의 죄를 참회하고 아담에게 제시하는 역동적인 화해의 몸짓으로부터 인간은 구원의 가능성을 갖게 된다.[36]

> 그는 더 이상 말하지 않고, 그녀에게서 몸을 돌렸다. 하나
> 이브는 거기에 굴하지 않고, 끊임없이 흘러내리는 눈물과
> 마구 헝클어진 머리채를 그대로 둔 채, 그의 발 앞에
> 겸손히 엎드렸고, 그의 두 발을 껴안으며 그와의 평화를
> 간구했다. 그리고 다음과 같이 호소를 시작하였다.

> He added not, and from her turned; but Eve,
> Not so repulsed, with tears that ceased not flowing,
> And tresses all disordered, at his feet
> Fell humble, and embracing them besought
> His peace, and thus proceeded in her plaint. (10.909-13)[37]

가장 차원 높은 모성애를 상징하는, 중보자로서의 성모 마리아를 인정하지 않는 밀턴이 여기서 이브를 통하여 보여주는 것은 인간적이며 자연적인 모

---

36) Halkett 134, McColley 159-60, 그리고 Lewalski 12-19를 볼 것.

37) 물론 배우자로서 화해를 제안할 수 없는 것은 아니지만, 이브의 행동은 아담을 바른 길로 인도한다는 의미에서 연인의 모습이라기보다는 감정에 호소하는 어머니의 모습에 가깝다.

성이다.[38] 스펜서의 캘리아처럼 주인공을 훈육하는 어머니의 모습이나, 노골적으로 마돈나를 연상시키는 채리사(Charissa)의 모습을 밀턴의 작품에서 찾을 수 없다는 것은 밀턴의 프로테스탄티즘이 스펜서의 그것에 비해 더욱 엄격하고 교리적이라는 의미이기도 하다.

어떻게 보면 아담은 오늘날 우리가 동질화할 수 있는 배우자, 즉 성적인 파트너를 타락 이후의 이브에게서 찾았다고 할 수 있다. 4권에 묘사되는 타락 이전의 낙원(prelapsarian world)에서의 "깨끗하고 순결한"(undefiled and chaste) 성적관계는 시인이 아름답고 숭고하게 묘사하면 할수록 비현실적으로 다가오는 것이 사실이다. 실제로 타락한 아담이 9권에서 이브에게 하는 사랑의 고백이야말로 아담의 후손인 모든 인간이 이제까지 반복해온 사랑의 고백에 가깝다.

> 이제 오라, 정신이 맑아졌으니 우리 함께 즐기자,
> 그처럼 맛있는 식사 후의 만남이 그러하듯이.
> 완벽함을 갖춘 그대를 내가 처음 만나 결혼한 이래
> 그대의 아름다움이 내 감각을 이처럼 자극하여
> 그대를 원한 적이 없었으니. 지금처럼 그대는
> 그 어느 때보다도 어여쁘다.

> But come; so well refreshed, now let us play,
> As meet is, after such delicious fare;
> For never did thy beauty since the day
> I saw thee first and wedded thee, adorned
> With all perfections, so enflame my sense

---

38) 조지아 크리스토퍼(Georgia Christopher)는 성모 마리아의 부재를 비롯하여, 연옥의 부정, 신을 감각적 상징으로 보지 않고 추론적 목소리로 표현한 점, 그리고 성령을 삼위 중 하나로 간주하지 않고 개개인의 양심을 통해 우러나는 "작용"(motions)으로 본 점 등이 모두 밀턴의 프로테스탄티즘의 증거라고 설명하고 있다(194-98).

With ardor to enjoy thee, fairer now

Than ever. (IX. 1027-33)

한편 레드크로스 기사는 작품 안에서 먼저 타락한 후, 두엣사와 성적인 관계를 가지며, 그가 우나와의 이상적인 결혼관계를 이루는 것은 작품의 마지막 부분에서야 성취된다. 물론 그러한 이상적인 사랑조차도 선녀여왕에 대한 정치적 고려에 자리를 양보하게 되는 것이지만. 따라서 칸토 12에서 편지를 통해 두엣사가 주장하는 레드크로스에 대한 배우자로서의 권리는 최소한 논리적으로는 타당성이 있다고 하겠다.

도덕적, 종교적 관점에서 보면, 두 작품에는 모두 악의 실체가 구체적으로 형상화되고 있는 것처럼 보인다. 모린 퀼리건(Maureen Quilligan)은 스펜서의 에러(Error)가 밀턴의 죄(Sin)의 모델이 되었다고 전제하고, 레드크로스가 작품 안에서 만나는 모든 적들은 단지 에러가 주는 위협의 다른 모습에 지나지 않는다고 설명하고 있다(80). 그렇다면 결국 기사가 육체적인 전투를 통하여 에러를 무찌른 것은 결코 승리가 아니다. 아이러니컬하게도 레드크로스는 에러를 이겼다고 생각한 그 순간부터 에러에 빠져들게 되는 것이다.[39] 킹은 스펜서의 에러와 두엣사, 그리고 알키마고가 각각 밀턴의 작품에서 죄와 죽음, 그리고 사탄과 유사한 존재라고 주장한다(70).

로쉬는 스펜서의 두엣사가 자신의 조상인 밤(Night)과 대면하는 장면이 밀턴의 죄와 죽음이 자신들의 아버지인 사탄과 마주치는 장면과 흡사하다고 지적하면서, 두 장면에서 모두 악의 구체적인 형상화와 선후관계가 묘사되고 있다고 말한다(21). 그러나 따지고 보면 알레고리적 의인화를 통해 스펜서가 묘사한 악의 실체-죄악, 자만, 허영, 절망, 위선 등-는 모두 사

---

39) 이블린 트리블(Evelyn B. Tribble)이 지적하고 있듯이 칸토 1의 서시(argument)-"The patron of true Holinesse, / Foule Errour doth defeate"-가 갖는 의미는 이중적이며, 누가 누구를 이겼는지는 대단히 불분명하다(58).

실상 주인공의 마음 안에 자리 잡고 있는 마음가짐에 다름 아니다. 밀턴의 경우도 마찬가지다. 작품 안에서 종종 고전적 영웅의 모습으로 비추어지는 사탄에 의해서 악의 모습이 구체적인 세력으로 작용하고 있는 것처럼 보이기는 하지만, 그럼에도 불구하고 시인은 궁극적으로 죄악이 아담과 이브의 마음속에 존재하는 태도-절대자와 서로에 대한 태도-라는 것을 분명히 하고 있다.

순진한 청년이 세상에 나아가 타락과 그에 따른 절망을 경험하고 그것을 동반자의 도움으로, 혹은 신의 은총으로 극복한 후, 참회하고, 미래의 비전을 통해 교육을 받아 진정한 자신의 정체성을 찾는다는 점에서 아담과 레드크로스는 『톰 존스』(*Tom Jones*)나 『로데릭 랜덤』(*Roderick Randam*) 같은 18세기 성장소설(Picaresque novel)의 주인공과 흡사하다. 르네상스의 영웅은 지적 능력과 육체적 능력을 겸비한 자라고 정의하면서, 크리스토퍼 페츄(Mother M. Christopher Pecheux)는 아담과 레드크로스의 교육을 다음과 같이 설명하고 있다.

> 사탄의 거짓된 영웅주의에 비하면, 아담은 점차로 모든 크리스천을 "자신 안의 낙원"(Paradise within)으로 인도하는 유일한 영웅주의에 대한 참 지식에 도달한다. 레드크로스도 역시 세상적인 승리를 초월하는 방법을 배워야 한다고 교육받는다. 피를 흘림은 죄를 낳을 뿐이고, 전쟁은 슬픔을 낳을 뿐이기 때문이다. (248)

그렇다면 아담과 레드크로스가 겪는 타락은 자기 연민과 방황의 시작이면서 동시에 교육을 통해서 절대자와 주변의 인물과의 관계 속에서 자신을 확인하는 데 반드시 필요한 긍정적인 경험이라고 결론지을 수 있겠다.

두 작품이 모두 서사시로서 기독교적인 영웅의 위대한 과업을 서술하고 있다는 점을 감안하면, 작품의 종결 부분은 또 하나의 의미 있는 문제를 제기한다. 마지막에 이르기까지 스펜서의 레드크로스 기사는 자신의 칭호인 "성스러움"을 실현하지 못하고 있으며, 밀턴의 아담 역시 인류의 아버지로서-최소한 제2의 아담인 예수가 나타나기 전까지는-구원을 성취하지 못한다. "성스러움의 집"에서 교육받고 정화된 후, 칸토 11에서 신의 은총과 자신의 용기로 용을 물리치고 우나의 부모를 구출하는 레드크로스는 서사시가 요구하는, 또는 로망스적 기사로서 자신에게 주어진 임무를 완수하는 것처럼 보인다. 그러나 그는 과연 자신의 존재 이유인 성스러움을 성취하였는가?

재클린 밀러(Jacqueline Miller)는 레드크로스가 우나의 아버지에게 자신의 경험을 이야기할 때, "기왕에 모두 발표된 것처럼, 조목조목 상세하게 / 자신의 기나긴 여행에 대해 이야기했다"(From point to point, as is before exprest, / Discourst his voyage long)(12.15.8-9)는 서술자의 말이 바로 그 다음에 알키마고의 편지가 드러내는 두엣사와 레드크로스의 관계에 대한 사실과 정면으로 배치된다고 지목하면서, 스펜서는 이 세상의 혼돈스러움과 불완전함을 보이기 위해서 의도적으로 일관되지 않은 서술을 사용하고 있다고 주장한다(281-84). 과연 레드크로스는 자신의 과거에 대한 서술에서 자신과 두엣사의 관계를 언급하지 않음으로써, 최소한 사실을 은폐한 잘못을 범한 것이 확실하다. 우나가 개입하여 알키마고의 정체를 밝히지 않았더라면 레드크로스는 진실을 모두 밝히지 않은 것에 대한 적절한 해명을 하기가 어려웠을 것이다. 이러한 레드크로스의 모습에서, 또한 2권의 첫 부분에서 가이언 경과 거의 결투를 할 뻔한 실수를 저지르는 그의 모습에서 "성스러움"을 찾기는 대단히 어려운 일이다. 어쩌면 로망스의 기사에게서 우리가 일반적으로 정의하는 "성스러움"을 찾는다는 일은 그 자체로 불가능할지도 모른다.

아담의 경우도 구원은 하나의 은총이며 약속으로 존재할 뿐, 그가 구원을 이루었다는 암시는 어디에도 없다. 천사 마이클이 아담에게 주는 것은 "자신 안의 낙원"에 대한 가능성일 뿐이며, 그나마도 그 성취조건이 대단히 까다로운 것이 사실이다.

> . . . 단지
> 그대의 지식에 맞는 행동을 더하라, 믿음을 더하고
> 덕목과 인내심과 절제를 더하라. 자비로움이라는
> 이름으로 알려지게 될 사랑을 더하라, 이것이
> 다른 모든 덕의 중심이다. 그러면 그대는 더 이상
> 이 낙원을 떠나는 것을 싫어하지 않고, 도리어
> 훨씬 더 행복한 그대 안의 낙원을 가지게 될 것이다.

> . . . Only add
> Deeds to thy knowledge answerable, add faith,
> Add virtue, patience, temperance; add love,
> by name to come called charity, the soul
> Of all the rest: then wilt thou not be loath
> To leave this Paradise, but shalt possess
> A paradise within thee, happier far. (XII. 581-87)

행동, 믿음, 덕목, 인내심, 절제, 그리고 사랑이 있어야 구원을 이룰 수 있다는 마이클의 선언은 어찌 보면 오히려 구원이 불가능하다는 의미로 들린다. 레드크로스의 경우에 있어서나 아담의 경우에 있어서 성스러움과 구원은 여전히 유보되어 있으며 주인공들이 이루어낸 업적은 그러한 위대함을 이루는 가능성일 뿐이다.

그렇다면 기독교적 영웅인 주인공들이 이루어낸 것은 무엇인가? 쿡은 스펜서의 독자들이 결국 성 조지가 성스러움을 성취할 것을 알기 때문에 그 전에 이 세상에서 어떻게 바르게 살 수 있는지에 관심을 돌리는 것이라고 주장하고, 다음과 같이 레드크로스의 역할을 설명하고 있다. "주인공의 가장 큰 과제는 적을 무찌르는 것이 아니라 자신을 인식하고 . . . 믿음을 더해서 복합적이고 지옥의 반복이 계속되는, 불분명한 이 세상에서 성스러운 생활을 할 수 있도록 하는 데 있다"(86-87). 한 사람의 기독교도로서 레드크로스는 아직도 성스러움을 이루기 위해서 싸워야 할 많은 싸움이 있다. 그가 작품에서 이룬 것은 성스러움을 이룰 수 있다는 가능성뿐이지만, 독자들은 그가 결국에는 성스러움을 성취할 것을 안다.

아담의 경우도 그러하다. 그가 작품의 마지막에서 이브와 손잡고 세상을 향하여 걸어갈 때, 우리는 그가 나아가는 세상이 험난하며 죄악에 물든 곳인 줄 안다. "세상은 그들 앞에 펼쳐져 있었으며, 그곳에서 그들은 쉴 곳을 / 선택해야 한다, 그리고 신의 섭리가 그들의 안내자가 되어줄 것이다"(The world was all before them, where to choose / Their place of rest, and Providence their guide)(12,646-47). 그러나 우리는 "신의 섭리"가 그들을 안내하는 한, 그들이 마침내 구원을 성취할 것을 의심치 않는다. 물론 레드크로스와 아담의 성스러움과 구원을 이루는 것이 온전히 신의 은총이나 섭리에 의한 것만은 아니다. 두 주인공은 세상에 존재하는 악의 세력에 대해서 자신이 얼마나 부족한 존재인지 배웠으며, 자신들의 부족함을 어떻게 보완해야 하는지도 이해하고 있다. 그렇기 때문에 아담은 이브와의 관계회복에 전력을 기울이는 것이며, 레드크로스는 우나와의 행복을 만끽하면서도 주어진 임무의 완성을 위해 선녀여왕에게로 되돌아가는 것이다.

스펜서와 밀턴의 "인간"은 궁극적으로 당시나 오늘날의 독자가 자신과 동일시 할 수 있는 보편적 인간, 즉 구원의 가능성을 지니고 험난한 세상을 살아가야 하는 인간이며, 두 시인의 기독교적 휴머니즘이 제시하는 인간의 모습과 부족함, 그리고 또한 위대함의 가능성은 우리에게 현실적 타당성을 가지고 다가온다.

밀턴의 사탄과 스펜서의 뮤터빌리티

그렇다면 초인간으로 규정되는 존재는 어떨까? 스펜서가 미완으로 남긴 『선녀여왕』 7권의 칸토 2에 등장하는 뮤터빌리티(Mutabilitie)와 밀턴이 『실낙원』에서 형상화한 사탄의 모습을 비교해보면 매우 흥미로운 결론을 얻을 수 있게 된다. 그것은 밀턴의 사탄이 여러 가지로 스펜서의 뮤터빌리티와 닮아있다는 점이다. 이들은 비록 인간이 아니지만 이들의 사고와 행동은 인간적인 성품을 드러내고 있으며, 두 시인은 이들 추상적인 개념 — 하나는 변화이고 다른 하나는 악인데 — 을 인간화하여 독자들에게 경계의 대상으로 제시하고 있다. 휴머니즘이 인간의 위대한 가능성에 바탕을 두고 있다면, 두 시인이 형상화한 초인간의 모습은 그릇된 위대함의 적나라한 실체라고 하겠다.

밀턴의 『실낙원』에서 사탄이 진정한 영도자로서의 모습을 두드러지게 드러내는 장면이 있다면 아마도 지옥의 회의 장면일 것이다. 회의 마지막에 벨지법(Beelzebub)은 하나님과 대적해서 다시 한 번 싸우자니 더 큰 재앙이 두렵고 그렇다고 전투를 포기하자니 그러한 평화를 받아들일 수는 없다면서 "좀 더 쉬운 과업"(Some easier enterprise)을 제안하는데, 그것은 바로 새롭게 창조된 인간을 파멸시키든지 아니면 자신들 편으로 끌어들이자는 것이다. 모두가 동의하는 제안이지만 그러자면 누군가가 지옥을 탈출하여 낙원에 이르는 불안하고 지난한 여행을 감수해야만 한다. 과연 누가 갈 것인가? 악마들은 "침묵을 지키고 앉아서"(all sat mute) "각기 상대방의 표정에서 자신의 두려움을 보면서 놀란다"(each / In ohter's count'nance read his own dismay / Astonisht)(2.420-23). 마침내 사탄은 과업을 자청하며 다음과 같이 선언한다.

. . . 명예를 갖는 만큼 커다란 위험을
감당하기를 거부하면서 통치하기를
마다하지 않는다면 내 어찌 이런 왕권을
지닐 생각을 하겠는가. 또한 남들보다
높은 명예를 차지하면서 통치하는 자는
응당 그보다 더한 위험을 스스로
감당해야 하지 않겠는가?

. . . Wherefore do I assume
These Royalties, and not refuse to Reign,
Refusing to accept as great a share
Of hazard as of honor, due alike
To him who Reigns, and so much to him due
Of hazard more, as he above the rest
High honor'd sits? (2.450-57)

악마들은 "대중의 안위를 위해 자신을 희생하는"(for the general safety he
despis'd / His own)(2.481-82) 지도자의 모습에 칭송을 아끼지 않고, 사탄은
홀로 낙원을 향한 외로운 여행을 떠난다.

해즐릿(William Hazlitt)이나 블레이크(William Blake) 같은 낭만주의자들
이 사탄의 모습에 매력을 느끼고 사탄이 작품의 진정한 영웅이라고 보는
이유도 여기에 있으며, 루이스 마츠(Louis Martz)의 제안처럼 밀턴이 자신의
의도보다 사탄을 훨씬 더 멋지게 만들었다는 주장도 그럴듯해 보인다(6).
윌리엄 엠슨(William Empson)은 사탄이 밀턴 자신의 마음을 대변하고 있기
에 반드시 악하다고만 할 수 없다고 지적하고 있으며(30), 데이비드 밀러
(David M. Miller)는 인간으로 형상화된 사탄은 바로 우리가 자신들 안에서
발견하는 모습이라고 주장하기도 한다(86). 그런데 문제는 시인이 사탄의

영웅적인 선언을 "최고의 지위를 의식한 / 제왕의 교만함"(Monarchal pride / Conscious of highest worth)(2.428-29)이라고 부르고 있다는 점이다. 사탄의 용감함이 지도자의 자질에서 출발하는 것이 아니라 자신을 스스로 높이는 교만에서 온 것이라는 말이다.

사실상 밀턴은 사탄의 영웅적 행동이 등장할 때마다 예외 없이 그러한 품성을 소멸시키는 장치를 작품 안에 마련하고 있다. 사탄이 지옥에서 재회한 벨지법에게 "굽히지 않는 의지와 / 복수의 모색, 영원한 증오, / 그리고 결코 양보하거나 굴하지 않을 용기"(the unconquerable Will, / And study of revenge, immortal hate, / And courage never to submit or yield)(1.106-108)를 선언할 때도 시인은 그가 "깊은 절망에 휩싸인"(rackt with deep despair)(1.126) 결과라고 해석하고 있다. 또한 죽음(Death)과 맞서며 "불타는 혜성"(Comet burn'd)처럼 거대해진 그의 모습도 곧바로 자기 자신조차도 알아보지 못하는 우스꽝스러운 모습으로 대치된다. 분명히 밀턴은 작품을 통해서 사탄이라는 등장인물을 조롱하고 경멸하고 있다(Hartman 106). 의인화된 사탄은 극적인 존재이기는 하지만 결코 영웅은 아니며, 지극히 교만하고 비논리적인 허점으로 가득한 인물인 것이 확실하다.

스펜서는 『선녀여왕』 7권, 『뮤터빌리티 칸토』(Two Cantos of Mutabilitie)의 서시에서 뮤터빌리티의 반역을 제왕적 교만함이라고 정의하고 있다.

> 교만한 변화는 (달 아래 필멸의 세상을
> 　　　다스리는 것에 싫증나서,)
> 인간들 외에 신들에게도 자신이
> 　　　군주가 되겠다고 선언하다.

> Proud Change (not pleased, in mortall things,
> 　　　beneath the Moone, to raigne)

Pretends, as well of Gods, as Men,

　　to be the Soveraine. (7.6.Argument)

사탄의 의도가 신에게 대항하다가 빼앗긴 자신의 통치권을 되찾겠다는 것이라면, 뮤터빌리티 역시 자신의 것이라고 믿고 있는 제왕의 권좌를 다시 차지하겠다는 의도를 드러낸다. 그녀는 "드높은 하늘의 왕국에까지 쳐들어가서 / 조브 자신을 권좌에서 밀쳐내려고 했다"(T'attempt th'empire of the heavens hight, / And Jove himselfe to shoulder from his right)(7.6.7.4-5). 캐슬린 윌리엄즈(Kathleen Williams)는 뮤터빌리티가 "최초의 죄악인 불경한 교만"과 동의어라고 지적하고 있다(226). 자신의 정당한 권리를 회복하겠다는 의도나 이를 위하여 제왕의 권좌-고전적인 조브(Jove)나 기독교적인 하나님-에 도전하려는 의지에 있어서 뮤터빌리티와 사탄은 서로 닮았다.

　두 주인공은 사실상 추상적 개념이 의인화된 존재들이지만 사탄의 원형이 과연 뮤터빌리티라고 할 수 있을지는 분명치 않다. 하지만 두 주인공을 비교함으로써 밀턴이 창조한 사탄이 최소한 스펜서의 뮤터빌리티가 드러내 보이는 특성과 유사한 점이 많다는 것을 알 수 있을 것이다. 그리고 이러한 작업을 통해서 우리는 밀턴에 대한 스펜서의 영향력을 비교적 구체적으로 가늠할 수 있을 것이며 두 시인이 공통적으로 보고 있는 (타락한) 인간의 모습을 좀 더 잘 이해할 수 있을 것이다. 초서에서 스펜서, 그리고 밀턴으로 이어지는 영어에 대한 사랑과 영시의 전통은 새삼 거론할 필요가 없을 정도로 우리에게 이미 친숙한 개념이다. 하지만 막상 어휘의 선택과 시작법(versification)을 제외하고, 과연 스펜서의 어떤 점이 밀턴의 작품에 어떻게 영향을 주었는지를 규명하는 것은 의외로 쉽지 않다.

　우리는 스펜서와 밀턴이 둘 다 중산층 출신이며, 케임브리지에서 교육을 받은 독실한 개신교도라는 것을 안다. 또한 두 시인의 종교관은 비록 시대적이며 개인적인 성향의 차이는 있을망정 지극히 반 가톨릭적이며, 두 시인의 작품에 드러나는 기독교적 윤리관은 전투적일 정도로 치열하다는 것도 주지의 사실이다. 스티븐 그린블랏(Stephen Greenblatt)은 스펜서와 밀턴이 모두 당대의 권위를 옹호하며 그러한 권위에 대항하는 이방인을 공격하고 있다고 설명한다.

> 권위가 신이나 지배적 정치권력을 뜻한다면 이방인은 이교도, 야만인, 마녀, 간음하는 여성, 반역자, 그리고 외국인으로 구성되어 있다. 따라서 스펜서는 자신을 스스로 여왕의 기사로 여기고 여왕을 위하여 글을 썼고 밀턴은 자신을 기독교적 영웅으로 내세우며 신(또는 기독교)을 위하여 글을 썼다. (9)

밀턴이 "영원한 섭리를 제시하고 신의 길을 인간들에게 정당화하기 위해" (assert Eternal Providence, / And justify the ways of God to men)(1.24-25) 『실낙원』을 썼으며 그렇기 때문에 사탄을 이방인으로 공격하고 있다는 것은 쉽게 이해할 수 있는 일이다. 또한 『선녀여왕』 전체를 두고 말하자면 스펜서가 작품을 통해 도덕의 정점으로서의 여왕, 또는 여왕의 권위를 옹호하고 그에 반하는 모든 존재를 악당으로 규정하고 있다는 것도 쉽게 수긍이 간다.[40] 뮤터빌리티의 경우도 그녀가 권위와 질서에 도전하는 존재라는 점

---

40) 하지만 과연 스펜서가 『뮤터빌리티 칸토』에서 옹호하는 것이 엘리자베스 1세인지, 또한 그가 분명히 뮤터빌리티를 이방인으로 공격하고 있는지는 확실치 않다. 오히려 시인은 작품을 통해 자연(Nature), 또는 자연의 섭리를 옹호하고 있는 것처럼 보이며 뮤터빌리티와 그녀의 상대인 제우스(Zeus)를 함께 공격하고 있는 것처럼 보이는 것이 사실이기 때문이다. 스펜서가 올림푸스(Olympus)의 주신인 제우스를 뮤터빌리티와 같은 선상에 놓고 자연의 심판을 기다리는 피고소인으로 형상화한 것은 그가 독실한 기독교인이기 때문이기도 하려니와 그동안 자신의 작품에 등장했던 다양한 그리스 신들이 결국 자연의 섭리 아래 존재하는 형상, 또는 알레고리적 개념에 지나지 않는다는 것을 보여주려는 것처럼 보인다.

에서, 또한 그녀가 모든 인류에게 죽음과 불행을 가져다 준 실체라는 점에서 밀턴의 사탄과 유사한 존재라고 할 수 있겠다.

그렇다면 밀턴의『실낙원』이 어떤 면에서 스펜서의『선녀여왕』을 반영하고 있는지 몇 가지 실례를 구체적으로 살펴보기로 하자. 스펜서는 6권의 서시(proem)에서 자신의 작품이 예전에 그 누구도 시도하지 않은 새로운 것이라는 사실을 강조하고 있는데 - "아무도 가보지 못했고 뮤즈의 가르침을 / 받지 않고서는 찾을 수도 없는 생경한 이 길에서"(In these strange waies, where never foote did use, / Ne none can find, but who was taught them by the Muse)(6.proem.2.8-9) - 밀턴의 경우도 작품의 서두에서 인간의 원죄와 낙원 상실을 그리겠다는 자신의 시도가 "아직까지 산문이나 운문으로 시도된 적이 없는 주제"(Things unattempted yet in Prose or Rhyme)(1.16)라고 선언하며 시인으로서의 자부심을 내비치고 있다. 어쩌면 밀턴이 처음에는 영국의 국가적 영웅을 주제로 한 서사시를 쓰려고 했다가 원죄와 낙원의 상실로 바꾼 것도 이미 스펜서에 의해 다루어진 주제를 다시 선택하는 위험에서 벗어나고자 한 것이 아닌지 추측해볼 수 있다.[41]

『선녀여왕』3권의 아도니스의 정원에 등장하는 카오스(Chaos)에 대한 묘사 - "이 세계의 드넓은 자궁 안에는 / 진저리나는 어두움과 깊은 두려움 속에 / 거대하고 영원한 카오스가 있어서, 자연의 / 풍성한 후손을 이루는 재료를 공급한다"(For in the wide wombe of the world there lyes, / In hatefull darknes and in deepe horrore, / An huge eternal Chaos, which supplyes / The substaunces of natures fruitfull progenyes)(6.36.6-9) - 역시 밀턴이 "자연의 자궁이며, 또한 어쩌면 자연의 무덤"(The Womb of nature and

---

41) 바바라 르왈스키(Barbara K. Lewalski)에 의하면 밀턴은 이미 1642년 경 "버질과 타소의 모델을 따라 위대한 국가적 영웅에 대한 서사시를 생각했으며, 아서 왕의 역사적 근거를 의심하게 되었기 때문에 알프레드 왕을 고려하고 있었다"(444).

perhaps her Grave)(2.911)이라고 설명하는 카오스와 크게 다르지 않다. 지옥에서 나온 사탄은 이러한 카오스를 통과하여 태양계로 올라오며, 지상을 떠난 뮤터빌리티는 "본질이 엷고 가벼운 / 공기의 영역과 불의 영역을 지나"(past the region of the ayre, / And of the fire, whose substance thin and slight)(7.6.7.6-8) 달에 이르는 것이 다를 뿐이다.

『선녀여왕』3권에서 스펜서가 다이아나(Diana)의 모습을 묘사하는 대목 ―"멋지게 삼단으로 / 땋고 있었던 그녀의 황금빛 머리타래는 / 풀어져 어깨까지 치렁치렁 늘어져 있었고, / 달콤한 암브로시아가 그 위에 살짝 흩뿌려져 있었다"(Her golden lockes, that late in tresses bright / Embreaded were for hindring of her haste, / Now loose about her shoulders hong undight, / and were with sweet Ambrosia all besprinkled light)(6.18.6-9)―은 밀턴의 작품에서 사탄의 유혹을 받는 이브의 꿈 장면―"그의 이슬 젖은 머리타래에서는 암브로시아가 저며 나오고 있었다"(his dewy locks distill'd / Ambrosia) (5.56-57)―에 그대로 재현되고 있다.

뮤터빌리티의 반란 소식을 접한 제우스는 올림포스의 신들, 즉 "천상의 권세들"(heavenly Powers)을 모아놓고 논의를 시작한다. "어떤 방법이 최선일지 숙고해야 하겠소. / 공공연한 힘일지, 현명한 협상이 좋을지, / 그대 신의 아들들이여, 최선의 방책을 궁리해주오"(What way is best to drive her to retire; / Whether by open force, or counsell wise, / Areed ye sonnes of God, as best ye can devise)(7.6.21.7-9). 그런데 사탄도 지옥의 회의를 시작하면서 같은 종류의 수사를 구사한다. "어떤 방법이 최선일지, / 공공연한 전쟁일지, 교묘한 술책이 좋을지, / 이제 논의하겠소. 누구든지 말해주오" (and by what best way, / Whether of open War or covert guile, / We now debate; who can advise, may speak)(2.40-42).

물론 제우스는 반란에 대항하는 쪽이고 사탄은 반란을 획책하는 편에 있는 것이 대조적이기는 하다. 그러나 스펜서가 제시하는 제우스는 결코 절대자가 아니다. 그는 오히려 최초의 반역자로서 뮤터빌리티에게 반란의 빌미를 제공하는 존재로 등장하고 있는 것에 주목할 필요가 있다. 뮤터빌리티의 주장대로 그리스 신화에 의하면 온 세상의 주권은 제우스가 타이탄에게서 강탈한 것이다. "내 위대한 조상인 타이탄에게서 정당한 후손인 내게 / 대물림된 나의 유산인데 조브가 부당하게 / 강탈했다는 것은 조브 자신도 부정하지 못합니다"(As for the gods owne principality, / Which Jove usurpes unjustly; that to be / My heritage, Jove's self cannot deny)(7.7.16.5-7). 셔먼 호킨스(Sherman Hawkins)는 작품에 드러난 세 단계의 서열—자연, 제우스, 뮤터빌리티—가 르네상스 시대의 일반적인 관념에 따른 이성, 의지와 감성의 서열을 암시하고 있다고 제안한다(300).

하지만 과연 변화하는 피조물로서 제우스가 뮤터빌리티보다 우월한 존재인지는 분명치 않다. 오히려 스펜서와 밀턴이 공유하고 있는 종교적 관점에서 보면 제우스와 뮤터빌리티, 그리고 사탄은 모두 같은 선상에 있는 피조물들이며 반역자들이라고 보는 것이 타당하다. 결국 『뮤터빌리티 칸토』의 마지막에서 재판장인 자연이 뮤터빌리티의 청원을 기각하면서도 제우스의 편을 들지 않는 이유도 여기에 있다고 할 수 있을 것이다.

하늘의 전쟁에서 마이클의 타격을 막아서는 사탄은 "거대한 원주의 모양을 한 커다란 방패"(his ample Shield, / A vast circumference)(6.255-56)를 들고 있다. 중세시대 이후로 원형의 방패는 이교도들이 사용하는 무기로 알려져 있었는데, 같은 종류의 방패를 『선녀여왕』 5권에서는 아마존의 여전사를 대변하는 라디건드(Radigund)가 사용한다.

> 또한 어깨에는 방패가 드리워져 있었고
> 빛나는 보석들로 온통 꾸며져 있었으며,

그것은 어느 모로 보아도 흡사 아름다운
달이 자신을 전부 드러낼 때와 같은 모습이었다.

And on her shoulder hung her shield, bedeckt
Upon the bosse with stones, that shined wide,
As the faire Moone in her most full aspect,
That to the Moone it more be like in each respect. (5.5.3.6-9)

정의의 기사 아테걸(Artegall)과 싸워서 그를 사로잡고, 결국 정결의 여기사
브리토마트(Britomart)에게 죽임을 당하는 라디건드가 달처럼 둥근 방패를
사용하고 있다는 것은 그녀가 비록 아름답기는 하지만 이교도이며 사악한
존재라는 시인의 판단을 반영하는 것이다. 성부, 성자와 대적하는 사탄이
같은 종류의 방패를 사용하는 것도 사탄에 대한 밀턴의 생각을 투영하는
것임은 물론이다.

윌리엄즈는 뮤터빌리티가 아담과 이브의 원죄, 즉 인간의 타락과 연관
이 있는 존재라고 지적하면서 다음과 같이 설명하고 있다.

> 그녀[뮤터빌리티]는 우리처럼 복잡한 혼합체이며 사실상 우리들 중 하나이
> 다. 그녀의 태도는 우리들의 태도를 반영하고 있다. 그녀가 인류의 첫 조상
> 이 지은 죄와 연관되는 이유는 그녀가 지닌 힘의 근원이 인류의 타락이기
> 때문이라는 것을 우리가 알고 있기 때문이다. 우리의 이해가 부족하기 때
> 문에 우주란 우리에게 무의미한 변화에 의해 다스려지는 것처럼 보이는 것
> 뿐이다. (228)

과연 뮤터빌리티의 존재는 인류의 타락에서 출발한다. 신학적 관점으로 보
면 타락하지 않은 인간에게는 죄악이나 죽음이 있을 수 없기 때문이다. 뮤
터빌리티는 자연의 질서를 파괴하여 낙원에 죽음을 가져온 원죄에 비유되

고 있다. 폴린 파커(Pauline M. Parker)에 의하면 뮤터빌리티는 "제멋대로이며, 변덕스럽고, 비합리적인 불법적 영혼"이다(266). 그녀가 세상의 모든 법과 질서를 타락시키는 바람에 영원히 살도록 창조되었던 인간의 삶은 죽음으로 향해 가는 여정이 되었다. 시인은 그녀가 인간에게서 낙원을 빼앗았다고 비난한다. "뮤터빌리티의 끔찍한 행위가 이러하도다! / 그 때문에 우리 모두는 저 저주에 묶여 / 우리의 유뫼자옌로부터 삶 대신에 죽음의 젖을 빨았다"(Of pittious worke of MUTABILITIE! / By which, we all are subject to that curse, / And death in stead of life have sucked from our Nurse)(7.6.7-9).

스펜서가 설명하는 뮤터빌리티의 가장 끔찍한 죄악은 인간에게 죽음을 주었다는 점이다. 그런데 이와 똑같은 역할을 한 존재가 바로 밀턴의 사탄이다. 그로 인하여 인간은 죄악을 알게 되고 그 결과로 죽음을 겪게 된다. 밀턴은 『실낙원』의 서두에서 인간의 첫 번째 불복종이 "세상에 죽음을 가져왔고, 에덴을 상실함으로써 / 우리들의 괴로움이 시작되었다"(Brought Death into the World, and all our woe, / With loss of Eden)(1.3-4)고 설명하고 있는데, 결국 인류의 타락이 사탄-또는 인간의 마음속에 있는 사탄의 특성-때문이라면 뮤터빌리티는 스펜서가 구체화한 사탄의 또 다른 모습에 다름 아니다.

밀턴의 사탄은 남성으로 형상화되어 있는 반면 (물론 시인은 사탄을 포함한 모든 천사들이 남성이든 여성이든 자기 마음대로 성을 취할 수 있는 존재라고 설명하고 있기는 하다) 스펜서의 뮤터빌리티는 여성으로 그려지고 있다. 리처드 벌리스(Richard J. Berleth)는 그녀가 죄악과 교만, 그리고 이브를 상징한다고 지적하며 특히 그녀가 타자로서의 여성을 대변한다고 주장한다. "만일 뮤터빌리티가 신화화된 여성성을 투영하고 있다면 . . . 자유롭게 방치된 여성은 결국 너무 반역적이고, 교만하고, 허영적이고, 변덕스럽고, 무식하고, 경솔하여 권력을 맡아서는 안 된다는 것이다"(53). 하지만 스펜서는 그녀를 지극히 아름다운 존재로 묘사한다. 반역을 도모하는 뮤터빌리티의 끝없는 교만함과 마주친 제우스는 극도로 분노하여 그녀를 "천둥으로 지옥에 몰아넣으려고"(thunder-drive to hell) "불타는 번갯불"(burning levin-brond)을 손에 잡지만, 그녀의 아름다움에 빠져 태도를 바꾼다.

> 하지만 가장 큰 분노도 즉시 온화함으로
> 바꿀 수 있을만한 미모의 황홀한 광채가
> 드러나는 그녀의 아름다운 얼굴을 보자,
> (미모는 하늘에서조차 그런 힘을 가진다)
> 그는 손길을 멈추고 제 태도를 바꾸면서
> 다시 이렇게 더 유순하게 말을 시작했다.

> But, when he looked on her lovely face,
> In which, faire beames of beauty did appeare,
> That could the greatest wrath soone turne to grace
> (Such sway doth beauty even in Heaven beare)
> He staide his hand: and having chang'd his cheare,
> He thus againe in milder wise began. (7.6.31.1-6)

뮤터빌리티의 아름다움이 그녀로 하여금 올림포스의 신과 맞서게 했다면, 사탄도 자신의 아름다움에 취해 기독교의 절대자에게 반역한다. 타락하기 전 사탄의 이름이 아름다운 샛별을 뜻하는 루시퍼(Lucipher)였다는 것은 주지의 사실이거니와, 밀턴은 죄(Sin)를 통하여 사탄의 자기애(self-love)를 보여준다. 자신의 머리에서 나온 죄를 본 사탄은 그녀에게서 완벽한 자기 자신의 모습을 발견하고 그녀와 근친상간의 관계를 갖는다. "내게서 당신의 완벽한 모습을 보고 / 사랑에 빠져 비밀스레 나와 함께 / 즐거움을 나누었답니다"(Thyself in me thy perfect image viewing / Becam'st enamor'd, and such joy thou took'st / With me in secret)(2.765-67). 물론 밀턴은 작품의 어디에서도 사탄이 아름다운 존재라는 암시를 하지 않고 있다. 사탄의 반역에 대한 라파엘(Raphael)의 설명에서도 그는 "권력과 / 총애와 탁월함이 뛰어났던"(great in Power, / In favor, and preeminence)(5.660-61) 천사였을 뿐 아름답다고 묘사되지는 않는다. 오히려 사탄의 아름다움은 그 자신만이 그렇다고 생각하는 관념일 뿐이라는 것이 밀턴의 생각인 듯하다.[42]

『실낙원』에서 뮤터빌리티의 아름다움에 견줄만한 존재로는 이브가 유일하다. 아름다움은 이브의 특성이다. 그녀는 연못에 비친 자신의 아름다움에 빠져 "헛된 욕망으로 [자신을] 연모하고"(pined with vain desire)(4.466) 자신보다 "덜 아름답게 보이는"(methought less fair)(4.478) 아담에게서 도망친다. 아담도 그녀의 "스스로 절대적이고 완벽하게 보이는"(so absolute she seems / And in herself complete)(8.547-48) 아름다움에 넋을 잃는다. 그러한 아담을 꾸짖는 라파엘도 처음에는 "아이다 산에서 나체로 배회하는 / 세 명의 여신 중 가장 아름다운 여신보다도 / 더욱 아름다운"(more lovely fair / Than . . . the fairest Goddess feign'd / Of three that in Mount Ida naked strove)(5.381-83) 이브를 칭송한다. 심지어 사탄조차도 이브를 대면하고 "천사와 같은 그녀의 천상의 모습"(her Heav'nly form / Angelic)(9.457-58)에 자신의 본성을 잊고 "적의를 벗어버리고 멍청하게 착해졌다"(Stupidly good, of enmity disarm'd)(9.465). 그런데 문제는 이브가 자신의 아름다움을 우월감으로 인식한다는 데 있다. 결국 이브의 우월감은 그녀로 하여금 금지된 과일을 먹게 하고 그녀를 타락하게 만든다. 아름다움과 우월감 그리고 교만은 사탄과 이브를 뮤터빌리티와 연결시켜주는 주요 모티프이다.

---

42) 그렇기 때문에 사탄의 자부심은 처음부터 시인에게 조롱의 대상이 되고 있다. 자신과 똑같은 모습을 가진 죄를 보고 "너희는 내가 이제까지 본 모습 중에서 가장 끔찍하다"(nor ever saw till now / Sight more detestable than him and thee)(2.744-45)고 말하는 사탄의 태도에서 우리는 사탄의 우스꽝스러운 자가당착을 본다.

『실낙원』의 9권에서 아담을 떼어내고 홀로 에덴을 거니는 이브의 모습은 숲의 요정과 여신에 비유되는가 하면, 온갖 꽃으로 유난히 아름답고 매혹적인 존재로 묘사된다.

> 향기의 구름에 싸여 그녀는 서 있는 모습이
> 반쯤 보였다. 주변에는 장미덩굴이 넘쳐나
> 그녀 주변을 빛냈고, 그녀는 종종 몸을 굽혀
> 카네이션, 보랏빛, 하늘색이나 황금빛이 도는
> 멋진 꽃들이 힘없이 늘어져있는 가녀린 줄기를
> 지탱해 주기 위하여 그것들은 도금양 띠로
> 부드럽게 묶어주었는데, 정작 가장 아름다운 꽃이며
> 최고의 지지대로부터 이처럼 멀리 떠나온
> 그녀 자신에 대해서는 아무런 생각도 없이.

> Veil'd in a Cloud of Fragrance, where she stood,
> Half spi'd, so thick the Roses bushing round
> About her glow'd, oft stooping to support
> Each Flow'r of slender stalk, whose head though gay
> Carnation, Purple, Azure, or speckt with Gold,
> Hung drooping unsustain'd, them she upstays
> Gently with Myrtle band, mindless the while,
> Herself, though fairest unsupported flow'r,
> From her best prop so far. (9.425-33)

여기서 자신이 처한 위험에 대해 아무것도 모르는 한 송이 꽃에 비유되고 있는 이브의 모습에는 아름다운 그녀에 대한 시인의 안타까움이 드러나 있다.[43] 그런데 흥미로운 것은 스펜서의 『선녀여왕』에서 이와 유사한 상황에

---

43) 더글라스 부시(Douglas Bush)는 아담과 헤어진 이브에 대한 유난히 아름다운 묘사가 파멸의 길로 가고 있는 이브에 대한 시인의 연민을 보여준다고 설명한다(80).

대한 선례를 찾을 수 있다는 점이다. 6권에서 세레나(Serena)는 자신의 연인인 컬리파인(Calepine)이 컬리도어(Calidore)와 앉아서 서로의 모험을 이야기하는 동안 아무런 경계도 하지 않은 채 홀로 숲을 배회한다.

> 온화한 날씨가 주는 여유로움과, 특별히
> 보기 드문 즐거움을 선사하는 여러 가지
> 꽃들로 뒤덮인 그곳의 흥겨움에 이끌려,
> 눈길 가는 대로 움직이는 욕망에 따라서
> 숨겨져 있는 위험이나 악에 대해서 아무
> 두려움도 없이, 제 머리를 장식할 화환을
> 만들겠다는 생각에 제멋대로 들판을 배회하였다.

> Allur'd with myldnesse of the gentle wether,
> And pleasaunce of the place, the which was dight
> With divers flowres distinct with rare delight;
> Wandered about the fields, as liking led
> Her wavering lust after her wandring sight,
> To make a garland to adorne her hed,
> Without suspect of ill or danungers hidden dred. (6.3.23.3-9)

이브가 아무런 위험을 감지하지 못한 채 낙원을 거닐다가 사탄의 유혹에 넘어가는 것처럼 세레나도 방심한 채 숲을 거닐다가 바로 다음 연에서 갑자기 뛰쳐나온 블라탄트 비스트(Blatant Beast)에게 납치되어 파탄을 겪게 된다.

아름다움을 공유하고 있지만, 뮤터빌리티는 나약한 세레나나 계략적인 이브와는 다르다. 그녀는 우선 헤카테(Hecate)나 벨로나(Bellona)처럼 자신의 세력을 행사하여 "천상의 영예"(heavenly honours)(7.6.4.4)를 얻고자 한다. 그리고 이를 위하여 그녀가 사용하는 방법은 "막강한 힘을 살벌하게 과시하여 / 보란 듯이 만물을 극심하게 괴롭히는"(sad examples shewed / Of her great power, to many ones great paine)(7.6.4.6-7) 것이다. 자신의 힘으로 세상을 손아귀에 쥐고 난 후, 그녀는 더 큰 야망을 이루기 위하여 "드높은 하늘의 왕국에까지 쳐들어가서 / 조브 자신을 권좌에서 밀쳐내려고 했다"(T'attempt th'empire of the heavens hight, / And Jove himselfe to shoulder from his right)(7.6.7.4-5). 그녀의 야망과 이를 충족하기 위한 행동의 대담성, 그리고 신들의 제왕인 제우스가 반드시 자신보다 더 높아야 할 이유가 없다는 확신에서 우리는 기독교의 절대자에게 힘으로 대적하는 사탄의 모습을 본다. "우리의 힘은 우리 것이고, 우리의 바른 손이 / 누가 우리와 동등한지 증명함으로써 드높은 행동을 / 우리에게 가르치리라"(Our puissance is our own, our own right hand / Shall teach us highest deeds, by proof to try / Who is our equal)(6.864-66). 고전적 영웅주의와 교만의 상징으로서 밀턴의 사탄은 스펜서의 뮤터빌리티와 닮았다. 뮤터빌리티와 사탄은 둘 다 교만하고, 야망이 넘치며, 천부적인 자신의 권리에 대한 확신에 차 있는 존재이며, 공교롭게도 둘 다 자가당착적이다.

흥미로운 것은 자연(Nature)의 법정에 선 뮤터빌리티가 더 이상 반역자의 모습을 가지고 있지 않으며 오히려 제우스를 고소하는 원고의 입장에 서 있다는 점이다(Parkin-Speer 502). 또한 그녀의 주장은 일견 매우 논리적이기도 하다. 변화하는 세상은 "대부분 [자신의] 몫으로 할당되었고"(the greatest part is due to me)(7.7.15.4) 불변의 세계 역시 "상속에 의해"(by heritage)(7.7.15.5) 자신의 소유라는 것이다.[44] 그런데 올림포스의 신들이 "온 세상의 주권을 / 주제넘게 자기들 것으로 사칭하며 그것을 / 자신의 소유라고

---

44) 모리스 에반스(Maurice Evans)는 뮤터빌리티의 반역에 대한 재판이 일어나는 알로 언덕(Arlo Hill)을 "타락한 에덴"이라고 부르는데, 그곳 역시 변화의 지배를 받기 때문이다(232).

주장하고"(by what right / These gods do claime the worlds whole soverainty [. . .] Arrogate to themselves ambitiously)(7.7.16.1-4) 있으니 이것이 잘못이라고 항변한다. 또한 그녀의 주장에는 자신과 올림포스의 신들이 모두 평등하다는 논리가 배어있다.

> 왜냐하면 당신께 하늘과 땅은 동일하듯이
> 내게도 하늘과 땅이 둘 다 같은 것이기에.
> 또한 당신은 신과 인간을 똑같이 여기시니
> 신들이 인간들을 대하듯 당신도 신들을 대합니다.
>
> For, heaven and earth I both alike do deeme,
> Sith heaven and earth are both alike to thee;
> And gods no more than men thou doest esteeme:
> For, even the gods to thee, as men to gods do seeme. (7.7.15.6-9)

결국 뮤터빌리티는 자신에 대한 올림포스 신들의 우월성을 인정하지 않는 것이다. 권위를 인정하지 않는 그녀의 태도는 자신이 지각하지 못하는 사실이 존재하는 것을 거부하는 유물론으로 발전한다. 자신을 비롯한 신들이 모든 변화를 주관하는 존재라는 제우스의 주장에 그녀는 보이지 않는 것, 즉 증명할 수 없는 것에 대한 강한 거부감을 보인다. "하지만 보이지 않는 것을 어찌 설득할까?"(But what we see not, who shall us perswade)(7.7.49.5). 뮤터빌리티는 결국 올림포스의 신들도 누군가에 의해 태어난 피조물이며 온 우주와 삼라만상이 자신의 원칙에 따라 변화한다는 것을 증명하는 데 성공한다. "그러니 이 드넓고 거대한 우주 안에서 / 아무것도 고정되고 영원한 것은 없으며 / 모든 것이 제멋대로 뒤집히고 바뀐다네"(Then since within this wide great Universe / Nothing doth forme and permanent appeare, / But all things tost and turned by transverse)(7.7.56.1-3).

하지만 모든 것이 변화하기 때문에 자신이 모든 것보다 우월하다는 그녀의 논리는 자신도 그러한 변화의 일부라는 점을 간과하고 있다. 결국 그녀가 자신의 주도권을 강변하면 할수록 자신이 더 큰 섭리의 일부라는 것을 드러내는 것이다(Hankins 163).[45] 재판관인 자연은 마침내 만물의 원천적인 본질은 변하는 것이 아니라고 설명한다. "결국에는 다시 자신의 본질로 되돌아가서 / 운명이 정한 자기 자신의 완성을 이룬다"(And turning to themselves at length againe, / Doe worke their owne perfection so by fate) (7.7.58. 6-7). 이자벨 맥카프리(Isabel G. MacCaffrey)는 최고의 권위를 가진 것처럼 보이는 자연이 본질적으로 뮤터빌리티의 또 다른 모습일 뿐이라고 주장하며 자연이 자신보다 더 큰 영원함을 예언하면서 사라지는 사실에 주목한다(420). 과연 자연의 최종판결-"그러나 모든 것이 변화하고 거기서부터 / 더 이상 무엇도 변치 않을 때가 오리라"(But time shall come that all shall changed bee, / And from thenceforth, none no more change shall see) (7.7.59.4-5)-에는 덧없는 세상에 대한 기독교도로서 스펜서의 확신이 배어있다. 다시 말하면 자연보다 상위에 "위대한 안식의 신"(great Sabbaoth God)이 존재한다는 믿음이다.[46]

그렇다면 밀턴의 사탄은 어떤가? 천사들의 삼분의 일을 모은 후 사탄이하는 연설에도 신의 권위를 인정하지 않겠다는 의지가 두드러진다. 일견 합리적으로 보이는 사탄의 주장에 성부와 성자의 우월성은 설 자리가 없다.

---

45) 씨에스 루이스(C. S. Lewis)도 뮤터빌리티가 만물이 자신의 위력 안에 있다는 증거를 대면 댈수록 자신을 반박하는 결과를 얻게 된다고 지적하는데, 변화와 영속은 서로 상보적이기 때문이라는 것이다(76). 한편 로즈매리 프리만(Rosemary Freeman)은 뮤터빌리티가 악한이라기보다는 영원함으로 가는 도구이며 창조자의 하인에 불과한 존재라고 주장한다(335).

46) 토마스 케인(Thomas H. Cain)이 작품의 주제를 "세속경멸"(Contemptus mundi)라고 주장하는 것도 같은 맥락으로 보인다.

그렇다면 과연 그 누가 합리적이고 올바르게
자신과 동등한 권리를 가지고, 힘과 광영은
그만 못해도 똑같이 자유로운 존재들에 대한
전제적 통치권을 갖는다는 말인가?

Who can in reason then or right assume
Monarchy over such as live by right
His equals, if in power and splendor less,
In freedom equal? (5.794-97)

자신의 주장을 반박하는 압디엘에게 하는 사탄의 말에는 자신이 지각하지
못하는 것은 존재하지 않는다고 믿는 뮤터빌리티의 관점이 배어있다. "우
리가 창조된 것을 / 본 자가 누구랴? 그대는 창조자가 그대를 만들 때, / 그
일을 기억하는가?"(who saw / When this creation was? remember'st thou /
Thy making, while the Maker gave thee being?)(5.856-58). 이어지는 압디엘의
꾸짖음은 사탄의 앞날에 대한 예언에 다름 아니다. "곧 그분의 / 천둥과 집
어삼키는 불길을 머리로 느낄지라. / 그러면 누가 그대를 창조했는지 흐느
끼며 배우리라"(for soon expect to feel / His thunder on thy head, devouring
fire. / Then who created thee lamenting learn)(5.892-94).

　　신들의 전쟁에서 패한 사탄은 지옥의 불길로 떨어진다. 자신의 존재가
그 자체로 지옥임을 고백하는 사탄은 거기서 벗어나는 유일한 길이 자신
의 잘못을 회개하고 신에게 용서를 구하는 길임을 알지만 그것을 굴욕으
로 여기고 이를 실행하지 못한다. 태양의 아름다움을 보고 극도의 자기 연
민에 빠진 사탄은 참회와 용서의 길을 모색한다. "참회할 여지, / 용서받을
여지는 없는 것인가? / 굴복하지 않고서는 없겠지"(is there no place / Left
for Repentance, none for Pardon left? / None left but by submission)(4.79-81).

하지만 그는 자신의 본성인 미움을 떨쳐내지 못하리라는 것을 알고 또한 절대자도 그것을 알고 있기 때문에 결코 용서하지 않을 것이라고 지레 짐작한다. "날 벌하는 이도 이를 알지. 그래서 / 내가 화평을 빌지 않듯이 내게 화평을 주지 않으리라"(This knows my punisher; therefore as far / From granting hee, as I from begging peace)(4.103-104).

사탄이 논리적으로 자신의 행동을 정당화하면 할수록 그는 자가당착에 빠지게 되고, 결국 극도의 절망에서 그가 취하는 선택은 자신을 파멸시킨다. 그는 이브를 타락시킴으로써 인류에게 죄와 죽음을 가져다주지만 궁극적으로 성자의 희생으로 인간이 구원을 얻어 내면의 낙원(Paradise within)을 이루고 자신은 궁극적으로 패배할 것을 알지 못한다. 과연 뮤터빌리티처럼 사탄도 자신의 야망과 잘못된 논리에 의해 스스로 무너지는 것이다.[47]

물론 뮤터빌리티의 우주는 제우스와 자연이 다스리는 고전적 세계이며, 사탄의 영역은 기독교적 신화의 세계이다. 알란 신필드(Alan Sinfield)는 스펜서와 밀턴이 둘 다 이교도적인 휴머니즘과 프로테스탄스적인 기독교 사이에서 갈등하지만, 밀턴에 비해 스펜서는 고전적 세계를 훨씬 더 편안하게 받아들이고 있다고 지적하고 있다(29). 과연 스펜서의 『선녀여왕』에 드러나는 시인의 개신교적 종교관은 밀턴의 작품에서보다는 덜 엄격하다. 하지만 뮤터빌리티와 사탄은 절대자와 영속성을 부정하고 자신의 권리를 찾는다는 명분으로 그에 대항한다는 점에서 같은 속성을 공유하고 있다. 어쩌면 우리는 고전적 세계에 속한 뮤터빌리티의 교만과 야망이 기독교적 신화의 세계에서 사탄이 드러내 보이는 교만과 야망으로 이어진다고 할 수도 있겠다.

---

47) 4권에서 사탄이 "배고파서 새로운 먹잇감을 찾아 헤매는 늑대"(a prowling Wolf, / Whom hunger drives to seek new haunt for prey: 4.183-84)에 비유된 것은 전통적으로 늑대가 배가 고프면 자기 자신을 잡아먹는 동물로 여겨져 왔다는 것을 고려하면 매우 적절해 보인다.

우리는 또한 사탄의 모습에서 뮤터빌리티의 영웅주의와 자가당착적 어리석음을 본다. 과연 밀턴이 사탄을 창조하면서 스펜서의 뮤터빌리티를 원형, 또는 원형의 일부로 삼았는지는 알 수 없다. 그러나 두 작품 사이에 존재하는 여러 등장인물과 장면, 그리고 표현의 유사성을 고려해볼 때 최소한 우리는 밀턴이 창조한 사탄의 모습이 많은 부분 스펜서가 그린 뮤터빌리티의 모습을 닮았다고 말할 수 있을 것이다. 전투적 개신교도인 두 시인은 — 비록 엄격함의 차이는 있을망정 — 인간의 모습으로 구현된 죄악의 근원이 무엇인지에 대한 생각을 공유하고 있으며 궁극적으로 신의 섭리가 이 세상을 지배한다는 희망적인 믿음을 지니고 있다고 결론지을 수 있을 것이다.

『복낙원』과 『선녀여왕』

밀턴의 후기 대작 3편 중 독자들의 주목을 가장 덜 받는 작품을 꼽으라면 단연코 『복낙원』이 꼽힐 것이다. 왕정복고 이후의 시기임에도 『실낙원』이 놀라운 성공을 거두자, 어느 청년이 밀턴에게 편지를 통해 '낙원의 상실'을 다룬 시인이 진정한 기독교인이라면 '낙원의 회복'도 그려야 한다고 제안하여 밀턴이 작업에 착수했다는 믿기 힘든 루머가 있기는 하지만, 『복낙원』은 그 내용이 지나치게 신학적이고 성서적이어서 일반 독자들이 소화하기에는 역부족인 작품이다. 『실낙원』은 물론이고 『투사 삼손』(Samson Agonistes)의 경우에도 작품의 줄거리는 흥미롭고, 작품의 곳곳에 번득이는 시인의 기지와 탁월한 묘사는 독자들에게 (물론 이것은 심각한 영문학도에 한정된 진단이기는 하지만) 감동으로 다가온다. 하지만 『복낙원』은 그렇지 않은 듯하다. 신약성서에 나오는 줄거리, 즉 예수가 광야에서 40일을 금식하고 3번에 걸쳐 사탄의 시험을 물리치는 에피소드를 다룬 이 작품은 극적인 요소도 없으며 반전도 없고 역동적인 흥미로움도 결여된 것처럼 보이는 것이 사실이다.

필자가 학부는커녕 대학원에서도 이 작품을 결코 강의 목록에 넣지 않는 이유도 기독교 교리에 특별히 관심이 없는 독자에게는 정말 지루하고 무의미한 시간이 될 것임을 알고 있기 때문이다. 그럼에도 불구하고 우리가 이 작품에 관심을 가져야 하는 이유는『복낙원』이야말로 시인의 기독교와 휴머니즘의 갈등 내지는 조화를 가장 적나라하게 보여주고 있는 작품이기 때문이다. 더구나 작품에 드러난 밀턴의 세계관은 스펜서의 그것과 비교할 때 더욱 잘 이해될 수 있다. 따라서 이번 장에서는『복낙원』을 스펜서의『선녀여왕』, 특히 2권의 주제와 비교하며 살펴보기로 한다.

스펜서의 신이 선택된 자들의 구원을 예정하고 있다면, 밀턴의 신은 인간이 자신의 자유의지를 통해서 "일어서거나"(stand) "넘어지는"(fall) 것을 허용하는 존재이다. 스펜서의 레드크로스와 가이언에게는 도덕적 성취와 관계없이 신의 은총이 주어지지만, 밀턴의 아담이나 예수는 어떻게 해야 자신이나 세상의 구원을 성취할 수 있을지 배워야만 한다. 물론 그러한 학습이 그 자체로 신의 섭리이기는 하다. 스펜서가 당대의 사회질서와 종교적 원리를 특별한 의심 없이 수용했다면, 밀턴은 당대의 지배적인 종교적 원리나 사회적 질서가 옳지 않다고 여길 때마다 지체 없이 반기를 들었다.

이처럼 두 시인이 드러내는 태도의 차이는 그들이 상정한 독자가 누구인가를 살펴보면 더욱 잘 드러난다. 스펜서는 프로테스탄트 군주인 엘리자베스 1세를 염두에 두고『선녀여왕』을 집필했다. 그에게 여왕은 실존하는 정치적, 종교적 권위이자, 칭송의 대상이며 주인공 기사들이 흠모하는 도덕을 대변하는 존재였다(Greenblatt 167-69). 그러나 밀턴은 자신의 이상이었던 공화정을 버리고 찰스 2세(Charles II)를 왕으로 불러들인─그래서 그들이 자신의 작품에 드러난 정치적, 신학적 사상에 동의하지 않을 수도 있는-영국 시민을 『실낙원』의 독자로 상정하였다. 하지만 두 시인은 여전히 중요한 공통점을 나눠 갖고 있는 것이 사실이다. 스펜서는 자신의 작품이 귀족의 자제들을 훈육하는 교육서라고 밝혔고, 밀턴은 『복낙원』이 "모든 / 유혹을 통하여 온갖 시험을 거친 한 사람의 / 굳건한 복종심으로 모든 인류에게 회복된 / 낙원이 부여된 것을 노래하기 위한 것"(sing / Recover'd Paradise to all mankind, / By one man's firm obedience fully tried / Through all temptation)(1.2-5)이라고 선언하고 있다.

신실한 프로테스탄트로서 두 시인은 인간이 아무리 노력한다 해도 신의 은총이 개입하지 않는다면 구원을 성취할 수 없다는 확고한 신념을 가지고 있었다. 하지만 동시에 휴머니즘을 대변하는 시인으로서 두 시인은 자신들의 작품이 갖는 예술성을 위하여 고전적인 미학과 수사학을 사용할 수밖에 없었다. 그러므로 『복낙원』과 『선녀여왕』 2권을 상호비교하면서 두 시인이 어떻게 프로테스탄티즘과 고전주의 사이의 갈등을 해결했는지, 그리고 그 과정에서 어떻게 자신들의 종교와 도덕관을 드러냈는지 살펴보는 것은 매우 중요한 과제라고 하겠다.

『선녀여왕』 2권의 주인공, 절제의 기사 가이언은 고전적인 이상과 프로테스탄트즘의 가치 사이에서 조화를 이루는 것이 얼마나 어려운 일인지 보여주는 인물이다. 물론 그러한 어려움은 시인이 고전적이고 이교도적인 배경 속에서 프로테스탄트적 도덕관을 드러내려는 시도 때문인 것으로 보인다. 우선 "아리스토텔레스가 제정한 열두 가지 개인적 덕목"(the twelve private morall vertues, as Aristotle hath devised)(737)으로 이루어지는 작품의 구성은 분명히 고전적인 것이므로 프로테스탄티즘과는 잘 어울리지 않는다.

또한 시인은 작품의 여러 곳에서 오비드나 버질을 자유롭게 원용하고 있는데, 이것이 기독교적 메시지를 전하는 데 방해가 되고 있는 것도 사실이다.48) 어떤 점에서는 1권의 레드크로스는 이러한 어려움에서 쉽게 비껴갈 수 있을지도 모른다. 그가 대변하는 성스러움이라는 덕목은—비록 그것이 엄격한 의미에서 도덕적인 것인지는 분명치 않지만—아리스토텔레스와는 상관없는 것이기 때문이다. 사실상 최소한 작품의 주어진 틀 안에서는 레드크로스를 성스러움의 대변자라고 하기 어렵다. 물론 우리는 그가 선택받은 기사이며 언젠가는 성스러움을 성취하고 성 조지라고 불릴 것을 알고 있다. 하지만 텍스트 안에서 그는 죄를 짓고, 타락하며, 절망하지만, 참회하고, 속죄한 후 죄악을 극복하는 전형적인 인물로 묘사된다. 프로테스탄트적 만인으로서 그는 끊임없이 신의 간섭을 필요로 하는 인물이며, 자신의 행위보다는 온전한 신의 은총으로 구원에 이르게 되는 존재다. 그러나 가이언이 대변하는 덕목은 기독교적이라기보다는 궁극적으로 고전적인 것이다.

스펜서는 고전적인 덕목을 대변하는 기사를 통해서 자신의 프로테스탄트적 도덕관을 설파할 방법을 찾아야만 했다. 루이스 밀러(Lewis H. Miller Jr.)는 성스러움이라는 덕목과 절제라는 덕목의 차이점을 이렇게 지적한다.

> 성스러움이라는 덕목은 회개만 완벽히 진행된다면 죄를 짓고서도 얻을 수 있다. 그러나 절제라는 덕목은 원칙적으로 그러한 신성한 용서를 배제하는 특성이 있다. 절제는 이미 내면적으로 완성해야 하는 자연적인 덕목이며, 외부로부터 그 어떤 도움도 받을 수 없다. 신의 은총은 무절제한 인간을 절제하도록 만들 수 없으며, 인간은 스스로 절제하는 법을 배워야 하는 것이다. ("파에드리아" 38)

---

48) 스펜서가 작품에서 오비드와 버질을 어떻게 원용하고 있는지는 콜린 버로우(Colin Burrow) 217-36을 참조할 것.

매들론 골키(Madelon S. Gohlke)는 『선녀여왕』에서는 고전적인 절제를 통해서 궁극적인 도덕심을 성취하는 것이 불가능하다고 지적하면서, 2권이 절제라는 덕목 그 자체보다는, "인간이 타락하기 이전의 개념에 근거를 두고 있는 덕목과 타락한 현실 사이의 갈등을 다루고 있다"고 주장한다(124). 한 걸음 더 나아가 그는 레드크로스가 1권의 마지막에 자신의 성취에 대한 기쁨을 만끽하고 있는 반면, 절제의 기사는 사랑과 전쟁 사이에서 갈등하며 그것이 언젠가 해결되리라는 희망조차도 품지 못한 채 끝까지 투쟁할 수밖에 없다고 설명하고 있다(133). 그렇지만 만일 절제가 정말로 한계가 있는 덕목이고 그 소유자에게 구원은 아니더라도 성취감이나 만족감을 줄 수 없는 것이라면 기독교적인 도덕 세계에서 그것을 장려하는 것이 무슨 소용이 있는가? 더구나 『선녀여왕』에서 내세우는 덕목이－1권의 성스러움을 제외하면－모두가 아리스토텔레스의 『니코마커스 윤리학』(*Nichomachian Ethics*)에서 온 것인데, 그렇다면 작품이 이교도적 덕목보다 기독교가 우월하다는 것을 보여주는 의도를 가지고 있다고 말할 수 있을까?

캐롤 캐스키(Carol V. Kaske)는 이 질문에 타당해 보이는 답을 제시한다. "2권은 이방 문화가 기독교에 얼마나 가까울 수 있는지를 드러냄으로써 1권이 거부하고 있는 전형적인 기독교 휴머니즘을 보여준다"(143). 절제라는 덕목이 분명히 휴머니즘적인 것이기는 하지만 스펜서는 그것을 프로테스탄트 도덕률에 접목시켜 휴머니즘의 아이디어들과 프로테스탄티즘, 자연과 은총, 그리고 시적 미학과 종교적 진리의 관계를 극화하고 있다는 것이다. 스펜서에게 절제라는 고전적 덕목은 프로테스탄트적 도덕률과 반드시 상치되는 것은 아니다. 사실상 절제는 모든 진정한 기독교도들이 세상을 살아가면서 반드시 실행해야 하는 중요한 도덕 원칙이다. 2권의 서두에서부터 스펜서는 이성의 목소리를 통해서 신의 섭리가 시종일관 가이언을 인도할 것이라고 밝히고 있다. 팔머는 말한다. "가이언 경, 과업을 잘 마치고 소망하는 하늘나라에 / 그대의 지친 범선을 도착시킬 수 있도록 신께서 그대를 인도하시길"(God guide thee, Guyon, well to end thy warke, / And to the wished haven bring thy weary barke)(1.32.8-9). 그리고 이미 "성인들 중 하나"로 자신의 자리를 얻은 레드크로스는 자신의 성공을 이루어준 존재는 신이라고 고백한다.

> 자신의 권세를 나타내는 도구로 제 손을 사용하여
> 이 공적을 이루어내신 그분께 찬양을 드려야 합니다.
> 선한 의지 외에는 제게 아무런 공로도 없습니다.
> 제가 한 일이라고는 단지 해야 할 일을 한 것뿐이죠.

> His be the praise, that this atchiev'ment wrought,
> Who made my hand the organ of his might;
> More than goodwill to em attribute nought;
> For all I did, I did but as I ought. (1.33.2-5)

가이언이 해야 할 일은 다만 "이제부터 새로 출발하여 달려갈 길을 가야 하는 것"(Must now anew begin, like race to runne)(1.32.7)뿐이다. 그는 자신이 은총을 입을 자격이 있다는 것을 증명하지 않아도 된다. 어쨌거나 그의 고전적인 덕목은 그 자신의 구원을 이루는 것과는 상관없는 일이기 때문이다. 그럼에도 불구하고 진정한 기독교도로서 그는 절제라는 덕목을 실천해야 하고, 앞으로 진행될 그의 모험이 보여주듯이 그러한 도덕적 훈련은 결코 쉬운 일이 아니다.

다른 르네상스 휴머니스트들에게도 마찬가지겠지만 스펜서에게 절제는 분명히 인간이 성취해야 할 최선의 덕목이다. 하지만 가이언의 임무가 그러하듯이 자신의 여정이 끝날 때까지 그것을 일관성 있게 유지하는 것은 정말 어려운 일이다. 밀턴도 또한 절제라는 덕목을 인생의 핵심적인 지침으로 보고 있다. 『실낙원』에서 타락한 세상을 어떻게 살아가야 할지를 묻는 아담의 질문에 대한 마이클의 첫 번째 대답은 절제를 지침으로 삼으라는 것이다.

> . . . 그대는 **절제**가 가르치는 대로
> 과도하지 말라는 원칙을 잘 지킬지어다.
> 먹고 마시는 것에서 필요한 양분을 구하며
> 탐욕의 쾌락을 추구하지 말 것이다.
> 그대의 머리 위로 수많은 세월이 돌아올 때까지. (필자 강조)

> . . . thou well observe
> The rule of not too much, by **temperance** taught,
> In what thou eat'st and drink'st, seeking from thence
> Due nourishment, not gluttonous delight,
> Till many years over thy head return. (11.530-34)

또한 타락한 세상을 살아가면서 아담이 "자기 안의 낙원"(A paradise within)을 이루기 위한 천사장의 마지막 지시에서도 절제는 기독교도에게 매우 중요한 덕목 중 하나로 언급되고 있다. "다만 / 그대의 지식에 부응하는 행동을 더하고, 믿음을 더하며 / 도덕심과 인내와 절제를 더하고, 사랑을 더하라"(only add / Deeds to thy knowledge answerable, add Faith, / Add Virtue, Patience, Temperance, add Love)(12.581-83). 스펜서가 캘빈주의자라 해도─사실상 그가 자신의 작품에서 캘빈주의적 태도를 드러내고 있다는 것을 부인하기는 어려운 것이 사실이지만─이상적인 기독교도의 삶에 대한 그의 태도는 당대 영국의 종교개혁자들이 가톨릭의 잔재라고 여길만한 요소들을 드러내고 있다.

예컨대 그의 『양치기 달력』(*The Shepheardes Calender*)은 종교개혁 이전

의 교회력 전통을 따르고 있다. 중세 후반부에 대부분 사람들의 생활은 "성모 영보 대축일"(Lady Day), "수확제"(Lammas), "미가엘 축일"(Michaelmas), "사순절"(Lent) 등의 종교적 축제와 기념일과 밀접하게 연관되어 있었으며, 1493년 프랑스에서 시작된 양치기 달력의 전통은 엘리자베스 시대에 이르기까지 가장 인기 있는 출판물이었다(Duffy 41&50).[49] 사실상 프로테스탄트 개혁가들은 가톨릭의 우상이라고 여겨진 것들을 모두 영국 교회 밖으로 몰아내고자 했으며, 결국 예수의 일생과 직접적인 관련이 없는 축일들과 성자들을 없앴다. 하지만 스펜서의 작품에는 여전히 성자들이 존재한다. 1권의 칸토 10에서 레드크로스는 성스러움의 집에서 수많은 성인들을 보고 자신도 훗날 영국의 수호성인이 될 것임을 알게 된다. 스펜서의 성인들이 가톨릭의 성인들처럼 신과 인간 사이의 중재자 역할을 하는 것은 아니지만 그들이 존재한다는 시인의 태도는 그가 믿었다고 알려진 캘빈주의에 반하는 것이 사실이다.

그러므로 『선녀여왕』 2권이 표방하는 덕목을 고전주의와 기독교라는 이분법으로 판단하기는 어렵다. 적어도 작품은 절제라는 덕목이 이교도적이므로 기독교적인 것으로 대체되거나 덧씌워져야 한다고 암시하고 있지 않다. 그렇다고 가이언의 덕목이 고전적이 아니라는 의미는 아니다. 오히려 『선녀여왕』에서 절제라는 휴머니즘적 도덕률은 다른 세속적 덕목과 마찬가지로 진정한 기독교 신사를 양성하는 중요한 교육 규범이라는 뜻이다. 맘몬(Mammon)의 동굴에서의 경험이나 희락의 소굴(Bower of Bliss)을 파괴하는 가이언의 모험을 휴머니즘적 도덕과 기독교적 도덕의 대립의 각도에

---

49) 데이먼 더피(Damon Duffy)에 따르면 양치기 달력은 1493년에 프랑스에서 처음 출판된 이후 1503년에 스코틀랜드식 영어를 구사하는 프랑스인에 의해 영어로 번역되었다. 3년 후인 1506년에 리처드 파인선(Richard Pynson)의 새로운 번역판이 나왔고, 그 이후로 1508년, 1518년, 1528년에 새로운 판본이 출간되었으며, 그 인기는 16세기까지 지속되었다(50).

서 보거나 어느 한 쪽이 우월하다고 설명하려는 시도는 어떤 것도 만족스럽지 않다.[50] 작품 안에서 가이언의 과제는 궁극적인 구원을 성취하는 것이 아니라 아크레시아를 굴복시켜 세속적인 유혹의 상징물을 파괴하는 것이다. 타락한 세상을 살아가야 하는 기독교적 만인으로서 그는 생을 마칠 때까지 여러 가지 모습의 유혹과 싸우기 위해서 스스로 이성의 통제를 받으면서 절제를 실행해야 한다. 그리고 그가 궁극적으로 구원을 받을지 아닐지는 오로지 신의 섭리에 달린 것이다.

흥미로운 것은 작품에서 절제의 기사는 스스로 자신에게 임무를 부여한다는 점이다. 1589년에 롤리 경에게 보내는 편지에서 스펜서는 가이언이 선녀여왕으로부터 임무를 받는다고 설명한다.

둘째 날에는 한 순례자가 두 손이 피로 물든 아기를 안고 들어왔는데, 순례자는 그 아기의 부모가 아크레시아라고 부르는 마녀에게 살해당했다고 하소연하면서, 이 과업을 담당해줄 기사 한 사람을 자신에게 지정해달라고 선녀여왕에게 간청했습니다. 그 일은 가이언 경에게 부과되었고, 그는 곧바로 그 순례자와 함께 길을 떠났습니다.

The second day ther came in a Palmer bearing an Infant with bloody hands, whose Parents he complianed to have bene slayn by an Enchaunteresse called Acrasia: and therefore craved of the Faery Queene, to appoint him some

---

50) 예컨대 밀러(Lewis H. Miller Jr.)는 칸토 7에서 은총이 가이언을 위기에서 구하면서, 2권이 보여주던 고전적인 우주관이 기독교적 우주관으로 전환된다고 주장한다("Secular" 160). 골키는 가이언이 궁극적으로 고전주의와 기독교 사이의 갈등을 해결하지 못한다고 제시하면서, 그렇기 때문에 1권 이후에 스펜서는 영원한 도덕 질서에 대한 비전을 회복하지 못한다고 주장하고 있다(140). 그러나 1권에서 구원의 성취를 제시한 시인이 가이언을 통해서 이 세상에서 기독교도의 삶이란 어때야 하는지를 보여주고 있다는 것을 감안하면 "영원한 도덕 질서에 대한 비전"을 기대하는 것은 무리이다. 프로테스탄트적인 신 앞에서 인간적인 것들은 그 어느 것도 영원하거나, 올바르거나, 심지어 선하지도 않기 때문이다.

knight, to performe that adventure, which being assigned to Sir Guyon, he presently went forth with that same Palmer. (738)

그러나 7년 후에 출간된 텍스트에서는 가이언과 팔머가 "우연히"(as chaunst) 아기의 부모를 발견하게 되고, 폭군과도 같은 쾌락의 열정을 견디기에는 인간이 너무도 연약하다는 것을 깨달은 기사는 "신성한 맹세를 했는데, 그 누구도 해제할 수 없는 것이다"(Bynempt a sacred vow, which none should aye releace)(1.60.9). 실제 작품에 소개되는 에피소드는 왜 시인의 원래 계획과 다르게 설정된 것일까? 가이언의 과업을 레드크로스의 그것과 비교하면 설명이 가능하다. 레드크로스의 과업은 선녀여왕에 의해 그에게 부과되었고 우나가 가져온 갑옷에 의해서 확정된 것이다. 따라서 그가 용을 파멸시켰을 때, 우리는 그가 자신에게 주어진 과업을 완수했으며 이후로는 점차 성스러움이라는 덕목을 성취하여 성인이 될 것이라는 것을 알게 된다. 하지만 구원이나 성스러움과는 다르게 절제라는 덕목은 외부에서 주어질 수 없는 것이다. 처음부터 가이언은 스스로 어떤 모험을 선택할지 결정해야 하며, 궁극적으로 그것을 수행하고 그에 따른 보상을 받을 과업이란 그에게 주어질 수 없는 것이다.

가이언이 맘몬의 동굴을 방문한 직후 기절하는 장면은 비평가들 사이에 많은 논란이 되어왔다.[51] 가이언의 졸도가 1권에서 레드크로스가 파국을 맞는 것과 같은 중간 위치인 칸토 7에서 일어난다는 점 때문에 가이언이 여기서 유혹에 빠지는 것으로 해석해 볼 수도 있을 것이다. 구조적으로 주인공 기사가 작품의 중간에서 위기에 빠진 후, "알마의 집"(House of Alma)에서 절제로 자신을 다스리는 법을 배워서 종국에는 모든 육체적 유

---

51) 가이언의 졸도에 대해서는 휴머니즘 도덕의 한계, 은총을 필요로 하는 인간의 본성, 정신적 죽음의 경험, 교육의 과정, 또는 기독교도가 되는 과정 등 다양한 해석과 논의가 있으며, 패트릭 컬런(Patrick Cullen)의 논문에 상세히 요약되어 있다.

혹의 근원인 "희락의 소굴"을 쳐부순다는 구성이 그럴 듯해 보이는 것도 사실이다. 레드크로스는 1권에서 똑같은 과정을 거쳤다. 주디스 앤더슨(Judith H. Anderson)은 가이언의 잘못이 페드리아(Phaedria)와 맘몬에 대한 과도하게 냉혹한 거절 때문이라고 해석하면서, 이성을 대변하는 팔머와 동행하지 않고 홀로 있는 가이언이 중용의 원칙을 유지하지 못한 채 육체적 욕구와 필요를 극단적인 거부의 행동을 보이고 있기 때문에 결국 부러지고 만 것이라고 주장한다(175). 과격한 거절을 통해서는 아무것도 이루지 못하며 결국 파멸한다는 뜻이다. 하지만 작품의 화자는 기사가 페드리아의 유혹을 거절한 것을 분명하게 칭송하고 있다.

> 신나는 즐거움에 있을 때 절제를 배우기는
> 극심한 괴로움에 있을 때보다 어려운 법이다.
> 왜냐하면 달콤함이 연약한 감각을 강력하게
> 유혹하기에, 허약한 본성이 매우 원하는 것을
> 억제한다는 일이 너무나도 힘들기 때문이다.
> 오히려 슬픔과 분노는 인간 본성의 적이요,
> 인생의 원수인바, 그것들은 자제하기가 쉽다.
> 하지만 덕성은 그 둘 다에게 승리를 거두고,
> 가이언은 두 가지 모두에 대해 훌륭한 자제력을 보인다.

> A harder lesson, to learne Continence
> In joyous pleasure, then in grievous paine;
> For sweetnesse doth allure the weaker sence
> So strongly, that uneathes it can refraine
> From that, which feeble nature covets faine;
> But griefe and wrath, that be her enemies,
> And foes of life, she better can restraine;
> Yet vertue vauntes in both their victories,
> And Guyon in them all shewes goodly maisteries. (6.1.1-9)

절제의 기사는 페드리아와 마주쳐 "잘 절제하면서 어리석은 욕망을 눌렀으며"(fairely tempring fond desire subdewd)(6.26.6), 성공적으로 그녀의 섬을 빠져나왔다. 아틴(Atin)의 비난을 대할 때조차도 그는 "강력한 이성을 가지고 연약한 감성을 다스리며"(with strong reason maistred passion fraile)(6.40) 절제심을 드러내 보였다. 따라서 가이언의 행동이 잘못되었다거나, 그가 과도하게 자신의 본성을 거부했다고 그를 책망할 수는 없을 것이다. 하지만 맘몬의 동굴에서 겪은 경험에 대해서도 같은 진단을 내리기는 어려운 일이다. 왜냐하면 동굴에서의 그의 행동이 직후의 실신을 가져오게 했기 때문이다.

가이언이 "땅속 깊숙이 아래를 향해 뚫린 구멍을 통해서"(That deepe descended throguh the hollow ground)(7.20.7) 맘몬의 동굴에 들어가 사흘을 지낸 것은 예수가 사흘 만에 지옥과 죽음을 물리치고 부활한 사건과 비교할 수 있을 것이다. 더욱 흥미로운 것은 가이언의 경험이 밀턴의 『복낙원』에서 예수가 광야에서 마주하는 세 번의 유혹과도 흡사하다는 점이다. 사실상 맘몬의 유혹에 숨겨진 죄악의 실체는 예수가 겪는 유혹과 동일한 "탐식"(gluttony), "허영"(vainglory), "탐욕"(avarice)이기 때문이다. 예수가 그랬듯이 가이언도 자신을 "허약한 무절제에 빠뜨려 / 죽게 하려는"(to doe him deadly fall / In frayle intemperance) 모든 유혹을 물리친다. 그는 "시종일관 신중하고 현명했으며, / 그 자의 기만적 흉계를 잘 간파하고 있었기에, / 육욕이 자신의 안전을 해치도록 허용치 않았다"(But he was warie wise in all his way, / And well perceived his deceiptfull sleight, / Ne suffred lust his safetie to betra)(7.64.1-8). 그러나 그가 악마의 덫에서 성공적으로 탈출하는 순간 졸도함으로써 자신의 목숨과 아크레시아를 파괴해야 하는 자신의 과업 수행을 위험에 빠뜨렸다. 그렇다면 가이언에게 부족했던 점은 과연 무엇인가?

기사의 졸도가 음식과 휴식의 부족 때문이라는 것은 분명한 듯 보인다. 그런데 그러한 음식과 휴식은 맘몬이 유혹의 절정에서 "황금의 과일"(fruit of gold)과 "은빛 의자"(silver stoole)(7.63.7&8)라는 형태로 그에게 제공했던 것들이다. 따라서 역설적으로 우리는 가이언의 졸도가 자신의 몸에 필요한 것들을 성공적으로 거절한 결과라고 말할 수 있을지도 모른다. 윌리엄즈는 이를 가이언의 성공이라고 주장하는데, 그 이유는 기사가 음식과 수면의 거절이라는 필요한 값을 치름으로써 맘몬의 유혹에 넘어가지 않고 극복했기 때문이라는 것이다(61).

　　그렇지만 어떤 방식으로든지 그의 졸도를 성공이라고 부르기는 어렵다. 기사의 졸도가 육체적인 필요를 억제했기 때문에 발생한 것이라 할지라도 졸도를 야기한 그의 행동을 도덕적 탁월함이라고 부를 수는 없기 때문이다. 다른 비평가들은 이것이 고전적이거나 자연적인, 또는 세속적인 도덕률이 갖는 한계라고 평하며 신의 은총이 휴머니즘적 덕목보다 우위에 있다는 것을 증명한다고 주장하기도 한다. 예컨대 컬런은 다음과 같이 설명한다. "설령 자연적인 인간이 태초의 아버지인 아담이 빠져든 세 가지 형태의 커다란 죄악에 대해 버틸 수 있다고 하더라도, 자연적인 인간 그 자신은 '육화한 신'(deus homo)의 도움 없이 아담으로부터 물려받은 육체의 약함을 극복할 수는 없다"(168). 어쩌면 절제라는 고전적 덕목을 대변하는 기사는 자신의 육체를 위험에 빠뜨리지 않고 세속적인 유혹을 극복할 수 없는 것인지도 모른다. 그렇다면 그것이 바로 가이언의 한계일 것이다.

　　맘몬의 동굴이 대체로 고전적인 비유로 이루어져 있다는 사실은 주목할 만하다. "플루토의 문"(the gates of Pluto), "스티지언의 법"(Stygian lawes), "아라크네"(Arachne), "타이탄 족속"(Titans race), "야망의 거대한 황금사슬"(a great gold chain of Ambition), "필로티메"(Philotime), 소크라테스의 죽음, "헤라클레스"(Hecules), "이데아의 여인들"(Idaean Ladies), "코키터스"(Cocytus),

"탄탈러스"(Tantalus) 등. 그런데 가이언이 맘몬의 유혹을 물리치기 위하여 선택한 것은 세속에 대한 기독교적인 태도이다. 악마의 첫 번째 유혹에 대해 기사는 재물을 "모든 혼돈의 근원"(roote of all disquietnesse)(7.12.2)으로 여긴다는 말로 물리친다. 가이언은 말한다. "왕국도 그대의 것이 아니고, 왕권도 아니오. . . . 성스러운 왕권이 조각조각 쪼개지는가 하면, / 자줏빛 두루마기는 많은 상처로 피가 엉기지"(Ne thine be kingdomes, ne the scepters thine. . . . The sacred Diademe in peeces rent, / And purple robe gored with many a wound)(7.13.1-6). 인간 타락의 역사에 대한 가이언의 해설도 또한 고전적인 황금시대보다는 에덴으로부터의 타락에 의존하고 있다.

> 옛적에는, 세상이 처음 피어나던 어린 시절에는,
> 창조주의 은총에 아무런 오점도 찾아볼 수 없었고,
> 모든 사람들이 주권자가 하사하신 풍요로운 선물을
> 기쁜 감사함과 나무랄 데 없는 진실로 받아들였소.
> 그때는 인간들의 행복함이 천사들의 삶과 같았소.
> 그런데 후대의 오만함이, 옥수수로 기른 가축처럼,
> 자신들의 풍족함을 악용하고, 비계가 부풀어 온통
> 방종한 육욕에 탐닉하게 되어, 절제된 중용의 도와
> 처음에 자연스럽게 필요했던 수준을 넘어서기 시작한 것이오.

> The antique world, in his first flowring youth,
> Found no defect in his Creatour grace,
> But with glad thankes, and vnreproued truth,
> The gifts of soueraigne bountie did embrace:
> Like Angels life was then mens happy cace;
> But later ages pride, like corn-fed steed,
> Abusd her plenty, and fat swolne enceace
> To all licentious lust, and gan exceed
> The measure of her meane, and naturall first need. (7.16.1-9)

가이언이 휴머니즘적 영웅이라는 것을 부정할 수는 없지만 그가 유혹에 대항하는 방식은 기독교적인 태도이다. 그렇다고 그의 덕목이 기독교적인 것이라는 뜻은 아니다. 그는 자신의 한계를 이해하고 있는 것처럼 보인다. 맘몬이 자신의 딸인 필로티메(Philotime)를 주겠다고 제안했을 때, 가이언은 자신이 "연약한 육신을 가진 세상 사람"(fraile flesh and earthy wight)(7.50.3)이라고 선언하고 있다. 스펜서는 고전적인 절제를 대변하고 있는 가이언을 통해서 이 세상을 살아가는 기독교도의 행실이 어떠해야 하는지 보여주고 있는 것이다.

기독교적인 관점에서 보면 가이언이 단지 유혹을 거절하는 것만으로는 죄악에 대해 승리한 것이라고 볼 수 없다. 맘몬의 유혹은 거부되었으나, 파괴된 것은 아니다. 우리는 기사가 기절하는 가장 근본적인 원인을 이러한 관점에서 찾아야 할 것이다. 동굴에서 그의 행동은 사실상 모든 기독교인들이 따라가야 하는 것임이 틀림없다. 가이언에게 잘못이 있다면, 그것은 그가 처음에 자신의 처소를 방문해보라는 악마의 제안을 수락한 행동에서 찾아야 할 것이다. 칸토 7의 서시(argument)에서 스펜서는 가이언이 맘몬에게 "유혹"(tempted)당하여 "그 자의 비밀 저장품을 보려고 / 밑으로 안내되어 내려간다"(led downe, / To see his secret store)고 선언하고 있다. 기사는 "믿음직한 안내자를 잃고"(lost his trusty guide), "자기 자신의 도덕심과 칭송할만한 업적을 / 생각하면서 가는 동안 내내 자신을 위로하고 있다"(evermore himselfe with comfort feedes, / Of his owne vertues, and prayse-worthy deedes)(7.2.4-5). 자의에 따라 진리를 버린 제1권의 레드크로스와는 달리, 가이언이 이성과 헤어진 것은 그 자신의 잘못이 아니다. 사실상 그는 팔머를 뒤에 남겨두기 싫었지만, 그렇다고 물러날 수도 없었기 때문에 어쩔 수없이 홀로 페드리아의 배에 탄 것이었다. 하지만 그가 온전히 자신의 도덕심에만 의지한 채, 하데스(Hades)의 막강한 유혹을 마주치게 되자 그의 숭고한 도덕적 정신에도 불구하고 연약한 육체와 세속적인 본성이 무너지게 된 것이다. 가이언이 자신의 호기심을 충족시키려 한 행동은 진실한 기독교인이라면 피해야 할 실수임이 틀림없지만, 그의 행동은 모든 인간들이 공유하고 있는 인간적 한계를 반영하고 있다. 화자가 칸토의 서두에서 선언하고 있듯이 모든 인간은 근본적으로 "사악"(wicked)하기 때문에 항상 신으로부터의 "도움"(succour)을 필요로 하는 것이다.

시인은 분명히 가이언에게 공감을 표현하고 있다. 휴머니즘적 도덕에 대한 시인의 태도는 천사가 등장하는 장면에서 잘 드러나고 있다. 신의 대리인으로 나타난 천사는 팔머에게 기사의 안위에 대한 책임을 떠맡으라고 하면서도 자신이 끝까지 기사를 돌보겠다는 약속을 잊지 않는다.

> 하나님께서 내게 맡겨주신 이 친애하는 이의
> 안전에 대한 책임을 이제 그대에게 양도합니다.
> 하지만 나는 떠나는 것도 아니고, 또한 끝까지
> 기사를 돌봐줄 내 책임을 잊지도 않고 있으니,
> 영원히 이 기사를 도울 것이며, 그와 나 자신의
> 원수로부터 그를 지켜줄 것입니다.

> The charge, which God doth vnto me arret,
> Of his deare safetie, I to thee commend;
> Yet will I not forgoe, ne yet forget
> The care thereof my selfe vnto the end,
> But euermore him succour, and defend
> Against his foe and mine. (8.8.1-6)

신이 천사에게 맡긴 임무가 가이언의 안전이라는 사실은 절제라는 덕목이 사실상 기독교와 상치되는 덕목이 아니고 신에 의해서 보호되는 덕목이라는 것을 보여준다. 2권이 드러내 보이는 핵심적인 사상은 몇몇 비평가들이 주장하듯이 고전적인 도덕의 부족함을 보여주는 데 있는 것이 아니라 기독교적인 관점을 통해서 그러한 도덕을 장려하려는 데 있는 것이다. 그렇다고 해서 가이언이 궁극적으로 절제를 통하여 구원을 이룬다는 의미는 결코 아니다. 컬런이 제안하듯이 가이언이 성인이나 "축소판 예수"(microchristus)(174)가 될 것이라고 보기는 매우 어렵다. 스펜서는 여기서 절제의 기사가 구원을 성취할지 아닐지를 보여주고자 하는 것이 아니다. 가이언의 자리는 바로 이 세상이기 때문이며, 그가 싸워야 할 곳도 모든 기독교인들이 지나가야만 하는 자연적인 인생의 범위 안에 있기 때문이다.

가이언은 알마의 집으로 인도되어 거기서 절도 있는 육체란 무엇인지 배운다. 그러나 그가 받는 교육은 레드크로스가 성스러움의 집에서 겪은 것과 같은 회개의 과정이 아니다. 가이언은 이성과 함께 있으며 그가 배우는 것은 도덕(ethics), 생물(biology), 신체심리학(faculty psychology), 역사(history), 예술(arts) 등, 모두 휴머니즘에 바탕을 둔 것들이다. 팔머라는 인물에 투영되어 있는 이성은 욕망(appetites)과 감정(emotions)을 상대로 끝없이 싸우는 가이언을 구원할 수 없다(Anderson 172). 그러나 기사가 위험한 상태에 빠지는 것을 방지해 주는 것은 바로 이성인 것이다. 희락의 소굴을 향해 가면서, "방황의 섬"(the wandring Islands)(11.7), "덧없는 연약함"(fraile infirmity)(28.8), "허영심"(vanity)(34.2), "방황하는 눈길"(wandring eyes)(69.2) 등의 유혹에 가이언이 빠지려 할 때마다, 팔머가 끼어들어 기사의 감성을 통제한다. 팔머의 역할은 가이언이 유혹에 빠지기 전에 유혹과 맞닥뜨리지 않도록 막아주는 일이다. 이러한 팔머의 행동은 가이언이 처음 맘몬과 마주쳤을 때 어떻게 행동했어야 했을지 암시해준다. 페드리아를 신랄하게 꾸중하는 팔머의 모습은 칸토 6과 7에서 페드리아와 맘몬에게 가이언이 어떤 행동을 취했어야 했을지를 예시하고 있는 것이다.

가이언이 마지막에 희락의 소굴을 파괴한 사건은 또 다른 문제를 제기한다. 스펜서가 그토록 많은 지면을 할애하면서 고전적인 아름다움을 묘사한 그곳은 단 하나의 연에서 가이언에 의해 무참히 파괴된다. 이곳이 단순히 부절제의 상징이기 때문에 절제의 기사에 의해서 파괴되어야 할 장소라면 대체 무엇 때문에 그렇게 많은 에너지를 낭비했다는 말인가? 비평가들은 다양한 해석을 제시하고 있다. 골키는 가이언의 행동이 내부적으로 억눌린 저항의 압력이 욕망의 대상을 파괴하는 왜곡된 성적 에너지로 발산된 경우라고 주장한다(137). 신필드는 이것이 로망스라는 장르와 프로테스탄트적 열정 사이에서 시인이 느낀 "문화적 혼란의 위기"를 반영하고 있다고 지적한다(37). 한편 그린블랏은 엘리자베스 시대 교회에서 우상의 형상을 지우기 위해 우상을 공격한 종교개혁에 대한 알레고리로 보고 있다(192).

수잔 우포드(Susanne L. Wofford)는 가이언의 행동이 고전적 덕목과 프로테스탄트적 열정 사이에서 갈등하는 시인의 태도를 드러낸다고 주장한다. "스펜서는 자신의 물려받은 문학적 전통이 갖는 위험과 폭력에 대해서 언급하고 있을 뿐만 아니라, 상상 속에서 그러한 전통으로부터 자유로울 수 있다는 가능성을 공표하고 있는 것이다"(122-23). 작품은 고전적인 미학적 가치가 아무리 매력적이라 할지라도 그것을 거부하는 시인의 기독교적인 확신을 보여주고 있다. 예술이 신의 영광을 찬양하는 것이 아니라 그 자신의 이유를 가지고 자연을 모방한다면 그것이 모든 기독교인들이 지켜야 하는 원칙과 위배될 때 언제든지 극복되고 억눌려져야 한다는 것이다. 가이언은 자신이 처음에 맹세한 것을 이루었지만, 그의 승리는 1권에서 레드크로스가 용을 무찌른 것과 같은 최종적인 승리가 아니다. 가이언은 어쩌면 무엇인가를 성취했다는 만족감을 가지고 그 섬을 떠나는지도 모른다. 그러나 절제라는 덕목은 끊임없이 실행되어야 하는 도덕이며, 그가 이 세상에서 여행을 하는 동안에는 끊임없이 이성의 도움과 안내를 받아야만 하는 것이다. 왜냐하면 인간은 살아있는 동안 그 누구라도 "무절제한 삶"(life intemperate)과 "달콤한 행복"(joyes deliciouos)(12.85.6&7)의 유혹에서 완전히 벗어날 수 없기 때문이다.

밀턴이 가이언에게서 이상적인 기독교적 덕목을 찾았다는 사실은 매우 흥미롭다. 시인은 가이언이 "보고 알고 있으면서도 억제하는"(might see and know, and yet abstain) "진정한 절제"(true temperance)(729)의 표상이라고 여기고 있다. 하지만 그가 『복낙원』에서 인간의 위대함을 완벽하게 대변하는 인물을 묘사하기 위해서는 절제라는 휴머니즘적 덕목을 넘어서는 무엇인가를 제시해야 했다. 가이언이 타락한 세상을 사는 최선의 덕목을 대변한다면, 밀턴의 예수는 인간의 형체를 가진 구원자이며, 그렇기 때문에 인간적인 한계를 넘지 않으면서도 동시에 인간 타락의 역사를 돌이켜 놓아야 하는 사명을 가지고 있다.

스펜서가 가이언을 통해서 휴머니즘적인 덕목을 기독교적인 것과 융합하려 했다면, 청교도였던 밀턴은 예수를 그릴 때 그 어떤 이교도적인 요소도 개입할 수 없었다. 스펜서가 자신의 주인공들을 통해서 자신이 엘리자베스 여왕에 대한 신실하고 낭만적인 충복임을 과시하고자 했다면, 밀턴은 자신이 생각하는 기독교의 이상적인 인간, 즉 인간의 모습과 능력을 가지고 있는 구세주를 제시함으로써 자신을 예언자로 드러내 보이고 있다. 밀턴은 『실락원』에서 자신이 선포했던 "인간에 대한 신의 섭리의 정당성"(justify the ways of God to men)(1.25-26)을 『복낙원』에서 매듭지으려 하고 있다. 그는 작품의 의도가 "온갖 유혹의 시험을 거친 한 사람의 굳건한 복종심에 의해서 회복된 낙원을 모든 인류에게 노래하기 위한 것"(sing Recover'd Paradise to all mankind, / By one man's firm obedience fully tried / Through all temptation)(1.4-6)이라고 밝히고 있다. 그러므로 작품의 초점은 밀턴의 영웅이며 작품의 주인공인 이 "한 사람," 바로 예수에게 쏠려있다. 그렇다면 『복낙원』에 묘사된 예수는 과연 누구인가?

비평가들은 다양한 해설을 통하여 『복낙원』의 예수가 인간이지만 동시에 인간적인 약점과 오류를 지니고 있지 않은 존재로 규정하고 있다. 그렇지만 만일 예수가 인간적인 약점이 없는 존재라면 어떻게 그를 신이 아닌, 인간으로 볼 수 있을 것인가? 워너 라이스(Warner G. Rice)는 작품의 서두에서부터 밀턴이 예수의 인간적인 모습과 인간성(humanity)을 강조하고 있다고 주장한다(419). 제인 멜번(Jane Melbourne)은 작품에서 예수의 탄생, 할례, 이집트로의 탈출, 부모, 노동, 가난, 세례, 그리고 광야에서의 유혹 등이 모두 예수가 육신을 가진 인간이라는 점을 보여주는 증거라고 지적하고 있다(140). 켄 심슨(Ken Simpson)은 심지어 예수가 교회의 첨탑 꼭대기에 서 있는 비현실적인 장면조차도 "보통 인간들도 비록 위험하기는 하지만 그곳에 서 있을 수 있는, 지극히 간단하고 자연스러운 행동"이라고 규정한다(181). 부시는 예수를 "이상적인 인간적 이성과 의지의 형상화"라고 보고 있으며(119), 마가렛 킨(Margaret Kean)은 예수에 대한 밀턴의 묘사에서 "신의 뜻과 법률에 완벽하게 순종하는 삶을 사는 절제 있는 인간"을 발견한다(437). 존 쇼크로스(John T. Shawcross)는 『복낙원』이 "육화한 아들이 인간이자 신인 자신에 대한 완전한 깨달음에 이르는 과정"이라고 설명하면서 "그로 인해 예수는 인간에 대한 표본으로서 자신을 아버지와 연관이 있는 이상적인 개체로 변화시킴으로써 신적인 완전함에서부터 분리시키고 있다"고 주장한다(91).

비평가들의 주장을 요약하자면 밀턴은 실제적인 예를 통하여 우리에게 이상적인 인간의 행동이 어떠해야 하는지를 보여주면서, 동시에 그러한 과정을 통하여 자기 자신을 메시아로 인식하는 "완벽한 인간"(Perfact Man)―이것은 용어 그 자체로 분명한 모순이기는 하다―을 제시하고 있다고 할 수 있겠다. 밀턴은 『기독교 강령』(*Christian Doctrine*)에서 "완벽한 인간"(perfect Man)이 누구인지 밝힌다.

> . . . 이러한 투쟁을 진정한 열정과 노력으로 순전하게, 그리고 끊임없이 진행하여 그리스도 안에서 완벽함을 얻으려 하는 사람들은 종종 신의 은총에 힘입어 그 속성상 성서에서 "완벽하고," "흠이 없고," 또한 "죄 없는" 자라고 묘사되고 있다. 물론 이들이 진정한 의미로 완벽한 것은 아니지만, 비록 죄악이 그들 속에 머물고 있다고 하더라도 그들을 지배하지 않는다는 점에서 이러한 칭호가 주어지는 것이다.

> . . . those who carry on this struggle with real vigor, and labor earnestly and tirelessly to attain perfection in Christ, are often, through God's mercy, described attributively in the Bible as 'perfect' and 'blameless' and 'sinless.' Of course they are not really perfect, but these titles are given to them because, although sin resides within them, it does not reign over them. (21.483)[52]

하지만 당시 프로테스탄티즘의 교리를 따른다면 밀턴이 예수를 완벽한 인간으로 제시함으로써 독자들이 그를 모방하도록 의도했다는 것을 쉽사리 받아들이기는 어려운 것이 사실이다.

루터는 오직 믿음을 통해서만 신의 은총에 힘입어 구원을 이룰 수 있다고 주장하고 있으며, 캘빈은 구원이 오로지 신의 섭리에 달려있다고 말하고 있기 때문이다. 다시 말해서 타락한 인간은 바르게 살기 위하여 아무리 애를 쓰고 또한 선한 행위를 한다 하더라도 행동을 가지고서는 자신을 구원할 수 없는 것이다. 프로테스탄티즘의 해석에 의하면 성서에서 예수가 최우선

---

[52] 『기독교 강령』의 텍스트는 모리스 켈리(Maurice Kelly)가 편집한 *Complete Prose Works of John Milton* Vol VI. (New Haven: Yale UP, 1973)를 사용하였고, 우리말 번역은 필자의 것이다.

으로 강조하고 있는 것은 인간이 궁극적으로 죄인이며 자신을 구원할 수 없다는 사실이지, 모든 인간이 하나님이 주신 도덕적 원칙대로 행동해야 한다는 것이 아니다. 따라서 만일 밀턴이 작품에서 예수를 이상적인 인간 행동의 모범으로 의도하고 있다면 그의 시도는 필연코 당대의 지배적인 개신교의 교리와 충돌하게 되는 것이다. 만일 이상적인 인간의 행동이 믿음을, 오로지 믿음만을 의미한다면, 밀턴이 작품에서 세심하게 묘사하고 있는 부유함이나, 권력, 또는 지혜 같은 유혹의 장면을 설명할 수 없다. 왜냐하면 작품 안에서 예수와 사탄의 대화에서 문제가 되고 있는 것은 사물에 대한 태도뿐만 아니라 행동 그 자체이며, 수사학뿐만 아니라 도덕적 행위에 대한 것이기 때문이다. 만일 작품에서 예수가 보여주는 것이 믿음뿐이라면 예수의 자기인식에 이르는 과정도 또한 무의미해진다. 하나님에 대한 예수의 믿음은 작품의 처음부터 설정된 기정사실이기 때문이다. 『복낙원』에서 휴머니즘과 프로테스탄티즘은 서로 조화를 이루지 못하는 것처럼 보인다.

어쩌면 존 룸리치(John P. Rumrich)의 주장대로 초기 독자들이 밀턴을 기독교의 강령인 삼위일체설을 부인했던 알미니언(Arminian)으로 여겼던 이유도 시인이 예수를 신이 아닌 인간으로 제시했기 때문일 것이다(77). 그러나 밀턴은 『기독교 강령』에서 자신이 아들을 아버지와 동시적(co-eternal)이고 동체적(co-essential)임을 부인한다는 사실이 예수가 하나님의 아들이며, 따라서 성스러운 본성을 지니고 있다는 것을 부정하는 것은 결코 아니라는 점을 분명하게 밝히고 있다.

> . . . 예수는 우리가 그분과 하나이듯이 자신과 아버지가 하나라고 선언하고 있다. 그 말은 본질이 그렇다는 뜻이라기보다는 사랑 안에서, 성도의 교제 안에서, 조화 속에서, 자비 안에서, 정신적으로, 그리고 영광 안에서 하나라는 뜻이다. . . . 만일 하나님이 한 분 하나님이고, 아버지와 아들을

또한 하나님이라고 부른다면, 예수는 자신의 성스러운 이름과 본성을 아버지의 명령과 의지에 따라서 아버지이신 하나님께로부터 받았을 것임이 틀림없다.

. . . he declares that he and the Father are one in the same way as we are one with him: that is, not in essence but in love, in communion, in agreement, in charity, in spirit, and finally in glory. . . . if God is one God, and the Father, and yet the Son is also called God, then he must have received the divine name and nature from God the Father, in accordance with the Father's decree and will. (5.220-22)

예수의 인간성과 신성의 문제에 대한 해결의 실마리를 우리는 인간의 자유의지에 대한 밀턴의 견해를 살펴봄으로써 찾을 수도 있겠다. 밀턴의 설명에 따르면, "이처럼 하나님은 아담이 온전히 자신의 의지에 따라서 타락할 것이라는 것을 알고 있었다. 따라서 아담이 타락할 것이라는 것은 분명한 사실이지만, 그렇다고 그것이 반드시 필연적이라는 것은 아니다. 왜냐하면 아담은 자신의 뜻대로 타락했으며 필연성과는 거리가 먼 것이기 때문이다" (In this way he knew that Adam would, of his own accord, fall. Thus it was certain that he would fall, but it was not necessary, because he fell of his own accord and that is irreconcilable with necessity)(*Christian Doctrine* 3.165).

이러한 견해를 인간인 예수에 적용시킨다면 비록 사탄에 대해서 예수가 승리를 거두는 신의 섭리는 분명히 옳은 것이지만 그렇게 되는 것이 필연적인 것은 아니라는 논리가 성립한다. 그렇다면 예수는 자신의 자유의지를 사용하여 사탄을 굴복시킴으로써 자신을 증명하여야만 하는데 밀턴은 그러한 예수의 행동을 "복종"이라고 부르는 것이다. 시인은 『복낙원』의 서두에서 "한 사람의 굳건한 복종"(one man's firm obedience)이 "한 사람의 불복종으로 잃어버린 것"(one man's disobedience lost)(1.2-5)을 다시 회복시킨다고 선언하고 있다. 여기서 밀턴은 예수를 아담의 대립 항으로 설정하고 있다. 복종이 그 개념상 하나의 행동이라는 것을 고려하면, 우리는 밀턴의 예수가 인간적인 조건을 가지고 사탄의 초인간적인 권력을 정복한 영웅이라고 말할 수 있을 것이다. "그의 연약함이 사탄의 위력을 극복할 것이다"(His weakness shall o'ercome Satanic strength)(1.161). 예수가 자기인식을 성취하고 인간의 구세주라는 역할을 받아들이면서 그의 신성은 자연스럽게 드러날 뿐이다.

예수가 광야에서 겪는 경험은 교육의 과정, 즉 자신이 인류의 구세주라는 자기인식에 도달하기 위한 하나의 훈련 과정이다. 그는 처음에 "미천하고, 두드러지지 않고, 세상에 알려지지 않은"(obscure, / Unmarkt, unknown)(1.24-25) 요셉의 아들이었을 뿐이었지만, 신은 "광야에서 그를 훈련시켜"(exercise him in the Wilderness) 결국 그가 "모든 인간의 아들들에게 구원을 이루도록"(earn Salvation for the Sons of men)(1.155) 한다는 자신의 의도를 선포한다. 물론 예수는 자신이 예언된 메시아이며, "더 이상 미천하게 살지 않고 / 공개적으로 과업을 시작해야 한다는 것"(no more should live obscure, / But openly begin)(1.287-88)을 이해하고 있다. 그러나 그는 동시에 "자신이 이 땅에 존재하는 목적과 고귀한 사명을 / 어떻게 시작해야 할지, 어떻게 해야 최선으로 이룰 수 있을지"(How to begin, how to accomplish best / His end of being on Earth, and mission high)(2.114-15)에 대하여 배워야만 한다.

그렇다면 광야에서의 "훈련"은 예수가 받아야 할 마지막 단계의 교육이라고 할 수 있을 것이다. 밀턴은 다른 르네상스 휴머니스트들과 마찬가지로 교육의 최종 목표는 공공의 책무를 감당하는 것이며 교육의 마지막 단계는 종종 현장실습(practicum)이나 대륙여행(grand tour)의 형태를 가지는 "훈련"이라고 믿고 있었다. 『교육론』(Of Education)에서 시인은 다음과 같이 주장하고 있다.

그렇다면 교육의 목표는 하나님을 바로 앎으로써 우리의 첫 번째 조상이 저지른 파멸을 다시 복구시키는 것이며, 그러한 지식을 가지고 하나님을 사랑하고, 그를 닮아가며, 진정한 덕목을 가진 영혼을 소유함으로써 할 수 있는 한 가장 가깝게 그와 같이 되는 것인데, 바로 이러한 진정한 덕목이 믿음이라는 천상의 은총과 합쳐서 가장 높은 완벽함을 이루어내는 것이다.

The end then of learning is to repair the ruins of our first parents by regaining to know God aright, and out of that knowledge to love him, to imitate him, to be like him, as we may the nearest by possessing our souls of true virtue, which being united to the heavenly grace of faith makes up the highest perfection. (631)

밀턴은 계속해서 설명하기를 젊은이가 "기초를 잘 다지고"(have well laid their grounds) 나면 "어떤 원칙을 배우기 위해서라기보다는 경험을 축적하고 현명한 관찰을 하기 위하여"(not to learn principles but to enlarge experience and make wise observation) 여행을 떠나는 것이 좋다고 말하고 있다(639). 흥미로운 것은 젊은 예수가 자신의 교육에 대해서 밝히고 있는 것이 바로 이러한 휴머니즘적 교육 과정이라는 점이다. 예수는 "공공의 이익이 되는 것을 하기 위하여 / 심각하게 알고 배우려고 / 마음을 정했다"(mind was set / Serious to learn and know, and then to do / What might be public good)(1.203-205). 그리고 그는 이제 최후의 "훈련"에 임하고 있는 것이다. 물론 아직까지 그는 자신의 훈련 목적이 무엇인지 "배우지" 못했다. 하지만 우리는 사탄의 유혹을 맞아 물리치는 과정이 이 세상을 구원하기 위한 훈련을 마무리 짓기 위한 것이라는 것을 안다. 그렇다면 사탄은 아이러니컬하게도 예수에게 필요한 배움을 제공해주는 역할을 담당하고 있는 셈이다. 안젤리카 두란(Angelica Duran)은 사탄이 사실상 모든 세상을 보여주고 예수가 수업하는 데 필요한 모든 과제를 제시해줌으로써 밀턴이 『교육론』에서 제안한 방식으로 젊은 메시아의 교육을 완성하고 있다고 주장하고 있다(105). 하지만 비록 사탄의 유혹 그 자체가 사탄의 의도와는 달리 예수를 교육하는 역할을 한다 할지라도, 사탄이 온 세상과 고전적인 지식을 예수 앞에 나열하는 행동이 예수에게 필요한 지식을 제공하고 있다고 보기는 어렵다. 왜냐하면 작품은 예수가 이미 그러한 지식을 소유하고 있는 것으로 묘사하기 때문이다.

예수와 사탄 사이의 싸움을 단순히 기독교적인 신앙과 불신앙 사이의 싸움이라고 볼 수는 없다. 그것은 정치, 지식, 지혜, 이성, 수사학, 그리고 도덕이 모두 연관된 싸움이기 때문이다. 또한 휴머니즘은 이 싸움의 핵심적인 관건이다. 자기 자신에게 "그 치명적인 상처"(that fatal wound)를 입히리라고 예언된 바로 그 자가 예수라는 것을 처음 인식하고 있는 것이 사탄이라는 사실은 아이러니컬하다. 사탄은 예수가 이미 "가장 드높고 위대한 일을 성취하기 위한 모든 덕목과 은총, 그리고 지혜"(All virtue, grace and wisdom to achieve / Things highest, greatest)(1.69-70)를 소유하고 있다는 것을 알고 있다. 그러나 그는 자신의 적이 과연 어떤 방식으로, 또한 어느 정도로 메시아가 되는 것인지 알지 못하고 있기 때문에 예수가 진정으로 누구인지 알기 위하여 그를 시험하여야 하는 것이다. 사탄은 예수 안에서 인간성과 신성을 둘 다 발견하고 혼란에 빠진다. "그의 생김새로 보면 / 분명히 사람처럼 보이는데도, 그의 얼굴에는 / 아버지의 영광이 빛나는 모습이 언뜻 언뜻 보이는구나"(for man he seems / In all his lineaments, though in his face / The glimpses of his Father's glory shine)(1.91-93).

타락한 천사인 사탄이 두 번째 아담이 갖는 신학적인 의미를 완전히 이해하지 못하는 것은 어쩌면 당연한 일이다. 그는 자신이 경험한 것만을 알고 있을 뿐이며, 그가 추측할 수 있는 것은 기껏해야 자신이 커다란 위험에 빠졌다는 사실과 예수가 세상에 "왕으로, 지도자로, 그리고 이 땅의 절대자로"(Their King, their Leader, and Supreme on Earth)(1.99) 등장하는 것을 막아야 한다는 것이다. 여러 가지 관점에서 사탄은 고전적이고, 휴머니스트적이며, 이방적인 세계관을 대변하고 있다. 흥미로운 것은 인간으로서의 예수가 하나님이 중심에 있는 프로테스탄트적 가치를 형상화하고 있는 데 반해서, 초인간적인 악마는 신조차도 인간적인 조건으로 묘사하는 고전적인 가치 위에서 행동하고 있다는 점이다.

그들이 처음 대면할 때부터 예수는 신의 "살아있는 예언"(living Oracle)인 자기 자신과 반대되는 거짓된 예언을 제공하는 "델포스"(Delphos)와 사탄을 연관시키고 있다. 예수를 이해하는 데 있어서 사탄은 처음 유혹이 실패하고 나서도 자신의 한계를 넘어서지 못한다. 비록 예수가 "절대적인 완벽함과 신성한 은총, 그리고 가장 위대한 과업을 수행할만한 마음의 넓이"(Perfections absolute, Graces divine, / And amplitude of mind to greatest Deeds)(2.138-39)를 가지고 있다는 것을 인정하면서도 사탄은 근본적으로 예수를 자신보다도 "우월한"(overmatch'd) 고전적 영웅으로 보고 있다. 작품이 예수에게 있어서 스스로 배우는 교육과정이라고 한다면 사탄은 아무것도 배우지 못하고 있는 것이다. 사탄은 여전히 의심과 자기모순에 사로잡혀 있는 처음 그 모습으로 남아있다.

로이 플래내건(Roy Flannagan)은 사탄이 처음에 아름다운 여인을 이용하자는 벨리알(Belial)의 제안을 심하게 질타한 후에, 그의 방안을 도용하여 연회 유혹(Banquet temptation)의 일부로 아름다운 여인들을 사용하는 자기모순을 지적하고 있다(101). 그러나 한편으로 그가 고전적인 세계관을 벗어나지 못하는 자신의 이해력을 가지고 하나님의 아들을 대적하는 한, 아무리 애를 써도 사탄의 자기모순은 피할 수 없는 것인지도 모른다. 예수는 자신이 "이 광야에 연회상을 설치하고, / 봉사자인 천사들을 빠르게 날아오도록 명령하여, / 내 잔 앞에 영광스럽게 대기하도록"(Command a Table in this Wilderness, / And call swift flights of Angels ministrant / Array'd in Glory on my cup to attend)(2.384-86) 할 수 있다고 선언한다. 그런데도 연회 유혹 장면 후에 사탄이 내린 결론은 예수가 "굴하지 않는 절제심"(temperance invincible)을 가지고 있어서 "고귀한 의도와 드높은 행동"(high designes, High actions)(2.408)을 가진, 세속적인 의미의 위대한 사람이 되려고 한다는 것이다.

사탄의 말은 역설적이다. 예수가 "위대한 방법"(great means)을 필요로 하는 "위대한 과업"(Great acts)(2.412)을 이루려 한다는 것은 사실이지만, 예수가 이루려 하는 그 위대함의 본질은 사탄이 이해하는 위대함을 훨씬 넘어서는 것이기 때문이다.

이어지는 예수와 사탄의 논쟁은 프로테스탄티즘과 휴머니즘의 대립이라고 볼 수 있다. 예수는 이 세상이 "그곳에 속한 영광이란 영광스럽지 않은 것들, / 즉 명예에 합당치 않은 인간들을 기리는 거짓된 영광의 장소"(Where glory is false glory, attributed / To things not glorious, men not worthy of fame)(3.68-69)라는 점을 강조하고 있지만, 사탄에게는 "영광"(glory)이 영웅정신에 다름 아니며 심지어는 신조차도 그것을 "추구하고"(seeks) "요구하는"(requires) 것이다.

여기서 우리는 밀턴의 신이 인간들로부터 어떠한 위대한 행동도 요구하지 않으며 자신이 죄인임을 인정하는 겸허함이 기독교도의 첫 번째 단계라는 점을 기억할 필요가 있다. 예수는 인간이 "죄악과 불명예, 그리고 부끄러움"(condemnation, ignominy, and shame) 만을 가지고 있기 때문에 인간이 영광을 얻을 수 있는 유일한 방법은 자기 자신을 신의 은총에 굴복시켜 신의 영광을 향하여 나아가는 길뿐이라고 사탄을 가르치고 있다(3.134-44). 사탄은 "자신이 / 끝내 채워질 수 없는 영광을 모두 잃어버렸다"(for himself / Insatiable of glory had lost all)(3.147-48)는 사실을 기억하고 있으면서도 예수의 말에 담긴 기독교적 역설을 이해하지 못한다. 사탄이 자신에게 스스로 부여한 영웅주의는 예수가 자신의 "추락"(fall)과 "파멸"(destruction)을 암시할 때 다음과 같은 대답 안에 분명히 명시되어 있다.

> 올 때가 되면 오라고 하라. 내가 은총 안에
> 수용되리라는 모든 희망이 사라졌으니. 더 나쁠 것이 무어랴?
> 아무런 희망도 없는 곳에는 아무런 두려움도 없지.
> 더 나쁜 것이 있다면, 더 나쁜 것이 더 있으리라는
> 기대가 느낄 수 있는 것 이상으로 날 괴롭힐 뿐.
> 난 가장 나쁜 지경에 머물 테다. 최악이 나의 항구이니.

> Let that come when it comes; all hope is lost
> Of my reception into grace; what worse?
> For where no hope is left, is left no fear;
> If there be worse, the expectation more
> Of worse torments me than the feeling can.
> I woul be at the worse; worst is my Port. (3.204-209)

사탄은 그가 『실낙원』에서 그랬던 것처럼 여기서도 자신을 굴하지 않는 정신을 가지고 다가오는 운명을 용감하게 껴안는, 고전적이며 비극적인 영웅으로 제시하고 있다. 그러나 그는 기독교적 영웅주의에 대한 예수의 관점을 이해하려고도 하지 않고, 또 이해할 수도 없다. 이어지는 파티아(Parthia), 로마(Rome), 아테네(Athens)의 유혹은 모두 세속적인 출세를 위한 방편, 즉 이 땅에서 영광과 명예를 얻기 위한 방식이라고 할 수 있겠다. 우리는 여기서 예수와 사탄 사이의 논쟁이 결국 무의미하다는 사실을 알게 된다. 사탄은 예수의 초점을 완전히 놓치고 있기 때문이다. 사탄은 자신을 벗어날 수가 없고 무엇을 새로 배울 수도 없는 반면, 하나님의 아들은 헛

된 영광에 대한 유혹에 결코 빠질 수가 없는 것이다. 흥미롭게도 우리는 여기서 둘의 대화가 예수 쪽에서 사탄을 가르치려는 일종의 헛된 교육적 노력으로 변화되는 것을 목격한다.

하지만 만일 사탄이 진정으로 예수의 프로테스탄티즘에 반대되는 휴머니스트적 세계관을 가지고 있다면, 밀턴 자신의 휴머니스트적인 배경을 우리는 어떻게 설명할 수 있을 것인가? 우리는 과연 이것을 낭만주의 시대의 시인들과 비평가들이 주장하듯이 밀턴이 무의식적으로 자신의 휴머니스트적 사상을 사탄의 성품에 대입시킨 것이라고 말할 수 있을 것인가? 밀턴의 입장은 무엇인가? 사탄의 아테네 유혹 장면과 그에 대한 예수의 응답은 이러한 질문에 문제를 제기하고, 동시에 해답을 제공할 수 있을 것이다.

보통 아테네 에피소드로 부르는 이 장면은 예수에 대한 사탄의 유혹 중 두 번째 부분의 클라이막스에 해당하며, 성서에서는 언급되지 않은 순전한 밀턴의 창작이다. 시인은 사탄의 입을 통해서 고전의 아름다움과 지혜를 높이 칭송하지만, 곧이어 예수는 그러한 아름다움과 지식이 모두 "거짓이거나 꿈에 지나지 않는 것이고, / 아무런 근거도 가지고 있지 않은 추측이며, 환상"(false, or little else but dreams, / Conjectures, fancies, built on nothing firm)(4.291-92)일 뿐이라고 일축한다. 이에 대한 플래내건의 다음 서술은 문제의 핵심이 어디에 있는지 요약하고 있다.

> 밀턴이 이 유혹을 마지막에 설정한 이유는 아마도 그것이 작가와 독자들 모두에게 가장 강력한 유혹이기 때문일 것이다. 고전주의자이며 비극주의자이며, 동시에 서사시인인 밀턴이 어떻게 플라톤과 그리스 비극작가들, 그리고 호머를 부인할 수 있다는 말인가? 이 장면은 가슴 아픈 일이며, 그 동안 기독교라는 이름으로 고전 문화를 부인하기를 주저했던 수많은 비평가들에게 상처를 주어왔다. (107)

비평가들은 이 문제를 설명하기 위하여 다양한 해석을 시도하고 있지만, 대체로 예수가 거부하는 것이 휴머니즘의 근본적인 가치가 아니라 그를 이용한 사탄의 전략을 타파하는 것이라고 해석하거나, 예수의 말이 궁극적으로 이방적 가치에 대해서 기독교적 가치가 갖는 우월성을 강조하기 위한 것이라고 결론을 짓고 있다.

예컨대 노드롭 프라이(Nothrop Frye)는 여기서 예수가 거부하고 있는 것이 반드시 그리스 철학 그 자체의 가치라기보다는, 그것이 사탄의 왕국을 이루는 일부로서 제시되고 있는 점이라고 지적하고 있으며(441), 나다니엘 헨리(Nathaniel H. Henry)는 이 장면을 통해서 밀턴이 강조하려는 것은 "기독교적 로고스인 그리스도 안에 녹아들어 있는 그리스의 전통보다 유대-그리스도교의 도덕과 종교적 가르침이 우월"하다는 점이라고 주장한다(130). 사무엘 스미스(Samuel Smith)는 예수가 고전적 지식의 습득을 반대하는 것이 아니라, 사탄이 이방의 지식을 신의 뜻에 따른 섭리를 거스르는 방편으로 사용하는 것을 경계하기 위하여 휴머니즘을 배격하는 것이라고 주장하는가 하면(75), 멜번 같은 학자는 권력을 획득하기 위한 도구로 제시된 그리스 문명은 예수의 자기 확신(self-confidence)에 대한 공격이기 때문에 거부되는 것이 당연하다고 설명한다(142).

한편 킨은 예수와 밀턴이 둘 다 선민의식을 수호하는 과격한 프로테스탄트적 시론을 소유하고 있기 때문에 "히브리 신앙의 가치와 고대 이방의 가치를 혼합"시키려 하는 사탄의 "우상적 타협주의"를 거절할 수밖에 없다고 설명하고 있다(439). 또한 플래내건은 이 장면이 이방종교가 기독교에 의해서 대치되거나 점령되어야 한다고 믿는 밀턴의 신념을 반영하고 있다고 말한다(108). 하지만 예수가 여기서 휴머니즘적 가치를 거부하고 있다는 것은 엄연한 사실이며, 어떻게 해석하더라도 "예수를 따라 살 것"(imitatio Christes)을 주장해온 밀턴이 이 장면에서 고전과 휴머니즘의 가치를 옹호하고 있다고 억지를 부릴 수는 없는 일이다.

헨리는 역사적으로 예수가 고전적 지식에 대한 교육을 전혀 받은 적이 없었을 것이기 때문에 휴머니즘에 대한 사탄의 유혹을 당연히 거절했을 것이라고 설명하고 있다(126). 하지만 밀턴의 예수는 그리스, 로마의 고전의 가치를 논리적으로 반박할 만큼 충분한 지식을 이미 소유하고 있다. 고전적 지식을 소유해야 한다는 사탄의 제안에 대한 예수의 답변은 단호하고 결정적이다.

> 내가 이런 것들을 알지 못한다고 생각하지도 말 것이며
> 내가 이런 것들을 알지 못한다고 해서 내가 알아야 할
> 것들에 대해서 충분히 알지 못한다고도 생각하지 마라.
> 위로부터, 즉 빛의 근원으로부터 빛을 받는 사람에게는
> 진실로 여겨지는 것일지라도 다른 원리가 필요 없다.
> 하지만 이런 것들은 거짓이거나 꿈에 지나지 않는 것이고,
> 아무런 근거도 가지고 있지 않은 추측이며, 환상이다.

> Think not but that I know these things; or think
> I know them not; not therefore am I short
> Of knowing what I ought: he who receives
> Light from above, from the fountain of light,
> No other doctrine needs, though granted true;
> But these are false, or little else but dreams,
> Conjectures, fancies, built on nothing firm. (4.286-92)

바바라 르왈스키(Barbara Lewalski)가 "작품 전체를 통해서 가장 치밀하게 구성되고 가장 엄격하게 짜 맞추어진 부분"(353-54)이라고 부른 이 대목에서 예수가 말하고 있는 것은 세 가지이다. 첫째는 자신이 고전적 지식을 소유하고 있다는 점이고, 둘째는 그러한 지식이 자신의 과업과는 무관하다

는 것이며, 셋째는 그러한 지식이 거짓된 것이라는 점이다. 이어지는 길고도 구체적인 대사에서 휴머니즘적 지식의 가치를 부정하면서 예수는 자신이 소크라테스, 플라톤, 회의주의자, 에피큐러스, 스토아학파와 "그리스 로마의 모든 수사학"(all the Oratory of Greece and Rome)(4.360)에 대해서 알고 있다는 점을 분명히 하고 있다. 이는 진정한 지혜와 도덕은 "밀폐된"(cloistered) 것이 아니라 악에 대한 지식을 통해서 단련되고 검증되어야 한다는 밀턴의 신념과도 일치되는 것이다.

그렇다면 예수는 진정으로 고전적 지식을 악한 것으로 보고 있는가? 그는 그리스 철학과 도덕이 마치 아이들이 가지고 노는 "해변의 조약돌"(pebbles on the shore)(4.330)처럼 허망하고 무의미한 것이라고 규정하고 있다. 또한 그는 고전적 음악과 시가 히브리 예술에 대한 "잘못된 모방"(Ill imitated)이기 때문에 "신의 감동에 의한"(God inspired)(4.339-52) 성서문학에 비해서 훨씬 열등한 것이라고 단정한다. 휴머니즘적 철학과 예술은 철저히 인간 중심적이라는 것이며, 신을 알지 못하기 때문에 필연적으로 자신들과 세상에 대해서 무지할 수밖에 없다는 것이다. 휴머니즘에 대한 밀턴의 태도 역시 예수의 그것과 다르지 않다. 선과 악, 진리와 허위, 신앙과 불신앙의 이분법을 근간으로 하고 있는 전투적 프로테스탄티즘의 시각에서 보면, 예수로 상징되는 절대적 진리 앞에서 모든 이방적 지식과 예술은 설자리를 잃을 수밖에 없는 것이다. 하지만 비록 휴머니즘적 지식이 성숙하지 못하고 공허한 것이라고 할지라도 그것이 반드시 악을 구성하는 것은 아니다. 고전에 대한 밀턴과 예수의 견해는 오히려 가치중립적(adiaphorus), 즉 개인의 구원에 영향을 미치지 않는 사안이라고 하는 것이 적절할 것이다. 밀턴의 문학적 배경이 라틴(Latin)이라는 것은 주지의 사실이고, 따라서 시인은 작품에서 근본적으로 휴머니즘적 요소를 벗어날 수 없다.

데이비드 로웬스타인(David Lowenstein)은 밀턴의 작품에 담겨있는 이율배반적인 요소를 이렇게 지적하고 있다. "밀턴의 고전에 대한 태도는 대단히 조심스럽기로 유명하며, 후기에 이르러 부정적인 의미로 비유의 대가가 된 그는 고전주의의 탁월함을 서술하고 나서 다시 거기에 재갈을 물리는 특성을 보이고 있다"(282-83). 과연 아테네의 유혹에 대한 밀턴의 묘사에는 자기부정적 요소가 있는 것이 사실이다. 예수는 모든 고전적 지식을 부인해야만 하지만, 근본적으로 죄인일 수밖에 없는 시인은 자신의 작품에서 휴머니즘적 아름다움을 드러내 보이지 않을 수 없기 때문이다.

사실상 밀턴의 작품에서 휴머니즘적 가치는 기독교적 가치와 대립할 때마다 예외 없이 이방적인 것으로 거절되어 왔다. 「그리스도 탄생」("On the Morning of Christ's Nativity")에서 아기 그리스도가 등장하자 이방 예언자들은 갑자기 "벙어리가 되고"(are dumb) 이방의 신들은 "공허한 비명을 지르며"(With hollow shriek) 도망친다. 『코머스』에서는 휴머니즘적 가치를 대변하는 코머스가 쾌락주의자이자 사악한 괴물로 묘사되고 있다. 그리고 「리시다스」("Lycidas")에서는 마지막으로 베드로가 등장하자 그 전에 장례 행렬에 등장했던 이방의 신들은 모두 숨을 죽이고, 베드로는 질타한다. 이를 기점으로 작품은 개인에 대한 애도에서부터 불의에 대한 심판으로 승화된다. 『실낙원』에서는 이브가 타락하는 날 아침에 아담과 헤어져 거닐고 있을 때 고전적인 비유를 통해서 가장 아름답게 묘사되고 있다. 우리가 기독교적 패러독스, 즉 순종함으로써 자유를 얻는다는 진리를 고려하지 않는다면, 사탄이 이브를 유혹할 때 보여주는 영웅적 풍모와 휴머니즘적 논리는 사실상 매우 매혹적이고 설득력이 있는 것이다. 『실낙원』과 『복낙원』 모두에서 사탄은 두드러지게 휴머니즘적인 수사학을 구사하고 있으며, 그러한 사탄의 수사술은 기독교적 로고스에 의해서 번번이 패배 당한다. 헨리는 밀턴이 초기작품에서부터 일관되게 고전적인 것을 기독교적인 것보다 열등한 것으로 제시하고 있다고 전제하면서, 이러한 밀턴의 태도가 르네상스 휴머니스트들의 일반적인 신학적 성향과 일치한다고 설명하고 있다(121-30).

『복낙원』에서 예수가 자신을 "진리를 위해서 부당한 죽음을 감수하는" (For truth's sake suffering death unjust)(3.98) 소크라테스와 비교하면서도, 사탄의 아테네 유혹 장면에 이르러서는 그를 가차 없이 매도하는 모순도 역시 이러한 맥락에서 이해하여야 할 것이다. 아무리 아름답고 훌륭하게 묘사되었다 하더라도 휴머니즘은 기독교적 도덕에 반해서는 그 가치를 유지할 수 없는 것이기 때문이다.

여기서 흥미로운 것은 사탄이 고전적 학문을 장황하게 칭송하면서도 그것을 예수에게 굴복의 대가로 제시하지 않고 있다는 점이다. 누가복음의 서술 순서를 따르고 있는 작품에서 사탄은 둘째 날 예수를 데리고 높은 산 위에 올라가 파티아(Parthia)와 로마(Rome)로 대변되는 세상의 모든 권세와 영광을 보여주고 나서, 자신을 "우월한 군주"(superior Lord)로 인정하고 자신에게 경배하면 이 모든 것을 주겠다고 장담한다(4.163-69). 그러나 예수가 마침내 사탄의 정체를 인지하고 "내 뒤로 물러나라. 너는 바로 그 사악한 존재, / 영원히 저주받은 사탄이라는 것이 이제 분명히 드러났다"(Get thee behind me; plain thou now appear'st / That Evil one, Satan for ever damn'd) (4.193-94)고 선언하자 사탄은 "두려움에 당황하며"(with fear abasht) 더 이상 예수에게 세속적인 왕국을 제공하지 않겠노라고 고백한다(4.195-211). 그런 다음에 단지 하나의 제안으로 아테네의 유혹이 뒤따르는 것이다. "그렇다면 지혜로 유명해지시지요"(Be famous then / By wisdom)(4.221-22). 사탄의 유혹은 이제 더욱 더 교묘해진다. 물질적인 것과 정신적인 것을 구분하면서, 사탄은 예수에게 세상을 다스리기 위한 설득력 있는 힘으로서의 지식을 얻으라고 충고한다. 그는 마치 휴머니즘적 지식이 다른 세속적 권력보다 우월한 것처럼 제시하는 것이다.

물론 여기서 사탄의 계략은 처음부터 무의미한 것이기는 하다. 왜냐하면 예수가 이미 소유하고 있는 지식을 사탄이 제공할 수는 없기 때문이다. 그렇지만 우리는 바로 똑같은 지식에 대한 유혹에 『실낙원』의 이브가 결국 넘어갔다는 것을 기억할 필요가 있다. 금지된 나무를 "성스럽고, 지혜로우며, 지혜를 주는 나무이자 / 과학의 어머니"(Sacred, Wise, and Wisdom-giving Plant, / Mother of Science)(9.679-80)라고 부르면서, 사탄은 그 나무가 이브에게 "지식에 이르는 생명"(Life to Knowledge)(9.686-87)을 줄 것이라고 확언한다. 이브가 과일을 먹기 전에 자신에게 펼치는 논리를 살펴보면 사탄의 전략이 얼마나 유효한 것인지 알 수 있다. "그렇다면 쉽게 말해서 그가 금지하고 있는 것은 지식이 아니던가, / 우리에게 좋은 것을 금지하고, 우리가 지혜로워지는 것을 금지한단 말이지? / 그런 금지 따위는 어겨도 될 거야"(In plain then, what forbids he but to know, / Forbids us good, forbids us to be wise? / Such prohibitions bind not)(9.758-60). 지식에 대한 인간의 욕망이 위험하다는 것은 사실상 『실낙원』에서 반복적으로 강조되고 있는 사상이다. 라파엘이 아담에게 "겸허한 지혜"(be lowly wise)(8.173)를 갖도록 경고하는 것도 같은 것이며, 마이클의 교육을 통해서 아담이 마지막으로 배우는 것도 바로 "자신이 수용할 수 없는 지식을 추구하는 것은 어리석음"(what this Vessel can contain; / Beyond which was my folly to aspire)(12.559-60)이라는 점이다.

지식에 대한 유혹은 예수의 자기교육 과정(self-learning process)에서 하나의 전환점을 이루고 있다. 멜번의 주장에 의하면 예수는 사탄의 유혹을 거절함으로써 신과의 관계에서 자기 자신을 더욱 더 확실히 믿게 되었으며, 이로 인하여 스스로 내부에 품고 있었던 의심의 흔적을 지울 수 있게 되었다(139). 예수는 휴머니즘적 지식의 가치를 거부하고 신을 아는 지식이 모든 지혜의 근원이라는 것을 자기 자신과 독자들에게 확신하게 할 수 있게 되었고, 그를 근본적으로 유혹에 약한 인간으로 규정하려는 사탄의 시도를 모두 물리치게 된다. 예수의 입을 통하여 자신의 문학적 기반인 휴머니즘적 가치를 부정함으로써, 밀턴은 자기 자신과 똑같은 인간의 본성을 가졌지만 인간의 한계를 극복하는 인류의 진정한 구세주가 어떤 인물인지를 여실히 보여주고 있다. 아테네 유혹 장면에서 드러나는 밀턴의 자기 부정적 요소는 이러한 관점에서 이해되어야 할 것이다. 사탄은 예수가 인간이라는 것을 증명할 방도를 모두 소진하였음을 고백하고, "그대가 인간 이상의 그 무엇인지, 과연 하늘에서부터 / 들려온 음성이 선포한 대로 하나님의 아들인지를 알기 위하여"(to know what more thou art than man, / Worth naming Son of God by voice from Heav'n)(4.538-39) 최후의 수단을 동원한다. 그리고 첨탑의 꼭대기에서 예수는 마침내 자신이 구세주라는 것을 사탄과 독자에게 드러내 보이는 것이다.

사탄의 관점에서 본다면 첨탑의 장면은 유혹이라기보다는 도전에 가깝다. 비록 예루살렘에 있는 교회의 "가장 높은 첨탑 꼭대기"(on the highest Pinnacle)(4.549)에 서 있는 것이 인간에게 불가능한 것은 아니라고 할지라도 여기서 사탄이 노리는 것은 예수가 과연 그곳에 서 있을 수 있는지를 보려는 것이 아니다. 사탄은 예수에게 자신이 누구인지 밝히기를 요구하고 있는 것이다. "자 이제 그대의 혈통이 무엇인지 보여다오"(Now show they Progeny)(4.555). 절망적인 사탄은 예수에게 뛰어내려 보라고 강요함으로써 그를 진퇴양난에 빠뜨리려는 것이다. 만일 예수가 "기술"(skill)을 발휘하여 그곳에 서 있다면 (물론 현실적으로 그곳에 영원히 서 있을 수는 없는 일이지만) 예수는 자신이 "단순히 현명하고 선한 인간"(mere man both wise and good)(4.535)에 지나지 않는다는 것을 증명하는 셈이다. 그렇다고 만일 예수가 거기서 뛰어내린다면 필연적으로 죽거나, 그렇지 않으면 자신이 인간이 아니라는 것을 분명히 드러내는 셈이다.

예수는 결국 자신이 인간의 육체를 가진 하나님이라는 것을 선언한다. "너의 구주 하나님을 시험치 말라. 그는 말하고 서 있었다. / 그러나 사탄은 경이로움에 타격을 받아 떨어져 내렸다"(Tempt not the Lord thy God; he said and stood. / But Satan smitten with amazement fell)(4.562-63). 여기서 예수의 말은 두 가지로 해석될 수 있을 것이다. 아버지 하나님을 시험하지 말라는 뜻이기도 하려니와, 아들인 하나님, 즉 자신을 시험치 말라는 뜻일 수도 있다. 후자의 뜻을 수용하고 있는 멜번은 이 마지막 장면이 "결코 유혹이 아니라 현현(epiphany)"이라고 주장하고 있다(145).

어쩌면 이러한 극적인 전환, 또는 자기 과시 때문에 밀턴이 마태복음의 순서를 젖히고 누가복음의 순서를 따르고 있는지도 모른다. 첫 번째 아담은 넘어졌지만, 두 번째 아담은 굳게 서서 사탄을 괴멸시킨다. 스미스는 이 장면을 용의 살해(dragon-killing) 행위로 보고 다음과 같이 설명한다. "『복낙원』에서 용의 살해 장면은 가능한 가장 고차원적인 단계에서 이루어지는데, 특히 그리스도와 용 사이에 벌어지는 마지막 대결은 요한계시록에 서술된 것과 같은 종류의 묵시록적인 예시에 따라서 묘사되고 있다"(59). 예수는 교육의 마지막 단계를 통과하였다. 천사들의 합창대가 노래하고 있듯이, 그는 지상으로 내려와 "아담과 선택받은 그의 자손들"(Adam and his chosen Sons)을 위한 "더 좋은 낙원"(A fairer Paradise)을 건설한다(4.613-14). 이제 예수는 자신의 과업이 무엇이고 어떻게 해야 하는지 알고 있다. 그가 "아무의 눈에도 / 띄지 않고 홀로 어머니의 집으로 돌아갈 때"(unobserv'd / Home to his Mother's house private return'd)(4.638-39), 우리는 거기서부터 그가 구원자로서 자신의 일을 시작할 것임을 안다.

『선녀여왕』 2권에는 첩탑의 장면이나 그와 유사한 장면이 보이지 않는다. 주인공과 유혹자 사이에 최종적인 대립은 단지 가이언이 그곳을 떠남으로써 해소된다. 하지만 만일 우리가 맘몬의 동굴로 대변되는 지하세계와 관련된 전체 사건을 기사에 대한 궁극적인 시험으로 본다면, 그의 졸도는 실패를 암시한다고 보아야 할 것이다. 휴머니즘적 덕목으로 대변되는 가이언의 한계는 결국 육체적 나약함을 버티지 못했기 때문이다. 밀턴의 예수가 결국 사탄을 패배시키는 장면에서 스펜서의 가이언은 넘어지고 만다. 희락의 소굴을 파괴하는 가이언의 행위는 비록 사흘이 걸리기는 했지만 예수의 승리와 비슷한 것이라고 말할 수 없다. 가이언의 승리는 결정적인 것이 아니기 때문이다.

어쩌면 첨탑 위에서 예수가 마주한 과업을 과도함 사이에서 황금의 중용을 유지하는 덕목을 가진 기사에게 부과하는 것은 무리일지도 모른다. 예수가 겪는 유혹을 가이언의 그것과 비교하면서 제임스 노른버그(James Nohrnberg)는 "가이언의 졸도는 절제가 그 자체로 제공할 수 있는 저항력의 한계와 일반적인 자기 확신(self-reliance)의 한계를 둘 다 보여주고 있다"고 주장하고 있다(351). 그렇다면 예수의 최종적 승리는 가이언의 졸도가 갖는 의미와 정반대의 것을 보여주고 있다고 할 수 있다. 예수의 절제와 자기 확신의 행위는 신의 뜻에 자신을 완전히 복종시킴으로써 획득한 것이며, 그러한 자기 확신은 자신을 신과 동일시하는 단계에까지 이르는 것이다. 결국 예수가 광야에서 이룬 것은 "한 사람의 굳건한 복종"(one man's firm obedience)에 다름 아니다.

밀턴은 사탄의 추락을 안테우스(Antaeus)와 스핑크스(Sphinx)에 비교하고 있는데, 그렇다면 예수는 어려운 시험을 통과한 헤라클레스(Hercules)와 오이디푸스(Oedipus)와 비교되고 있다고 할 수 있을 것이다. 쇼크로스는 밀턴의 비유가 인간으로 태어난 신의 아들은 언제나 사탄을 패배하게 할 수 있다는 것을 반복하여 강조하기 위한 것이라고 설명한다(157). 하지만 밀턴의 비유는 사탄의 추락이 최종적이고 돌이킬 수 없는 패배라는 것을 강조하기 위함이며, 예수를 고전적인 영웅의 모습으로 묘사하는 데 있는 것은 아니다. 비록 예수와 헤라클레스를 연관 짓는 전통적인 견해를 부정할 수는 없다고 하더라도, 적어도 여기서 궁극적인 기독교적 영웅으로 묘사된 밀턴의 예수는 반인반신의 모습을 가진 고전적인 영웅과는 분명히 구분되고 있다. 스펜서의 작품에서는 말레거(Maleger)와 싸우는 아서의 모습에 안테우스를 무찌른 헤라클레스가 투영된다. 2권의 칸토 11에서 스펜서는 싸움의 마지막에 왕자를 곤경에 처하도록 함으로써 인간 조건의 나약함을 강조하고 있다.

> 그처럼 이 땅에서 가장 위대하고 영광스러운 자도
> 때때로 그보다 약한 사람의 도움이 필요한 법
> 그처럼 인간의 처지는 약하고 목숨은 위태로워,
> 이 땅의 속박을 벗어나서 해체되기 전까지는,
> 결코 확신을 가지고 살아갈 수가 없는 것이다.

> So greatest and most glorious thing on ground
> May often need the helpe of weaker hand;
> So feeble is mans state, and life vnsound,
> That in assurance it may neuer stand,
> Till it dissolued be from earthly band. (11.30.1-5)

스펜서가 말레거에 대한 아서의 승리를 통해서 휴머니즘적 영웅의 한계를 드러내 보인다면, 밀턴은 동전의 반대편에 초점을 맞춰 안테우스와 스핑크스의 죽음과 비교되는 사탄의 절대적인 패배를 보여주고 있다. 예수의 승리는 휴머니즘에 대한 기독교의 승리라고 하는 것이 타당하다.

휴머니스트 예술가이면서 동시에 맹렬한 프로테스탄트인 스펜서와 밀턴은 자신들이 궁극적인 진리라고 믿는 것과 그것을 미학적으로 설득력 있게 표현하는 방법 사이의 갈등을 해소할 방법을 찾기에 고심한다. 그들이 믿는 궁극적인 진리는 기독교임에도 불구하고 그러한 진리를 드러내는 유일한 방법은 휴머니즘의 도덕과 미학이기 때문이다. 과연 인간이 누구이며 이 세상에서 인간이 성취할 수 있는 것이 무엇인가 하는 문제는 언제나 두 시인의 문학적 주제이다. 존 스펜서 힐(John Spencer Hill)이 주장하는 밀턴의 인간관은 그대로 스펜서에게도 적용될 수 있을 것이다.

> 밀턴에게 있어서 인간은 대립되는 두 성격의 통합체이다. 인간은 타락함으로써 더러움과 죄악으로 물들었기에 죽어야 마땅한 존재이다. 그러나 다른 한편, 인간은 신의 형상을 본받았으며 은총에 의하여 회복되고 새롭게 태어난 존재인 것이다. 이성에 의하여 인식되고 믿음에 의하여 통합되는 이러한 대립은 르네상스 휴머니즘의 대표적인 역설을 구성하고 있으며, 우리는 이러한 현상이 여러 가지 형태로 나타나는 것을 목격한다. 이 문제를 다루는 밀턴의 태도에서 주목할만한 것은 그가 지속적으로 평형(equilibrium)을 고집하고, 인간의 본성이 두 대립항의 조화(balancing of opposites)에 의해서만 이해될 수 있다고 주장하는 점이다. (55)

그러나 두 시인은 인간 영웅을 그려내면서 어떻게 "평형"을 성취하고 있는가?『선녀여왕』2권에서 스펜서는 캘빈주의의 틀 안에서 휴머니즘적 덕목을 지닌 기사를 묘사하는 데 별다른 문제점을 느끼지 않고 있는 듯하다. 가이언은 자신의 한계에도 불구하고 휴머니즘적 기독교의 덕목인 절제를 유지함으로써 기독교도가 어떻게 이 세상에서 행동해야 하는지를 보여주고 있다. 스펜서에게 있어서 휴머니즘이란 단순히 독자들이 선한 기독교도가 되도록 교육하는 최선의 방법이다.

하지만 밀턴은『복낙원』에서 궁극적인 기독교적 영웅을 묘사하면서 휴머니즘적 사고와 미학을 동원한다는 것이 얼마나 부적절한 것인지 날카롭게 인식하고 있다. 예수가 사탄의 세력을 물리치는 승리자로서 자신을 드러내기 위해서 휴머니즘은 반드시 배척되어야 한다. 어쩌면 두 시인이 각각 살았던 영국의 사회-종교적인 환경의 차이가 『복낙원』의 작가로 하여금 자신이 물려받은 휴머니즘의 전통을 좀 더 엄격하게 바라보게 했는지도 모를 일이다. 그렇지만 밀턴이 작품에서 제시하고자 하는 것 또한 인간의 위대한 성취에 대한 가능성이다. 인간은 예수를 모방함으로써 "완벽해"질 수 있는 존재라는 밀턴의 믿음에서 우리는 왕정복고로 인해서 무너질 수도 있었던 인간에 대한 시인의 신뢰, 즉 휴머니즘의 정신이 살아있는 것을 발견할 수 있는 것이다.

『투사 삼손』과 『선녀여왕』: 하라파와 오르고글리오

이제까지 밀턴의 『실낙원』과 『복낙원』의 주인공인 아담과 예수가 스펜서의 『선녀여왕』의 레드크로스나 가이언과 어떤 점에서 닮았고, 또한 어떤 점이 다른지 살펴보면서 밀턴의 후기 대작에 스펜서의 대표작이 어떤 영향을 미쳤는지 가늠해보았다. 후기 대작 중 마지막에 해당하는 『투사 삼손』은 "읽기 위한 드라마"(closet drama)이다. 밀턴이 자신의 마지막 작품을 극작품으로 구성한 이유는 명백히 밝히기 어렵겠지만, 어쩌면 르네상스 시대를 휩쓴 드라마의 열풍에 대한 향수도 그 역할을 했으리라고 짐작할 수 있겠다. 하지만 작품은 오히려 서사시의 모습을 가지고 있으며, 지극히 인간적인 모습을 하고 있는 주인공 삼손의 대사와 행동을 통해 밀턴의 신학 사상을 드러내고 있기 때문에, 그리고 삼손의 모습에 눈먼 밀턴 자신의 자전적인 모습이 투영되어 있다는 사실 때문에 매우 흥미롭고 중요한 작품이다.

　이 장에서는 『투사 삼손』의 중간 에피소드 중 마지막에 해당하는 하라파(Harapha)의 도전에 초점을 맞추어 그가 누구인지, 삼손에게 어떤 의미를 가지는지, 그리고 그의 존재가 작품의 주제를 드러내는 데 어떤 영향을 미치는지 탐색해보고자 한다. 이를 위하여 필자가 제안하고자 하는 것은 첫째로 밀턴의 하라파가 스펜서의 오르고글리오를 원형으로 하고 있다는 점이고, 둘째로 이를 통해 우리는 작품의 의미에 좀 더 가까이 다가갈 수 있다는 점이다. 세 명의 인물들 중에 유난히 하라파에 주목하는 이유는 그의 존재가 성서에 기반을 두고 있지 않기 때문이다. 물론 들릴라(Dalila)를 삼손의 아내로 설정한 사실도 성서의 내용과는 상치되는 것이지만, 그녀는 최소한 하라파의 경우처럼 전혀 새로운 인물은 아니다. 마이클 브리슨(Michael Bryson)은 "밀턴이 성서에서 벗어나는 경우에는 해당 부분이 시인의 관점을 드러내는 데 특히 중요하기 때문"에 특히 주목할 필요가 있다고 주장하고 있다(27). 과연 하라파의 존재는 삼손에 대한 밀턴의 관점을 이해하는 데 특히 중요한 인물이다.

『투사 삼손』은 신에 의해 선택받은 주인공이 절망을 극복하는 이야기에 다름 아니다. 돈 카메론 알렌(Don Cameron Allen)은 작품을 "기독교도의 절망과 회복에 대한 연구"라고 해석하고 있고(83), 제임스 핸포드(James H. Hanford)도 역시 작품을 "타락한 삼손이 잃어버린 신의 은총을 회복하는 과정"이라고 규정하면서 중간 에피소드는 "새로운 시련을 통한 일종의 시험"이라고 설명한다(286). 한편 마이클 크로우스(Michael F. Krouse)는 『복낙원』에서 그리스도가 인간의 모습으로 등장하지만 궁극적으로는 신의 아들의 자격으로 사탄의 시험을 극복하는 것이라고 전제하고, 이제 밀턴은 『투사 삼손』을 통하여 믿음이 있는 자라면 누구나 가능한 인간 차원의 승리를 보여주고 있다고 제안한다(133). 들릴라의 배신으로 팔레스타인의 포로가 된 삼손은 두 눈이 뽑히고 감옥에 갇혀 중노동을 하며 목숨을 이어가고 있다. 브리슨이 제안하고 있듯이 삼손의 절망은 『실낙원』의 사탄과 닮았다(30).

작품의 초반부터 삼손은 울부짖는다. "반쯤 죽은 삶을 살아가다니, 살아 있는 죽음, / 그리고 파묻힌 삶. 오, 하지만 더 비참함이여! / 나 자신이 내 무덤, 움직이는 묘지라니"(To live a life half dead, a living death, / And buried; but O yet more miserable! / Myself my Sepulchre, a moving Grave)(100-103). 그런데 사탄이 낙원에서 태양을 처음 보고 질투에 차 자신의 처지를 돌아보며 하는 말도 유사한 절망의 표현이다. "비참한 나여! 어디로 도망칠 것인가, / 끝없는 분노와 끝없는 절망에서? / 어디로 도망치든 지옥, 나 자신이 지옥이니"(Me miserable! which way shall I fly / Infinite wrath, and infinite despair? / Which way I flay is Hell; myself am Hell)(PL 4.73-75).

삼손을 진심으로 동정하고 그의 편에서 그를 이해하려고 애쓰는 코러스(Chorus)와는 달리, 그에게 찾아오는 세 사람—그의 아버지 마노아(Manoa)와 그의 아내 들릴라, 그리고 팔레스타인의 용사 하라파—은 각각 자신들의 방식으로 삼손을 회유하거나 자극한다. 이들과 대면하는 삼손의 생각과 태도가 작품의 대부분을 차지하지만, 이러한 중간 에피소드들은 모두 삼손의 최후, 즉 그가 목숨을 바쳐 수많은 팔레스타인인들을 파멸시킨 마지막 결단을 향하여 존재한다. 따라서 이들의 등장이 위대한 과업을 성취하려는 삼손에 대한 유혹, 또는 시험이라고 보는 견해는 이미 대부분 평자들의 동의를 얻고 있는 듯하다. 문제는 과연 삼손이 이들의 도전을 극복했는지, 그렇다면 어떻게 극복했는지를 이해하는 일이다.

하라파는 누구인가? 대부분의 평자들이 동의하고 있듯이 그의 이름은 히브리어의 정관사 'ha'와 거인이라는 뜻의 명사 'raphah'의 합성어이다(Hughes 577n). 그러나 하워드 제이콥슨(Howard Jacobson) 같은 이는 하라파가 거인이라는 일반적인 합성어가 아니라 성서에 등장하는 여러 거인들 중 하나를 지칭하는 고유명사라고 주장하고 있기도 하다(70-71). 그는 팔레스타인인이며 거인이고, 삼손이 작품에서 밝히고 있듯이 "골리앗을 필두로 하는 거인족의 다섯 아들의 아버지"(Father of five Sons / All of Gigantic size, Goliah chief)(1248-49)이다. 또한 그는 앞서 삼손을 방문한 마노아나 들릴라와는 달리 처음부터 노골적으로 삼손의 적으로서 그와 대면하는 유일한 인물이다. 따라서 삼손으로서는 자신의 분노와 증오를 마음껏 쏟아낼 수 있는 대상이기도 하다. 앞선 두 인물과의 대면이 삼손에게 타협이나 편안한 생활을 선택하도록 권유하는 일종의 유혹이었다면 하라파의 등장은 삼손에게 자신의 비참한 처지를 돌아보게 하고 절망하도록 강요하는 충동, 또는 자극이라고 해야 할 것이다.

하라파에 대한 에이드 다히앗(Eid A. Dahiyat)의 다음 설명은 밀턴의 하라파가 스펜서의 오르고글리오와 같은 특성을 가지고 있다는 사실을 뒷받침해준다.

> 성서와 고전적 전통에 대한 열렬한 탐구자였던 밀턴은 거인들이 어머니인 대지의 자식이라는 생각에 매우 친숙했다. 거인 하라파는 출산과 생식의 여신인 아스타로스의 아들이다. 생식의 여신과 그녀의 아들은 아이러니컬하게도 영혼의 메마름을 상징하며 마지막에는 육체적인 죽음을 맞는다. 한편 삼손은 영혼의 꾸준히 재생과정을 거치며, 비록 극의 마지막에 죽지만 그의 죽음은 불임과 정체의 힘에 대한 승리로 다가온다. (61)

대지의 아들인 하라파는 바람과 함께 등장한다. 하라파의 등장을 알리는 코러스와 삼손의 대화는 "폭풍"(storm), "바람"(wind), "태풍"(tempest)을 동반한다(1061-63). 바로 이어지는 코러스의 대사는 하라파가 이전에 삼손을 방문한 두 사람과 어떻게 다른지 여실히 보여준다.

. . . 거친 말투가
이쪽으로 오고 있어, 걸음걸이로도 그가

가스의 거인 하라파라는 것을 알 수 있지,
기둥처럼 크고 교만한 몸처럼 표정도 거만하군.

. . . a rougher tongue
Draws hitherward, I know him by his stride,
The Giant Harapha of Gath, his look
Haughty as is his pile high-built and proud. (1066-70)

안젤라 발라(Angela Balla)가 지적한 대로 하라파는 거인 타이폰(Typhon)이
나 비바람의 신, 바알(Baal)과 밀접한 관련이 있다(82 note). 하라파의 본질
은 자만심과 영혼의 메마름이며, 이런 점에서 스펜서가 『선녀여왕』1권에
서 창조한 오르고글리오와 특히 닮았다.

스펜서의 작품 중간 부분인 칸토 7에 등장하는 오르고글리오-"흉측하
고 기골이 장대한 무섭게 생긴 거인"(An hideous Geaunt horrible and hye)
(1.7.8.4)-역시 대지와 바람의 자식이다.

기괴한 그의 어미는 바로 가장 위대한 어스였고
몰아치는 에얼러스가 그의 거만한 아비였는데,
그는 온 세상을 마음대로 나다니는 자신의 숨결을
아무도 모르게 그녀의 속이 텅 빈 자궁에 불어넣고
숨겨둔 그녀의 동굴들을 폭풍으로 가득 채워 넣어서,
그녀가 임신을 하게 하였다.

The greatest Earth his uncouth mother was,
And blustring Aeolus his boasted syre,
Who with his breath, which through the world doth pas,
Her hollow womb did secretly inspyre,
And fild her hidden caves with stormie yre,
That she conceiv'd. (1.7.9.1-6)

이러한 출생 배경을 가지고 있는 그는 "제가 고귀한 혈통을 가지고 태어났다는 / 거만한 충족감과, 상대할 자 없다는 자기의 힘에 / 대한 자만심에"(So growen great through arrogant delight / Of th'high descent, whereof he was yborne, / And through presumption of his matchlesse might)(1.7.10.1-3) 차 있는 존재다. 그는 주인공 기사인 레드크로스를 단숨에 무찌르고 혼절시킨다. 그런데 문제는 이 대결에서 싸움다운 싸움도 못해본 채 혼절하여 결국 그의 지하감방에 갇히게 되는 레드크로스가 어떤 인물인지, 그때까지는 무적의 용사였던 그가 왜 거인에게 패배했는지를 이해하는 일이다.

　　오르글리오와 대적하는 레드크로스는 우나의 수호기사로서 선녀여왕으로부터 그녀의 부모를 황동의 성에 가두고 있는 용을 무찌르라는 명령을 받고 그녀와 함께 길을 떠난 신참기사다. 괴물 에러를 무찌른 후 자만에 빠진 그는 마법사 아키마고(Archimago)의 술책에 속아 우나의 정절을 의심하고 그녀를 버린다. 길에서 마주친 이방인 기사 산스포이(Sans Foy), 즉 믿음의 부재를 무찌르고 이방인 기사의 연인으로 등장한 마녀 두엣사의 미모에 현혹되어 자만의 집을 방문하고 그곳에서 또한 산스포이의 동생인 산스조이(Sans Joy)를 패배시킨다. 레드크로스는 결국 근처의 어느 샘물 곁에서 두엣사와 "기쁨이 넘치는 그늘에서 쾌락으로 목욕을 했는데"(bathe in pleasaunce of the joyous shade)(1.7.4.2), 오르고글리오는 바로 그때－주인공 기사가 사람을 무력하게 만드는 나태의 샘물을 마시고 두엣사와 쾌락의 관계를 갖은 직후－등장한다. 레드크로스의 패배가 두엣사의 미모에 넘어간 기사의 나약함에 기인한다는 사실은 특히 주목할 만하다. 삼손도 들릴라에게 넘어가 파멸을 자초했기 때문이다.

　　데이비드 하퍼(David A. Harper) 같은 평자는 들릴라라는 잘못된 우상을 섬긴 것이 삼손의 가장 큰 죄악이라고 주장하기도 한다(144). 학자들은 대체로 오르고글리오의 이름에 포함된 'go'가 'geo'의 변형으로 대지를 의미하며, 이는 레드크로스의 실제 이름인 'George'의 'geo'와 같다는 데 동의하고 있다.[53] 칸토 10에서 컨템플레이션(Contemplation)은 레드크로스를 "대지의 사람"(man of earth)라고 부르며 그의 본명이 조르고스(Georgos)라는 것을 밝힌다. 후에 영국의 수호기사가 되는 조지는 그리스어로 농부라는 뜻인데, 흙, 또는 대지라는 의미의 어원을 가진다. 해밀튼에 의하면『실낙원』의 아담도 대지(earth)라는 같은 의미를 가진 이름이다(15). 다시 말하면 레드크로스는 흙으로 만들어진 인간이며, 오르고글리오는 '부패한 대지,' 즉 '바람 든 흙'이라는 의미로 타락한 레드크로스를 정면으로 겨냥하고 있는 것이다. 제임스 커니(James Kearney)의 설명대로 오르고글리오는 레드크로스의 자만심이 형상화된 인물이다(18). 또한 그는 "육신의 교만"을 상징하며, 정신의 힘을 무시하고 육체적 힘이 옳고 그것이 전부라는 사고를 대변하고 있다(Weber 181). 결국 레드크로스를 파멸시킨 것은 바로 타락한 자기 자신이라는 뜻이다.

앞서 인용한 다히앗의 말처럼 밀턴이 성서와 고전적 전통에 대한 열렬한 탐구자라면 스펜서도 그러하다. 하지만 고전에 등장하는 거인들은 대부분 주인공 인간과 신을 위협하는 요소일 수는 있으나 스펜서의 경우처럼 주인공의 또 다른 자아를 투영하고 있지는 않다. 또한 이러한 고전적 괴물의 알레고리적 형상화는 스펜서와 밀턴을 관통하는 기독교 휴머니즘의 특징이기도 하다. 인간은 순전히 선하지도, 악하지도 않고 누구나 자신 안에 선함과 악함을 공유하고 있기에 자기 내부에서 동요하는 죄악에 대한 유혹과 싸우며 갈등하는 것이 인간의 진솔한 모습이라는 생각은 예컨대 르네상스 이전의 문학에서는 찾아보기 어렵다. 레드크로스에 대한 안테아 흄(Anthea Hume)의 다음 설명은 밀턴의 삼손에게도 적용될 수 있을 것이다.

---

53) 이에 대한 자세한 논의는 해밀튼(A. C. Hamilton)의 "General Introduction," *The Faerie Queene* (London: Longman, 1977) 15를 볼 것.

역설적이게도 진정한 성스러움의 수호자는 죄에 사로잡힌 인간의 모습을 보여주고 있지만, 이것이 중요한 점이다. 프로테스탄트적 시각에서 파악하는 인간의 본성에 의하면 진정한 성스러움은 그리스도에게만 있으며 죄 많은 인간들에게는 오로지 은총과 믿음이 허용될 뿐이다. 한편 개개인은 자신의 성스럽지 않음을 발견해야만 한다. 그런 후에라야 인간은 자신의 인생과 행동에서 도덕적인 모습을 보일 수 있는 것이다. (73-74)

전투적 프로테스탄트였던 스펜서의 인간관이 궁극적으로 밀턴의 그것과 크게 다르지 않다는 점과, 비평가들의 지적처럼 밀턴이 자신의 주요 작품, 특히 『실낙원』에서 형상화한 인물들이 사실상 스펜서의 작품을 모델로 하고 있다는 것은 새삼스러운 사실이 아니다.[54]

하라파 역시 신과의 약속을 저버린 삼손의 모습에 다름 아니다. 많은 평자들은 하라파의 모습이 타락한 삼손을 반영하고 있다는 데 동의하고 있다.[55] 작품에서 삼손은 거듭하여 자신 안에 있던 하라파의 모습, 즉 자만심과 영혼의 메마름에 대해 통렬히 뉘우치고 있다. "오, 강한 육체 안에 있는 내면의 무능함이여! / 하지만 두 배의 지혜를 갖추지 못한 무력이 / 무슨 소용이랴?"(O impotence of mind, in body strong! / But what is strength without a double share / Of wisdom?)(52-54). 스펜서의 오르고글리오가 주인공의 타락한 모습이듯이, 밀턴의 하라파는 삼손의 또 다른 자아이다. 물론 오르고글리오와는 달리 하라파는 삼손과 전투를 하기 위해 찾아온 것은 아니다. 그는 삼손에게 치욕을 주어 그를 절망하게 하기 위하여 온 것으로 보인다. 그는 말한다. "그토록 대단한 소문을 낸 장본인을 / 직접 보고, 그

---

54) 퀼리건(Maureen Quilligan) 80, 킹(John N. King) 70, 로쉬(Thomas P. Roche) 21을 참조할 것.

55) 선우진 372, 김종두 386을 참조할 것. 특히 선우진은 티펜스(Darryl Tippens)와 로우(Anthony Low)를 인용하면서 하라파가 예전 삼손의 모습, 즉 자신의 무력에 자만하는 헛되고 어리석은 모습에 대한 거울이라고 설명한다.

의 팔다리를 살펴봄으로써 / 그의 겉모습이 소문에 걸맞은 것인지 확인하기 위하여 찾아왔다"(And now am come to see of whom such noise / Hath walk'd about, and each limb to survey, / If thy appearance answer loud report)(1088-90). 도전하는 삼손에게 하라파가 뱉어내는 말은 더욱 모욕적이다. "장님과 전투하는 것은 경멸스러운 짓이야, / 또한 그대는 건드리기도 너무 더럽다네"(To combat with a blind man I disdain, / And thou hast need much washing to be touch'd)(1006-1007). 이후 삼손은 세 번이나 하라파를 자극하여 그와 싸우기를 원하지만 하라파는 번번이 이를 거절한다.

과거 삼손의 위력을 단지 "어떤 마법사의 술법"(some Magician's Art)이라고 치부하는 하라파에게 삼손은 "그대의 신과 나의 신 중 누가 더 센지" (whose God is strongest, thine or mine)(1155) 겨루어보자고 도발하지만 하라파는 오히려 삼손에게 경고한다. "너의 신이 무엇이건 멋대로 재단하지 말라"(Presume not on thy God, whate'ver he be)(1156). 발라 같은 비평가는 여기서 신이 오히려 하라파 같은 적을 통해서 삼손의 "불경"(impiety)을 지적하고 있다고 주장한다(76). 사실상 하라파의 의도가 무엇이든 그의 말은 최소한 표면적으로는 옳은 지적으로 보인다. 삼손은 제 자긍심을 지키기 위해 신을 이용하고 있는 셈이기 때문이다.

코러스가 하라파의 등장을 "태풍"으로 묘사하고 걱정했지만 사실상 삼손과 하라파의 대면에서 태풍을 일으킨 자는 삼손이라고 주장하는 데릭 우드(Derek N. C. Wood)의 해석은 다소 과격하지만 주목할 필요가 있다. "[삼손의] 하라파에 대한 대응은 그동안 숭고한 것으로 묘사되어 왔지만 단연코 한 폭력배가 다른 폭력배를 물리치는 것에 불과하다. 밀턴은 . . . 논쟁을 일으키고 분쟁을 즐기는 자들을 비난하고 있다"(254). 하라파와의 논쟁 중에 삼손이 자신의 비참한 처지를 신이 내린 정당한 처벌이라고 규정하면서, 신은 결국 자신을 용서할 것이며 간청하는 자를 다시 받아주는 은총을 베풀 것이라고 설명하는 대목을 두고 많은 평자들이 삼손의 진솔한 참회와 신앙 간증으로 해석하고 있는 것은 사실이다.

> 나는 네가 주는 것 같은 이런 모든 치욕,
> 이런 해악보다 더한 것도 받아 마땅하다,
> 신께서 정당하게 내게 주시는 것으로 알기에.
> 하나 그분의 마지막 용서에 대한 희망이 있다,
> 그분의 귀는 언제나 열려있고, 그분의 눈은
> 간청하는 자를 다시 용납할 자애로움이 있기에.

> All these indignities, for such they are
> From thine, these evils I deserve and more,
> Acknowledge them from God inflicted on me
> Justly, yet despair not of his final pardon
> Whose ear is ever open, and his eye
> gracious to re-admit the suppliant. (1168-73)

하지만 잊지 말아야 할 것은 작품 안에서 삼손은 처음부터 신의 정당함을 믿고 있었으며, 처음부터 자신의 처지가 신을 배반한 자신의 탓이라고 생각하고 있었다는 점이다. 더구나 특정한 개인을 상대로 한 결투를 통해서 자신의 신이 위대하다는 것을 증명하겠다는 삼손의 시도는 아무리 양보하더라도 영웅적이거나 위대한 태도로는 보이지 않는다. 분개하는 하라파를 위협하는 삼손의 마지막 언어는 노골적으로 잔인하고 폭력적이다.

> 가라, 황망한 겁쟁이야, 사슬에 묶여 있지만
> 영혼이 없는 덩치뿐인 네게 달려들어
> 단 한 방에 네 육신을 때려눕히거나
> 널 허공에 돌린 후에 땅에 패대기쳐서

머리를 부수고 옆구리를 찢어버리기 전에.

Go, baffled coward, lest I run upon thee,
Though in these chains, bulk without spirit vast,
And with one buffet lay thy structure low,
Or swing thee in the Air, then dash thee down
To the hazard of thy brains and shatter'd sides. (1237-41)

다른 방식으로 앙갚음하겠다며 퇴장하는 하라파의 모습은 등장할 때와 달리 초라하고 다소 희극적이다. 거창하게 무대에 등장했지만 풀이 죽어 퇴장하는 하라파의 허망한 모습은 스펜서의 오르고글리오가 작품에서 퇴장하는 모습을 연상시킨다. 또한 말만 앞세우는 겁쟁이로서 하라파는 스펜서의 『선녀여왕』 2권에 처음 등장하는 브라가도키오(Braggadochio)를 닮았다. 허풍쟁이 기사로서 브라가도키오는 거만한 떠벌이지만, 겁이 많은 인물로서 셰익스피어가 창조한 폴스타프(Falstaff)의 원형이라고 할 수도 있는 인물이다.

오르고글리오는 손쉽게 레드크로스를 무너뜨리고 그를 사로잡지만 기사를 죽일 수는 없으며, 결국 다음 칸토에 등장하는 아서에게 허무하게 죽는다. "거인이 유지하고 있었던 그 막대하게 큰 몸체는 / 아주 소멸해버리고, 또한 그 괴물 같던 덩치는 / 아무것도 남은 것이 없었다, 흡사 바람 빠진 오줌보처럼"(that huge great body, which the Gyaunt bore, / Was vanisht quite, and of that monstrous mas / Was nothing left, but like an emptie blader was)(1.8.24.7-9). 작품에서 그의 존재는 교만한 레드크로스를 무너뜨리고 기사를 절망에 빠뜨리는 역할을 수행할 뿐이다. 레드크로스가 자신의 힘을 과신하고 자만에 빠져 타락에 이르게 되고 그 최저점에서 부패한 자신의 모습과 마주쳐 결국 절망을 맞게 된다는 것, 이것이 오르고글리오라는 거인을 작품에 형상화한 스펜서의 의도일 것이다. 아서의 도움을 받은 레드크로스와는 달리 삼손은 스스로 하라파를 물리친다. 하지만 하라파가 꼬리를 내리고 도망쳤다는 사실이 삼손의 승리를 담보하거나 삼손의 위대함을 드러내는 증거가 될 수는 없을 것이다.

하라파와의 대면에서 삼손이 경험하는 것은 오히려 지극한 절망이라고 보는 것이 타당하다. 삼손의 태도는 스펜서의 레드크로스가 오르고글리오의 지하감옥에서 절망하는 모습과 맥을 같이한다. "오, 내가 죽을 다행스러운 기회를 가지고 오는 자는 / 누구시오, 이곳에 누워서 시시각각 죽어 가면서도 / 구슬픈 어두움에 묶여서 억지로 살아 있는 나에게?"(O who is that, which brings me happy choyce / Of death, that here lye dying every stound, / Yet live perforce in balefull darkenesse bound?)(1.8.38. 3-5). 하라파가 떠난 후 후환을 걱정하는 코러스에게 삼손이 취하는 태도도 이와 흡사하다. "하지만 무엇이든 오라고 하게, 내 치명적인 적이 / 죽음으로 날 여기서 내보내줌으로써 가장 신속한 친구가 될 테니까, / 그가 할 수 있는 최악이 내게는 최선이 될 걸세"(But come what will, my deadliest foe will prove / My speediest friend, by death to rid me hence, / The worst that he can give, to me the best)(1262-64). 이종우의 주장대로 "삼손이 하라파와 전투를 하면 패배할 것을 알면서도 치열하게 공식적인 전투를 요구"(205)하고 있다면 하라파를 대하는 삼손의 태도는 더더욱 절망적인 자살충동이라고 보아야 할 것이다. 결국 오르고글리오와 하라파는 각각 레드크로스와 삼손에게 지극한 절망을 심어주는 존재다.

레드크로스가 오르고글리오의 성에서 구출된 후 칸토 9에서 의인화된 디스페어와 대면하는 것은 결코 우연이 아니다. 디스페어의 모습은 지하감옥에 있던 기사의 모습을 상기시킨다.

>   . . . 그 사이로 그의 퀭한 두 눈이
> 죽은 듯 멍청하게, 놀란 듯이 앞을 응시하고 있었다.
> 광대뼈가 튀어나온 뺨은 궁핍과 배고픔으로 인해
> 턱에까지 움푹 패여.
>
>   . . . through which his hollow eyne
> Lookt deadly dull, and stared as astound;
> His raw-bone cheekes through penurie and pine,
> Were shronke into his jaws. (1.9.35.6-9)

오르고글리오의 지하감방에 있던 레드크로스의 모습도 이와 다르지 않았다.

> 가엾고 멍청한 두 눈은 공허한 구멍에 깊이 꺼져
> 익숙지 않은 태양을 보는 것을 견디어내기 못했다.
> 좋은 음식을 먹지 못해서 드러난 그의 여린 뺨과
> 당연한 자신의 몫을 빼앗겨서 퀭한 그의 옆구리는.
>
> His sad dull eies deepe sunck in hollow pits,
> Could not endure th'unwonted sunne to view;
> His bare thin cheekes for want of better bits,
> And empty sides deceived of their dew. (1.8.41.1-4)

레드크로스를 자살로 몰고 가는 디스페어의 논리는 치밀하기 그지없다. "일단 옳은 길을 놓치고 지나친 사람은 / 더 멀리 가면 갈수록, 더욱 더 방황하게 되기 때문"(he, that once hath missed the right way, / The further he doth goe, the further he doth stray)(1.9.43.8-9)에 자신의 삶을 버거워하는 자를 편히 죽게 해주는 것은 옳은 일이라고 주장하는 디스페어는 신의 정의를 자신의 논리에 이용한다. "가장 높은 하늘에서 이 모든 것을 내려다보시며 /

공정한 눈을 가지고 계신 분은 정의롭지 않으신가?"(Is not he just, that all this doth behold / From highest heven, and beares and equall eie?)(1.9.47.1-2). 자신의 실패를 돌아보고 좌절하는 삼손의 모습, 하라파와 논쟁하는 삼손의 태도에서도 우리는 어렵지 않게 디스페어의 모습과 죽음을 대하는 그의 태도를 엿볼 수 있다.

하라파가 떠난 후 자신의 죽음을 원하는 삼손의 모습을 본 코러스는 한편으로는 그의 충동적인 투쟁정신을 칭송하면서도 그보다 더욱 훌륭한 것은 신의 뜻을 기다리는 인내심이라는 것을 강조한다.

> 하지만 인내야말로 성인들이 더 자주 행하는 방식이지,
> 자신들의 강한 참을성을 시험하면서
> 그분들은 모두 자신의 구원자,
> 운명이나 폭정을 모두 이겨내는
> 승리자가 된다네
>
> But Patience is more oft the exercise
> Of Saints, the trial of their fortitude,
> Making them each his own Deliverer,
> And Victor over all
> That tyranny or fortune can inflict. (1287-91)

여기서 코러스가 제시하는 삼손의 갈 길은 두 가지이다. 하나는 무력 투쟁이며, 다른 하나는 인내하며 기다리는 것이다. "이 둘 중 하나가 그대의 몫이라네"(Either of these is in thy lot)(1291). 그는 삼손에게 충동적인 무력을 행사하는 전사가 되기보다는 마음을 갈고 닦아 인내를 통한 승리자가 되라고 충고하는 것이다. 삼손이 이루는 최후의 승리는 (우리가 그것을 승리라고 부를 수 있다면) 바로 이 코러스의 조언에 바탕을 두고 있는 행동이다.

그런데 디스페어의 논리에 굴복하여 자살하려는 레드크로스를 구원의 길로 이끌어주는 우나의 충고도 코러스의 논리와 크게 다르지 않다. 그녀는 디스페어를 상대하여 논쟁을 하는 것을 "부끄러운 싸움"(this reprochfull strife)이라고 전제하면서 기사에게 "일어나서 이 저주받은 장소를 떠나"(arise, and leave this cursed place)라고 조언한다. "기사님 자신이 천상의 은총의 일부가 아니던가요? / 그렇다면 어찌하여 선택받은 그대가 절망합니까?"(In heavenly mercies has thou not a part? / Why shouldst thou then despeire, that chose art?)(1.9.53.4-5). 인내하지 못하는 레드크로스를 질책하는 우나의 말에는 인간은 어쩔 수 없이 죄로 인해 절망하게 되지만, 그 자신이 신의 은총이라는 믿음을 통해 구원을 성취할 수 있다는 프로테스탄트적인 신앙이 자리하고 있다. 또한 이는 하라파로 형상화된 자신의 절망과 투쟁하는 삼손을 향한 코러스의 메시지이기도 하다.

디스페어를 떠나 "성스러움의 집"에서 인내를 배운 레드크로스가 용과 벌이는 최후의 전투가 작품 안에서 그의 마지막 시험이듯이, 하라파의 충동에 이어 등장하는 팔레스타인 관리의 방문은 중간 에피소드를 겪은 삼손에 대한 마지막 시험대라고 할 수 있겠다. 흥미로운 것은 레드크로스가 이틀간의 패배를 겪고 세 번째 날에야 용을 물리치는 것처럼, 삼손의 경우도 우상의 잔치에 참석하기를 두 번 거절하고 난 후에야 마지막 결단을 내린다는 사실이다. 사실상 이는 『복낙원』에서 그리스도가 사탄의 세 번째 시험을 물리치고 난 후에야 자신을 구원자로 드러내 보인 것과 같은 맥락이다. 다곤(Dagon)의 축제에 참석하지 않겠다는 삼손의 처음 태도에는 하라파에게 도전했던 투사의 모습이 여실히 드러나 있다. "그자들은 내가 노역으로 인해 너무도 망가지고 / 타락하여 내 마음이 그런 얼빠진 명령에 / 굴종이라도 할 것으로 여겼단 말인가?"(Can they think me so broken, so debased / With corporal servitude, that my mind ever / Will condescend to such absurd commands?)(1335-37). 최후의 결단을 하기 전에 삼손이 버려야 할 것은 자아, 즉 자부심을 지키려는 몸부림일 것이다.

마찬가지로 용과의 전투에서 레드크로스가 극복해야 할 것도 자부심이다. 레드크로스는 전투 중에 이틀 동안 두 번 넘어지는데, 그것은 "심한 두려움과 창피함을 가득"(with dread of shame sore terrifide) 겪는 체험이다. 하지만 기사는 마침 그곳에 있던 "생명의 샘"(the well of life), 또는 "생명의 나무"(the tree of life)에 의해 힘을 얻는다. 신의 은총이 있기 위한 필요조건이 인간의 넘어짐, 그것도 의도하지 않은 넘어짐이라는 것은 스펜서의 신앙이 장로교의 교리에 가깝다는 반증이 될 수도 있겠다. 하지만 밀턴의 삼손은 자신의 결정에 의해 넘어져야 한다. 데니스 다니엘슨(Dennis Richard Danielson)에 의하면 밀턴은 장로교의 예정설을 반박하고 신의 은총이 인간의 자유의지를 통해서 받아들여져야 비로소 성립한다고 믿었다(80-81). 삼손은 신의 백성과 신의 이름을 높이도록 특별히 선택된 인물이지만, 선택에 부응하는 행동으로 나아가는 것은 그 자신의 의지에 달린 문제라는 뜻이다. 인간의 자유의지를 옹호한 밀턴의 종교관이 장로교보다는 오히려 아미니어니즘(Arminianism)에 가깝다는 사실을 반증하는 것이다.

코러스와의 대화에서 삼손은 자신의 진심을 밝힌다. 다곤의 축제에 대한 적들의 부름에 응할지 말지를 선택하는 것은 삼손의 자유지만 이방의 축제에 참가하여 광대노릇을 하는 것은 선택받은 영웅으로서 자기 자신에게 창피한 일임이 분명하다. 또한 그것은 인간을 신보다 우선시하는 행위로서 신에게 용서받을 수 없는 일이다. 그러나 삼손의 생각은 여기서 머물지 않는다. "하지만 신께서 어떤 중요한 이유로 / 그대나 내게 우상의 제사에 참석하라는 섭리를 / 주셨을 수 있다는 것도 의심할 필요 없는 사실이네" (Yet that he may dispense with me or thee / Present in Temples at Idolatrous Rites / For some important cause, thou need'st not doubt)(1377-79). 삼손의 결정은 자신의 자부심을 버리고 신의 섭리에 따르겠다는 순종의 결단이며, 자신을 기꺼이 치욕 속에 담그고 자신을 지도자로 선택한 신의 뜻을 이루 겠다는 패러독스적인 행동이다. 삼손의 말을 이해하지 못하는 코러스에게 삼손은 자신의 최종 결심을 알려준다. 그가 "내 마음속에 / 무엇인가 놀라 운 일을 하도록 / 끓어오르는 움직임을 느끼기 시작했다"(I begin to feel / Some rousing motions in me which dispose / To something extraordinary my thoughts)(1381-83)고 말할 때 우리는 그가 최후의 과업을 수행할 결심이 섰 다는 것을 알게 된다.

그렇다면 삼손은 어떤 이유로 이러한 결심을 하게 된 것인가? 작품에 대한 대부분의 기존 비평에서 보듯이 그 논리적 동기를 작품의 중간 에피 소드―마노아, 들릴라, 하라파와의 대면―에서 찾으려는 시도는 대체로 만 족스럽지 않다. 삼손의 결심이 이들과의 대면 후에 나온 것은 분명하지만, 작품은 그가 갑자기 마음을 바꾼 이유를 특정해주지 않기 때문이다. 엘리 자베스 올드만(Elizabeth Oldman)은 만일 하라파가 삼손의 도전을 받아들였 다면 (그 결과에 상관없이) 삼손이 최후의 과업을 이룰 수 없었을 것이라고 지적하고, 하라파의 거절이 이방인들에 대한 삼손의 더 큰 반격을 이끌어 냈다고 주장한다(366). 텍스트에 있지 않은 사실을 가정하는 것도 타당하지 않지만 삼손의 결단이 하라파의 비겁함 때문이라고 주장하는 것도 분명한 논리적 오류이다. 삼손의 마음속에 느끼기 시작한 "끓어오르는 움직임"을 기독교적 성령의 작용이라고 보는 견해도 다분히 자의적이다.

브리슨은 삼손이 신을 "신성한 전사"로 보고 자신을 다곤의 세력에 대 항하는 투사로 인식하고 있다는 점을 인정하면서도, 성령이 수많은 이방인 을 죽이는 삼손의 행동을 부추기고 있다는 제안을 거부한다. "삼손이 한 [최후의] 행동을 성령이 지시했다는 증거는 어디에도 없다"(35). 브리슨의 결론은 주목할만하다. "우리가 신에 대해 안다고 생각하는 것은 언제나 잠정적이며, 그러한 지식이 폭력적인 신념—이교도는 자신의 손에 죽어야 한다는 확신—의 영역으로 넘어가는 시점에서는 특히 이러한 교훈을 염두에 두어야 한다"(38). 또한 성령의 역할을 강조하는 것은 마샬 그로스만(Marshall Grossman)이 설명하고 있듯이 9·11 사태 이후 삼손을 종교적 테러리스트로 보는 주장과 그에 대항하는 수많은 논의들을 촉발시킴으로써 독자로 하여금 삼손의 테러리즘을 옹호하든가 아니면 삼손, 또는 작가를 거부하게 만드는 양자택일의 위험을 강요한다(388-89).

삼손이 마음을 바꾸어 다곤의 잔치에 참석하기로 한 이유는 알 수 없다. 또한 시인이 반드시 그것을 노골적으로 작품에 담아야 할 이유가 있는지도 의문이다. 『실낙원』에서 아담과 심하게 언쟁하던 이브가 갑자기 마음을 바꾸어 아담에게 무릎을 꿇고 화해를 청하는 이유를 해명하고 있지 않듯이, 『투사 삼손』도 삼손의 결심이 어디서 온 것인지 분명히 밝히고 있지 않다. 다만 중요한 것은 최후의 결단을 위해 삼손은 타협과 유혹, 적대적인 자극, 그리고 무엇보다도 자신의 절망과 끊임없이 투쟁해왔으며, 그 결과로 마지막 시험대에 서서 극적인 결단을 했다는 점을 이해하는 것이다. 삼손은 죽음으로써 죽음을 극복했으며, 자신을 버림으로써 절망을 극복한 것이다.

전령은 다곤의 축제에 등장하는 삼손을 "인내심이 있으나 기가 꺾이지 않는"(patient but undaunted)(1623) 인물로 묘사하고 있다. 이는 삼손이 하라파와 대면 후에 코러스가 제시한 두 가지 선택, 즉 투쟁과 인내 중에서 인내를 선택했다는 것을 보여준다. 삼손의 마지막 말은 그가 어떻게 굴종하고 인내하여 선택받은 용사가 되는지 보여준다.

> 군주들이여, 이제껏 나는 그대들의 명을
> 이성의 명령처럼 여기고 복종했으니,
> 보시기에 놀랍고 즐거웠을 것이오.
> 이제 내 자신의 뜻대로 더 거대한 위력을

그대들께 보여주는 시도를 해보려 하니,
이를 보는 자는 모두 깜짝 놀랄 것이오.

Hitherto, Lords, what your commands imposed
I have perform'd, as reason was, obeying,
Not without wonder or delight beheld.
Now of my own accord such other trial
I mean to show you of my strength, yet greater;
As with amaze shall strike all who behold. (1640-45)

삼손의 언어에는 하라파를 향했던 것 같은 개인적인 적개심이나 투쟁의지
가 보이지 않는다. 그는 광장에 나가 마치 노예나 광대처럼 자신 앞에 놓인
장애물들을 "들어올리고, 끌고, 당기거나 부수면서"(heave, pull, draw, or
break)(1626) 팔레스타인인들의 명령을 기꺼이 수행했으며, 이제 투사로서
자신의 진정한 힘을 드러낼 차례가 되었다는 것을 선언하는 것이다. 여기
서 분명한 것은 삼손이 팔레스타인인들을 적으로 삼고 있지도 않을뿐더러,
그의 행동이 필연코 그들을 죽이기 위한 것이라거나 자신의 복수를 위한
것이 아니라는 점이다. 결국 투사로서 삼손은 마지막 행동을 통해 자신의
존재가치가 이교도를 향한 물리적인 투쟁에서 개인적인 승리를 쟁취하는
데 있다기보다는, 인내를 통해 절망을 극복하고 때가 되었을 때 신의 위력
을 드러내는 역할을 수행하는 데 있다는 것을 증명한 셈이다.

스펜서의 주인공이 행복한 결말을 맞는 것과는 달리 『투사 삼손』은 삼
손의 죽음으로 막을 내린다. (과연 삼손의 죽음이 자살인지의 여부는 또 다
른 차원의 논의가 될 것이다) 하지만 코러스의 마지막 대사는 신의 섭리가
영원히 지배한다는 희망적인 메시지로 가득하다. 소네트(sonnet) 형태를 가
지고 있는 코러스의 대사는 삼손을 "신의 진실한 투사"(his faithful Champion)
로 조명하면서 신의 예지를 찬양하고 질서의 회복을 선언하고 있다.

우리는 때로 의심하나 지고하신
지혜의 비할 데 없는 섭리가
가져다주는 것은 언제나 최후에는
모두 최고이며 최선이다.
때로 그분은 얼굴을 감추시지만
예기치 않은 때에 되돌아오시며
신실한 전사를 적재적소에 배치하여
영광스러운 증인으로 삼으시니.
자신의 무한한 의도에 저항 하는
무리들과 가자인들은 슬피 울도다.
그분은 자신의 권속들을 다시 모아
이 위대한 사건을 진실로 겪게 하고,
평화와 위로를 함께하여 내보내시니
열정이 소진된 후 마음에 평온을 주신다.

All be best, though we oft doubt,
What th'unsearchable dispose
Of highest wisdom brings about,
And ever best found in the close.
Oft he seems to hide his face,
But unexpectedly returns
And to his faitherful Champion hath in place
Bore witness gloriously; when Gaza mourns
And all that band them to resist
His uncontrollable intent;
His servants he with new acquist
Of true experience from this great event
With peace and consolation hath dismist,
And calm of mind, all passion spent. (1745-58)

여기서 코러스가 "이 위대한 사건"(this great event)이라고 부르는 것은 삼손이 이룬 업적, 즉 수많은 팔레스타인인들을 죽인 행동을 가리키고 있다기보다는 삼손에게 "평화와 위로,"(peace and consolation) 그리고 "마음의 평안함"(calm of mind)을 준 절대자의 섭리를 가리킨다고 보아야 할 것이다. 자만심과 영혼의 메마름으로 다가온 하라파를 통해 절망을 겪은 삼손은 자유로운 결단을 통해서 진정한 신의 도구가 되었다. 폭력으로 얼룩진 구약성서의 이야기를 새로운 희망의 메시지로 바꾼 밀턴의 의도가 바로 여기에 있다고 보아야 할 것이다.

V 시인과 전통

이제까지 휴머니즘(Humanism)을 화두로 근세영문학 전통을 수립한 네 명을 시인들을 살펴보았다. 그들의 작품을 서로 비교하기도 하고 후대 시인에게서 선대 시인들의 흔적을 찾아보기도 하면서, 그들의 작품을 비교하고 분석함으로써 그들 작품의 의미를 좀 더 넓은 의미로 이해해보려 하였다. 초서, 스펜서, 셰익스피어, 밀턴은 각자 나름대로의 영역에서 문학을 통해 자신의 사회와 인간을 이해하려고 노력한 작가들이며, 그들이 가진 천재적 언어 능력 때문에 오늘날까지 영문학을 대표하는 시인들로 남아 있다. 『캔터베리 이야기』(*Canterbury Tales*)를 통해 중세 영국사회를 적나라하게 그려내면서 인간이란 어떤 존재인지, 이 세상에서 인간이 해야 할 일이 있다면 그것이 무엇인지를 탐색한 초서는 무엇보다도 영어가 아름다운 언어이며, 문학 언어로서 손색이 없다는 것을 증명한 시인이다. 물론 그의 다른 작품들도 훌륭하지만 특히 『캔터베리 이야기』는 누구에게나 사랑받은 작품이며 가장 대중적인 작품이다. 그의 언어는 소리 내서 읽을 때 아름다움을 발휘한다. 초서의 작품을 눈으로만 읽는 독자는 영시의 아름다움을 느낄 기회를 스스로 저버리는 셈이다. 구전의 전통을 이어받은 중세시인으로서 그는 대중의 마음에 매력적으로 다가간 최초의 작가였다. 그는 아무것도 가르치려 하지 않고 정치, 종교, 사회에 대한 특정한 신념을 강조하지 않았다. 다만 인간은 저급하고 추악하기도 하지만, 여전히 위대한 가능성을 가진 존재라는 휴머니즘만이 그가 작품을 통해 남긴 신념일 것이다.

스펜서는 초서의 후계자임을 자처하는 시인이지만, 그의 작품 세계는 초서의 그것과는 많이 다르다. 그는 16세기 영국사회에서 이른바 대표적인 출세지향적인 작가였다고 할 수 있겠다. 초서의 경우와는 다르게 그의 작품에는 언제나 시인의 정치, 종교, 도덕에 대한 신념이 드러난다. 그는 자신의 작품을 통해서 끊임없이 자신이 엘리자베스 1세의 참모가 될 자격이 있다는 것을 강조하였고, 그의 대표작인 『선녀여왕』(The Faerie Queene)을 통해서 이를 인정받고자 하였다. 물론 이러한 그의 야망은 실현되지 않았고 아일랜드의 폭동 때문에 홀로 런던에 도착하여 거리에서 변사체로 발견되었다. (후에 여왕의 선처로 웨스트민스터 사원에 안장되기는 했지만) 네 명의 시인들 중에서는 가장 비참한 죽음을 맞은 셈이다. 그럼에도 불구하고 『선녀여왕』은 위대한 작품이다. 우선 일정하게 9행으로 구성된 3,853개의 연을 예외 없이 세 개의 각운만으로 시를 썼다는 것도 놀라운 일이지만, 정형시의 구성으로 그 규모가 〈반지의 제왕〉이나 〈해리포터〉를 능가하는 서사를 창조했기 때문이다. 더구나 흥미로운 줄거리, 이야기 구성의 웅대함, 당대의 정치, 사회, 종교를 망라하는 풍부한 알레고리와 무궁무진한 표현의 기교는 시인으로서 스펜서의 진가를 재확인하게 한다. 그의 별칭이 '시인들의 시인'인 이유도 후대의 수많은 시인들이 그의 시작법을 공부하고 모방했기 때문이다.

스펜서의 시작법을 연구한 작가들 중에는 특히 셰익스피어가 있다. 하지만 그는 초서의 후계자임을 자처할망정, 스펜서를 따르고자 하지는 않은 듯하다. 오히려 선대 시인을 경쟁상대로 여겼던 흔적이 곳곳에서 드러난다. 특히 시 작품의 출판을 통해서 극작가로서뿐만 아니라 시인으로서의 스펜서를 능가하는 명성을 얻고자 한 듯하다. 그의 극작품에 드러나는 아름다운 언어의 힘과 대중의 마음을 얻는 매력으로 보자면 그는 초서의 진정한 후계자라고 할 수 있겠다. 초서처럼 셰익스피어도 자신의 작품을 통해서 특정한 사상이나 개인적인 신념을 가르치려 하지 않았다. 다만 그의 작품세계를 관통하고 있는 화두는 언제나 사랑과 화합이며, 인간의 위대한 가능성이다. 셰익스피어를 모르는 지성인을 우리가 상상할 수 없듯이, 그는 오늘날까지 여전히 높은 대중적 인기를 구가하고 있다. 물론 이러한 현상의 원인을 영미 제국주의에 돌리는 견해가 있기는 하다. 하지만 그의 작품을 한번이라도 치열하게 읽거나 좋은 무대에서 관람해본 적이 있다면, 셰익스피어가 얼마나 위대한 작가인지 느낄 수 있을 것이다. 그의 작품이 후대 작가들에 미친 영향은 지대한 것이다. 코울리지(Coleridge)를 위시한 19세기 낭만주의자들도 햄릿의 고민을 함께 했고, 엘리엇을 위시한 20세기 모더니즘 작가들도 셰익스피어를 자기 문학의 스승으로 삼았다.

셰익스피어가 초서와 닮았다면, 밀턴은—종교적인 확신이 작품에 여실히 드러난다는 점에서, 그리고 당대의 정치적 사회적 환경에 적극적으로 참여하는 태도에서—스펜서와 동류라고 할 수도 있겠다. 초서와 스펜서에 이어서 일부러 자신의 작품에 고답적인 표현을 자주 사용했던 그는 무엇보다도 투철한 신념의 소유자이다. 필자는 밀턴을 떠올릴 때마다 그가 '민주 투사'라는 생각을 떨칠 수가 없다. 그는 인간의 자유를 위해 일생을 바친 시인이다. 제왕의 권위가 신으로부터 온 것이 아니고 국민과의 약속이며, 그렇기에 왕이 잘못을 저지르면 국민이 그를 심판하고 처형할 수 있다는 그의 신념은 그로 하여금 시인이 되기를 포기하고 찰스 1세를 처형한 크롬웰(Oliver Cromwell)의 공화정에 투신하게 하였다. 또한 그는 누구보다도 치열한 학자다. 이단이라는 평가를 받으면서도 자신의 신학적 신념을 굽히지 않았고, 왕정복고(Restoration)라는 정치적 사망선고 앞에서도 인간의 위대한 가능성에 대한 희망을 포기하지 않은 시인이다. 『실낙원』(*Paradise Lost*)을 위시한 밀턴의 후기 대작들에 뚜렷이 드러나는 주제는 언제나 인간이 자신의 '자유의지'로 이루어내는 위대함의 가능성이다.

나이젤 스미스(Nigel Smith)는 2008년에 출간한 『밀턴이 셰익스피어보다 나은 작가인가?』(*Is Milton Better than Shakespeare?*)라는 저술에서 현대 미국 사회에 영향을 주는 업적으로 보면 밀턴이 셰익스피어보다 훨씬 더 위대한 작가라고 제안하고 있다(7). 과연 그럴까? 아니면 최소한 밀턴학자인 스미스 자신은 진정으로 그렇게 믿고 있는 것인가? 아마도 아닐 것이다. 밀턴이 태어난 지 400주년이 되는 해였기에 출판업자, 혹은 저자가 마케팅을 위해 이처럼 도발적인 제목을 선택했을 것으로 보인다. 그렇다고 해서 셰익스피어가 더 훌륭한 작가라는 의미는 아니다. 그는 네 작가들 중 유일한 극작가이며, 그렇기 때문에 대중적인 인기에서 다른 시인들을 능가하는 것일 뿐이다. 초서, 스펜서, 셰익스피어, 밀턴 중에서 누가 더 나은 작가인지 가늠하는 것은 베토벤과 모차르트 사이에 우열을 가리는 것처럼 억지스러운 일임이 틀림없다.

기독교가 휴머니즘을 수용하거나 배척하면서 이 네 명의 작가들에게 사고의 틀을 제공했다면 사랑이라는 주제는 이들 시인들이 다루는 서사의 모티프가 된다. 공교롭게도 사랑에 관한 한, 이들은 모두 특이한 이력을 지니고 있다. 초서는 그의 아내 필리파(Philipa)와 결혼한 지 20년 후에 시실리 샴페인(Cicily Champaign)이라는 여성을 겁탈했다는 소송을 당한 사실이 있다(Payne 7). 기록의 부재로 정확한 진상은 알 수 없으나 『바스의 여장부의 이야기』(*The Wife of Bath's Tale*)에서 젊은 처녀를 겁탈하는 기사의 이야기는 초서 자신의 경험을 바탕으로 한 것일 수도 있다. 스펜서가 두 번째 아내인 엘리자베스 보일(Elizabeth Boyle)과의 연애와 결혼을 바탕으로 『아모레티』(*Amoretti*)와 『에피탈라미언』(*Epithalamion*)을 쓴 것은 잘 알려진 사실이며, 셰익스피어가 18세에 8년 연상인 앤 해서웨이(Anne Hathaway)와 결혼 후 6개월 만에 딸을 낳은 것도 잘 알려진 사실이다. 그리고 7년 후에는 런던 극장가에서 이름을 떨치지만 그가 46세 경 은퇴하여 스트래트포드(Stratford)로 돌아갈 때까지의 사생활은 알 길이 없다. 그가 죽기 전에 자신의 아내에게 두 번째로 좋은 침대만을 물려주겠다고 유언한 것은 여전히 인구에 회자되는 이야깃거리지만, 그와 해서웨이 사이의 구체적인 관계는 알 수 없다. 밀턴은 첫 번째 부인인 메리 포웰(Marie Powell)과 혼인했지만 정치적 이유로 수년간 함께 살지 못했고 이는 후에 그가 쓴 『이혼론』의 계기를 제공한다. 아내가 죽은 후 시인은 두 번 더 결혼한다.

이 네 명의 작가들은 모두 사랑을 주제로 다루고 있다. 초서가 『캔터베리 이야기』에서 제시하는 '궁정식 사랑'이나 '세속적 사랑'의 형태는 스펜서, 셰익스피어, 밀턴으로 이어지면서 변형되고 재구성된다. 『기사의 이야기』나 『수습기사의 이야기』(*The Squire's Tale*), 그리고 『초서의 토파즈 경 이야기』(*Chaucer's Tale of Sir Topas*)가 대변하는 환상적인 궁정식 사랑은 스펜서의 『선녀여왕』에서 다양하게 재구성되고 변화된 형태로 나타나며, 셰익스피어는 이를 패러디(parody)하거나 전혀 다른 형태로 재구성하기도 한다. 또한 세속적, 혹은 현실적 사랑의 모습을 묘사하고 있는 초서의 소위 '결혼 그룹'(marriage group)에 속하는 이야기들도 그 변형된 모습을 스펜서나 셰익스피어에서 어렵지 않게 찾아볼 수 있다.

스펜서의 『아모레티』에 등장하는 사랑은 대체로 잔인함과 폭력, 배신과 절망감을 수반하며, 『선녀여왕』에서는 거의 모든 등장인물이 사랑 때문에 싸우고 애태운다. 특히 사랑을 주제로 하고 있는 3권과 우정(사랑의 다른 이름이다)을 다루고 있는 4권은 등장인물의 모습을 통해서 진정한 사랑과 육체적 욕정을 엄격히 구분하고 그 대비를 통해서 명예로운 사랑을 조명하고 있다. 스펜서가 작품에서 다양하게 묘사하는 사랑의 형태는 셰익스피어의 작품에서 더욱 구체적으로 발전된 모습으로 등장하며, 이는 또한 밀턴의 작품에서 상승하거나 타락한 형태의 사랑으로 재현된다.

셰익스피어의 경우에 사랑은 말할 나위도 없이 거의 모든 작품의 주제가 된다. 특히 그의 희극은 거의 예외 없이 남녀 간의 사랑과 결혼을 중심으로 구성되어 있으며, 그가 제시하는 여러 가지 사랑의 형태는 초서와 스펜서에서 그 원형을 찾아 볼 수 있다.

밀턴의 『실낙원』에서는 아담(Adam)과 이브(Eve)의 불완전하지만 포기하지 않는 사랑이 결국 인간의 위대함을 드러내는 모티프가 되며, 『투사 삼손』(*Samson Agonistes*)의 경우에는 들릴라(Dalila)의 배반에 절망하는 삼손이 인간적 사랑을 신에 대한 헌신으로 승화시킨다. 결국 선대 시인이 묘사한 다양한 사랑의 형태, 즉 순수함, 투쟁, 배반, 절망, 시련, 욕망, 오해 등의 주제가 거의 모두 후대 시인들에 의해 모방되고 재구성된다는 것이다.

영문학의 전통이란 무엇인가? 오랫동안 구성원들에 의해 반복되고 공유되는 가치체계를 전통이라고 규정한다면, 영문학의 전통은 근세영문학에서 출발했다고 보는 것이 타당할 것이다. 이들 네 명의 위대한 작가들이 열정적으로 드러낸 작품들이 영문학의 고전이 되고, 그 안에 포함된 가치와 이상이 그동안 이들을 아는 문화권 안에서 반복되고 공유된 것이 사실이기 때문이다. 인문학의 위기에 대해서 많은 이들이 우려를 표하고 있다. 인문학에 대한 관심이 자연과학이나 기술만큼 크지 않다는 데 대한 염려의 표현일 것이다. 하지만 인간정신의 위대한 가능성은 과학과 기술에서만 발견되는 것은 아니다. 오히려 인간의 끝없는 상상력과 꿈 때문에 과학과 기술이 발전하는 것이라고 보는 것이 옳다. 인간 정신은 우리가 인간인 한 다른 무엇으로도 대치될 수 없고 끝없이 개척해야 하는 무한한 영역이기 때문이다. 그렇기 때문에 선대 시인들의 전통을 공유하는 것은 우리에게 커다란 축복이다.

인용문헌

김재환 옮김. 『트로일루스와 크리세이드』. 서울: 까치글방, 2001.

김종두. 「영웅 이야기로서 성서의 삼손 이야기와 밀턴의 『투사 삼손』 비교 연구」. 『밀턴연구』 13.2 (2003): 375-93.

선우진. "'Something Approximating a Transformation of the Genre': Samson as an Alternative Revenger in *Samson Agonistes*." *MEMES* 16.2 (2006): 361-82.

이동일 · 이동춘 옮김. 『캔터베리 이야기』. 서울: 한국외국어대학교 출판부, 2007.

이동춘. 「셰익스피어의 『한여름 밤의 꿈』: 초서의 「기사의 이야기」에 대한 재해석」. *Shakespeare Review* 46.4 (2010): 775-804.

이순아. 「피치노의 플라톤주의적 미 이론」. 『학술발표회 발표논문집』. 밀턴과근세영문학회 (2011): 9-32.

이종우. 「밀턴의 우상타파적 비전과 『투사 삼손』」. 『밀턴연구』 11.1 (2001): 185-217.

이진아 옮김. 『양치기의 달력』. 서울: 한국문화사, 2013.

Allen, Don Cameron. *The Harmonious Vision: Studies in Milton's Poetry*. Baltimore: Johns Hopkins UP, 1954.

Anderson, Judith H. "'A Gentle Knight was pricking on the plaine': The Chaucerian Connection." *English Literary Renaissance* 15 (1985): 166-74.

_____. *Reading the Allegorical Intertext: Chaucer, Spenser, Shakespeare, Milton*. New York: Fordham UP, 2008.

Balla, Angela. "Wars of Evidence and Religious Toleration in Milton's *Samson Agonistes*." *Milton Quarterly* 46.2 (2012): 65-85.

Barber, C. L. *Shakespeare's Festive Comedy: A Study of Dramatic Form and Its Relation to Social Custom*. Princeton: Princeton UP, 1959.

Bednarz, James P. "Imitations of Spenser in *A Midsummer Night's Dream*." *Renaissance Drama* 14 (1983): 79-102.

Belsey, Catherine. "Tarquin Dispossessed: Expropriation of Consent in 'The Rape of Lucrece'." *Shakespeare Quarterly* 52.3 (2001): 315-35.

Bennett, Josephine Waters. *The Evolution of* The Faerie Queene. New York: Burt Franklin, 1960.

Benson, Larry D. ed. *The Riverside Chaucer*. Boston: Houghton Mifflin, 1987.

Berger Jr. Harry. "Introduction." *Spenser: A Collection of Critical Essays*. Ed. Harry Berger Jr. Englewood Cliffs: Prentice, 1968. 1-9.

Bergeron, David M. *Textual patronage in English drama, 1570-1640*. Aldershot: Ashgate, 2006.

Berleth, Richard J. "'Farile Woman, Foolish Gerle': Misogyny in Spenser's Mutabilitie Cantos." *Modern Philology* 93.1 (1995): 37-53.

Berry, Craig A. "Borrowed Armor / Free Grace: The Quest for Authority in *The Faerie Queene I* and Chaucer's *Tale of Sir Thopas*." *Stuides in Philology* 91.2 (1994): 136-66.

_____. "Flying Sources: Classical Authority in Chaucer's 'Squire's Tale'." *ELH* 68.2 (2001): 287-313.

Berry, Philippa. "Woman, Language, and History in The Rape of Lucrece." *Shakespeare Studies* 44 (1992): 33-39.

Bevington, David. "Introduction to *Venus and Adonis*." *The Complete Works of Shakespeare*. 3rd ed. London: Scott, Foresman, 1980. 1528-29.

_____. ed. *The Complete Works of Shakespeare*. London: Scott Foresman, 1980.

Blincoe, Noel R. "The analogous qualities of *The Two Noble Kinsmen* and Masque of The Inner Temple and Grey's Inn." *Notes and Queries* 43.2 (1996): 168-71.

Blits, Jan H. "Redeeming Lost Honor: Shakespeare's Rape of Lucrece." *The Review of Politics* 71.3 (2009): 411-27.

Bloom, Harold. "Introduction." *Edmund Spenser*. Ed. Harold Bloom. New York: Chelsea, 1986.

Boitani, Piero. "The genius to improve an invention: transformations of the *Knight's Tale*." *Chaucer Traditions: Studies in Honour of Derek Brewer*. Eds. Ruth Morse et al. Cambridge: Cambridge UP, 1990. 185-98.

Bowers, Robin A. "Iconography and Rhetoric in Shakespeare's Lucrece" *Shakespeare Studies* 14 (1981): 1-21.

Bradley, A. C. *Shakespearean Tragedy*. London: Macmillan, 1974.

Bromley, Laura G. "Lucrece's Re-Creation." *Shakespeare Quarterly* 34.2 (1983): 200-11.

Brooke, C. F. Tucker & N. B. Paradise. *English Drama 1580-1642*. Lexington: Heath, 1933.

Brown, Dorothy H. *Christian Humanism in the Late English Morality Plays*. Gainesville: UP of Florida, 1999.

Brown, Ted. "Metapoetry in Edmund Spenser's *Amoretti*." *Philological Quarterly* 82.4 (2003): 401-18.

Bruster, Douglas. "The jailer's daughter and the politics of madwomen's language." *Shakespeare Quarterly* 46.3 (1995): 277-320.

Bryson, Michael. "A Poem to the Unknown God: *Samson Agonistes* and Negative Theology." *Milton Quarterly* 42.1 (2008): 22-42.

Budd, F. E. "Shakespeare, Chaucer, and Harsnett." *The Review of English Studies* 11.44 (1935): 421-29.

Burrow, Colin. "Spenser and classical tradition." *The Cambridge Companion to Spenser*. Ed. Andrew Hadfield. Cambridge: Cambridge UP, 2001. 217-36.

Bush, Douglas. *Mythology and the Renaissance Tradition in English Poetry*. rev. Ed. New York: Norton, 1963.

_____. Paradise Lost *in Our Time: Some Comments*. Gloucester: Peter Smith, 1957.

_____. *The Renaissance and English Humanism*. Toronto: U of Toronto P, 1939.

Cain, Thomas H. *Praise in* The Faerie Queene. Lincoln: U of Nebraska P, 1978.

Campbell, Gordon. "Shakespeare and the Youth of Milton." *Milton Quarterly* 33 (1999): 95-105.

_____ & Thomas Corns. *John Milton: Life, Work, and Thought.* Oxford: Oxford UP, 2008.

Carroll, Clare. "Humanism and English Literature in the Fifteenth and Sixteenth Centuries." *The Cambridge Companion to Renaissance Humanism.* Ed. Jill Kraye. Cambridge: Cambridge UP, 1996. 246-68.

Chambers, E. K. "The Occasion of *A Midsummer Night's Dream.*" *A Book of Essays in Homage to Shakespeare.* Ed. Israel Gollancz. Oxford: Oxford UP, 1916.

Chang, H. C. *Allegory and Courtesy in Spenser.* Edinburgh: Edinburgh UP, 1955.

Chaucer, Geoffrey. *The Knight's Tale. The Riverside Chaucer.* Ed. F. N. Robinson. New York: Houghton Mifflin, 1987.

Cheney, Patrick. "Shakespeare's Sonnet 106, Spenser's National Epic, and Counter-Petrarchism." *English Literary Renaissance* 31.3 (2001): 331-64.

_____. "Spenser's Completion of *The Squire's Tale:* Love, Magic, and Heroic Action in the Legend of Campbell and Triamond." *Journal of Medieval and Renaissance Studies* 15 (1985): 133-55.

Christopher, Georgia. "Milton and reforming spirit." *The Cambridge Companion to Milton.* Ed. Dennis Danielson. Cambridge: Cambridge UP, 1999. 193-201.

Chute, Marchette. "Chaucer and Shakespeare." *College English* 12 (1950): 15-19.

Coghill, Nevill. ed. *The Canterbury Tales.* Harmmonthworth: Penguin, 1951.

Conley, John. "The Peculiar Name Thopas." *Studies in Philology* 73.1 (1976): 42-61.

Cook, Patrick J. *Milton, Spenser and the Epic Tradition.* Hants: Scholar P, 1996.

Cooper, Helen. "Jacobean Chaucer: *The Two Noble Kinsmen* and Other Chaucerian Plays." *Refiguring Chaucer in the Renaissance.* Ed. Theresa M. Krier. Gainesville: UP of Florida, 1998. 189-209.

Corns, Thomas. "Milton and Presbyterianism." *MEMES* 10.2 (2000): 337-54.

Cousins, A. D. "Subjectivity, Exemplarity, and the Establishing of Characterization in Lucrece." *Studies in English Literature, 1500-1900* 38.1 (1998): 45-60.

Cullen, Patrick. *Infernal Triad.* Princeton: Princeton UP, 1974.

Curbet, Joan. "Edmund Spenser's Bestiary in the *Amoretti*." *Atlantis, Revista de las Asociacion Espanola de Estudios Angle-Norteamericanos* 24.2 (2002). 〈http://galenet.galegroup.com/servlet/LitRC?locID〉

Dahiyat, Eid A. "Harapha and Baal zebub / Ashtaroth in Milton's *Samson Agonistes*." *Milton Quarterly* 16.3 (1982): 60-62.

Dane, Joseph A. "'Tyl Mercurius House He Flye': Early Printed Texts and Critical Readings of the 'Squire's Tale'." *The Chaucer Review* 34.3 (2000): 309-16.

Danielson, Dennis Richard. *Milton's Good God: A Study in Literary Theodicy*. Cambridge: Cambridge UP, 1982.

Deats, Sara. "The Disarming of the Knight: Comic Parody in Lyly's *Endymion*." *South Atlantic Bulletin* 40.4 (1975): 67-75.

Deneef, A. Leigh. *Spenser and the Motives of Metaphor*. Durham: Duke UP, 1982.

Dryden, John. *Of Dramatic Poesy, and Other Critical Essays*. Vol 2. London: Dent, 1962.

_____. "Preface." *The Poems of John Dryden*. Vol IV. Ed. James Kinsley. Oxford: Clarendon, 1958.

Duffy, Damon. *The Stripping of the Alters: Traditional Religion in England c. 1400-c. 1580*. New Haven: Yale UP, 1992.

Duncan-Jones, Katherine. "Ravished and Revised: The 1616 Lucrece." *The Review of English Studies*, New Series 52 (2001): 516-23.

Dundas, Judith. "Mocking the Mind: The Role of Art in Shakespeare's *Rape of Lucrece*." *The Sixteenth Century Journal* 14.1 (1983): 13-22.

Duran, Angelica. "The Last Stages of Education: *Paradise Regained* and *Samson Agonistes*." *Milton Quarterly* 34.4 (2000): 103-17.

Easthope, Antony. "*Paradise Lost*: Ideology, Phantasy and Contradiction." *Paradise Lost*. New Casebooks. Ed. William Zunder. New York: St. Martin's, 1999. 136-44.

Eliot, T. S. *Selected Essays*. London: Faber, 1932.

Empson, William. "Milton and Bentley: The Pastoral of the Innocence of Man and Nature." *Milton: Paradise Lost*. Ed. Louis Martz. Englewood Cliffs: Prentice, 1966. 19-39.

Esolen, Anthony M. "The Disingenuous Poet Laureate: Spenser's Adoption of Chaucer." *Studies in Philology* 87.3 (1990): 285-311.

Evans, Kasey. "Misreading and Misogyny: Ariosto, Spenser, and Shakespeare." *Renaissance Drama* 36/37 (2010): 261-92.

Evans, Maurice. *Spenser's Anatomy of Heroism: A Commentary on* The Faerie Queene. Cambridge: Cambridge UP, 1970.

Fifield, Merie. "*The Knight's Tale*: Incident, Idea, Incorporation." *The Chaucer Review* 3.2 (1968): 95-106.

Finalyson, John. "*The Knight's Tale*: The Dialogue of Romance, Epic, and Philosophy." *The Chaucer Review* 27.2 (1992): 126-49.

Flannagan, Roy. *John Milton: A Short Introduction*. Oxford: Blackwell, 2002.

Fletcher, John and William Shakespeare. *The Two Noble Kinsmen*. The Arden Shakespeare. Ed. Lois Potter. London: Thomson Learning, 2002.

Fraunce, Abraham. *The third part of the Countesse of Pembrokes Yuychurche, entitled Amintas Dale*. Northrige: California State UP, 1975.

Freeman, Louise Gilbert. "The Metamorphosis of Malbecco: Allegorial Violence and Ovidean Change." *Studies in Philology* 97.3 (2000): 308-30.

Freeman, Rosemary. *The Faerie Queene: A Companion for Readers*. Berkerly: U of California P, 1979.

Frost, William. "An Interpretation of Chaucer's Knight's Tale." *Chaucer: The Canterbury Tales*. Ed. J. J. Anderson. London: Macmillan, 1974. 121-42.

Frye, Northrop. "The Typology of *Paradise Regained*." *Milton: Modern Essays in Criticism*. Ed. Arthur E. Barker. London: Oxford UP, 1965. 429-46.

Fyler, John M. "Domesticating the Exotic in *The Squire's Tale*." *ELH* 55.1 (1988): 1-26.

Glendinning, Eleanor. "Reinventing Lucretia: Rape, Suicide and Redemption from Classical Antiquity to the Medieval Era." *International Journal of the Classical Tradition* 20.1/2 (2013): 61-82.

Gohlke, Madelon S. "Embattled Allegory: Book II of *The Faerie Queene*." *English Literary Reanaissance* 8 (1978): 123-40.

Goldberg, Jonathan. *Endlesse Worke: Spenser and the Structures of Discourse.* Baltimore: Johns Hopkins UP, 1981.

Greenblatt, Stephen. *Renaissance Self-fashioning: from More to Shakespeare.* Chicago: U of Chicago P, 1980.

Greenfield, Sayre N. "Allegorical Impulses and Critical Ends: Shakespeare's and Spenser's Venus and Adonis." *A Quarterly for Literature and the Arts* 36.4 (1994): 475-98.

Greenstadt, Amy. "'Read It in Me': The Authors Will in Lucrece." *Shakespeare Quarterly* 57.1 (2006): 45-70.

Greenway, Blake. "Milton's *History of Britain* and the One Just Man." *Arenas of Conflict.* Ed. Kristin Pruitt McColgan and Charles W. Durham. Selinsgrove: Susquehanna UP, 1997. 65-76.

Gross, Kenneth. *Spenserian Poetics: Idolatry, Iconoclasm, and Magic.* Ithaca: Cornell UP, 1985.

Grossman, Marshall. "Poetry and Belief in *Paradise Regained,* to which is added, *Samson Agonistes.*" *Studies in Philology* 110.2 (2013): 382-401.

Hadfield, Andrew and Abraham Stoll. Ed. *The Faerie Queene, Book Six and Mutabilitie Cantos.* Indianapolis: Hackett, 2007.

Halkett, John. *Milton and the Idea of Matrimony.* New Haven: Yale UP, 1970.

Hamilton, A. C. "General Introduction." *The Faerie Queene.* New York: Longman, 1977.

_____. "Venus and Adonis." *Studies in English Literature 1500-1900* 1.1 (1961): 1-16.

Hanford, James Holly. *A Milton Handbook.* New York: Appleton-Century-Crofts, 1946.

Hankins, John Erskine. *Source and Meaning in Spenser's Allegory: A Study of* The Faerie Queene. Oxford: Clarendon, 1971.

Harder, Bernhard D. "Fortune's Chain of Love: Chaucer's Irony in Theseus' Marriage Counselling." *University of Windsor Review* 18 (1984): 47-52.

Harper, David A. "'Perhaps More Than Enough': the Dangers of Mate-Idolatry in Milton's *Samson Agonistes.*" *Milton Quarterly* 37.3 (2003): 139-51.

Harrison, Thomas P. Jr. "Aspects of Primitivism in Shakespeare and Spenser." *Studies in English* 20 (1940): 39-71.

Hart, Jonathan. "Narratorial Strategies in The Rape of Lucrece." *Studies in English Literature 1500-1900* 32.1 (1992): 59-77.

Hartman, Geoffrey. "Milton's Counterplot." *Milton: Paradise Lost.* Ed. Louis Martz. Englewood Cliffs: Prentice, 1966. 100-108.

Harwood, Britton J. "Chaucer and the Gift (If There Is Any)." *Studies in Philology* 103.1 (2006): 26-46.

Hawkins, Sherman. "Mutabilitie and the Cycle of the Months." *The Prince of Poets: Essays on Edmund Spenser.* Ed. John R. Elliott, Jr. New York: New York UP, 1968. 295-318.

Heale, Elizabeth. *The Faerie Queene: A Reader's Guide.* Cambridge: Cambridge UP, 1987.

Heffernan, Carol. "'Squire's Tale': The poetics of Interlace or the 'Well of English Undefiled'." *The Chaucer Review* 32.1 (1997): 32-45.

Henry, Nathaniel H. *The True Wayfaring Christian: Studies in Milton's Puritanism.* New York: Peter Lang, 1987.

Hieatt, A. Kent. "The genesis of Shakespeare's *Sonnets:* Spenser's *Ruins of Rome: by Bellay.*" *PMLA* 98.5 (1983): 800-14.

Higgins, Anne. "Spenser Reading Chaucer: Another Look at the 'Faerie Queene' Allusions." *The Journal of English and Germanic Philology* 89.1 (1990): 17-36.

Hilbrink, Lucian. "Narrative Choice in *The Knight's Tale.*" *The Language Quarterly* 26 (1987): 39-42.

Hill, John Spencer. *Infinity, Faith, and Time: Christian Humanism and Renaissance Literature.* Montreal & Kingston: McGill-Queen's UP, 1997.

Horton, Ronald Arthur. *The Unity of* The Faerie Queene. Athens: U of Georgia P, 1978.

Hughes, Merritt Y. ed. *John Milton: Complete Poems and Major Prose.* Indianapolis: Bobbs-Merrill, 1957.

Hume, Anthea. *Edmund Spenser: Protestant Poet.* Cambridge: Cambridge UP, 1984.

Huppé, Bernard F. "Allegory of Love in Lyly's Court Comedies." *ELH* 14.2 (1947): 93-113.

Ian Donaldson. *The Rapes of Lucretia.* Oxford: Clarendon, 1982.

Jacobson, Howard. "Milton's Harapha." *American Notes and Queries* 24 (1986): 70-71.

Jacobson, Miriam. "The Elizabethan Cipher in Shakespeare's Lucrece." *Studies in Philology* 107.3 (2010): 336-59.

Johnson, William C. "Spenser's Hermetic Tricksters in *The Faerie Queene* III and IV". *English Studies* 83.4 (2002): 338-55.

Jones, H. S. V. *A Spenser Handbook.* New York: Appleton-Century-Crofts, 1930.

Jones, Lindey M. "Chaucer's Anxiety of Poetic Craft: The *Squire's Tale.*" *Style* 41.3 (2007): 300-16.

Judson, Alexander C. *The Life of Edmund Spenser.* Baltimore: Johns Hopkins UP, 1945.

Kahn, Coppelia. "The Rape in Shakespeare's *Lucrece.*" *Shakespeare Study* 9 (1976): 45-72.

Kahrl, Stanley J. "'Squire's Tale': and the Decline of Chivalry." *The Chaucer Review* 7.3 (1973): 194-209.

Kamowski, William. "Trading the 'Knotte' for Loose Ends: The *Squire's Tale* and the Poetics of Chaucerian Fragments." *Style* 31.3 (1997): 391-412.

Kaske, Carol V. "'Religious Reuerence Doth Buriall Teene': Christian and Pagan in *The Faerie Queene* II. I-ii." *Review of English Studies: A Quarterly Journal of English Literature and the English Language* 30 (1979): 129-43.

Kean, Margaret. "Paradise Regained." *A Companion to Milton.* Ed. Thomas N. Corns. Oxford: Blackwell, 2001. 429-44.

Kearney, James. "Enshrining Idolatry in *The Faerie Queene.*" *English Literary Renaissance* 32.1 (2002): 3-30.

Kelly, Maurice. ed. *Complete Prose Works of John Milton.* Vol VI. New Haven: Yale UP, 1973.

Khomenko, Natalia. "'Between You and Her No Comparison': Witches, and Healers, and Elizabeth I in John Lyly's *Endymion.*" *Early Theatre: A Journal Associated with the Records of Early English Drama* 13.1 (2010): 37-63.

Kietzman, Mary Jo. "'What is Hecuba to Him or [S]he to Hecuba?' Lucrece's Complaint and Shakespearean Poetic Agency." *Modern Philology* 97.1 (1999): 21-45.

King, John N. *Milton and Religious Controversy.* Cambridge: Cambridge UP, 2000.

King, Walter N. *Hamlet's Search for Meaning.* Athens: U of Georgia P, 1982.

Kline, Anthony S. *Ovid's Metamorphoses.* Google.

⟨http://ovid.lib.virginia.edu/trans/Ovhome.htm⟩

Knapp, Robert S. "The Monarchy of Love in Lyly's *Endymion.*" *Modern Philology* 73.4 (1976): 353-67.

Koketso, Daniel. "'Lucrece this night I must enjoy thee': A Narcissistic reading of *The Rape of Lucrece.*" *Shakespeare in Southern Africa* 28 (2016): 73-79.

Kolve, V. A. *Chaucer and the Imagery of Narrative: The First Five Canterbury Tales.* Stanford: Stanford UP, 1984.

Kordecki, Lesley. "'Squire's Tale': Animal Discourse, Women, and Subjectivity." *The Chaucer Review* 36.3 (2002): 277-97.

Krier, Theresa M. "Generations of Blazons: Psychoanalysis and the Song of Songs in the *Amoretti.*" *Studies in Literature and Language* 40.13 (1998): 293-328.

Krouse, F. Michael. *Milton's Samson and the Christian Tradition.* Princeton: Princeton UP, 1949.

Ledger, Gerard and Thomas Merriam. "Shakespeare, Fletcher, and The *Two Noble Kinsmen.*" *Literary and Linguistic Computing: Journal of the Association for Literary and Linguistic Computing* 9.3 (1994): 235-48.

Leech, Clifford. "Introduction." *The Two Noble Kinsmen.* Signet Classic Shakespeare. Ed. Clifford Leech. New York: Penguin, 1966. 1615-25.

Lehnhof, Kent R. "Incest and Empire in *The Faerie Queene.*" *ELH* 73.1 (2006): 215-43.

Lerer, Seth & Deanne Williams. "What Chaucer Did to Shakespeare: Books and Bodkins in *Hamlet* and *The Tempest.*" *Shakespeare* 8.4 (2012): 398-410.

Lever, J. W. *The Elizabethan Love Sonnet.* London: Methuen, 1956.

Lewalski, Barbara K. "Milton on Women—Yet Once More." *Milton Studies* 6 (1974): 4-20.

_____. *Milton's Brief Epic: The Genre, Meaning, and Art of* Paradise Regained. Providence, Rhode Island: Brown UP, 1966.

_____. *The Life of John Milton.* Malden: Blackwell, 2003.

Lewis, C. S. *English Literature in the Sixteenth Century Excluding Drama.* Oxford: Clarendon, 1954.

_____. *Spenser's Images of Life.* Ed. Alastair Fowler. Cambridge: Cambrige UP, 1967.

Lief, Madelon and Nicholas F. Radel. "Linguistic Subversion and the Artifice of Rhetoric in The *Two Noble Kinsmen.*" *Shakespeare Quarterly* 38.4 (1987): 405-25.

Loewenstein, David. "Treason against God and State: Blasphemy in Milton's Culture and *Paradise Lost.*" *Milton and Heresy.* Ed. Stephen B. Dobranski and John P. Rumrich. Cambridge: Cambridge UP, 1998. 176-98.

Loewenstein, Joseph. "Humanism and seventeenth-century English literature." *The Cambridge Companion to Renaissance Humanism.* Ed. Jill Kraye. Cambridge: Cambridge UP, 1996. 269-93.

Long, Percy W. "The Purport of Lyly's *Endimion.*" *PMLA* 24.1 (1909): 164-84.

Lowell, James Russell. "Spenser." *The Prince of Poets: Essays on Edmund Spenser.* Ed. John R. Elliott, Jr. New York: New York UP, 1968. 28-46.

MacCaffrey, Isabel G. *Spenser's Allegory: the Anatomy of Imagination.* Princeton: Princeton UP, 1976.

Mack, Maynard. "The World of Hamlet." *Shakespeare: Modern Essays in Criticism.* Ed. Leonard F. Dean. New York: Oxford UP, 1978.

Magoun, F. P. Jr. "The Chaucer of Spenser and Milton." *Modern Philology: A Journal Devoted to Research in Medieval and Modern Literature.* 25.2 (1927): 129-36.

Major, John M. "*Paradise Regained* and Spenser's Legend of Holiness." *Renaissance Quarterly* 20 (1967): 465-70.

_____. *Sir Thomas Elyot and Renaissance Humanism.* Lincoln: U of Nebraska P, 1964.

Mallette, Richard. "Same-Sex Erotic Friendship in *The Two Noble Kinsmen.*" *Renaissance Drama* 26 (1995): 29-52.

_____. *Spenser, Milton, and Renaissance Pastoral.* Lewisburg: Bucknell UP, 1981.

Mann, Nicholas. "The origin of humanism." *The Cambridge Companion to Renaissance Humanism.* Ed. Jill Kraye. Cambridge: Cambridge UP, 1996. 1-19.

Martz, Louis L. "Introduction." *Milton: Paradise Lost.* Ed. Louis Martz. Englewood Cliffs: Prentice, 1966. 1-11.

_____. "The *Amoretti* : 'Most Goodly Temperature'." *Spenser: A Collection of Critical Essays.* Ed. Harry Berger Jr. Englewood Cliffs: Prentice, 1968. 120-38.

Maus, Katharine Eisaman. "Taking Tropes Seriously: Language and Violence in Shakespeare's *Rape of Lucrece.*" *Shakespeare Quarterly* 37.1 (1986): 66-82.

McColley, Daine Kelsey. "Milton and the Sexes." *The Cambridge Companion to Milton.* Ed. Dennis Danielson. Cambridge: Cambridge UP, 1989. 147-66.

Melbourne, Jane. "Self-Doubt in the Wilderness in *Paradise Regain'd.*" *Studies in English Literature 1500-1900* 34-1 (1994): 135-51.

Miller, David M. *John Milton: Poetry.* Boston: Twayne, 1978.

Miller, Jacqueline. "The Omission in Red Cross Knight's Story: Narrative Inconsistencies in The *Faerie Queene.*" *ELH* 53 (1986): 279-88.

Miller, Lewis H. Jr. "A Secular Reading of *The Faerie Queene*, Book II." *ELH* 33 (1966): 154-69.

_____. "Phaedria, Mammon, and Sir Guyon's Education by Error." *Journal of English and German Philology* 63 (1964): 33-44.

Milner, Andrew. "The Protestant Epic and the Spirit of Capitalism." *Paradise Lost.* New Casebooks. Ed. William Zunder. New York: St. Martin's, 1999. 28-46.

Milton, John. *Complete Poems and Major Prose.* Ed. Merritt Y. Hughes. Indianapolis: Bobbs-Merrill, 1957.

_____. *Complete Prose Works of John Milton.* Vol 2. Ed. Don M. Wolfe et al. New Haven. CT: Yale UP, 1982.

Nelson, William. "That True Glorious Type." *Spenser* The Faerie Queene: *A Casebook.* Ed. Peter Bayley. London: Macmillan, 1977. 179-96.

Nohrnberg, James. *The Analogy of* The Faerie Queene. Princeton: Princeton UP, 1976.

Oldman, Elizabeth. "Milton, Grotius, and the Law of War: A Reading of *Paradise Regained* and *Samson Agonistes.*" *Studies in Philology* 104.3 (2007): 340-75.

Oram, William. et. al. ed. *The Yale Edition of the Shorter Poems of Edmund Spenser.* New Haven: Yale UP, 1989.

Paglia, Camille Anna. *Sexual Personae: Art and Decadence from Nefertiti to Emily Dickinson.* New Haven: Yale UP, 1990.

Parker, M. Pauline. *The Allegory of* The Faerie Queene. Oxford: Clarendon, 1960.

Parkin-Speer, Diane. "Allegorical Legal Trials in Spenser's *The Faerie Queene.*" *The Sixteenth Century Journal* 23.3 (1992): 494-505.

Payne, Robert O. *Geoffrey Chaucer.* New York: Twayne, 1986.

Pearson, Lu Emily. *Elizabethan Love Conventions.* New York: Barnes and Noble, 1966.

Pecheux, Mother M. Christopher. "Spenser's Red Cross and Milton's Adam." *ELN* 6 (1969): 246-51.

Peterson, Joyce E. "The Finished Fragment: A Reassessment of the 'Squire's Tale'." *The Chaucer Review* 5.1 (1970): 62-74.

Petronella, Vincent F. "Shakespeare's *The Phoenix and the Turtle* and the Defunctive Music of Ecstasy." *Shakespeare Studies* 8 (1976): 311-31.

Quay, Sara E. "'Lucrece the chaste': The Construction of Rape in Shakespeare's 'The Rape of Lucrece'." *Modern Language Studies* 25.2 (1995): 3-17.

Quilligan Maureen. *Milton's Spenser: The Politics of Reading.* Ithaca, N.Y.: Cornell UP, 1983.

Rex, Richard. *Henry VIII and the English Reformation.* London: MacMillan, 1993.

Rhu, Lawrence. "Agons of Interpretation: Ariostan Source and Elizabethan Meaning in Spenser, Harington, and Shakespeare." *Renaissance Drama* 24 (1993): 171-88.

Rice, Warner G. "Paradise Regained." *Milton: Modern Essays in Criticism.* Ed. Arthur E. Barker. London: Oxford UP, 1965. 416-28.

Richards, I. A. "The Sense of Poetry: Shakespeare's 'The Phoenix and the Turtle'." *Symbolism in Religion and Literature* 87.3 (1958): 86-94.

Roche, Thomas P. Jr. "Spenser, Milton, and the Representation of Evil." *Heirs of Fame: Milton and Writers of the English Renaissance VIII.* Ed. Margo Swiss and David A. Kent. Lewisburg: Bucknell UP, 1995. 14-33.

_____. *The Kindly Flame: A Study of the Third and Fourth Books of Spenser's* Faerie Queene. Princeton: Princeton UP, 1964.

Roe, John. "Pleasing the Wiser Sort: Problems of Ethics and Genre in *Lucrece* and *Hamlet*." *Cambridge Quarterly* 23 (1994): 99-119.

Ross, Woodburn O. "A Possible Significance of the Name Thopas." *Modern Language Notes* 45.3 (1930): 172-74.

Rowe, Elizabeth Ashman. "Structure and Pattern in Chaucer's *Knight's Tale*." *Florilegium* 8 (1986): 169-86.

Rumrich, John P. "Milton's Arianism: why it matters." *Milton and Heresy*. Eds. Stephen B. Dobranski and John P. Rumrich. Cambridge: Cambridge UP, 1998. 75-92.

Salter, Elizabeth. *Chaucer*: The Knight's Tale *and* The Clerk's Tale. London: Edwin Arnold, 1962.

Schoenfeldt, Michael. *The Cambridge Introduction to Shakespeare's Poetry*. Cambridge: Cambridge UP, 2010.

Sedinger, Tracey. "Women's Friendship and the Refusal of Lesbian Desire in *The Faerie Queene*." *Criticism* 42.1 (2000): 91-113.

_____. "Working Girls: Status, Sexual Difference, and Disguise in Ariosto, Spenser, and Shakespeare." *Medieval and Renaissance Texts and Studies* 263 (2003): 167-91.

Seltzer, Daniel. "'Their Tragic Scene': The Phoenix and Turtle and Shakespeare's Love Tragedies." *Shakespeare Quarterly* 12.2 (1961): 91-101.

Shakespeare, William. *The Complete Works of Shakespeare*. 3rd ed. Ed. David Bevington. Glenview: Scott, 1980.

Shannon, Laurie J. "Emilia's Argument: Friendship and 'Human Title' in *The Two Noble Kinsmen*." *ELH* 64.3 (1997): 657-82.

Sharon-Zisser, Shirley. "Re(de)-Erecting Collatine: Castrative Collatio in 'The Rape of Lucrece'." *Rhetoric Society Quarterly* 29.3 (1999): 55-70.

Shawcross, John T. *John Milton: The Self and the World*. Lexington: UP of Kentucky, 1993.

Sherman, Anita Gilman. "Fantasies of Private Language in 'The Phoenix and Turtle' and 'The Ecstasy'." *Shakespeare and Donne: Generic Hybrids and the Cultural Imaginary*. Ed. Anderson, Judith A. & Jennifer C. Vaughn. New York: Fordham UP, 2013. 169-84.

Shire, Helena. *A Preface to Spenser.* London: Longman, 1978.

Simpson, Ken. "Lingering Voices, Telling Silences: Silence and the Word in *Paradise Regained.*" *Milton Studies* 35 (1997): 179-95.

Sinfield, Alan. *Literature in Protestant England 1560-1660.* London: Croom Helm, 1983.

Smith, Nathanial B. "Shielded Subjects and Dreams of Permeability: Fashioning Scudamour in *The Faerie Queene.*" *Medievalia et Humanistica* 34 (2008): 71-85.

Smith, Nigel. *Is Milton Better than Shakespeare?* Cambridge, MA: Harvard UP, 2008.

Smith, Peter J. "Rome's Disgrace: The Politics of Rape in Shakespeare's *Lucrece.*" *Critical Survey* 17.3 (2005): 15-26.

Smith, Samuel. "'Christs Victorie over the Dragon': The Apocalyse in *Paradise Regained.*" *Milton Studies* 29 (1993): 59-82.

Snachez, Melissa E. "Fantasies of Friendship in *The Faerie Queene.*" *English Literary Renaissance* 37.2 (2007): 250-73.

Spearing, A. C. *Medieval to Renaissance in English Poetry.* Cambridge: Cambridge UP, 1985.

Spenser, Edmund. *The Faerie Queene.* Ed. A. C. Hamilton. London: Longman, 1977.

Steadman, John M. *Moral Fiction in Milton and Spenser.* Columbia: U of Missouri P, 1995.

Steinberg, Glenn A. "Chaucer's Mutability in Spenser's Mutabilitie Cantos." *SEL* 46.1 (2006): 27-42.

_____. "Spenser's *Shepheardes Calender* and The Elizabethan Reception of Chaucer." *English Literary Renaissance* 35.1 (2005): 31-51.

Stephens, Dorothy. ed. *The Faerie Queene, Books Three and Four.* Indianapolis: Hackett, 2006.

Stewart, Alan. "'Near Akin': The Trials of Friendship in *The Two Noble Kinsmen.*" *Shakespeare's Late Plays: New Readings.* Eds. Jennifer Richards and James Knowles. Edinburgh: Edinburgh UP, 1999. 57-71.

Stirling, Brents. "The Philosophy of Spenser's 'Garden of Adonis'." *PMLA* 49.2 (1934): 501-38.

Sylvester, Bickford. "Natural Mutability and Human Responsibility: Form in Shakespeare's Lucrece." *College English* 26.7 (1965): 505-11.

Thompson, Ann. *Shakespeare's Chaucer: a study in literary origins.* New York: Barnes & Noble, 1978.

Tolbert, James M. "The Argument of Shakespeare's 'Lucrece': Its Sources and Authorship." *The University of Texas Studies in English* 29 (1950): 77-90.

Tribble, Evelyn B. "The Open Text: A Protestant Poetics of Reading and Teaching Book 1." *Approaches to Teaching Spenser's* Faerie Queene. Ed. David Lee Miller and Alexander Dunlop. New York: MLA, 1994. 58-63.

Tyacke, Nicholas. *Anti-Calvinists: The Rise of English Arminianism c. 1590-1640.* Oxford: Clarendon, 1987.

Vasileiou, Margaret Rice. "Violence, Visual Metaphor, and the 'True' Lucrece." *Studies in English Literature 1500-1900* 51.1 (2011): 47-63.

Wadoski, Andrew. "Milton's Spenser: Eden and the Work of Poetry." *Studies in English Literature 1500-1900* 55.1 (2015): 175-96.

Wasserman, Julian N. "Both Fixed and Free: Language and Destiny in Chaucer's *Knight's Tale* and *Troilus and Criseyde.*" *Sign, Sentence, Discourse.* Ed. Julian N. Wasserman and Lois Roney. Syracuse: Syracuse UP, 1989. 194-222.

Weaver, William P. "'O Teach Me How to Make Mine Own Excuse': Forensic Performance in 'Lucrece'." *Shakespeare Quarterly* 59.4 (2008): 421-49.

Weber, Burton J. "The Interlocking Triads of the First Book of *The Faerie Queene.*" *Studies in Philology* 90.2 (1993): 176-212.

Wells, William. ed. *Spenser Allusions in the Sixteenth and Seventeenth Centuries.* Chapel Hill: U of North Carolina P, 1972.

Williams, Kathleen. *Spenser's World of Glass: A Reading of* The Faerie Queene. Berkeley: U of California P, 1966.

Wilson-Okamura, David Scott. "Belphoebe and Gloriana." *English Literary Renaissance* 39.1 (2009): 47-73.

Witte, Stephen P. "Milton's *Samson Agonistes.*" *Explicator* 36.1 (1977): 26-27.

Wittreich, Joseph. "'He Ever Was A Dissenter': Milton's Transgressive Maneuvers in *Paradise Lost.*" *Arenas of Conflict.* Ed. Kristin Pruitt McColgan and Charles W. Durham. Selinsgrove: Susquehanna UP, 1997. 21-40.

Wood, Chauncey. "Chaucer and 'Sir Thopas': Irony and Concupiscence." *Texas Studies in Literature and Language* 14.4 (1972): 389-403.

Wood, Derek N. C. "'Exiled from Light': The Darkened Moral Consciousness of Milton's Hero of Faith." *University of Toronto Quarterly* 58.2 (1988): 244-62.

찾아보기

초서(Geoffrey Chaucer)

스펜서(Edmund Spenser)

셰익스피어(William Shakespeare)

밀턴(John Milton)

지은이 **임성균**

서강대학교 영문과를 졸업하고 캐나다 사이먼프레이저 대학(Simon Fraser University)에서 영문학 석사, 미국 루이지애나 대학(University of Louisiana, Lafayette)에서 영문학 박사학위를 취득하였다. 한국밀턴학회장과 한국셰익스피어학회장을 역임하였으며, 청주대학교를 거쳐 현재 숙명여자대학교 영문학부 교수로 재직 중이다. 주요 연구 분야는 르네상스 영문학이며, 현재까지 50여 편의 학술논문과 18권의 저·역서를 발표하였다.

근세영문학 전통과 휴머니즘: 초서, 스펜서, 셰익스피어, 밀턴을 중심으로

초판 1쇄 발행일 2018년 9월 28일
임성균 지음

발행인 이성모
발행처 도서출판 동인
주 소 서울시 종로구 혜화로3길 5 118호
등 록 제1-1599호
TEL (02) 765-7145 / FAX (02) 765-7165
E-mail dongin60@chol.com
ISBN 978-89-5506-791-0
정 가 20,000원

※ 잘못 만들어진 책은 바꾸어 드립니다.